DE VERBORGEN APOTHEEK

De verborgen apotheek

SARAH PENNER

Vertaling Mieke Trouw

HarperCollins

MIX
Paper from responsible sources
FSC® C021394
www.fsc.org

Voor het papieren boek is papier gebruikt dat onafhankelijk is gecertificeerd door FSC®
om verantwoord bosbeheer te waarborgen.
Kijk voor meer informatie op www.harpercollins.co.uk/green.

HarperCollins is een imprint van Uitgeverij HarperCollins Holland, Amsterdam.

Oorspronkelijke titel: *The Lost Apothecary*

Vertaling: Mieke Trouw
Omslagontwerp: Zero Media
Omslagbeeld: © Lee Avison / Trevillion Images (Londen inclusief de lucht, lampen, balustrade en Big Ben); FinePic®, Munich (struiken en bloemen)
Foto auteur: Laura Foote Photography
Zetwerk: Mat-Zet B.V., Huizen
Druk: ScandBook UAB, Lithuania

ISBN 978 94 027 0713 7
ISBN 978 94 027 6132 0 (e-book)
NUR 302
Eerste druk maart 2021

Originele uitgave verschenen bij Harlequin Enterprises ULC, Toronto, Canada.
Deze uitgave is uitgegeven in samenwerking met Harlequin Books SA.
HarperCollins Holland is een divisie van Harlequin Enterprises ULC.

www.harpercollins.nl

Voor mijn ouders

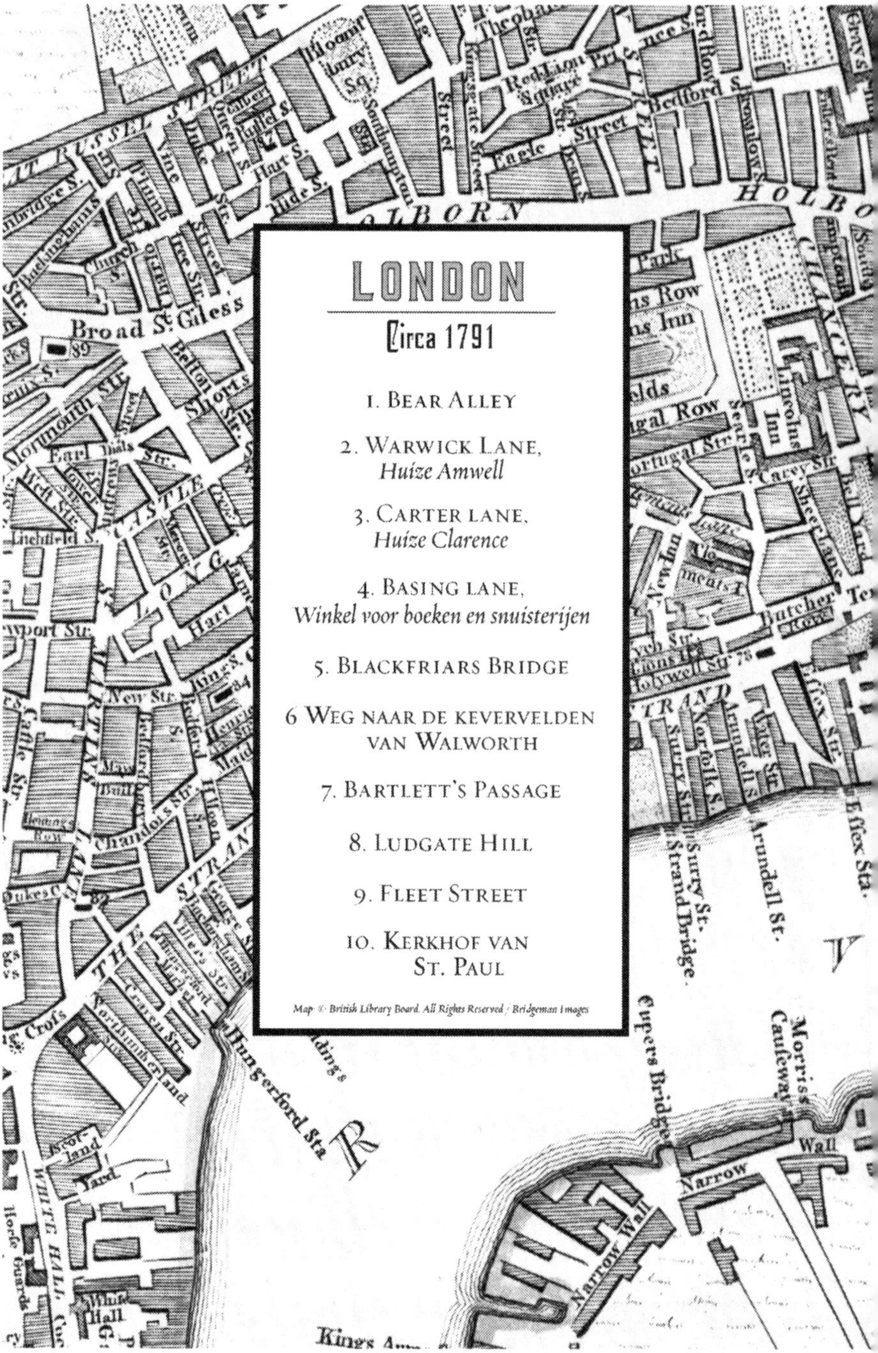
LONDON
Circa 1791
1. Bear Alley
2. Warwick Lane,
Huize Amwell
3. Carter lane,
Huize Clarence
4. Basing lane,
Winkel voor boeken en snuisterijen
5. Blackfriars Bridge
6 Weg naar de kevervelden
van Walworth
7. Bartlett's Passage
8. Ludgate Hill
9. Fleet Street
10. Kerkhof van
St. Paul
Map © British Library Board. All Rights Reserved / Bridgeman Images

1
2
3
4
5
6
7
8
9
10
Charter H. Sq.
Cow Cross
Cross Street
Chick Lane
WEST SMITH FIELD
Long Lane
Barbican
Jewen Str.
Bartholomew Close
Maidenhead Court
Falcon Sq.
Hosier La.
Cock Lane
FLEET MARKET
Stone Cutters
Fleet Lane
Old Bailey
FLEET STREET
Ludgate Hill
Ludgate
Pater Noster Row
St. Pauls
Church Yard
Carter Lane
ALDERSGATE STREET
CHEAPSIDE
the Temple
Old Fish Str.
Trinity
THAMES STREET
White Fryers St.
BL.FRYERS BRIDGE
Old Barge House Stairs
Paris Garden St.
Falcon St.
Puddle Dock
Pauls Wharf
Trig Stairs
Queen Hith
3 Cranes St.
Molestrand Dock
Mason St.
Horseshoe Alley St.
Upper Ground
Willow Str.
Love La.
Maid Lane
the Broad Walk
Christ Ch.

'IK ZWEER EN BELOOF TEGENOVER GOD,
SCHEPPER VAN HEMEL EN AARDE,

DAT IK DE GEHEIMEN EN DE RAADSELEN VAN HET VAK
NOOIT AAN DWAZEN OF ONDANKBAREN ZAL ONTHULLEN.

DAT IK NOOIT DE GEHEIMEN ZAL VERRADEN DIE AAN MIJ ZIJN TOEVERTROUWD.
DAT IK NOOIT VERGIF ZAL TOEDIENEN.

DAT IK SCHADELIJKE EN SCHANDELIJKE PRAKTIJKEN
VAN KWAKZALVERS, CHARLATANS EN ALCHEMISTEN
ZAL VERWERPEN EN MIJDEN ALS DE PEST.

EN DAT IK NOOIT OUDE OF BEDORVEN MEDICIJNEN
IN MIJN APOTHEEK ZAL HERBERGEN.

MOGE GOD MIJ BLIJVEN ZEGENEN ZOLANG IK MIJ AAN DEZE REGELS HOUD!'

— OUDE APOTHEKERSEED

Hoofdstuk 1

NELLA

3 februari 1791

Ze zou bij zonsopgang komen, de vrouw wier brief ik in mijn handen hield en wier naam ik nog niet kende.

Ik wist niet hoe oud ze was of waar ze woonde. Ik wist niet uit welke sociale klasse ze kwam of over welke duistere zaken ze 's nachts droomde. Ze kon een slachtoffer zijn, maar ook een dader. Een kersverse bruid of een wraakzuchtige weduwe. Een kindermeisje of een courtisane.

Maar al wist ik niets van haar, één ding begreep ik heel goed: de vrouw wist precies wie ze wilde doden.

In het licht van de bijna opgebrande kaars hief ik het rozerode papier op. Met mijn vingers streek ik over de inkt van haar woorden, en ik probeerde me voor te stellen hoe wanhopig ze moest zijn om een vrouw als ik op te zoeken. Niet alleen een apothekeres, maar een moordenares, zeer bedreven in het maskeren.

Haar verzoek was eenvoudig en onomwonden. 'Voor de echtgenoot van mijn meesteres, bij zijn ontbijt. Zonsopgang, 4 februari.' In mijn hoofd ontstond meteen het beeld van een dienstbode van middelbare leeftijd, gestuurd door de vrouw des huizes. En mijn intuïtie – geperfectioneerd door twee decennia ervaring – wist meteen welk middel het best bij dit verzoek paste: een kippenei met *nux vomica* erin.

De bereiding zou me slechts een paar minuten kosten; het gif stond binnen handbereik. Maar om een reden die ik zelf nog niet begreep, had de brief iets wat me aan het weifelen bracht. Het lag niet aan de subtiele, houtachtige geur van het perkamentpapier of aan het hoekje linksonder, dat enigszins naar voren krulde alsof het nat was geweest van de tranen. Nee, de onrust ontstond in míj. Er was een intuïtief besef dat ik iets moest vermijden.

Maar welke ongeschreven waarschuwing stak er nu in een velletje perkamentpapier, verhuld door de inkt van een pennenstreek? Niets aan de hand, zei ik tegen mezelf; deze brief is geen slecht voorteken. Mijn verontruste gedachten waren simpelweg het gevolg van mijn vermoeidheid – het was al laat – en van de aanhoudende pijn in mijn gewrichten.

Ik richtte me op mijn kalfsleren registratieboek, dat voor me op de tafel lag. Mijn kostbare boek was een register van leven en dood, een overzicht van de vele vrouwen die naar mijn duistere apotheek waren gekomen om gif te kopen.

Op de eerste bladzijden van mijn boek waren de inktletters zacht, opgeschreven met een lichtere hand, vrij van verdriet of verzet. Die vervaagde, oude notities waren van mijn moeder. Deze apotheek voor vrouwenkwalen, gelegen aan Back Alley 3, was lange tijd van haar geweest voordat ik het stokje had overgenomen.

Af en toe las ik haar aantekeningen: 'Mrs R. Ranford, Duizendblad, 15 dr. 3x, 23 mrt 1767.' De woorden brachten herinneringen aan haar naar boven. Ik dacht aan de manier waarop haar haar tegen haar nek viel als ze de steel van het duizendblad in de vijzel vermaalde, of aan de strakke, papierachtige huid van haar hand als ze zaadjes uit de bloemhoofden pulkte. Mijn moeder had haar apotheek echter niet verstopt achter een geheime wand, en ze had haar medicijnen ook niet stiekem toegediend in glazen donkerrode wijn. Dat hoefde niet. De tincturen die zij verstrekte, waren enkel bedoeld om te genezen, als verzachting van de rauwe, gevoelige lichaamsdelen van kraamvrouwen, of om maandstonden op gang te brengen bij onvruchtbare echtgenotes. Daarom vulde zij de bladzijden van haar register met volkomen goedaardige kruidenmedicijnen, die geen enkele argwaan zouden wekken.

Zelf noteerde ik ook kruiden als netel, hysop en amarant in mijn register, maar daarnaast had ik middelen die sinisterder waren: nachtschade, helleborus en arsenicum. Onder de pennenstreken van mijn register gingen verraad, leed en duistere geheimen schuil.

Geheimen over de robuuste jongeman die op de avond vóór zijn trouwdag hartklachten kreeg, of het verhaal achter de gezonde man die net vader was geworden en plotseling aan koortsen ten prooi was gevallen. Mijn register deed de oorzaken uit de doeken: hier was geen sprake geweest van een zwak hart of een koortsaanval, maar van doornappelsap en nachtschade, in wijnen en pasteien verstopt door geslepen vrouwen wier namen nu mijn register bezoedelden.

Ach, bevatte mijn register ook maar mijn eigen geheim, het verhaal dat aan dit alles ten grondslag had gelegen. Tussen alle slachtoffers die ik op deze bladzijden had gedocumenteerd, ontbrak er namelijk één: Frederick. De scherpe, zwarte lijnen van zijn naam bekladden niets anders dan mijn trieste hart en mijn beschadigde baarmoeder.

Ik sloeg het register zachtjes dicht, want ik had het vanavond niet meer nodig. Daarna richtte ik mijn aandacht weer op de brief. Wat baarde me toch zoveel zorgen? Het hoekje van het perkamentpapier bleef mijn aandacht trekken, alsof er beestjes onder krioelden. En hoe langer ik aan mijn tafel bleef zitten, hoe scherper mijn buikpijn werd en hoe erger mijn vingers trilden. In de verte, achter de muren van de apotheek, leek het geluid van een paar koetsbellen angstaanjagend veel op de rammelende ketting aan de riem van een gerechtsdienaar. Ik hield mezelf echter voor dat de sterke arm vanavond niet zou komen. Dat was de laatste twee decennia immers ook niet gebeurd. Mijn apotheek was te slim vermomd, net als mijn vergif. Geen enkele man zou deze plek ooit vinden, diep begraven achter een kastenwand aan het einde van een slingerend steegje in de donkerste krochten van Londen.

Mijn blik gleed naar de met roet besmeurde muur. Ik had het hart en de kracht niet om hem schoon te schrobben. Een leeg flesje op een plank weerspiegelde mijn gezicht. Mijn ogen, ooit heldergroen als die van mijn moeder, zagen er inmiddels dof en levenloos uit. Mijn wangen, die ooit hadden gebloosd van levenslust, waren nu bleek en ingevallen. Ik zag eruit als een geest en leek veel ouder dan mijn eenenveertig levensjaren.

Voorzichtig wreef ik over het verdikte, ronde bot in mijn linkerpols, dat warmte uitstraalde als een vergeten steen in het vuur. De pijn in mijn gewrichten kroop nu al jaren door mijn lichaam. De kwaal was zo erg geworden dat ik er enkel tijdens mijn slaap aan kon ontsnappen. Elk gif dat ik verstrekte, leidde tot een nieuwe aanval. Soms waren mijn vingers 's avonds zo stijf en opgezwollen dat ik dacht dat de huid zou barsten en zou blootleggen wat eronder lag.

Dat kwam allemaal door de moorden en de geheimen die ik bewaarde. Ze begonnen me van binnenuit aan te vreten, en iets in mij was van plan me open te scheuren.

Opeens werd de lucht muf en kringelde er rook naar het lage, stenen plafond van mijn verborgen kamer. De kaars was bijna op en het zou niet lang meer duren voordat de laudanumdruppels me in hun zware warmte zouden wikkelen. De nacht was allang ingevallen, en over een paar uur kwam ze al: de vrouw wier naam ik aan mijn register zou toevoegen en wier geheim ik zou achterhalen, ondanks de broeiende onrust die het in mijn hart opwekte.

Hoofdstuk 2

CAROLINE

Huidige tijd, maandag

Het was niet mijn bedoeling geweest om in mijn eentje naar Londen te komen.

Als je een reis maakt om je trouwdag te vieren, hoor je met zijn tweeën te zijn, niet alleen. Toch liep er niemand naast me toen ik op een zomermiddag mijn hotel verliet en de zomerse schemering in wandelde. Vandaag – onze tiende trouwdag – hadden James en ik samen moeten zijn. We hadden samen naar de London Eye moeten lopen, het reuzenrad met het verre uitzicht aan de oever van de Theems. We hadden een avondritje in een vipcabine geboekt, zelfs met een fles mousserende wijn en een privégastheer erbij. Wekenlang had ik me een voorstelling gemaakt van een schommelende, schemerig verlichte cabine onder de sterrenhemel, waarin onze lachende stemmen slechts werden onderbroken door klinkende champagneglazen en onze kussen.

James zat echter aan de andere kant van de oceaan. Ik was helemaal alleen in Londen, verdrietig, woedend en geplaagd door een jetlag, en ik moest een besluit nemen dat mijn leven een totaal andere wending kon geven.

Ik liep niet naar het zuiden, naar de London Eye en de rivier, maar naar het noorden, richting St. Paul's en Ludgate Hill. Ik keek of ik ergens een pub zag en voelde me in mijn grijze sneakers en met mijn grote *cross-body*-tas echt een toerist. In mijn tas zat mijn notitieboek, volgeschreven met blauwe pen en geïllustreerd met getekende hartjes: de plannen voor onze tiendaagse reis. Ik was nog maar net gearriveerd, maar ik kon het echt niet opbrengen om door ons reisschema-voor-twee te bladeren en de vrolijke aantekeningen te lezen die we voor elkaar hadden gemaakt. 'Southwark, stelletjesrondleiding door de tuinen' had ik op een van de bladzijden geschreven.

'Achter een boom oefenen met baby's maken' had James erachter gekrabbeld. Ik was van plan geweest om voor de zekerheid een jurk aan te trekken.

Nu had ik het notitieboek niet meer nodig, want alle plannen erin waren overboord gegooid. Mijn keel brandde en er prikten tranen in mijn ogen toen ik me afvroeg wat er binnenkort nog meer overboord zou worden gegooid. Ons huwelijk? James was mijn vriendje van de middelbare school; ik had nooit een leven zonder hem gekend. Ik kende mezelf niet eens zonder hem. En zou ik mijn hoop op een baby ook verliezen? Bij die gedachte kreeg ik buikpijn – niet alleen van de honger, maar ook van een groter verlangen. Ik wilde dolgraag moeder worden. Ik wilde die piepkleine teentjes zoenen en kusjes met gekke geluiden maken op het ronde buikje van mijn kind.

Al in de volgende straat zag ik de ingang van een pub, The Old Fleet Tavern. Voordat ik kon kijken of hij me aanstond, werd ik gewenkt door een vijftiger die ik op de stoep passeerde. Hij droeg een gevlekte kakibroek en had een klembord in zijn hand. 'Zin om een rivierjutter in actie te zien?' vroeg hij met een brede grijns op zijn verweerde gezicht.

Een rivierjutter, dacht ik. Is dat een vogel? Ik dwong mezelf te glimlachen en schudde mijn hoofd. 'Nee, dank je wel.'

Zo gemakkelijk gaf hij zich niet gewonnen. 'Weleens een victoriaanse roman gelezen?' vroeg hij. Zijn stem was nauwelijks hoorbaar door de piepende remmen van een rode toeristenbus.

Bij die vraag bleef ik staan. Tien jaar geleden was ik afgestudeerd in Britse geschiedenis. Ik had mijn studie met keurige cijfers afgerond, maar ik had vooral interesse gehad in wat zich búíten de leerboeken had afgespeeld. Ik had niet half zoveel belangstelling voor de droge, in standaardbewoordingen geschreven hoofdstukken als voor de schemerige, oude albums in de archieven van oude gebouwen, of voor verschoten, vluchtige tijdgebonden zaken – affiches, registers van volkstellingen en passagierslijsten – die ik in gedigitaliseerde vorm online vond. Ik kon uren wegduiken in dit soort ogenschijnlijk onbelangrijke documenten, terwijl mijn studiegenoten in koffiebars afspraken om samen te studeren. Ik had geen idee waar mijn ongewone interesses vandaan kwamen; ik wist alleen dat klassikale discussies over burgerrevoluties en machtsbeluste wereldleiders me ontzettend verveelden. Voor mij lag de aantrekkingskracht van geschiedenis in details van het vroegere leven, de verborgen geheimen van doodgewone mensen.

'Ik heb wel het een en ander gelezen, ja,' zei ik. Natuurlijk hield ik van veel klassieke Britse romans, en ik had tijdens mijn opleiding gretig boeken verslonden. Ik had weleens gewenst dat ik literatuur was gaan studeren, omdat dat beter bij mijn interesses leek te passen. Ik vertelde de man echter niet dat ik al heel lang geen victoriaanse literatuur meer las, en dat ik al jaren geen enkele oude Britse favoriet meer had opengeslagen. Als dit gesprek op een kleine quiz uitliep, zou ik heel slecht scoren.

'In die tijd schreven ze allemaal over rivierjutters – die drommen arme sloebers die in de rivierbeddingen rondscharrelden in de hoop dat ze iets ouds en waardevols vonden. Je krijgt er misschien natte schoenen van, maar er is geen betere manier om je in het verleden onder te dompelen. Het wordt vloed, het wordt eb, er blijft elke keer weer iets nieuws achter. Als je zin hebt in wat avontuur, mag je samen met ons komen jutten. De eerste keer is altijd gratis. We jutten hier vlakbij, aan de andere kant van die stenen gebouwen daar...' Hij wees. 'Je hoeft alleen maar de trap naar de rivier te zoeken. De groep komt om halfdrie bij elkaar, als het eb wordt.'

Ik glimlachte naar hem. Ondanks zijn slordige uiterlijk waren zijn lichtbruine ogen warm. Achter hem nodigde het piepende scharnier van het schommelende houten uithangbord van The Old Fleet Tavern me uit om naar binnen te komen. 'Dank je,' zei ik, 'maar ik ben op weg naar een andere afspraak.'

In werkelijkheid had ik zin in alcohol.

Hij knikte langzaam. 'Ik snap het. Maar mocht je van gedachten veranderen: we zijn bezig tot een uur of halfzes.'

'Veel plezier,' mompelde ik. Ik verplaatste mijn tas naar mijn andere schouder en ging ervan uit dat ik hem nooit meer zou zien.

Ik liep de donkere, vochtige gelagkamer in en nestelde me op een hoge leren kruk aan de bar. Toen ik voorover leunde om te kijken welke soorten tapbier ze hadden, voelde ik tot mijn schrik dat ik mijn armen in iets nats legde – restjes bier en zweet van eerdere klanten. Ik bestelde een Boddingtons en wachtte ongeduldig tot het roomkleurige schuim tot aan de rand reikte en tot rust kwam. Eindelijk kon ik een flinke slok nemen. Ik was te afgemat om me druk te maken om mijn beginnende hoofdpijn, de lauwwarme temperatuur van het bier of de kramp die aan de linkerkant van mijn buik ontstond.

Victoriaanse schrijvers. Ik dacht aan Charles Dickens, wiens naam door mijn hoofd galmde als die van een ex-vriendje: dierbaar, maar vergeten, een interessante man, maar niet veelbelovend genoeg voor de lange termijn. Ik had veel van zijn boeken gelezen – *Oliver Twist* vond ik het mooist, op de voet gevolgd door *Grote Verwachtingen* – maar opeens geneerde ik me een beetje.

De man met de kakibroek had gezegd dat 'ze in die tijd allemaal' over rivierjutten schreven, maar ik had niet eens geweten wat de term betekende. Als James nu naast me had gezeten, had hij me vast geplaagd met die blunder. Hij grapte altijd dat ik me tijdens mijn studie vooral met 'pretlezen' had beziggehouden en tot diep in de nacht griezelige sprookjes had verslonden, terwijl ik eigenlijk wetenschappelijke bladen had moeten analyseren en hypothesen over perioden van historische en politieke onrust had moeten ontwikkelen. Alleen met dergelijke onderzoeken heeft de maatschappij iets aan een studie geschiedenis, zei hij, want daarmee betreed je de academische wereld. Daarmee kun je promoveren en toewerken naar een hoogleraarschap.

In sommige opzichten had hij gelijk. Tien jaar geleden, toen ik mijn bul haalde, was ik er al snel achter dat mijn bacheloropleiding geschiedenis minder carrièremogelijkheden bood dan de accountantsopleiding van James. Terwijl ik tevergeefs naar werk zocht, vond hij moeiteloos een goedbetaalde baan bij een Big Four-accountantskantoor in Cincinnati. Ik solliciteerde op verschillende scholen als lerares, maar zoals James me al had voorspeld, gaven ze daar allemaal de voorkeur aan een masteropleiding.

Ik liet me niet ontmoedigen en zag het als een kans om verder te studeren. Met een prettige kriebel in mijn maag regelde ik een aanmeldingsformulier voor een masteropleiding aan de University of Cambridge, een uurtje ten noorden van Londen. James was er vierkant op tegen, en al snel wist ik waarom: een paar maanden na onze buluitreiking liep hij met me naar het uiteinde van een pier met uitzicht over de Ohio River. Daar ging hij op zijn knie zitten en vroeg hij me met vochtige ogen ten huwelijk.

Vanaf dat moment interesseerde Cambridge me totaal niet meer, en dat gold ook voor masteropleidingen en het hele oeuvre van Charles Dickens. Zodra ik James om de hals was gevlogen en fluisterend 'ja' had gezegd, roestte mijn persoonlijkheid als historica-met-plannen weg en werd 'de verloofde van James' mijn nieuwe identiteit. Ik gooide mijn aanmeldingsformulier in de prullenbak en wierp me enthousiast op de voorbereidingen van onze bruiloft. Opeens had ik het druk met lettertypes op uitnodigingen en tinten roze voor de pioenrozen in onze bloemstukken. En toen de bruiloft achter ons lag en slechts een herinnering aan een bruisend feest op de rivieroever was geworden, stopte ik al mijn energie in winkelen voor onze eerste eigen woning. Uiteindelijk vonden we het Perfecte Huis: drie slaapkamers en twee badkamers, aan het uiteinde van een doodlopend straatje in een wijk met jonge gezinnen.

De dagelijkse routine van mijn leven als getrouwde vrouw was al snel vertrouwd, even rechttoe rechtaan en voorspelbaar als de rijen kornoeljes langs de straten in onze nieuwe wijk. En terwijl James zijn draai vond op de onderste sport van zijn carrièreladder, deden mijn ouders, die net even ten oosten van Cincinnati een boerderij hadden, me een verleidelijk aanbod:

een betaalde baan op hun boerderij, bestaande uit simpele boekhoudwerkzaamheden en administratieve taken. Het was een degelijke, veilige keuze. Zonder verrassingen.

Ik had een paar dagen bedenktijd genomen en dacht maar heel even aan de tientallen dichte dozen die nog in de kelder stonden, gevuld met boeken die ik tijdens mijn opleiding zo geweldig had gevonden. *Northanger Abbey. Rebecca. Mrs Dalloway.* Wat hadden zij me opgeleverd? James had gelijk: de vele uren die ik aan stokoude documenten en spookverhalen over landhuizen had besteed, hadden niet geleid tot een baan. Integendeel: ze hadden me met een studieschuld van tienduizenden dollars opgezadeld. Ik kreeg een hekel aan de boeken in de dozen en was ervan overtuigd dat mijn plan om in Cambridge te gaan studeren gewoon een woeste gril van een rusteloze, werkloze bachelor was geweest.

En omdat James een stabiele, vaste baan had, was het een goed besluit – een volwássen besluit – om gewoon in Cincinnati te blijven, bij mijn kersverse echtgenoot, in ons kersverse huis.

Tot grote vreugde van James zei ik ja tegen het aanbod van mijn ouders. En Brontë en Dickens en alle andere schrijvers die ik jarenlang zo had bewonderd, verstoften in een uithoek van de kelder, in dozen die ongeopend bleven en uiteindelijk vergeten werden.

In de donkere pub nam ik een flinke slok bier. Het was al een wonder dat James überhaupt akkoord was gegaan met een reis naar Londen. Toen we plannen maakten voor een reis ter ere van onze trouwdag, gaf hij aan welke bestemming zijn voorkeur had: een strandresort op de Maagdeneilanden waar hij zijn vakantiedagen kon verluieren, duttend naast een leeg cocktailglas. We hadden met kerst echter al zo'n met daiquiri doordrenkte vakantie gehad, dus ik smeekte James om ook na te denken over andere bestemmingen, zoals Engeland of Ierland. Op voorwaarde dat we geen tijd zouden verspillen aan schoolse bezigheden – zoals de workshop oude boeken restaureren waar ik het even over had gehad – stemde hij er uiteindelijk mee in om naar Londen te gaan. Hij zei dat hij overstag ging omdat hij wist dat een vakantie in Engeland ooit een droom van mij was geweest.

Die droom had hij nog maar een paar dagen geleden als een kristallen champagneglas opgeheven en tussen zijn vingers kapot geknepen.

De barkeeper gebaarde naar mijn halflege glas, maar ik schudde mijn hoofd: eentje was genoeg. Omdat ik rusteloos was, pakte ik mijn telefoon en opende ik Messenger. Rose, die al mijn hele leven mijn hartsvriendin was, had me een berichtje gestuurd: 'Alles goed? Liefs.'

En daarna nog een: 'Hierbij een foto van mijn kleine Ainsley. Ook veel liefs van haar. <3'

En daar was ze, de pasgeboren Ainsley, gewikkeld in grijs linnen. Een perfect meisje van zes pond, mijn petekind, in diepe rust in de armen van mijn lieve vriendin. Ik was blij dat ze was geboren voordat ik James' geheim had ontdekt, want daardoor had ik al veel fijne, tevreden momenten met haar doorgebracht. Ondanks mijn verdriet gleed er een glimlach over mijn gezicht. Zelfs als ik verder alles kwijtraakte, had ik deze twee mensen nog.

Als ik naar accounts van mijn socialemediacontacten keek, waren James en ik zo'n beetje de enigen in onze vriendenkring die nog niet achter kinderwagens liepen of peutersnoetjes vol etensvlekken kusten. En al was het niet meegevallen om te wachten, het was de juiste keuze geweest voor ons: het accountantskantoor waar James werkte, verwachtte van hem dat hij met cliënten borrelde en uit eten ging, waardoor hij vaak werkweken van meer dan negentig uur draaide. Zelf had ik kort na ons huwelijk al kinderen gewild, maar James had geen zin in de stressvolle combinatie van lange werkdagen en een jong gezin. En terwijl hij tien jaar lang stappen op de carrièreladder had gezet, had ik elke dag dat roze pilletje op mijn tong gelegd met de gedachte: ooit wordt het anders.

Ik keek naar de datum op mijn telefoon: 2 juni. Het was nu bijna vier maanden geleden dat James een promotie had gekregen waardoor hij in de toekomst partner van de firma kon worden. Dat betekende dat hij niet meer zoveel uren met cliënten hoefde door te brengen.

Vier maanden waarin we hadden geprobeerd een baby te verwekken.

Vier maanden waarin ik niet meer 'ooit wordt het anders' hoefde te denken.

Ik was echter nog niet zwanger.

Ik beet op mijn duimnagel en deed mijn ogen dicht. Voor het eerst in vier maanden was ik blij dat ik niet in verwachting was. Een paar dagen geleden waren er barsten in ons huwelijk ontstaan door het verpletterende gewicht van mijn ontdekking: onze relatie bestond niet meer uit twee personen. Er was een andere vrouw in het spel. Welke baby verdiende het nu om in zo'n situatie te belanden? Geen enkele.

Er was echter één probleempje: ik had gisteren ongesteld moeten worden, maar mijn menstruatie had zich nog niet aangediend. Ik hoopte vurig dat dat door de jetlag en de stress kwam.

Voor de laatste keer keek ik naar het pasgeboren kind van mijn hartsvriendin. Ik was niet jaloers, maar ik maakte me zorgen over de toekomst. Het zou heerlijk zijn geweest als mijn kind beste maatjes met Ainsley had kunnen worden, en als die twee kinderen net zo'n hechte band hadden kunnen krijgen als Rose en ik. Nu James' geheim was uitgekomen, wist ik echter niet of mijn huwelijk zou voortduren, laat staan of het moederschap voor me was weggelegd.

Voor het eerst in tien jaar vroeg ik me af of ik op die pier de verkeerde beslissing had genomen. Had ik wel 'ja' moeten zeggen? Wat zou er zijn gebeurd als ik 'nee' had gezegd, of 'nu nog niet'? Ik betwijfelde of ik dan nog in Ohio zou zitten, waar ik mijn dagen sleet in een baan die ik niet leuk vond en waar mijn huwelijk gevaarlijk op het randje van de afgrond balanceerde. Zou ik dan misschien in Londen wonen, en werken als lerares of researcher? Misschien verdiepte ik me dan nog steeds in sprookjes, zoals James altijd grapte. Maar zou dat niet beter zijn dan de nachtmerrie waarin ik me nu bevond?

Ik was altijd blij geweest met het pragmatisme en de keurig uitgestippelde plannen van mijn man. Voor een groot deel van ons huwelijk zag ik ze als James' manier om mij veilig met beide benen op de grond te houden. Telkens wanneer ik iets spontaans voorstelde – iets wat buiten zijn vaststaande doelen en verlangens lag – remde hij mijn enthousiasme vlug af met bezwaren, risico's en negatieve kanten. Per slot van rekening had die rationaliteit tot zijn succesvolle carrière bij het accountantskantoor geleid.

Maar nu, met een oceaan tussen James en mij in, vroeg ik me voor het eerst af of de dromen die ik ooit had nagejaagd voor hem misschien hooguit een boekhoudkundig probleempje waren geweest. Hij had zich drukker gemaakt om 'kapitaalopbrengst' en 'risicomanagement' dan om mijn geluk. Al die jaren had ik hem verstandig gevonden, maar nu kwam hij me voor het eerst voor als verstikkend en enigszins manipulatief.

Ik verschoof op mijn stoel en trok mijn plakkerige dijen los van het leer. Daarna klikte ik mijn telefoon uit. Ik had er niets aan om hier in Londen te piekeren over thuis en de vraag hoe mijn leven er onder andere omstandigheden uit had kunnen zien.

Gelukkig vonden de andere gasten in The Old Fleet Tavern het helemaal niet vreemd om een vierendertigjarige vrouw in haar eentje aan de bar te zien zitten. Ik was blij dat ze me geen aandacht schonken, en ik begon de Boddingtons te voelen in mijn lichaam, dat pijn deed en doodmoe was van de reis. Ik klemde de pul stevig vast, waarbij de ring aan mijn linkerhand pijnlijk tegen het glas drukte, en dronk mijn bier op.

Buiten dubde ik over de vraag wat ik zou gaan doen. Eigenlijk vond ik dat ik wel een dutje in mijn hotel had verdiend, maar toen kwam ik bij de plek waar de man in de kakikleurige broek me had aangesproken en me had uitgenodigd om mee te gaan... wat was het ook alweer? Rivierjatten? Nee, rivierjutten. Hij zei dat de groep zich vlakbij verzamelde, onder aan de trap, om halfdrie. Ik pakte mijn telefoon en keek hoe laat het was. Vijf over halfdrie. Opeens kreeg ik weer energie en ik liep snel door. Tien jaar geleden zou dit precies het soort avontuur zijn geweest waar ik dol op was: achter een vriendelijke Britse man aan naar de Theems lopen om van alles te leren over de victoriaanse maatschappij en rivierjutters. James zou ongetwijfeld bezwaar hebben gemaakt tegen dit spontane avontuur, maar hij was er nu niet om me tegen te houden.

In mijn eentje kon ik precies doen waar ik zin in had.

Onderweg kwam ik langs het La Grande, het chique hotel waar ik logeerde. Mijn ouders hadden ons het verblijf cadeau gedaan voor onze trouwdag, maar ik keurde het hotel nauwelijks een blik waardig. Ik liep in de richting van de rivier en zag meteen de betonnen trap naar het water. De modderige, troebele stroom in het diepste gedeelte van de bedding kolkte, alsof er onder het wateroppervlak iets was wat zich uit alle macht roerde. Ik liep de trap af, terwijl de voetgangers om me heen doorliepen naar bezigheden die voorspelbaarder waren.

De traptreden waren steiler en veel slechter onderhouden dan ik in het centrum van zo'n gemoderniseerde stad had verwacht. Ze waren minstens vijfenveertig centimeter diep en gemaakt van gemalen steen, een soort voorloper van beton. Ik daalde langzaam af, dankbaar voor mijn sneakers en mijn comfortabele tas. Onder aan de trap stond ik stil en luisterde ik naar de stilte om me heen. Aan de andere kant van de rivier, op de zuidoever, haastten zich auto's en voetgangers voorbij, maar vanaf deze afstand hoorde ik niets. De enige geluiden die mijn oren bereikten, waren het zachte geklots van de golven tegen de oever, de tinkelende klank van de wervelende kiezels in het water en de eenzame schreeuw van een meeuw boven mijn hoofd.

Het groepje voor de rivierjutterij luisterde vlakbij aandachtig naar de gids – de man die ik eerder op straat had gezien. Ik haalde diep adem en liep voorzichtig tussen de losse stenen en de modderige poeltjes door. Toen ik de groep naderde, dwong ik mezelf alle gedachten aan thuis achter me te laten: James, het geheim dat ik had ontdekt en ons onvervulde verlangen naar een baby. Ik wilde even weg van het verstikkende verdriet en de woede, die zo scherp en onverwacht was dat hij me de adem benam. Hoe ik de komende tien dagen ook zou doorbrengen, het had geen zin om te blijven malen over de ontdekking die ik achtenveertig uur geleden had gedaan.

Hier, in Londen, tijdens een reis die een feestje had moeten worden, moest ik uitzoeken wat ik werkelijk wilde, en of er in het leven dat ik voor ogen had nog ruimte was voor James en de kinderen die we hoopten groot te brengen.

Maar voordat ik dat kon doen, moest ik een paar waarheden over mijn eigen leven opgraven.

Hoofdstuk 3

NELLA

4 februari 1791

In de tijd dat Back Alley 3 nog de achtenswaardige vrouwenapotheek van mijn moeder was, bestond de ruimte uit één vertrek. Mijn moeders zaak, verlicht door de vlammetjes van talloze kaarsen en vaak uitpuilend van de klanten en hun zuigelingen, straalde warmte en veiligheid uit. Destijds leek iedereen in Londen de weg naar de apotheek voor vrou wenkwalen te weten, en de zware eikenhouten winkeldeur werd veelvuldig geopend.

Maar vele jaren geleden – na mijn moeders dood, na Fredericks verraad en nadat ik was begonnen gif uit te delen aan vrouwen uit heel Londen – werd het noodzakelijk om de apotheek in twee afzonderlijke, duidelijk verschillende ruimtes op te delen. Dat was makkelijk op te lossen met een kastenwand, die het vertrek in tweeën hakte.

De eerste ruimte, die aan de voorkant, bleef toegankelijk vanuit het steegje. Iedereen kon binnenkomen – de deur was zelden op slot – maar de meeste mensen zouden denken dat ze de verkeerde deur hadden geopend. Op een oude graanton na was het vertrek leeg, en wie had er nu belangstelling voor een vat met half verrotte parelgort? Soms, als ik geluk had, krioelde er een nest ratten in de hoek van de kamer, wat de indruk versterkte dat dit een vervallen, in onbruik geraakte winkel was. Deze kamer was mijn eerste dekmantel.

Na die maatregel raakte ik vele klanten kwijt. Ze hadden gehoord dat mijn moeder dood was, en bij het zien van die lege voorkamer namen ze aan dat de apotheek voorgoed gesloten was.

Mensen die nieuwsgieriger waren of slechte bedoelingen hadden – zoals jongetjes op het dievenpad – lieten zich niet tegenhouden door een lege kamer. Zij kwamen gewoon binnen en keken in de kasten of ze spullen of boeken konden stelen. Ze vonden nooit iets, want ik had er niets in achtergelaten, geen enkel artikel dat hun interesse kon wekken. En dus gingen ze verder. Altijd.

Wat waren al die mensen dom. De enige uitzonderingen waren de vrouwen die van hun vriendinnen, zussen of moeders hadden gehoord waar ze moesten kijken. Zij waren de enigen die wisten dat de ton met parelgort een heel belangrijke functie had: het was een manier om te communiceren, een plek om brieven te verbergen waarvan de boodschap niet hardop mocht worden uitgesproken. Zij waren de enigen die wisten dat zich in de kastenwand een onzichtbare deur naar mijn apotheek voor vrouwenkwalen bevond en dat ik achter de wand zwijgend op hen wachtte, met het residu van het gif nog zichtbaar in de vlekken op mijn handen.

Daar wachtte ik bij zonsopgang ook op de vrouw, mijn nieuwe klant.

Aan het trage gekraak van de deur in de voorraadkamer hoorde ik dat ze was gearriveerd. Ik tuurde door de nauwelijks zichtbare spleet in een van de kasten om een eerste vage blik van haar op te vangen.

Ik schrok en sloeg een trillende hand voor mijn mond. Was dit een vergissing? Daar stond geen vrouw, maar een meisje, hooguit twaalf of dertien jaar oud, gekleed in een grijze wollen jurk en met een versleten donkerblauwe cape om haar schouders. Was ze door de verkeerde deur gelopen? Misschien was ze wel een van die diefjes die zich niet door de lege kamer lieten foppen, en was ze op zoek naar buit. Als dat zo was, kon ze beter gaan stelen bij een bakkerij, want van een zoet kersenbroodje zou ze in elk geval nog wat vlees op haar botten krijgen.

Maar ook al was het meisje erg jong, ze was precies bij zonsopgang naar binnen gekomen. Roerloos en zelfverzekerd keek ze naar de valse kastenwand waarachter ik me bevond.

Nee, dit was geen toevallige bezoeker.

Mijn eerste gedachte was dat ik zo'n jong kind moest wegsturen, maar ik bedacht me. In haar briefje had ze geschreven dat ze iets nodig had voor de echtgenoot van haar meesteres. Wat zou er met mijn reputatie gebeuren als die meesteres in de stad veel kennissen had en het gerucht verspreidde dat ik een kind had weggestuurd? Daarnaast zag ik door de spleet dat het meisje haar hoofd geheven hield. Ze had dik, zwart haar. Haar ogen waren groot en rond, maar ze keek niet naar haar voeten of naar de deur die naar het steegje leidde. Ze huiverde een beetje, maar ik was ervan overtuigd dat ze last van de kou had, niet van zenuwen. Dit meisje stond zo kaarsrecht en fier in mijn zaak dat ze niet angstig overkwam.

Waar haalde ze haar moed vandaan? Van haar strenge meesteres, of van iets sinisterders?

Ik lichtte de klink op. De kast zwaaide naar binnen open en ik wenkte dat het meisje mocht binnenkomen. Haar ogen hadden maar zo weinig tijd nodig om de ruimte op te nemen dat ze niet eens hoefde te knipperen. Het vertrek was zo klein dat het meisje en ik de uiteinden bijna konden aanraken als we naast elkaar gingen staan en onze armen spreidden.

Ik volgde haar blik naar de planken tegen de achterwand, die vol stonden met glazen fiolen, tinnen trechters, zalfpotten en slijpstenen. Tegen een tweede wand, zo ver mogelijk van het vuur, stond mijn moeders eikenhouten kast. Daarin stond een assortiment aardewerken en porseleinen potten, bedoeld voor de tincturen en kruiden die zelfs bij het minste beetje licht al verpulverden en bedierven. Tegen de wand bij de deur stond een lange, smalle toonbank die tot aan de schouders van het meisje reikte. Daarop stonden een verzameling metalen weegschalen, glazen en stenen gewichten en een paar ingebonden naslagwerken over vrouwenkwalen.

En als het meisje in de laden onder het toonbankblad zou snuffelen, zou ze lepels, kurken, kaarsen, tinnen borden en tientallen vellen perkament aantreffen, waarvan er veel beklad waren met haastig gekrabbelde aantekeningen en berekeningen.

Terwijl ik behoedzaam om haar heen liep en de deur sloot, bedacht ik dat ik mijn nieuwe klant op haar gemak moest stellen en moest zorgen dat ze op mijn discretie kon vertrouwen. Ik had me echter nergens zorgen over hoeven maken: ze plofte op een van mijn twee stoelen alsof ze al honderd keer in mijn apotheek was geweest. Nu ze in het licht zat, kon ik haar beter zien. Ze was slank, en ze had heldere lichtbruine ogen die bijna te groot waren voor haar ovale gezicht. Ze verstrengelde haar vingers en legde haar handen op de tafel. Daarna keek ze me met een glimlach aan. 'Hallo.'

'Hallo,' zei ik, verrast door haar houding. In een oogwenk voelde ik me dwaas dat ik de rozerode brief van dit kind zo onheilspellend had gevonden. Het verbaasde me ook dat ze op haar jonge leeftijd zo'n prachtig handschrift had. Mijn afnemende zorgen maakten plaats voor een ontspannen nieuwsgierigheid: ik wilde meer over haar weten.

Ik draaide me naar de haard, die de linkerhoek van de kamer besloeg. Uit de ketel met water die ik even daarvoor boven het vuur had gehangen, stegen slierten damp op. 'Ik heb kruidenthee gemaakt,' zei ik tegen het meisje. Ik vulde twee bekers met thee en zette ze op de tafel. Daarna ging ik op de stoel tegenover haar zitten.

Ze bedankte me en trok de mok naar zich toe. Haar blik dwaalde naar de tafel tussen ons in, die was bedekt met onze bekers, één brandende kaars, mijn register en de brief die ze in het vat met parelgort had achtergelaten: 'Voor de echtgenoot van mijn meesteres, bij zijn ontbijt. Zonsopgang, 4 februari.' De wangen van het meisje, die bij haar aankomst rood waren geweest, bleven blozen van jeugdigheid en leven. 'Welk kruid?'

'Valeriaan,' antwoordde ik, 'gekruid met kaneelbast. Een paar slokjes verwarmen het lichaam, en een paar extra slokjes werken opwekkend en ontspannend op de geest.'

Het werd even stil, maar het was niet de ongemakkelijke stilte die er soms tussen volwassenen valt. Ik dacht dat het meisje het vooral fijn vond om eventjes uit de kou te zijn. Ik gaf haar even de tijd om warm te worden en liep zelf naar mijn toonbank om verder te werken aan een paar zwarte steentjes. Die moesten glad gemaakt worden op de slijpsteen, want dan werden ze ideale stopjes voor mijn fiolen. Ik voelde dat het meisje naar me keek toen ik het eerste steentje pakte en het met mijn handpalm over de steen rolde. Ik draaide het om en rolde het nog een keer. Na tien of vijftien seconden moest ik al ophouden om op adem te komen.

Een jaar geleden was ik sterker geweest en kon ik binnen een paar minuten steentjes polijsten zonder zelfs maar een lok haar uit mijn gezicht te vegen. Maar nu, onder de blik van dit kind, kon ik niet verder gaan. Mijn schouder deed te veel pijn. Ik begreep helemaal niets van deze kwaal, die maanden geleden was begonnen in mijn elleboog en zich had verplaatst naar de pols van mijn andere arm. Recentelijk was het gloeiende gevoel afgedaald naar de gewrichten van mijn vingers.

Het meisje zat doodstil en hield haar beker stevig vast. ‘Wat is dat romige spul in die kom bij het vuur?’

Ik keek van de stenen naar de haard. ‘Zalf,’ zei ik. ‘Van reuzel en paars vingerhoedskruid.’

‘Die zalf wordt zeker verwarmd om hem zachter te maken.’

Ik was verbaasd dat ze dat meteen begreep. ‘Ja.’

‘Waar is hij voor?’

Mijn wangen werden rood. Ik kon haar niet vertellen dat de gedroogde, gemalen bladeren van paars vingerhoedskruid warmte en bloed uit de huid trokken en daarom erg nuttig waren in de dagen nadat een vrouw een kind had gebaard. Dat was immers een ervaring die meisjes van deze leeftijd nog niet kenden. ‘Dat is voor een scheur in de huid,’ legde ik uit, plaatsnemend op de andere stoel.

‘O, een giftige zalf voor een scheur in de huid?’

Ik schudde mijn hoofd. ‘Hier zit geen gif in, kind.’

Haar schoudertjes verstrakten. ‘Maar Mrs Amwell – mijn meesteres – zei dat u gif verkocht.’

'Dat klopt, maar niet alles wat ik verkoop is giftig. De vrouwen die hier dodelijke middeltjes kwamen halen, zagen wat ik allemaal in huis had, en sommigen gaven mijn naam fluisterend door aan dierbare vriendinnen die ze volledig vertrouwden. Ik verkoop ook allerlei oliën, tincturen en drankjes – alles waar bij een eerzame apothekeres ook vraag naar zou zijn.'

Dat was echt zo. Toen ik jaren geleden gif ging verkopen, haalde ik echt niet al mijn planken leeg om er alleen nog maar arsenicum en opium op te zetten. Ik had nog altijd ingrediënten in huis waarmee ik de meeste kwalen kon genezen. Heilzame middelen, zoals salie of tamarisk. Als een vrouw zich van één kwaal heeft ontdaan – een onbetrouwbare echtgenoot bijvoorbeeld – is ze niet automatisch immuun voor alle andere kwalen. Mijn register was daarvan het bewijs: tussen de dodelijke tonica stonden ook veel geneeskrachtige middelen.

'En er komen hier alleen maar meisjes,' zei het kind.

'Heeft je meesteres je dat ook verteld?'

'Ja.'

'Ze had gelijk. Er komen hier alleen maar meisjes.' Er was nog nooit een man in mijn winkel met vergif geweest, op één uitzondering na, lang geleden. Ik hielp enkel vrouwelijke klanten.

Mijn moeder had zich al streng aan dit principe gehouden. Zij had me al vroeg geleerd hoe belangrijk het was dat er een veilige wijkplaats voor vrouwen bestond, een plek waar ze genezing konden vinden. Londen doet maar weinig voor vrouwen die liefdevolle zorg nodig hebben; de stad krioelt van de mannelijke artsen, de een nog corrupter en gewetenlozer dan de ander. Mijn moeder zette zich in om vrouwen een toevluchtsoord te bieden, een plek waar ze kwetsbaar en eerlijk over hun kwalen konden praten zonder wellustig door een man te worden opgenomen.

De idealen van de herengeneeskunst kwamen trouwens ook niet overeen met die van mijn moeder. Zij geloofde in beproefde geneesmiddelen van de gulle, vruchtbare aarde, niet in diagramschema's uit boeken die werden bestudeerd door bebrilde mannen met brandewijn op hun tong.

Met het licht van de kaars in haar ogen keek het meisje mijn apotheek rond. 'Dat is mooi. Ik vind het hier fijn, al is het wel een beetje donker. Hoe weet u nu wanneer het ochtend is? Er zijn hier geen ramen.'

Ik wees naar de klok aan de wand. 'Er zijn meer manieren om erachter te komen hoe laat het is,' zei ik, 'en een raam kan ik hier echt niet gebruiken.'

'Dan bent u de duisternis zeker wel beu.'

Soms kon ik de dag niet van de nacht onderscheiden, omdat het intuïtieve ritme van slapen en wakker zijn bij mij allang was verstoord. Mijn lichaam leek altijd vermoeid te zijn. 'Ik ben eraan gewend,' zei ik.

Het was vreemd om hier tegenover een kind te zitten. Het laatste kind dat in deze kamer had gezeten, was ik geweest, tientallen jaren geleden, kijkend naar mijn moeder en haar werk. Maar dit meisje was niet mijn kind, en haar aanwezigheid begon me een ongemakkelijk gevoel te bezorgen. Haar naïviteit was schattig, maar ze was zo jong dat ze waarschijnlijk nog niet eens menstrueerde. Wat ze ook van mijn apotheek vond, ik had waarschijnlijk niets in huis wat ze nodig had. Zij had geen behoefte aan vruchtbaarheidsmiddeltjes, of aan boomschors tegen buikkramp. Ze was hier alleen maar om gif te halen, dus ik probeerde het gesprek weer naar de reden van haar komst te leiden. 'Je hebt nog niets gedronken van je kruidenthee.'

Ze keek er sceptisch naar. 'Ik wil niet onbeleefd zijn, maar Mrs Amwell zei dat ik heel voorzichtig moest zijn...'

Ik hief mijn hand op om haar het zwijgen op te leggen. Ze was een slim meisje. Ik pakte haar beker, nam er een flinke slok uit en zette hem weer voor haar neer.

Meteen bracht ze de beker naar haar mond, en ze dronk alles achter elkaar op. 'Ik had ontzettende dorst,' zei ze. 'Dank u wel, dat was heerlijk! Mag ik nog wat?'

Ik kwam met enige moeite van mijn stoel en zette twee stapjes naar de haard. Ik deed mijn best om mijn gezicht niet te laten vertrekken van de pijn toen ik de zware ketel optilde om haar beker nog eens te vullen.

'Wat is er met uw hand?' klonk haar stem achter me.

‘Wat bedoel je?’

‘U houdt hem op een aparte manier tegen uw lichaam aan, alsof hij pijn doet. Hebt u zich bezeerd?’

‘Nee,’ zei ik, ‘en het is onbeleefd om je neus in andermans zaken te steken.’ Meteen had ik spijt van mijn toon. Ze was gewoon nieuwsgierig, iets wat ik vroeger ook was geweest. ‘Hoe oud ben je?’ vroeg ik op mildere toon.

‘Twaalf.’

Ik knikte, want zoiets had ik wel verwacht. ‘Heel jong nog.’

Ze aarzelde, en bij het zien van haar ritmisch bewegende rokken vermoedde ik dat ze met haar voet op de grond tikte. ‘Ik eh...’ zei ze. ‘Ik heb nog nooit iemand gedood.’

Ik schoot bijna in de lach. ‘Je bent nog maar een kind. Ik had ook niet verwacht dat je in je jonge leventje al veel mensen had gedood.’ Mijn blik viel op een plank achter haar, waarop een melkkleurig porseleinen schaaltje stond. In het schaaltje lagen vier bruine eieren, met het vergif verscholen onder hun schaal. ‘Hoe heet je?’

‘Eliza. Eliza Fanning.’

‘Eliza Fanning,’ herhaalde ik. ‘Twaalf jaar oud.’

‘Ja.’

‘En je meesteres heeft je dus vandaag naar mij toe gestuurd?’ Dat zei me dat de vrouw des huizes veel vertrouwen in Eliza had.

Maar het kind zweeg even en fronste haar wenkbrauwen. Haar volgende woorden verbaasden me. ‘Het was haar idee, dat klopt, maar het was mijn idee om het tijdens het ontbijt te doen. Mijn meester gaat vaak met vrienden naar een eethuis en blijft soms wel twee nachten weg. Het leek mij het best om hem iets bij zijn ontbijt te geven.’

Ik keek naar Eliza’s brief op de tafel en streek met mijn duim over een van de randen. Omdat ze nog maar een kind was, vond ik het nodig om haar ergens aan te herinneren. ‘En begrijp je heel goed dat hij hier niet alleen maar buikpijn van krijgt? Van dit middel wordt hij niet alleen ziek.’ Ik ging langzamer praten. ‘Hij gaat eraan dood, als een dier. Is dat echt wat jij en je meesteres willen?’

De kleine Eliza keek me aan. Haar blik was schrander en ze vouwde haar handen netjes op haar schoot. 'Ja.' Terwijl ze het zei, knipperde ze niet eens met haar ogen.

Hoofdstuk 4

CAROLINE

Huidige tijd, maandag

'Dus je kon de roep van de rivier niet weerstaan?' vroeg een bekende stem. De gids liep weg van het groepje, dat klaarstond om te gaan jutten, en kwam naar mij toe. Hij droeg enorme, kniehoge overlaarzen en blauwe huishoudhandschoenen.

'Blijkbaar niet.' Eerlijk gezegd wist ik nog steeds niet wat we in de rivierbedding deden, maar dat maakte het juist wel spannend. Toen ik hem aankeek, moest ik glimlachen. 'Heb ik zoiets nodig?' Ik knikte naar zijn laarzen.

Hij schudde zijn hoofd. 'Sneakers zijn prima, maar dit is wel handig.' Uit een rugzak haalde hij een paar gebruikte rubberen handschoenen met modder eraan, ongeveer net zulke handschoenen als het paar dat hij droeg. 'Ik wil niet dat je je snijdt. Kom maar mee.' Hij maakte aanstalten om weg te lopen, maar draaide zich nog even naar me om. 'Ik heet trouwens Alfred, maar ze noemen me allemaal "Vrijgezel Alf". Best raar als je bedenkt dat ik al bijna veertig jaar getrouwd ben. Die bijnaam heb ik te danken aan al die gebogen ringen die ik heb gevonden.'

Ik fronste mijn wenkbrauwen en trok mijn handschoenen aan. Bij het zien van mijn niet-begrijpende blik legde hij uit: 'Honderden jaren geleden verbogen mannen metalen ringen om hun kracht te tonen voordat ze een vrouw ten huwelijk vroegen. Maar als de vrouw niet met de man wilde trouwen, wees ze hem af en gooide ze de ring in de rivier. Ik heb honderden van die ringen gevonden. Blijkbaar zijn heel wat mannen als vrijgezel van deze rivier weggelopen, als je begrijpt wat ik bedoel. Het was trouwens toch een rare traditie.'

Ik keek naar mijn handen. Mijn eigen ring zat nu verstopt onder een smerige rubberen handschoen. Zelf had ik ook niet veel gehad aan tradities. Een paar weken geleden, voordat mijn leven gierend tot stilstand was gekomen, had ik voor James een antiek doosje gekocht waarin hij zijn visitekaartjes kon bewaren. Het was gemaakt van tin, het traditionele metaal dat bij een tienjarig huwelijk hoort en voor duurzaamheid staat. Ik had de initialen van James erin laten graveren, en het was op de avond vóór onze geplande reis naar Londen per post gearriveerd. Precies op tijd.

Maar daarna was er weinig meer goed gegaan.

Zodra het doosje was gearriveerd, nam ik het mee naar boven om het in mijn koffer te verstoppen. Ik rommelde in mijn kast en haalde er nog wat spullen uit die ik nog niet had ingepakt: wat lingerie, een paar sandalen met hoge hakken, een paar etherische oliën. Ik keek door mijn verzameling en haalde er onder andere lavendel, roos en zoete sinaasappel uit. James vond vooral de zoete sinaasappel lekker ruiken.

Terwijl ik in kleermakerszit op de vloer van de inloopkast zat, hield ik wat lingerie omhoog waarover ik twijfelde: een kluwen felrode bandjes die op de een of andere manier om mijn achterwerk en tussen mijn benen pasten. Schouderophalend gooide ik het kledingstuk in mijn koffer, naast de gekochte zwangerschapstest die ik in Londen hoopte te gebruiken als mijn menstruatie uitbleef. Dat deed me weer denken aan de prenatale vitaminen. Op aanraden van mijn huisarts was ik die gaan slikken zodra ik zwanger wilde worden.

Toen ik naar de badkamer liep om de vitaminen te pakken, werd mijn aandacht getrokken door een zoemend geluid: de telefoon van James, boven op de ladekast. In het voorbijgaan keek ik er vluchtig naar, maar toen zoemde het toestel voor de tweede keer en viel mijn blik op twee letters: xo.

Trillend boog ik me voorover om de berichten te lezen. Ze waren gestuurd door iemand die tussen James' contacten stond als 'B'.

'Ik zal je vreselijk missen,' luidde het eerste bericht. En daarna:

'Drink niet zoveel champagne dat je afgelopen vrijdag vergeet. xo'

Tot mijn afschuw zat er bij het tweede bericht een foto van een bureaula met een zwart slipje erin. Onder het slipje herkende ik een kleurige folder met het logo van James' werkgever erop. De foto moest op zijn werk zijn gemaakt.

Verbijsterd staarde ik naar de telefoon. Afgelopen vrijdag was ik 's avonds in het ziekenhuis geweest bij Rose en haar man omdat Rose moest bevallen. James was op kantoor gebleven om te werken. Of juist níét te werken, als ik dit appje moest geloven.

Nee. Nee, er moest sprake zijn van een vergissing. Mijn handpalmen werden klam. Beneden hoorde ik James door de keuken lopen. Ik haalde een paar keer adem om rustig te worden en pakte de telefoon. Mijn vingers klemden het toestel beet alsof het een wapen was.

Ik haastte me de trap af. 'Wie is B?' vroeg ik aan James, de telefoon omhooghoudend.

De blik in zijn ogen verraadde hem meteen.

'Caroline,' zei hij rustig, alsof ik een cliënt was aan wie hij een oorzakenanalyse wilde uitleggen. 'Het is niet wat je denkt.'

Met trillende vingers zocht ik het eerste appje op. '"Ik zal je vreselijk missen",' las ik voor. 'Wat betekent dat?'

James legde zijn handen op het aanrecht en leunde naar voren. 'Ze is gewoon een collega,' zei hij. 'Ze was een paar maanden lang verkikkerd op me. Op kantoor maken we er grapjes over. Echt, Caroline, het stelt niets voor.'

Een regelrechte leugen. Ik vertelde hem nog niet wat er in het tweede appje stond. 'Is er ooit iets tussen jullie voorgevallen?' Ik deed mijn best om kalm te klinken.

Hij ademde langzaam uit en haalde zijn hand door zijn haar. 'We hebben elkaar een paar maanden geleden ontmoet, op de feestavond ter ere van mijn promotie,' zei hij uiteindelijk. Zijn kantoor had in Chicago voor de gepromoveerde werknemers een *dinner cruise* georganiseerd. Echtgenoten mochten op eigen kosten mee, maar we waren ijverig aan het sparen voor Londen en ik had het geen enkel probleem gevonden om thuis te blijven. 'We hebben elkaar die avond gekust. Eén keer, nadat we te veel gedronken hadden. Ik kon nauwelijks meer recht uit mijn ogen kijken.' Hij kwam dichterbij, en zijn blik smeekte me om begrip. 'Dat had ik nooit mogen doen. Verder is er niets gebeurd, en ik heb haar niet meer gezien sinds...'

Weer een leugen. Ik stak de telefoon naar hem uit en wees op het zwarte slipje in de bureaula. 'Weet je dat zeker? Want ze heeft je zojuist deze foto gestuurd, met het verzoek om afgelopen vrijdag niet te vergeten. Blijkbaar bewaart ze haar ondergoed tegenwoordig in jouw bureau.'

Er ontstonden zweetdruppeltjes op zijn voorhoofd, en ondertussen zocht hij koortsachtig naar een verklaring. 'Dat is gewoon een grap, Car...'

'Onzin,' onderbrak ik hem. Er liepen tranen over mijn wangen. In mijn gedachten vormde zich een naamloze gestalte, de eigenares van het kleine zwarte slipje. Voor het eerst van mijn leven begreep ik de onberekenbare woede waardoor sommige mensen een moord begingen. 'Je hebt vrijdagavond niet erg hard gewerkt, is het wel?'

James zei niets. Zijn stilte was even veelzeggend als een regelrechte bekentenis.

Op dat moment wist ik dat ik hem niet meer kon vertrouwen. Ik vermoedde dat hij het slipje niet alleen met eigen ogen had gezien, maar het hoogstpersoonlijk van haar achterwerk had verwijderd. James stond zelden met de mond vol tanden; als er niets intiems tussen hen was voorgevallen, had hij zichzelf nu wel vurig verdedigd. In plaats daarvan hield hij zijn lippen op elkaar. Alles aan zijn beteuterde blik vertelde me dat hij schuldig was.

Het geheim – zijn ontrouw – was op zich al erg genoeg. Maar op dat moment leken de rauwe, nare vragen over haar en de aard van hun relatie minder belangrijk dan het feit dat hij dit al maanden voor me verborgen hield. Stel dat ik de telefoon niet had gevonden. Hoelang zou hij dit dan voor me hebben verzwegen? De vorige avond hadden we nog gevreeën. Hoe durfde hij de geest van die vrouw mee naar ons bed te nemen, de belangrijke plaats waar we een kind probeerden te verwekken?

Mijn schouders beefden, mijn handen trilden. 'Al die avonden dat we seks hadden om een baby te maken. Dacht je toen aan haar in plaats van aan...' Ik kon mijn zin niet afmaken en het woord 'mij' uitspreken. Ik kon het niet opbrengen om deze bespottelijke vertoning te verbinden aan ons, aan míjn huwelijk.

Voordat hij antwoord kon geven, voelde ik een enorme golf van misselijkheid opkomen, en ik rende naar de wc. Ik smeet de deur achter me dicht en deed hem op slot. Vijf, zeven, tien keer kokhalsde ik boven de pot tot er niets meer in mijn maag zat.

Door de brullende motor van een boot, vlak bij ons op de rivier, schrok ik op uit mijn herinnering. Ik keek op en zag dat Vrijgezel Alf zijn handen had gespreid en naar me keek. 'Klaar om te gaan?' vroeg hij.

Ik knikte gegeneerd en liep achter hem aan naar een groepje van vijf of zes mensen. Een paar van hen knielden op de stenen en zochten tussen de kiezeltjes. Ik ging wat dichter bij mijn gids staan en vroeg zachtjes: 'Sorry, eigenlijk weet ik niet goed wat rivierjutten is. Zoeken we iets bepaalds?'

Hij keek me aan, en ik zag zijn buik trillen toen hij om mijn vraag grinnikte. 'Dat heb ik je inderdaad niet verteld! Het enige wat je moet weten, is dit: de Theems loopt voor een flink stuk door het hart van de stad Londen. Als je maar lang genoeg in de modder zoekt, vind je flarden geschiedenis terug, soms zelfs nog uit de Romeinse tijd. Lang geleden vonden rivierjutters oude munten, ringen en aardewerk, en ze probeerden hun vondsten vervolgens te verkopen. Daar schreven de victoriaanse schrijvers over: arme kinderen die hun brood probeerden te verdienen. Maar tegenwoordig zoeken we gewoon omdat we het leuk vinden. En wat je vindt, mag je houden, dat is de regel. Kijk daar eens,' zei hij, wijzend op mijn voet. 'Je staat bijna op een stenen pijp.' Hij bukte zich en raapte hem op. Ik vond dat het ding eruitzag als een smalle steen, maar Vrijgezel Alf glimlachte van oor tot oor. 'Hiervan vind je er honderden op een dag. Niets bijzonders, tenzij het je eerste keer is. Hier werd de tabak in gestopt. Zie je die randjes rond de kop? Ik denk dat we deze pijp moeten dateren tussen 1790 en 1820.' Hij zweeg even en wachtte op mijn reactie.

Ik trok mijn wenkbrauwen op en bestudeerde de pijp. Opeens vond ik het spannend om een voorwerp in mijn hand te hebben dat een paar eeuwen geleden voor het laatst was aangeraakt. Eerder had Vrijgezel Alf gezegd dat er bij elke getijdenbeweging nieuwe geheimen werden blootgelegd. Wat zouden er nog meer voor oude artefacten binnen handbereik liggen? Ik controleerde of mijn handschoenen goed aansloten en ging op mijn knieën zitten. Misschien vond ik nog wel een paar stenen pijpen, of een munt of zo'n gebogen ring waarover Vrijgezel Alf het had gehad. Of misschien kon ik mijn eigen ring afdoen, verbuigen en in het water bij al die andere tekenen van mislukte liefdes gooien.

Langzaam liet ik mijn blik over de stenen dwalen. Met mijn vingertoppen streek ik over de glinsterende, roestkleurige kiezels, maar na een minuutje verscheen er een frons in mijn voorhoofd. Ik vond dat alles er hetzelfde uitzag. Zelfs als er een diamanten ring in het slib lag, zou ik hem waarschijnlijk over het hoofd zien.

'Heb je misschien wat tips?' riep ik naar Vrijgezel Alf. 'Of anders een spade?' Hij stond een paar meter verderop een eivormig voorwerp te bekijken dat een van de anderen had gevonden.

Hij lachte. 'De Port of London Authority verbiedt helaas spades, of andere manieren om te graven. We mogen alleen maar aan de oppervlakte zoeken. In feite bepaalt het lot dus of je iets vindt. Zo kijk ik er tenminste naar.'

Dus als het lot me niets schonk, was deze middag tijdverspilling. Maar ik had de keuze tussen het rivierbed of een koud, leeg tweepersoonsbed in het hotel, dus ik zette een paar stappen naar voren, dichter naar de waterlijn, en knielde weer, onderwijl een zwerm muggen rond mijn voeten wegjagend. Ik liet mijn blik langzaam over de kiezels dwalen en zag iets glanzends weerspiegelen. Ik hield mijn adem in en stond op het punt om

Vrijgezel Alf te roepen en hem naar mijn vondst te laten kijken, maar toen ik naar voren stapte en het dunne, glanzende voorwerp oppakte, drong tot me door dat ik een parelmoerkleurige, rottende staart van een dode vis had gevonden.

'O, bah,' kreunde ik. 'Wat smerig.'

Opeens klonk er een opgewonden gil achter me. Toen ik me omdraaide, zag ik dat een van de anderen – een vrouw van middelbare leeftijd die zo ver vooroverboog dat de onderkant van haar haar bijna in een modderig poeltje hing – een wittig stuk steen met een scherpe rand omhooghield. Ze wreef hard met haar handschoen over de voorkant en stak het trots omhoog.

'Kijk eens aan, Delfts aardewerk,' riep Vrijgezel Alf uit. 'En nog een prachtig stuk ook. Dat blauw vind je tegenwoordig nergens meer. Azuur, aan het einde van de achttiende eeuw ontdekt. Tegenwoordig is het allemaal goedkope verf. Kijk eens.' Met zijn vinger tekende hij het patroon voor de opgetogen vrouw na. 'Het lijkt op de rand van een kano, of misschien wel een drakenboot.'

De vrouw stopte de scherf blij in een tas en we gingen allemaal door met zoeken.

'Mag ik even jullie aandacht? De aanwijzing die ik jullie kan geven, is dat je je onderbewustzijn naar iets afwijkends moet laten zoeken,' legde Vrijgezel Alf uit. 'Onze hersenen zoeken automatisch naar een verandering in een patroon. Op die manier zijn we miljoenen jaren geleden geëvolueerd. Je bent niet op zoek naar een bepaald voorwerp, maar naar inconsistenties, of het ontbreken van iets.'

Tja, het ontbrak me op dat moment aan van alles. Een niet onbelangrijk gemis was bijvoorbeeld dat ik de zekerheid over de rest van mijn leven kwijt was. Nadat ik James' geheim had ontdekt en me in de badkamer had opgesloten, probeerde hij de deur open te breken. Ik lag opgekruld op de badmat en verzocht hem met klem me met rust te laten. Telkens wanneer ik dat deed, antwoordde hij met een smeekbede, allemaal varianten op 'laat het me alsjeblieft goedmaken' en 'voortaan is ons huwelijk voor mij het enige wat telt'. Ik wilde alleen nog maar dat hij weg zou gaan.

En ik belde Rose om haar het hele ellendige verhaal te vertellen. Ontzet, en met een huilende baby op de achtergrond, luisterde ze geduldig toen ik zei dat ik me echt niet kon voorstellen dat ik de volgende dag met hem naar Londen zou gaan om onze trouwdag te vieren.

'Laat hem dan thuis,' zei ze. 'Ga in je eentje.' Hoewel onze levens totaal verschillend waren, zag ze heel duidelijk wat ik op dat moment in mijn wanhoop niet zag: ik moest letterlijk flink afstand nemen van James. Het was ondraaglijk om vlak bij zijn handen en zijn lippen te zijn. Ze prikkelden mijn verbeelding en maakten me weer misselijk. In die zin was mijn aanstaande vlucht naar Londen een reddingsvest dat vanaf een schip naar me toe werd gegooid. Gretig en vertwijfeld stak ik mijn handen ernaar uit.

Een paar uur voor de vlucht zag James me de laatste kleren in mijn koffer stoppen. Zichtbaar gebroken stond hij zwijgend en hoofdschuddend naar me te kijken. Er schoot echter een withete woede door mijn lijf, dat uitgeput was van al het huilen en het slaapgebrek.

Ik had tijd en afstand nodig, maar bij elke stap die ik zette, werd ik geconfronteerd met de afwezigheid van James. Toen ik incheckte, keek de vrouw achter de balie me vreemd aan. Ze klikte met haar feloranje nagels op haar balie en vroeg waar Mr Parcewell was, de tweede persoon op de reservering. In het hotel keek de receptioniste me fronsend aan toen ik zei dat ik maar één kamersleutel nodig had. En nu stond ik dus op een plek die ik niet in de planning had opgenomen: een modderige rivierbedding waarin ik naar artefacten zocht en, zoals Alf had gezegd, naar inconsistenties.

'Vertrouw meer op je intuïtie dan op je ogen,' vervolgde Vrijgezel Alf.

Terwijl ik zijn woorden op me liet inwerken, rook ik de zwavelachtige geur van een rioolpijp verderop in de rivier. Opeens werd ik vreselijk misselijk. Blijkbaar was ik niet de enige die last had van de stank, want een paar anderen kreunden hoorbaar.

'Dat is nog een reden waarom we hier niet met spades graven,' legde Vrijgezel Alf uit. 'De onderlagen stinken behoorlijk.'

Terwijl ik aan de waterlijn plekjes zocht waar de anderen nog niet waren geweest, stapte ik mis en zakte ik tot aan mijn enkel weg in een modderige poel. Het water was zo koud dat ik naar adem hapte. Wat zou Vrijgezel Alf zeggen als ik het nu al voor gezien hield? Nog afgezien van de stank was ik niet echt opgeknapt van dit avontuur.

Ik keek op mijn telefoon en besloot het nog twaalf minuten te proberen, tot drie uur. Als het dan nog niet leuker was geworden – als ik dan nog niets had gevonden, zelfs niet iets wat ook maar enigszins interessant was – zou ik me vriendelijk excuseren en mijn weg vervolgen.

Twaalf minuten. Een fractie van een leven, maar lang genoeg om de loop ervan blijvend te veranderen.

Hoofdstuk 5

NELLA

4 februari 1791

Ik liep naar de plank achter Eliza en pakte het melkkleurige kommetje met de vier bruine kippeneieren erin. Twee eieren waren wat groter dan de andere. Ik zette het kommetje op de tafel.

Eliza boog zich naar voren en zette haar handen op de tafel, alsof ze het kommetje heel graag wilde aanraken. Haar handpalmen lieten vochtige afdrukken achter op het tafelblad.

Eerlijk gezegd deed ze me denken aan mezelf op die leeftijd – de nieuwsgierige grote ogen bij het zien van iets nieuws wat de meeste andere kinderen niet onder ogen krijgen – al had ik het gevoel dat dat deel van mij al duizend jaar dood was. Het verschil was dat ik de apotheek en de fiolen, weegschalen en stenen gewichten al had leren kennen toen ik veel jonger was dan twaalf. Mijn moeder liet me alles zien zodra ik in staat was om dingen op te tillen, te sorteren, van elkaar te onderscheiden, te ordenen en opnieuw in te delen.

Toen ik een meisje van zes of zeven was en nog vrij snel werd afgeleid, leerde mijn moeder me eenvoudige dingen, zoals de verschillende kleuren: de fiolen met blauwe en zwarte olie moesten op deze plank blijven staan, en de rode en gele op die plank. Toen ik wat groter werd – toen ik wat meer kon en meer kon onderscheiden – werden de taken moeilijker. Ze keerde bijvoorbeeld een hele pot met hop op de tafel om, spreidde de droge, bittere vruchtkegels met haar handen uit en vroeg me ze te sorteren op uiterlijk. Terwijl ik daarmee bezig was, werkte mijn moeder naast me aan haar tincturen en aftreksels. Ondertussen leerde ze me de verschillen tussen scrupels en medicinale drachmen, zalfpotten en ketels.

Dat was mijn speelgoed. Andere kinderen vermaakten zich in de modderige steegjes met blokken, stokjes en speelkaarten, maar ik bracht mijn hele jeugd door in deze ruimte. Ik raakte vertrouwd met de kleuren, dikvloeibaarheid en smaken van honderden ingrediënten. Ik bestudeerde de grote botanici en leerde de Latijnse namen uit de farmacopees uit mijn hoofd. Het leek een uitgemaakte zaak dat ik ooit in mijn moeders voetsporen zou treden en de zorg voor vrouwen in haar apotheek zou overnemen.

Het was nooit mijn bedoeling geweest om haar nalatenschap te besmeuren. Ik wilde haar werk niet aantasten of bezoedelen.

'Eieren,' fluisterde Eliza, waardoor ik opschrok uit mijn overpeinzing. Ze keek verward naar me op. 'Hebt u een kip die giftige eieren legt?'

Ondanks de serieuze aard van haar bezoek moest ik lachen. Het was een volkomen logische opmerking uit een kindermond, en ik leunde achterover op mijn stoel. 'Nee, hoor.' Ik pakte een van de eieren, liet het aan haar zien en legde het terug in de kom. 'Je ziet hier vier eieren liggen. Kun je me vertellen welke de twee grootste zijn?'

Eliza fronste haar wenkbrauwen. Ze liet haar hoofd zakken tot de tafel voor haar op oogniveau was. Nadat ze de eieren een paar tellen had bestudeerd, ging ze abrupt rechtop zitten en wees ze met een trotse blik naar het kommetje. 'Deze twee,' zei ze.

'Goed zo.' Ik knikte. 'Dat zijn de twee grootste. Dat moet je goed onthouden. De twee grootste eieren zijn giftig.'

'De twee grootste eieren,' herhaalde ze. Ze nam een slokje van haar kruidenthee. 'Maar hoe kan dat dan?'

Ik legde drie eieren terug in het kommetje en hield een van de grotere vast. Ik draaide het in mijn hand, waardoor mijn handpalm de dikke onderkant omsloot. 'Wat jij niet kunt zien, Eliza, is dat er een piepklein gaatje in de bovenkant van het ei zit. Het is nu bedekt met was in dezelfde kleur, maar als jij hier gisteren was geweest, had je een piepklein zwart gaatje gezien op de plek waar ik het gif met een naald heb ingebracht.'

'En het ei ging niet kapot!' riep ze uit, alsof ik een magisch kunstje had uitgevoerd. 'En ik zie de was niet eens zitten.'

'Precies. Maar toch zit er vergif in het ei – genoeg om iemand te doden.'

Eliza knikte en staarde naar het ei. 'Wat voor vergif?'

'Nux vomica. Rattengif. Een ei is de ideale plek voor het gemalen zaad, want de koele en dikvloeibare dooier zorgt dat het lang goed blijft, net als wanneer er een kuikentje in zou zitten.' Ik legde het ei in het kommetje bij de andere drie. 'Dus je gaat ze snel gebruiken?'

'Morgenochtend,' antwoordde Eliza. 'Als mijn meester thuis is, eten hij en mijn meesteres samen.' Ze zweeg even, alsof ze de gedekte ontbijttafel voor zich zag. 'Ik zal mijn meesteres de twee kleinste eieren geven.'

'En hoe houd je ze uit elkaar als je ze eenmaal in de pan hebt gegooid?'

Die vraag sloeg haar even uit het veld, maar ze herstelde zich snel. 'Ik bak eerst de kleinste eieren, en die schep ik op het bord van mijn meesteres. Daarna bak ik pas de grotere eieren.'

'Heel goed,' zei ik. 'Het vergif werkt erg snel. Binnen een paar tellen klaagt hij misschien al over een branderig gevoel in zijn mond. Zorg dat je de eieren zo heet mogelijk serveert, waardoor hij het niet meteen doorheeft. Misschien kun je ze bedekken met een jus of pepersaus. Hij zal denken dat hij zijn tong heeft gebrand aan de saus. Kort daarna wordt hij misselijk, en dan zal hij beslist willen liggen.' Ik boog me naar voren om zeker te weten dat Eliza goed begreep wat ik ging zeggen. 'Ik stel voor dat je hem daarna niet meer ziet. Zorg daarvoor.'

'Omdat hij dan dood is, bedoelt u,' zei ze met een wezenloze blik.

'Nee, nog niet meteen,' legde ik uit. 'De meeste slachtoffers die nux vomica hebben binnengekregen, krijgen in de uren daarna een verstarde rug. Soms trekken ze een holle rug, alsof hun lichaam is aangespannen in een boog. Dat heb ik zelf nog nooit gezien, maar ik heb gehoord dat het er verschrikkelijk uitziet. Wat zeg ik, je zou er je hele leven nachtmerries aan kunnen overhouden.' Ik leunde achterover op mijn stoel, en mijn blik werd wat milder. 'Zodra hij sterft, verdwijnt die starheid natuurlijk. Dan ziet hij er een stuk vrediger uit.'

'En later, als iemand de keuken of de pannen wil onderzoeken?'

'Dan vinden ze niets,' verzekerde ik haar.

'Door de magie?'

Ik legde mijn handen op mijn schoot en schudde mijn hoofd. 'Knoop goed in je oren wat ik nu zeg, Eliza: dit is geen magie. Dit zijn geen bezweringen en toverformules. Dit gaat om aardse zaken, even echt als die vuile veeg op je wang.' Ik likte aan mijn duim, boog me naar voren en veegde over haar wang. Toen ik tevreden was met het resultaat, leunde ik weer achterover. 'Magie en maskeringen kunnen hetzelfde doel bereiken, maar geloof me, het zijn twee heel verschillende dingen.' Er gleed een verwarde blik over haar gezicht. 'Weet je wat het woord maskering betekent?' vroeg ik.

Ze schudde haar hoofd en trok een schouder op.

Ik gebaarde naar de verborgen deur waardoor ze was binnengekomen. 'Daarnet kwam je binnen in de voorraadkamer aan de andere kant van deze wand. Wist je dat ik toen naar je keek door een piepklein gaatje in de kast?' Weer wees ik naar de ingang van mijn geheime kamer.

'Nee,' zei ze. 'Ik had geen idee dat u hier zat. Toen ik in die lege kamer kwam, dacht ik dat u vanuit het steegje achter me aan zou komen. Ik zou heel graag ooit zo'n geheime kamer willen hebben.'

Ik hield mijn hoofd schuin. 'Tja, als je iets te verbergen hebt, kan het best eens nodig zijn om een geheime kamer te bouwen.'

'Is die hier altijd geweest?'

'Nee. Toen ik nog een kind was en hier met mijn moeder werkte, hadden we deze kamer niet nodig. In die tijd hadden we geen vergif in huis.'

Het meisje fronste. 'Verkocht u vroeger geen vergif?'

'Nee.' Het had weinig zin om de details met de kleine Eliza te delen, maar mijn antwoord riep een pijnlijke herinnering op.

Twintig jaar geleden begon mijn moeder aan het begin van de week te hoesten. Halverwege de week kreeg ze koorts, en op zondag was ze dood.

Na een ziekte van slechts zes dagen was ik haar kwijt. Ik was eenentwintig, en door haar dood verloor ik mijn enige familie, mijn enige vriendin en mijn grote leermeesteres. Mijn moeders werk was het mijne geworden, en onze tincturen waren het enige waarvan ik verstand had. Meer wist ik niet van de wereld. Destijds wenste ik dat ik samen met haar was gestorven.

De zee van verdriet was zo overweldigend dat de apotheek eronder leed en ik het hoofd nauwelijks boven water kon houden. Ik kon geen beroep doen op mijn vader, want ik had hem nooit gekend. Hij was een vletterman die ruim twintig jaar geleden met zijn bemanning een paar maanden in Londen had verbleven – net lang genoeg om mijn moeder te verleiden. Ik had geen broers of zussen en nauwelijks vrienden. Het leven van een apothekeres is vreemd en eenzaam. Door de aard van mijn moeders werk verkeerden we vaker in het gezelschap van medicinale drankjes dan van mensen. Toen ze stierf, dacht ik dat mijn hart brak, en ik was bang dat mijn moeders nalatenschap en haar apotheek ook ten dode waren opgeschreven.

Maar als een elixer dat op de vlam van mijn verdriet werd gegooid, kwam er een donkerharige jongeman in mijn leven. Hij heette Frederick, en destijds dacht ik dat de toevallige ontmoeting een zegen was. Zijn aanwezigheid verzachtte en heelde veel van het verdriet in mijn leven. Hij was vleeshandelaar, en hij maakte korte metten met de puinhoop die ik sinds mijn moeders dood had aangericht: schulden die ik niet had afbetaald, pigmenten die ik niet had geïnventariseerd, facturen die ik niet had geïnd. En zelfs toen de boekhouding van de apotheek weer klopte, bleef Frederick bij mij. Hij wilde niet van mij gescheiden worden, en ik niet van hem.

Ooit had ik gedacht dat ik alleen maar verstand had van de werking van een apotheek, maar al snel ontdekte ik dat ik ook vaardigheden bezat in andere technieken, de ontlading tussen twee lichamen, een remedie die niet gevonden kon worden in de fiolen op mijn schappen. Tijdens de weken daarna werden we tot over onze oren verliefd. Mijn zee van verdriet werd minder diep. Ik kon weer ademhalen en zag een toekomst – een toekomst met Frederick.

Op dat moment kon ik nog niet weten dat er slechts een paar maanden later een fatale dosis rattengif uit mijn apotheek zou komen om hem te doden.

Het eerste verraad. Het eerste slachtoffer. Het begin van een bezoedelde nalatenschap.

'Dan was de apotheek in die tijd vast niet zo amusant,' zei Eliza. Ze wendde haar hoofd af, alsof ze de gedachte teleurstellend vond. 'Geen gif en geen verborgen kamer. Pff. Iedereen zou een geheime kamer toch geweldig vinden?'

Al vond ik haar onschuld benijdenswaardig, ze was nog te jong om de vloek te begrijpen van een plek die me ooit dierbaar was geweest, maar die inmiddels – geheime kamer of niet – door verlies was verpest. 'Het is niet de bedoeling dat hij amusant is, Eliza. Het gaat erom dat hij geheim is. Daarvoor heb je een maskering nodig. Iedereen kan gif kopen, maar je kunt niet zomaar een korreltje in iemands roereieren gooien, want dan vinden de gerechtsdienaren misschien een restje of het doosje gif in de vuilnisbak. Nee, je moet het zo slim verbergen dat het niet meer op te sporen is. Het gif zit verstopt in het ei, net zoals mijn apotheek verstopt zit in de ingewanden van een oude voorraadkamer. Mensen die hier niets te zoeken hebben, draaien zich om en gaan weg. Je zou kunnen zeggen dat de voorraadkamer aan het steegje een manier is om mij te beschermen.'

Eliza knikte, waardoor het knotje achter in haar nek op en neer wipte. Dankzij haar lange wimpers en de scherpe lijnen van haar gezicht zou het niet lang meer duren voordat ze een mooie jonge vrouw werd, knapper dan de meeste anderen. Ze klemde het kommetje met de eieren tegen haar borst. 'Dan is dit dus alles wat ik nodig heb.' Ze haalde wat munten uit haar zak en legde ze op de tafel. Ik telde ze vlug: vier shillings en sixpence.

Ze stond op en legde haar vingertoppen tegen haar lippen. 'Maar hoe moet ik ze meenemen? Ik ben bang dat ze in de zak van mijn jurk breken.'

Ik had gif verkocht aan vrouwen die drie keer zo oud waren als zij en die zich nooit hadden afgevraagd of de fiolen in hun zak zouden breken. Het leek erop dat Eliza slimmer was dan al die vrouwen bij elkaar. Ik gaf haar een pot van roodachtig glas, en samen stopten we de eieren er voorzichtig in. Elk ei bedekten we met een centimeter as voordat we het volgende ei erop legden. 'Je moet nog steeds heel voorzichtig zijn,' waarschuwde ik. Zachtjes legde ik mijn hand op de hare. 'En als het echt niet anders kan, is één ei ook voldoende.'

Haar blik werd somberder, en op dat moment begreep ik dat ze heel goed besefte wat ze ging doen, ondanks de jeugdige vrolijkheid die ze tot nu toe had laten zien. 'Dank u wel, Miss…'

'Nella,' zei ik. 'Nella Clavinger. En je mag Nella zeggen. Hoe heet de man voor wie de eieren zijn?'

'Thompson Amwell,' antwoordde ze zelfverzekerd. 'Uit Warwick Lane, vlak bij de kathedraal.' Ze tilde de pot op om nog eens goed te kijken of de eieren er veilig in lagen, maar toen fronste ze. 'Een beer,' zei ze, verwijzend naar de kleine gegraveerde afbeelding op het glas. Mijn moeder had jaren geleden voor een gravure van een beer gekozen. Er waren talloze Back Alleys in Londen, maar alleen de onze lag naast een Bear Alley – een Berensteegje. De afbeelding op de pot was heel onschuldig en werd alleen herkend door mensen die van het bestaan van de apotheek op de hoogte waren.

'Ja,' benadrukte ik. 'Dan kun je je niet vergissen in de pot.'

Eliza liep naar de deur. Kalm streek ze met haar vinger over een van de beroete stenen bij de ingang. Er bleef een scherpe lijn in het roet staan, een vingerbreedte schone steen. Ze glimlachte geamuseerd, alsof ze zojuist een tekening voor me had gemaakt op een overgebleven velletje papier. 'Dank je wel, Nella. Ik moet zeggen: ik heb genoten van je thee en van deze verborgen apotheek. Ik hoop echt dat we elkaar nog eens zien.'

Ik trok mijn wenkbrauwen op. De meeste klanten in mijn apotheek waren geen professionele moordenaars, en tenzij ze terugkwam voor een geneesmiddel, verwachtte ik haar niet meer te zien. Maar ik glimlachte enkel naar het leergierige meisje. 'Ja,' zei ik, 'misschien zien we elkaar nog weleens terug.' Ik lichtte de klink op, zwaaide de deur naar binnen en zag Eliza door de voorraadkamer het steegje in lopen. Haar kleine gestalte verdween in de schaduwen buiten.

Toen ze weg was, liet ik haar bezoek nog een paar minuten op me inwerken. Wat een wonderlijk kind. Ik twijfelde er niet aan dat ze haar taak zou volbrengen, en ik was dankbaar dat mijn vreugdeloze apotheek door haar aanwezigheid even een opgewekt moment had gekend. Ik was blij dat ik haar niet had weggestuurd, blij dat ik me niet had laten leiden door het nare voorgevoel dat haar brief bij me had opgeroepen.

Ik ging weer aan de tafel zitten en trok mijn register naar me toe. Ik zocht mijn laatste aantekening op en maakte me klaar om daaronder de volgende notitie te maken.

Nadat ik de punt van mijn veer in de inktpot had gedoopt, zette ik hem op het papier en schreef ik:

Thompson Amwell. Ei bewerkt met NV. *4 februari 1791. Meegegeven aan Miss Eliza Fanning, twaalf jaar oud.*

Hoofdstuk 6

CAROLINE

Huidige tijd, maandag

Ik schudde de modder van mijn natte schoen en liep verder langs het water. Toen de afstand tussen mij en de rest van de rivierjutters groter werd, viel hun rustige gebabbel weg en lokten de zacht klotsende riviergolfjes me naar de waterlijn. Ik keek omhoog en zag een beurs uitziende wolk overdrijven. Huiverend wachtte ik tot hij zou verdwijnen, maar hij werd gevolgd door nog meer bewolking. Ik was bang dat er in hoog tempo een onweersbui aankwam.

Ik sloeg mijn armen over elkaar en keek naar de bodem onder mijn voeten, een homogene strook grijze en koperkleurige stenen. 'Zoek naar inconsistenties,' had Vrijgezel Alf gezegd. Ik liep nog wat verder naar het water en zag de golfjes in een gestaag, gelijkmatig ritme naar me toe rollen en zich terugtrekken. Dat veranderde toen er een snelle boot passeerde, die een vloed water mijn kant op stuwde. En toen hoorde ik het: een hol, ploppend geluid, als waterbubbels die in een flesje gevangenzaten.

Toen het water zich terugtrok, liep ik in de richting van het geluid. In het water, tussen twee stenen, lag een blauwachtig glazen flesje. Een oud frisdrankflesje misschien.

Ik knielde om het beter te bestuderen en trok aan de smalle hals. De onderkant bleek echter stevig tussen de stenen geklemd te zitten. Terwijl ik het ertussenuit probeerde te halen, zag ik op de zijkant van het flesje een piepkleine afbeelding staan. Een merk, of een bedrijfslogo, misschien? Toen ik een van de grotere stenen weghaalde, kwam het flesje vrij te liggen en kon ik het uit de holte halen.

Het was eerder een fiool dan een flesje, want het was maar een centimeter of twaalf hoog. Het was gemaakt van doorschijnend, hemelsblauw glas, verborgen onder een laag aangekoekte modder. Ik doopte het in het water en gebruikte de duim van mijn rubberen handschoen om het vuil eraf te vegen. Daarna hield ik het omhoog om het beter te kunnen bekijken. De afbeelding op de zijkant leek een heel eenvoudige gravure te zijn, die eerder met de hand leek te zijn aangebracht dan met een machine. Voor zover ik kon zien, was het een dier.

Hoewel ik geen idee had wat ik had gevonden, leek het me interessant genoeg om Vrijgezel Alf te roepen. Hij kwam echter al naar me toe. 'Wat heb je gevonden?' vroeg hij.

'Dat weet ik eigenlijk niet,' zei ik. 'Een soort fiool met een gegraveerd dier erop.'

Vrijgezel Alf nam het van me over en hield het vlak voor zijn gezicht. Hij draaide het flesje om en krabde met zijn vingernagel over het glas. 'Dat is vreemd. Het lijkt een fiool uit een apotheek te zijn, maar doorgaans zien we daar andere markeringen op: een bedrijfsnaam, een datum, een adres. Misschien was deze voor huishoudelijk gebruik, een manier om een graveertechniek te oefenen. Ik hoop dat de maker er wat beter in is geworden.' Zwijgend bestudeerde hij de onderkant van de fiool. 'Het glas is hier en daar heel onregelmatig. Het komt beslist niet uit een fabriek, dus het moet behoorlijk oud zijn. Als je wilt, kun je het houden.' Hij spreidde zijn handen. 'Fascinerend toch? Dit is de leukste baan van de wereld, al zeg ik het zelf.'

Ik glimlachte flauwtjes. Ik benijdde hem een beetje, omdat ik dat beslist niet van mijn baan kon zeggen. Zijn hele gezicht straalde, en dat gebeurde mij niet vaak als ik in de boerderij van mijn ouders op een verouderde pc met verouderde software cijfers intikte. Dag in, dag uit zat ik aan het lelijke blond eiken bureau waaraan mijn moeder meer dan dertig jaar had gewerkt. Tien jaar geleden, toen ik werkloos was en net een nieuw huis had, leek het aanbod te goed om het door mijn vingers te laten glippen, maar soms vroeg ik me af waarom ik zo lang was gebleven. Het feit dat ik op een plaatselijke school geen geschiedenislerares kon worden, betekende niet dat ik helemaal geen opties had. Er móést toch iets interessanters bestaan dan administratief werk op de boerderij?

Maar ja, een gezinnetje. Als we in de toekomst kinderen willen, is het heel belangrijk dat jij een vaste baan hebt, zei James vaak tegen me. En daarom was ik op mijn plek blijven zitten en had ik leren omgaan met de frustratie en de ongemakkelijke vraag of ik misschien een kans op iets beters had laten schieten. Misschien zelfs iets totaal anders.

Terwijl ik daar met Vrijgezel Alf in de rivierbedding stond, bedacht ik dat hij misschien ook wel ooit een saaie kantoorbaan had gehad. Was hij uiteindelijk tot de conclusie gekomen dat het leven te kort was om je veertig uur per week ellendig te voelen? Of misschien was hij wel dapperder dan dat en veel stoutmoediger dan ik, en had hij van zijn passie rivierjutten zijn beroep gemaakt. Ik speelde met de gedachte om het hem te vragen, maar voordat ik de kans kreeg, riep een ander lid van onze groep hem om een andere vondst te bekijken.

Ik nam het flesje van hem aan en wilde me al bukken om het terug te leggen, maar een sentimenteel, weemoedig deel van mij weigerde dat te doen. Ik voelde een vreemde connectie met degene die dit voorwerp voor het laatst in zijn handen had gehouden – een intrinsieke verwantschap met de persoon wiens vingerafdrukken vóór de mijne op dit glas hadden gestaan. Wat voor een tinctuur was er in dit hemelsblauwe flesje gemaakt? En wie had het mengsel moeten helpen of genezing moeten brengen?

Mijn ogen prikten toen ik bedacht hoe klein de kans was geweest dat ik dit voorwerp in het rivierbed had gevonden: een historisch artefact, waarschijnlijk ooit eigendom geweest van een onbelangrijk persoon, iemand wiens naam niet in een geschiedenisboek was opgetekend, maar wiens leven desondanks fascinerend was. Dit was precies wat ik zo mooi vond aan geschiedenis: het kon zijn dat er een paar eeuwen tussen mij en de vorige eigenaar van de fiool zaten, maar we voelden precies hetzelfde koele glas tussen onze vingers. Het was alsof het universum me op zijn vreemde, nuchtere manier een teken gaf, een herinnering aan het enthousiasme dat ik ooit had gekoesterd voor onbeduidende overblijfselen uit andere tijden. Ik hoefde alleen maar onder de laag modder te kijken die in de loop der tijd was ontstaan.

Op dat moment drong het tot me door dat ik nog niet één keer om James had gehuild sinds mijn vliegtuig vanochtend op Heathrow was geland. En dat was toch de reden waarom ik naar Londen was gevlucht? Om het kwalijke gezwel van het verdriet weg te snijden, al was het maar voor een paar minuten? Ik was naar Londen gevlucht om te kunnen ademhalen, en dat was precies wat ik had gedaan, ook al had ik een deel van die tijd letterlijk in een modderpoel doorgebracht.

Ik wist opeens heel zeker dat ik de fiool moest houden. Niet alleen omdat ik een subtiel draadje voelde naar degene van wie het flesje ooit was geweest, maar ook omdat ik het had gevonden tijdens een middagje rivierjutten dat niet eens in het originele reisschema met James had gestaan. Ik was in mijn eentje naar deze bedding gekomen. Ik had mijn handen in de modderige holte tussen twee stenen gestoken. Ik had gevochten tegen mijn tranen. Dit glazen voorwerp – broos, maar nog altijd intact, eigenlijk net zoals ik – was een bewijs dat ik dapper en avontuurlijk was en moeilijke dingen in mijn eentje kon doen. Ik liet de fiool in mijn zak glijden.

Boven ons werd het wolkendek steeds dikker, en ergens ten westen van de bocht in de rivier werd een bliksemflits zichtbaar. Bachelor Alf riep ons bij zich. 'Het spijt me, mensen,' schreeuwde hij, 'maar bij onweer moeten we stoppen. We gaan onze spullen pakken. Morgen gaan we op dezelfde tijd verder, mocht iemand zin hebben om mee te doen.'

Ik trok mijn handschoenen uit en liep naar Bachelor Alf. Nu ik enigszins aan mijn omgeving gewend was, vond ik het jammer dat onze begeleide zoektocht moest worden afgebroken. Per slot van rekening had ik net mijn eerste echte vondst gedaan, en ik was nieuwsgierig geworden. Ik had zin om te blijven zoeken en begreep wel dat deze bezigheid verslavend kon worden.

'Als jij zo'n fiool had gevonden,' zei ik tegen Alf, 'waar zou je dan naartoe gaan om er meer informatie over te vinden?' Ook al had mijn flesje niet de markeringen die Alf op een standaard apothekersflesje verwachtte aan te treffen, misschien kon ik toch ergens iets meer te weten komen – vooral omdat er een diertje op de zijkant was gegraveerd. In mijn ogen zag het dier eruit als een beer die op vier poten liep.

Met een warme glimlach schudde hij mijn handschoenen schoon voordat hij ze in een emmer bij de andere gooide. 'O, je kunt een bezoekje brengen aan een hobbyist of een verzamelaar die de kunst van het glas maken bestudeert. Polijstmethoden, vormen en technieken veranderen door de tijden heen, dus misschien kan iemand je helpen je fiool te dateren.'

Ik knikte, maar ik had geen idee hoe ik een 'hobbyist' kon vinden met verstand van glas maken. 'Denk je dat dit flesje ergens uit Londen komt?' Eerder had ik Bachelor Alf tegen een van de anderen horen zeggen dat Windsor Castle zo'n vijfenzestig kilometer naar het westen lag. Hoe ver zou deze fiool al hebben gereisd, en waar was hij in het water beland?

Hij trok een wenkbrauw op. 'Zonder een adres of een tekst om ons te helpen, is de herkomst bijna onmogelijk vast te stellen.' Boven ons klonk dreigend de rollende donder. Bachelor Alf aarzelde. Enerzijds wilde hij een nieuwsgierige nieuweling zoals ik wel helpen, maar anderzijds wilde hij zorgen dat we allebei ergens droog en veilig naar binnen konden. 'Weet je wat, probeer het eens bij de British Library en vraag in de kaartenzaal naar Gaynor. Zeg maar dat ik je heb gestuurd.' Hij keek op zijn horloge. 'Ze zijn vandaag niet meer zo lang open, dus als je ernaartoe wilt, moet je opschieten. Pak de metro, Thameslink naar St. Pancras. Dat is de snelste en de droogste manier om er te komen. En het is niet de beroerdste plek om te wachten tot de onweersbui overwaait.'

Ik bedankte hem en haastte me weg, in de hoop dat ik nog een paar minuten tijd had voordat het onweer echt losbarstte. Ik pakte mijn telefoon en zag tot mijn opluchting dat het metrostation maar een paar straten verderop lag. Verder legde ik me erbij neer dat ik het metrosysteem zou moeten leren kennen als ik tien dagen in mijn eentje in de stad doorbracht.

Toen ik in de stromende regen uit het metrostation kwam, zag ik de British Library al liggen. Ik zette het op een drafje en sjorde aan mijn kraag in een vergeefse poging de binnenkant van mijn shirt te ventileren. Tot overmaat van ramp bleef mijn schoen – die zich met water had gevuld toen ik bij de rivier in een poel was gestapt – kleddernat. Toen ik eindelijk de bibliotheek in liep, viel mijn blik op mijn spiegelbeeld in de ruit. Ik zuchtte, bang dat Gaynor zo'n verfomfaaide bezoeker misschien niet eens te woord wilde staan.

Voetgangers, toeristen en studenten vulden de foyer van de bibliotheek. We waren allemaal gevlucht voor de regen, maar ik had het gevoel dat ik er als enige zonder goede reden stond. Veel andere mensen hadden rugzakken en camera's bij zich, maar ik was gearriveerd met niets anders dan een stukje onbekend glas in mijn zak en de voornaam van iemand die misschien niet eens officieel voor de bibliotheek werkte. Even overwoog ik de handdoek in de ring te gooien – misschien werd het tijd om een broodje te gaan kopen en echte plannen voor mijn verblijf te gaan maken.

Zodra die gedachte bij me opkwam, schudde ik mijn hoofd. Dat klonk als iets wat James zou zeggen. Terwijl de regen tegen de ramen van de bibliotheek bleef striemen, dwong ik mezelf me voor zijn verstandelijke redenering af te sluiten. Door die redenering had ik mijn aanmeldingsformulier van Cambridge verscheurd en een baan op de boerderij van mijn ouders aangenomen. In plaats daarvan vroeg ik me af wat de oude Caroline zou doen – de Caroline van tien jaar geleden, de ijverige studente die nog niet verblind was geweest door een ring met een diamant.

Ik liep naar de trap, waar een groepje toeristen zich met grote ogen over een opengeslagen folder boog. Rond hun voeten lagen beschermhoezen met natte paraplu's erin. Vlak bij de trap stond een bureau met een jonge vrouw erachter. Ik liep naar haar toe en was blij dat ze niet ontzet naar mijn natte, slordige kleding keek.

Ik zei dat ik graag wilde praten met Gaynor, maar de jonge vrouw grinnikte. 'Er werken hier meer dan duizend mensen,' zei ze. 'Weet u op welke afdeling ze werkt?'

'De kaartenzaal,' antwoordde ik. Meteen leek mijn aanwezigheid al iets gerechtvaardigder dan een minuutje eerder. De vrouw keek in haar computer, knikte en bevestigde dat er een Gaynor Baymont bij hen werkte. Ik kon haar vinden achter de informatiebalie van de kaartenzaal, gevestigd op de derde verdieping. Ze wees me waar ik de liften kon vinden.

Een paar minuten later stond ik voor de informatiebalie in de kaartenzaal. Een aantrekkelijke vrouw, een dertiger met golvend kastanjebruin haar, boog zich met een vergrootglas in haar hand over een zwart-witte kaart. In haar andere hand had ze een potlood. Ze tuurde geconcentreerd naar de kaart en ging na een minuut of twee rechtop staan om haar rug wat rust te gunnen. Toen ze me in de gaten kreeg, schrok ze.

'Sorry dat ik je stoor,' fluisterde ik in de bijna stille leeszaal. 'Ik ben op zoek naar Gaynor.'

Ze keek me aan en glimlachte. 'Dan ben je hier goed, want dat ben ik.' Ze legde het vergrootglas neer en veegde een losse haar uit haar gezicht. 'Wat kan ik voor je doen?'

Nu ik voor haar stond, vond ik mijn verzoek eigenlijk belachelijk. Het was wel duidelijk dat de kaart – een chaotische wirwar van lijntjes en piepklein gedrukte straatnamen – op dat moment een belangrijk studieobject voor haar was. 'Ik kan wel een andere keer terugkomen,' bood ik aan. Ik hoopte half dat ze ja zou zeggen en me zou dwingen iets productievers te gaan doen met deze dag.

'O, nee hoor. Deze kaart is honderdvijftig jaar oud. De komende vijf minuten zal er wel niets aan veranderen.'

Ze fronste niet-begrijpend toen ik een hand in mijn zak stak. Waarschijnlijk had ze vaker te maken met studenten die met perkamentrollen in lange kokers binnenkwamen dan met doorweekte vrouwen die iets kleins uit hun zak haalden. 'Dit vond ik een paar uur geleden bij de rivier. Ik was met een groepje mensen aan het rivierjutten, onder leiding van iemand die Alf heet. Hij zei dat ik naar jou toe moest gaan. Ken je hem toevallig?'

Er verscheen een brede lach op haar gezicht. 'Dat is mijn vader.'

'O!' riep ik uit, wat me een geïrriteerde blik van een andere bezoeker opleverde. Wat een stiekemerd, die Vrijgezel Alf, om me dat niet te vertellen. Ik wees naar mijn fiool. 'Er staat een kleine afbeelding op de zijkant, en dat is de enige markering op het glas. Volgens mij is het een beer. Ik vroeg me af waar het flesje vandaan kwam.'

Haar interesse was gewekt en ze hield haar hoofd schuin. 'Dat zou de meeste mensen helemaal niet boeien,' zei ze. Ze stak haar hand naar me uit en ik gaf haar de fiool. 'Ben je soms historica, of onderzoeker?'

Ik glimlachte. 'Ik ben niet op dat terrein werkzaam, maar geschiedenis heeft wel mijn interesse.'

Gaynor keek naar me op. 'Dan kunnen we elkaar de hand schudden. Ik zie tijdens mijn werk allerlei soorten kaarten, maar de oude, obscure exemplaren vind ik het leukst. Altijd een beetje ruimte voor interpretatie, omdat plaatsen door de tijd heen aardig veranderen.'

Plaatsen én mensen, dacht ik. Op dit moment voelde ik een verandering in mezelf: door mijn ongenoegen besloot ik de kans op een avontuur te grijpen en mijn lang weggestopte enthousiasme voor vroegere tijden te verkennen.

Gaynor hield de fiool tegen het licht. 'Ik heb wel een paar antieke fiolen gezien die hierop leken, maar doorgaans zijn ze wat groter. Ze stonden me altijd tegen, omdat je niet weet wat erin heeft gezeten. Als kind dacht ik dat het om bloed en arsenicum ging.' Ze bestudeerde de gravure en streek met haar vinger over het miniatuurbeestje. 'Het ziet er inderdaad uit als een beertje. Vreemd dat er geen andere markeringen op staan, maar ik denk dat we wel kunnen zeggen dat het ooit van een winkelier is geweest, waarschijnlijk een apotheker.' Met een zucht gaf ze het flesje weer aan mij. 'Mijn vader heeft een hart van goud, maar ik weet niet waarom hij je naar mij toe heeft gestuurd. Ik heb echt geen idee wat dit voor een flesje is of waar het vandaan komt.' Ze keek weer naar de kaart voor haar neus, een vriendelijke manier om me te vertellen dat ons gesprekje voorbij was.

Mijn bezoekje had dus niets opgeleverd. Met een teleurgestelde blik bedankte ik Gaynor voor haar tijd. Ik stopte de fiool weer in mijn zak en wilde weglopen van haar balie. Toen ik me omdraaide, riep ze me echter na. 'Sorry, ik had je naam niet verstaan.'

'Caroline. Caroline Parcewell.'

'Uit de Verenigde Staten?'

Ik glimlachte. 'Mijn accent verraadt me zeker. Ja, ik ben hier op vakantie.'

Gaynor pakte een pen en boog zich weer over haar kaart. 'Goed, Caroline. Als ik je ergens anders mee kan helpen, of als je iets over je fiool ontdekt, hoor ik het graag.'

'Natuurlijk.' Ik stopte de fiool in mijn zak. Een beetje ontmoedigd besloot ik het flesje en het rivierjutavontuur uit mijn hoofd te zetten. Ik geloofde er trouwens ook helemaal niet in dat het lot ons bepaalde dingen laat vinden.

Hoofdstuk 7

ELIZA

5 februari 1791

Ik werd wakker met een buikpijn die ik nog nooit eerder had gehad. Ik stak mijn handen onder mijn nachthemd en drukte met mijn vingers op mijn buik. De huid voelde warm en gezwollen aan. Ik beet op mijn tanden toen een doffe pijn zich begon te verspreiden.

Dit was heel anders dan de buikpijn die ik kreeg als ik te veel had gesnoept, of de pijn die ik voelde als ik thuis in de zomertuin tussen de vuurvliegjes rondtolde. Deze pijn zat lager, alsof ik moest plassen. Ik haastte me naar mijn nachtspiegel, maar het zware gevoel ging niet weg.

Maar er lag een heel belangrijke taak op me te wachten! De belangrijkste die mijn meesteres me ooit had gegeven. Belangrijker dan elke schaal die ik schoon had geschrobd, elk nagerecht dat ik had gebakken of elke envelop die ik had verzegeld. Ik kon haar niet teleurstellen door te zeggen dat ik me niet goed voelde en liever in bed bleef liggen. Zo'n excuus had misschien wel gewerkt op de boerderij, bij mijn ouders, op een dag dat de paarden geborsteld moesten worden of de bonen rijp waren om geplukt te worden. Maar vandaag niet. In het torenhoge bakstenen huis van Mr en Mrs Amwell kon ik dat niet zeggen.

Ik wurmde me uit mijn nachthemd en liep naar het lampetstel. Ondertussen nam ik me voor om te doen of ik de pijn niet voelde. Tijdens het wassen, het opruimen van mijn zolderkamer en het aaien van de naamloze dikke grijs gestreepte kat die op mijn voeteneind sliep, fluisterde ik zachtjes tegen mezelf, alsof het uitspreken van de woorden alles aannemelijker maakte: 'Vanochtend zet ik hem de giftige eieren voor.'

De eieren. Ze zaten nog steeds in de pot met as, die ik in de zak had gestopt van de jurk die vlak bij het bed hing. Ik pakte de pot uit de zak en drukte hem tegen mijn borst, waardoor ik de kou van het glas voelde. Ik drukte de pot nog wat dichter tegen mijn huid. Mijn handen trilden niet eens.

Ik was een dapper meisje – in sommige opzichten in elk geval.

Twee jaar geleden, toen ik tien was, reed ik met mijn moeder van ons dorpje Swindon naar de enorme, breed uitgewaaierde stad Londen. Ik was er nog nooit geweest en had alleen maar geruchten gehoord over de rijkdom en al het vuil. 'Geen plek waar mensen zoals wij welkom zijn,' had mijn vader, een boer, altijd gemompeld.

Mijn moeder was het echter niet met hem eens. Als hij het niet hoorde, vertelde ze me over de felle kleuren van Londen – de gouden torens van de kerken, de pauwblauwe japonnen – en de vele bijzondere winkels en pakhuizen in de stad. Ze beschreef exotische dieren die vestjes droegen en aan riempjes door hun baas mee door de straten werden genomen, en marktkraampjes die warme, zoete amandelbroodjes met kersen verkochten aan rijen klanten van wel vijfendertig mensen lang.

Een meisje zoals ik, dat altijd omringd was geweest door vee en wilde struiken die nauwelijks meer dan bittere vruchten droegen, kon zich totaal geen voorstelling van zo'n stad maken.

Omdat ik vier oudere broers had die op de boerderij konden helpen, had mijn moeder erop gestaan om – toen ik eenmaal oud genoeg was – een dienstje voor me te zoeken in Londen. Ze wist dat ik nooit méér van de wereld zou zien dan weilanden en varkensstallen als ik niet op die jonge leeftijd van het platteland vertrok. Mijn ouders hadden er maanden over geruzied, maar mijn moeder gaf geen duimbreed toe.

Op de ochtend van mijn vertrek was de sfeer in huis gespannen, en er vielen heel wat tranen. Mijn vader vond het vreselijk om twee goede handen op de boerderij kwijt te raken, en mijn moeder vond het vreselijk om van haar jongste kind gescheiden te worden. 'Ik heb het idee dat ik een stuk van mijn hart afsnijd,' zei ze snikkend, de kleine doorgestikte lappendeken gladstrijkend die ze zojuist in mijn koffer had gestopt. 'Maar desondanks wil ik je niet veroordelen tot een leven als het mijne.'

Onze bestemming was het kantoor waar bedienden werden ingeschreven. Toen we de stad in reden, boog mijn moeder zich naar me toe. Het verdriet in haar stem had inmiddels plaatsgemaakt voor een opgewekte toon. 'Je moet in het leven beginnen op de plaats die je toegewezen krijgt,' zei ze, mijn knie beetpakkend. 'Van daaraf moet je opklimmen. Er is niets mis met beginnen als keukenhulp of dienstmeisje. Londen is trouwens een magische stad.'

'Wat bedoel je met magisch?' vroeg ik. Mijn ogen werden groot toen ik de stad in zicht kreeg. Het was een heldere, mooie dag; in gedachten voelde ik de eeltplekken op mijn handen al kleiner worden.

'Ik bedoel dat je in Londen kunt worden wat je wilt,' antwoordde ze. 'Thuis, op het land, wacht je geen grootse toekomst. De hekken eromheen zouden je gevangenis worden, net als voor de varkens en voor mij. Maar in Londen... Als je het slim aanpakt, kun je op den duur je macht gebruiken, als een magiër. In zo'n chique stad kan zelfs een arm meisje zichzelf veranderen en worden wat ze wil.'

'Als een vlinder,' zei ik, denkend aan de glazige groen-gouden cocons die ik tijdens de zomer op de hei had gezien. Binnen een paar dagen werden de cocons zwart als roet, alsof het beestje erin was verschrompeld en doodgegaan. Maar dan werd elke cocon weer lichter en werden in de papierachtige omhulling de heldere oranje vleugels van de vlinder zichtbaar. Kort daarna prikten de vleugels door de cocon heen en kon de vlinder wegvliegen.

'Ja, zoals een vlinder,' beaamde mijn moeder. 'Zelfs machtige mannen kunnen niet verklaren wat er in een cocon gebeurt. Het is vast magie, net als wat er in Londen gebeurt.'

Vanaf dat moment wilde ik ontdekken wat magie was, en ik popelde om de stad te verkennen waarin we waren gearriveerd.

In het kantoor voor de bediendenregistratie keek mijn moeder geduldig vanaf de zijlijn toe toen een paar dames me van alle kanten bekeken. Een van hen was Mrs Amwell, gekleed in een roze satijnen japon en een met kant afgezette kap. Ik kon mijn ogen niet van haar afhouden, want ik had nog nooit van mijn leven een roze satijnen japon gezien.

Mrs Amwell leek me meteen te mogen. Ze leunde voorover om met me te praten, en boog daarbij zover naar me toe dat onze gezichten elkaar bijna raakten. Even later legde ze haar arm om mijn moeder heen, wier ogen vol tranen stonden. Ik was opgetogen toen Mrs Amwell uiteindelijk mijn hand pakte. Ze liep samen met mij naar de brede, mahoniehouten balie bij de ingang en vroeg de baliemedewerker om de papieren.

Toen ze de vereiste informatie invulde, viel me op dat haar hand hevig trilde. Het leek haar moeite te kosten om de punt van de ganzenveer stil te houden. Haar woorden waren onregelmatig en de letters hadden vreemde hoeken, maar dat zei me niets. In die tijd kon ik nog niet lezen, dus in mijn ogen was elk handschrift onleesbaar.

Na de nodige tranen van mijn moeder reden mijn nieuwe meesteres en ik na het afscheid in een koets naar het huis dat ze deelde met Mr Amwell, haar echtgenoot. Ik zou als keukenhulpje gaan werken, dus Mrs Amwell stelde me voor aan Sally, de kokkin en keukenmeid.

Tijdens de weken daarna nam Sally geen blad voor de mond: volgens haar kon ik niet eens fatsoenlijk potten schoon schrobben of uitschieters van een aardappel snijden zonder de knol te beschadigen. Ik protesteerde nooit als ze me de 'juiste' manier voordeed, want ik vond het fijn om een dienstje bij de Amwells te hebben. Op zolder had ik een eigen kamer gekregen, wat meer was dan ik volgens mijn moeder kon verwachten, en door het raam had ik uitzicht op de vermakelijke, nooit aflatende drukte op straat: voorbijrazende gesloten draagstoelen, kruiers met enorme kisten vol onzichtbare goederen, het komen en gaan van een stel dat volgens mij net verliefd was.

Uiteindelijk kreeg Sally toch vertrouwen in mijn kwaliteiten en mocht ik haar helpen bij het bereiden van de maaltijden. Het voelde als een stapje omhoog, precies zoals mijn moeder had gezegd, en het gaf me hoop. Op een dag hoopte ik ook drukke bezigheden in de prachtige straten van Londen te hebben, met een verhevener doel dan aardappelen en potten.

Op een ochtend, toen ik zorgvuldig gedroogde kruiden op een schaal rangschikte, rende er een dienstmeisje naar beneden. Mrs Amwell wilde me spreken in haar zitkamer. De schrik sloeg me om het hart. Ik was ervan overtuigd dat ik iets verkeerd had gedaan, dus met lood in de schoenen liep ik langzaam de trap op. Ik werkte nog geen twee maanden in het huis van Mr en Mrs Amwell, en mijn moeder zou het vreselijk vinden als ik na zo'n korte tijd werd ontslagen.

Maar toen ik de lichtblauwe zitkamer van mijn meesteres in liep en ze de deur achter me sloot, glimlachte ze en vroeg ze me naast haar aan haar schrijftafel te komen zitten. Ze sloeg een boek open en pakte een leeg vel papier, een pen en een inktpot. Ze wees op een paar woorden in het boek en vroeg me ze op te schrijven.

De pen voelde erg onwennig aan in mijn hand, maar ik trok het papier naar me toe en schreef de woorden zo goed mogelijk over. Mrs Amwell legde haar kin in haar handen en keek met een aandachtige frons toe. Toen ik de eerste paar woorden had geschreven, koos ze een paar nieuwe, en vrijwel meteen merkte ik dat mijn pennenstreken soepeler werden. Waarschijnlijk was dat mijn meesteres ook opgevallen, want ze knikte goedkeurend.

Vervolgens schoof ze het vel papier opzij en pakte ze het boek op. Ze vroeg of ik de woorden begreep, en ik schudde mijn hoofd. Vervolgens wees ze op een paar korte woorden – 'zij', 'kar', 'pruim' – en legde ze uit dat elke letter een bepaalde klank had. Ze vertelde dat je woorden op papier achter elkaar kon zetten en zo een idee of een verhaal kon uitdrukken.

Het lijkt wel magie, dacht ik. Magie was overal, als je maar wist waar je moest zoeken.

Die middag in de zitkamer was onze eerste les. De eerste van talloze lessen, soms wel twee keer per dag, want de aandoening van mijn meesteres, die me bij de bediendenregistratie voor het eerst was opgevallen, was verergerd. Haar hand trilde inmiddels zo hevig dat ze haar eigen brieven niet meer kon schrijven. Ze had mij nodig om dat voor haar te doen.

Ik werkte steeds minder in de keuken, en Mrs Amwell riep me vaak naar haar zitkamer. Dat viel helemaal niet goed bij het andere personeel, vooral niet bij Sally. Maar ik maakte me er niet te veel zorgen over. Mijn meesteres was Mrs Amwell, niet Sally, en ik kon toch moeilijk nee zeggen tegen de chocoladetruffels en linten en schrijflessen bij de haard in de zitkamer?

Het duurde vele maanden voordat ik kon lezen en schrijven, en nog langer om niet meer te klinken als een kind van het platteland. Mrs Amwell was echter een fantastische lerares. Ze was vriendelijk, sprak met zachte stem en legde haar hand om de mijne om de letters met de pen te vormen. Als de pen uit mijn vingers gleed, lachten we allebei. De laatste gedachten aan thuis verdwenen – het was beschamend om het toe te geven, maar ik wilde de boerderij eigenlijk nooit meer zien. Ik wilde in Londen blijven, in de chique zitkamer van mijn meesteres. Aan die lange middagen aan haar schrijftafel, waar mijn enige last bestond uit de jaloerse blikken van de andere bedienden, bewaar ik een paar van mijn beste herinneringen.

Maar toen veranderde er iets. Een jaar geleden, toen mijn ronde gezicht opeens meer vorm begon te krijgen en mijn keurslijfje strakker werd, kon ik niet meer negeren dat er twee nieuwe ogen naar me keken. Ogen die me veel te goed in de gaten hielden.

Ze waren van Mr Amwell, de echtgenoot van mijn meesteres. Om redenen die ik nog niet helemaal begreep, begon hij me aandacht te schenken. En ik was ervan overtuigd dat mijn meesteres het ook had opgemerkt.

Het was bijna tijd. Mijn buikpijn was afgenomen; het leek te helpen dat ik in de keuken rondliep. Daar was ik blij om, want als ik Nella's instructies opvolgde, moest ik kalm en voorzichtig zijn. Als mijn hand uitschoot – iets waar we in de zitkamer van mijn meesteres om zouden lachen – kon dat vandaag ernstige gevolgen hebben.

De twee kleinste eieren spetterden in de pan. Het vet spatte op mijn schort terwijl de witte randen van het ei pruttelden en omkrulden. Ik bleef geconcentreerd bij de pan staan en schepte de eieren eruit op het moment dat de randen honingkleurig waren. Zo vond mijn meesteres ze het lekkerst. Ik liet ze op een bord glijden, bedekte ze met een doek en zette ze ver weg. Daarna hield ik me een paar minuten bezig met de jus, die ik op Nella's aanraden bij de eieren serveerde.

Terwijl de jus dikker werd, besefte ik dat dit mijn laatste kans was om terug te krabbelen. Nu kon ik de draad nog terugtrekken die straks werd vastgenaaid. Als ik nu doorzette, was ik net als een van die mannen in Tyburn over wie ik had gehoord, mannen die tijdens speciale marktdagen werden opgehangen: misdadigers. Bij die gedachte kreeg ik kippenvel, en even speelde ik met de gedachte om tegen mijn meesteres te liegen en te zeggen dat het giftige ei waarschijnlijk niet krachtig genoeg was geweest.

Ik schudde mijn hoofd. Zo'n leugen zou laf zijn, en dan zou Mr Amwell blijven leven. Het plan dat Mrs Amwell in werking had gezet, zou door mij falen.

Eigenlijk had ik vandaag helemaal niet in de keuken moeten staan. Vorige week had Sally aan Mrs Amwell gevraagd of ze een paar dagen vrij kon krijgen om haar zieke moeder te bezoeken. Mijn meesteres had haar onmiddellijk toestemming gegeven en mij naar de zitkamer laten komen voor de volgende les. Deze les ging echter niet over brieven schrijven of het verbeteren van mijn handschrift, maar over de verborgen apotheek. Ze vertelde dat ik bij Back Alley 3 naar binnen moest gaan en een briefje in het vat met parelgort moest achterlaten. Op dat briefje moest staan op welke dag en tijd ik wilde terugkomen voor mijn geneesmiddel – dat in dit geval dus allesbehalve genezend moest werken.

Ik vroeg niet waarom mijn meesteres haar echtgenoot kwaad wilde doen. Ik vermoedde dat het kwam door wat er een maand geleden was gebeurd, vlak na de jaarwisseling, toen mijn meesteres het huis had verlaten en de dag in de wintertuinen vlak bij Lambeth had doorgebracht.

Die dag had Mrs Amwell me gevraagd een stapel van haar brieven te ordenen. Ze had me er een stuk of dertig gegeven voordat ze naar de tuinen ging, maar omdat ik hoofdpijn had, lukte het me niet om de taak uit te voeren. Halverwege de ochtend trof Mr Amwell me met tranen op mijn wangen aan. De druk achter mijn ogen was bijna ondraaglijk geworden. Hij stond erop dat ik naar mijn kamer zou gaan om te slapen. Even later bood hij me iets te drinken aan wat me daarbij zou helpen. Ik dronk het honingkleurige, scherpe drankje zo vlug mogelijk op, ook al liet het me hoesten en proesten. Het zag eruit als de brandewijn waarvan mijn meesteres soms stiekem wat nam, maar ik begreep werkelijk niet waarom iemand uit vrije wil zoiets dronk.

In mijn zonnige, gerieflijke kamer raakte ik de hoofdpijn kwijt door te slapen. Toen ik wakker werd, rook ik dierlijk vet, afkomstig van een talgkaars. De koele hand van mijn meesteres lag op mijn voorhoofd en mijn hoofdpijn was verdwenen. Mrs Amwell vroeg hoelang ik had geslapen, en ik antwoordde naar waarheid dat ik het niet wist. Ik vertelde dat ik halverwege de ochtend was gaan liggen. 'Het is nu halfelf in de avond,' zei ze, en dat betekende dat ik bijna twaalf uur had geslapen.

Mrs Amwell vroeg of ik had gedroomd. Ik schudde mijn hoofd, maar in werkelijkheid begon zich een vage herinnering te vormen, volgens mij een herinnering aan een droom die ik nog maar een paar uur geleden had gehad. Mr Amwell was in mijn zolderkamer geweest. Hij had de dikke grijze kat van mijn voeteneinde getild en haar in de gang gezet. Daarna had hij de deur dichtgedaan en was hij naar me toe gekomen. Hij kwam naast het bed zitten en legde zijn hand op mijn buik. We begonnen te praten, maar al deed ik nog zo mijn best om me het onderwerp te herinneren, ik wist niet meer waarover we het hadden gehad. Zijn hand gleed naar boven, over mijn navel, maar op dat moment hoorden we beneden een livreiknecht roepen. Er waren een paar heren gearriveerd die Mr Amwell dringend wilden spreken.

Ik vertelde dit verhaal aan mijn meesteres, maar zei ook dat ik niet meer wist of het een droom was of dat het echt was gebeurd. Ze bleef met een bezorgde blik in haar ogen bij me zitten. Ze wees op het lege brandewijnglas en vroeg of Mr Amwell dat aan me had gegeven. Toen ik ja zei, boog ze zich naar me toe en legde ze een hand op de mijne. 'Is het de eerste keer dat hij dat heeft gedaan?'

Ik knikte.

'Voel je je goed? Heb je nergens pijn?'

Ik schudde mijn hoofd.

Mijn meesteres keek aandachtig naar het glas, stopte me in en wenste me een goede nacht.

Pas toen ze weg was, hoorde ik de grijze kat zachtjes miauwen. Ze zat nog steeds in de gang en wilde dat ik haar binnenliet.

Nu hield ik de grootste eieren vast alsof ze van glas waren. Ik was ervan overtuigd dat ik heel voorzichtig moest zijn, en ik had eigenlijk nog nooit nagedacht over de kracht waarmee ik een eierschaal moest breken. De pan was nog steeds heel heet, en de dooiers stolden vrijwel meteen. Ik durfde bijna niet te dicht bij de pan te gaan staan. Omdat ik bang was dat ik giftige dampen zou inademen, bakte ik de eieren met een uitgestrekte arm. Al snel deed mijn schouder pijn, net als vroeger toen ik op het platteland in bomen klom.

Toen de grootste eieren gebakken waren, liet ik ze op een tweede bord glijden. Ik bedekte ze met jus en gooide de vier eierschalen in de vuilnisbak. Nadat ik mijn schort had gefatsoeneerd en nog eens had gecontroleerd of de vergiftigde eieren aan de goede kant van het dienblad stonden, liep ik de keuken uit.

Mijn meester en meesteres zaten al aan tafel en voerden rustig een gesprek over een aanstaand banket. 'Mr Batford zei dat er sculpturen worden tentoongesteld,' zei Mrs Amwell. 'Afkomstig van over de hele wereld.'

Mr Amwell bromde en keek op toen ik de eetkamer binnenkwam. 'Kijk,' zei hij. 'Daar komt ons ontbijt.'

'Hij heeft ons mooie kunstwerken beloofd.' Mijn meesteres wreef over haar sleutelbeen, dat onder haar vingers rood en vlekkerig was. Ze leek een beetje zenuwachtig te zijn, ook al was ik degene die het blad met de giftige eieren droeg. Dat ergerde me een beetje. Ze had het niet aangedurfd om de eieren zelf te gaan halen, en nu lukte het haar niet om rustig te blijven.

'Hm,' bromde hij instemmend, al die tijd naar mij kijkend. 'Hup meisje, zet dat eens snel op tafel.'

Ik benaderde hem van achteren, pakte zijn bord van de rechterkant van het blad en zette het voorzichtig voor hem neer. Terwijl ik dat deed, ging zijn hand naar de achterkant van mijn benen. Voorzichtig tilde hij de zware stof van mijn rok op. Hij streek met zijn hand over de achterkant van mijn knie en liet zijn vingers naar mijn dij glijden.

'Heerlijk,' zei hij. Eindelijk haalde hij zijn hand weg en pakte hij zijn vork. Mijn been jeukte op de plaats waar hij me had aangeraakt, als een onzichtbare uitslag onder mijn huid. Ik liep van hem weg en zette het andere bord voor mijn meesteres neer.

Ze knikte naar me. Haar sleutelbeen was nog steeds rood. Haar ogen waren triest en donker, even dof als de kastanjebruine rozetten op het behang achter haar.

Ik ging op mijn plaats bij de muur staan en wachtte roerloos af wat er ging komen.

Hoofdstuk 8

CAROLINE

Huidige tijd, maandag

Toen ik later die nacht wakker werd, vertelde de wekker op het nachtkastje me dat het drie uur was. Kreunend draaide ik me van het zwakke rode licht af, maar toen ik weer in slaap probeerde te vallen, werd ik misselijk. Ik voelde me helemaal niet lekker. Mijn huid werd vochtig en warm, en ik gooide de dekens van me af. Ik veegde het zweet van mijn bovenlip en stond op om naar de thermostaat te kijken. De temperatuur was uitgedrukt in graden Celsius in plaats van Fahrenheit, dus misschien had ik het in mijn kamer wel te warm gemaakt. Ik schuifelde over de vloerbedekking en stond stil om steun te zoeken tegen de muur.

Opeens begon ik te kokhalzen.

Ik rende naar de badkamer en kon nog maar net op tijd de wc bereiken voordat ik alles uitbraakte wat ik de vorige dag had gegeten. Ik kokhalsde een, twee, drie keer en hing slap boven de pot.

Toen het nare gevoel in mijn maag afnam en ik weer een beetje op adem kwam, reikte ik naar een waslapje op de wastafel. Mijn hand stootte iets kleins en stevigs om. De fiool. Na mijn terugkeer in het hotel had ik hem uit mijn tas gepakt en op de wastafel gezet. Nu was hij bijna kapotgevallen, en ik stopte hem veilig onder in mijn koffer om hem te beschermen. Daarna liep ik terug naar de badkamer om mijn tanden te poetsen.

Voedselvergiftiging in een vreemd land, dacht ik kreunend. Het volgende moment sloeg ik echter een paar trillende, vochtige vingers voor mijn mond. Voedselvergiftiging… of iets anders. Gisteren was ik ook al een paar keer misselijk geweest. Ik had nauwelijks iets gegeten, dus ik kon bedorven eten niet de schuld geven van die misselijkheid.

Meteen voelde het als een wrange, wrede grap. Stel dat ik inderdaad zwanger was. Dan verliep alles wel héél anders dan ik het me had voorgesteld. Ik had lang gedroomd van het moment dat James en ik er samen achter zouden komen: de tranen van vreugde, de kus om het te vieren, naar de boekhandel rennen om ons eerste babyboek te kopen. Met ons tweetjes, samen, blij om wat we hadden gecreëerd. Nu zat ik echter in het holst van de nacht in mijn eentje in een hotelbadkamer en hoopte ik dat we helemaal niets hadden gecreëerd. Ik wilde op dit moment geen kind van James. Ik wilde alleen maar de onaangename, heftige pijn van een aanstaande menstruatie.

Ik maakte warme kamillethee klaar, die ik tijdens het halfuur daarna met kleine slokjes in bed opdronk. Klaarwakker lag ik te wachten tot de misselijkheid verdween. Ik wilde nog niet eens nadenken over een zwangerschapstest. Het leek me beter om nog een paar dagen te wachten. Ik hoopte maar dat mijn menstruatie uitbleef door de reis en de stress. Misschien werd ik later die nacht wel ongesteld, of anders morgen.

Mijn maag werd wat rustiger, maar door de jetlag was ik alert en niet slaperig meer. Ik streek met mijn hand over de rechterkant van het bed, waar James had moeten liggen, en kneep in de koele lakens. Heel even kon ik niet onder de waarheid uit: een deel van mij miste hem vreselijk.

Nee. Ik liet de lakens los en ging op mijn linkerzij liggen, waardoor ik de lege plek naast me niet meer kon zien. Ik mocht mezelf niet toestaan hem te missen. Nog niet.

Alsof de last van James' geheim nog niet zwaar genoeg was, was er nog iets wat me dwarszat. Tot nu toe was mijn beste vriendin, Rose, de enige aan wie ik had verteld dat mijn man me had bedrogen. Nu ik midden in de nacht wakker was, speelde ik met de gedachte om mijn ouders te bellen en het hele verhaal aan hen te vertellen. Het hotel was echter op hun kosten gereserveerd, en dat geld zou niet worden terugbetaald. Daarom had ik het hart niet om te zeggen dat ik in mijn eentje van de suite gebruikmaakte. Ik zou hen op de hoogte brengen wanneer ik thuis was, als ik gelegenheid had gehad om alles op een rijtje te zetten – als ik wist hoe de toekomst van mijn huwelijk eruit zou zien.

Uiteindelijk gaf ik de hoop op dat ik in slaap zou vallen. Ik knipte de lamp op het nachtkastje aan en maakte mijn telefoon los van de oplader. Ik ging online en liet mijn vingers boven het toetsenbord hangen. Het was verleidelijk om de Londense attracties op te zoeken, maar de grote trekpleisters als Westminster Abbey en Buckingham Palace stonden al in mijn notitieboek, compleet met openingstijden en toegangsprijzen, en ik had helemaal geen zin om naar dergelijke plekken toe te gaan. In de grote hotelkamer kon ik de afwezigheid van James al nauwelijks verdragen; hoe kon ik dan over de slingerende paden in Hyde Park lopen zonder de leegte naast me te voelen? Dan ging ik liever helemaal niet.

In plaats daarvan zocht ik de website van de British Library op. Tijdens mijn babbeltje met Gaynor in de kaartenzaal had ik een kaartje gezien waarop stond dat je online in de database kon zoeken. Nu ik een jetlag had en me niet lekker voelde, kroop ik dieper weg onder de katoenen lakens en besloot ik wat te gaan graven.

Ik tikte met mijn vinger op 'Zoeken in hoofdcatalogus' en typte twee woorden in: 'fiool' en 'beer'. Er verschenen een paar totaal verschillende resultaten: een recent artikel uit een tijdschrift over biomechanica, een zeventiende-eeuws boek over apocalyptische profetieën en een verzameling papieren uit het begin van de negentiende eeuw, afkomstig uit het ziekenhuis St. Thomas' Hospital. Ik klikte op het derde resultaat en wachtte tot de pagina verscheen.

Ik kreeg nog wat extra details te zien: de documenten waren opgesteld tussen 1815 en 1818, en ik las hoe de bibliotheek eraan was gekomen. Op de website stond dat de papieren uit de zuidvleugel van het ziekenhuis kwamen en zowel van het personeel als van de patiënten afkomstig waren.

Boven aan het zoekresultaat stond een link waarmee het document met mijn trefwoorden kon worden opgevraagd. Ik klikte er zuchtend op, omdat ik dacht dat ik me zou moeten registreren bij de bibliotheek en om het papieren document zou moeten vragen, maar tot mijn verbazing bleken een paar voorbeeldpagina's van het document te zijn gedigitaliseerd. Binnen een paar tellen verschenen ze op het scherm van mijn telefoon.

Het was tien jaar geleden dat ik me met zo'n speurtocht had beziggehouden, en automatisch voelde ik een adrenalinekick in mijn borstkas. Ik werd groen van jaloezie bij de gedachte dat Gaynor in de British Library elke dag toegang had tot dergelijke archieven.

Terwijl het beeld scherper werd, verscheen er een melding in mijn scherm dat ik werd gebeld. Ik herkende het nummer niet, maar er stond dat het afkomstig was uit Minneapolis. Fronsend probeerde ik me te herinneren of ik iemand uit Minnesota kende. Ik schudde mijn hoofd; waarschijnlijk was het gewoon een telemarketeer. Ik drukte het telefoontje weg, liet me nog verder in mijn kussens zakken en begon de voorbeeldpagina's uit het document te lezen.

De eerste bladzijden waren irrelevant: namen van ziekenhuismedewerkers, een huurcontract en een getekende kopie van een testament – misschien wel getekend toen de patiënt op zijn of haar sterfbed lag. Maar op de vierde bladzijde viel mijn oog op een woord: *bear*, beer.

Het was een gedigitaliseerd beeld van een kort, handgeschreven briefje. Het handschrift was onregelmatig en op een paar plaatsen vervaagd:

22 oktober 1816

Voor mannen was het een doolhof. Ik had die kerels alles kunnen tonen wat ze wilden zien in Bear Alley.

Dat een moordenares haar lange, slanke hand niet hoeft op te heffen. Ze hoeft hem niet eens aan te raken als hij sterft.

Er zijn andere, slimmere methoden: een fiool en voedsel.

De apothekeres was een vriendin van alle vrouwen, de brouwster van ons geheim: de mannen zijn dood omdat wij dat wilden.

Alles liep echter heel anders dan de bedoeling was geweest.

De apothekeres kon er niets aan doen. Zelfs ik kon er niets aan doen.

In mijn ogen ligt de verantwoordelijkheid bij mijn man en zijn trek in wat niet voor hem was bedoeld.

Het briefje was niet ondertekend. Mijn handen begonnen te trillen: ik had 'beer' en 'fiool' in één document, dus dit was duidelijk de bladzijde die bij mijn zoektermen paste. En de schrijfster van dit briefje, wie ze dan ook mocht zijn, was duidelijk van plan geweest om tijdens haar verblijf in het ziekenhuis een groot geheim te onthullen. Was dit misschien een bekentenis op een sterfbed?

En wat betekenden de woorden 'alles wat ze wilden zien in Bear Alley'? De briefschrijfster verwees naar een doolhof en impliceerde dat zij daarin de weg wist. En als er inderdaad een doolhof bestond, leek het alleen maar logisch dat zich iets waardevols – of iets geheims – aan het uiteinde bevond.

Ik beet op mijn nagel. Wat zouden die vreemde bewoordingen in vredesnaam betekenen?

Maar wat me het meest intrigeerde, was dat er een apothekeres werd genoemd. De briefschrijfster zei dat de apothekeres een 'vriendin' en een 'brouwster' van geheimen was. Als het geheim eruit bestond dat er mannen waren gestorven en dat hun dood onnatuurlijk was geweest, leek de apothekeres de link tussen de sterfgevallen te zijn. Alsof er sprake was van een seriemoordenares. Er ging een huivering door me heen en ik trok de lakens wat verder over me heen.

Toen ik het briefje nogmaals doorlas, kreeg ik een melding dat ik een e-mail had ontvangen. Ik negeerde het bericht en ging naar Google Maps, waar ik vlug 'Bear Alley, Londen' intypte, het steegje dat in de eerste regel van de brief werd genoemd.

Meteen kreeg ik een resultaat te zien: er bestond in Londen inderdaad een Bear Alley. En tot mijn stomme verbazing lag het steegje dicht bij mijn hotel. Héél dicht bij mijn hotel, zelfs: het was hooguit een wandeling van tien minuten. Maar was het wel de Bear Alley die in het briefje werd genoemd? In de afgelopen tweehonderd jaar had een aantal straten vast wel een andere naam gekregen.

De satellietfoto van Google Maps gaf aan dat het gebied rond Bear Alley uit enorme betonnen gebouwen bestond. De meeste genoemde bedrijven op de kaart waren investeringsbanken en accountantskantoren. Dus zelfs als dit de juiste Bear Alley was, zou ik in dat gebied waarschijnlijk weinig anders aantreffen dan honderden mannen in nette pakken. Honderden mannen zoals James.

Ik keek naar mijn koffer, waarin ik mijn fiool had gestopt. Gaynor had beaamd dat de tekening op de zijkant een beer was. Zou die fiool verband houden met Bear Alley? Het was niet erg waarschijnlijk, maar ook niet onmogelijk, en die gedachte was als onweerstaanbaar lokaas voor me. De veronderstellingen en het geheimzinnige mysterie oefenden een magnetische aantrekkingskracht op me uit.

Ik keek hoe laat het was. Bijna vier uur. Zodra de zon opkwam, zou ik een kop koffie nemen en naar Bear Alley wandelen.

Voordat ik mijn telefoon weglegde, keek ik naar de ongelezen e-mail in mijn inbox. Ik hield mijn adem in: hij was van James. Met samengeklemde kaken begon ik te lezen.

> Probeerde je te bellen vanaf MSP. Ik weet me geen raad, Caroline. De andere helft van mijn hart is in Londen. Ik moet je zien. Ik sta op het punt om naar Heathrow te vliegen en land daar om negen uur in de ochtend, jouw tijd. Zal wel even duren voordat ik door de douane ben. Zien we elkaar in het hotel, rond elven?

Verstomd las ik de e-mail nog eens door. James was onderweg naar Londen. Hij vroeg niet eens of ik hem wel wilde zien, en hij gunde me ook niet de afzondering en de afstand waaraan ik zoveel behoefte had. Dat telefoontje uit Minnesota moest van hem zijn geweest: MSP was het vliegveld Minneapolis-St. Paul. Misschien had hij wel een openbare telefoon gebruikt. Waarschijnlijk wist hij dat ik niet zou opnemen als ik zijn naam op mijn scherm zag verschijnen.

Mijn handen begonnen te beven. Het was alsof ik voor de tweede keer achter zijn affaire kwam. Mijn vinger hing al boven 'Reply' om hem te antwoorden: 'Waag het niet om hierheen te komen.' Ik kende hem echter lang genoeg om te weten dat hij dan nog twee keer zo hard zijn best zou doen om zijn zin te krijgen. Daarnaast wist hij de naam van het hotel, en zelfs als ik hem weigerde te ontvangen, zou hij ongetwijfeld in de lobby blijven zitten tot ik overstag ging. En ik kon niet eeuwig opgesloten in mijn kamer blijven.

Nu kon ik zeker niet meer slapen. Als James tegen elven in het hotel wilde zijn, had ik nog maar een paar uur zonder de last van zijn aanwezigheid en zijn smoesjes. Een paar uur waarin ik niet hoefde na te denken over ons beschadigde huwelijk. Een paar uur om op zoek te gaan naar Bear Alley.

Ik stond op en begon voor het raam te ijsberen. Om de paar minuten keek ik naar de hemel, koortsachtig speurend naar het eerste licht.

De zon kon me niet snel genoeg opkomen.

Hoofdstuk 9

ELIZA

5 februari 1791

Er ging een minuut voorbij, en daarna nog een, zonder dat er iets aan Mr Amwell te merken was. Mijn moed begon af te brokkelen. Wat had ik op dat moment graag een kop van Nella's warme valeriaanthee gehad! Die had me in haar kleine apotheek met de geheime kamer heerlijk ontspannen.

De daad zelf was niet eens zo moeilijk geweest: ik had de eieren kapot getikt en in de gloeiend hete pan laten glijden. Ik was niet eens bang voor de verwensingen die Mr Amwell me mogelijk naar het hoofd zou slingeren als de giftige eieren in zijn maag gingen werken, en ook niet voor de starre, holle rug die hij zou kunnen trekken, ook al had Nella me gewaarschuwd dat ik daar de rest van mijn leven nachtmerries van kon hebben.

In sommige opzichten was ik dus dapper, maar niet in alle. Wat ik vreesde, was zijn geest, de ziel die na zijn dood rond zou zweven en ongezien door muren en huid heen kon dringen.

Die angst voor geesten had ik pas sinds kort, sinds Sally me een paar maanden geleden de koude, donkere kelder in had getrokken en me een verhaal had verteld over een meisje dat Johanna heette.

Vanaf die dag was ik niet zo dapper meer, want toen wist ik dat magie kon verzuren en schadelijk kon worden.

Volgens Sally had Johanna kort voor mijn komst voor Mr en Mrs Amwell gewerkt. Ze was slechts een jaar of twee ouder dan ik, en ze was ziek geworden, zo ziek dat ze niet meer uit haar kamer kwam. Tijdens haar afzondering werd er in de gangen druk gefluisterd: geruchten dat ze helemaal niet ziek was, maar dat ze een kind verwachtte en binnenkort moest bevallen.

Sally vertelde dat een van de kamermeisjes op een koude novemberochtend bij Johanna zat, die een hele dag bezig was om het kind te krijgen. Ze perste en perste – het was zwoegen en hard werken, maar er klonk geen enkele kreet. Het kindje werd nooit geboren, en Johanna viel in een diepe slaap waaruit ze nooit meer wakker werd.

Mijn zolderkamer, met zijn tochtige hoeken vol spinnenwebben, lag naast de kamer waarin Johanna en haar kind waren gestorven. En nadat Sally me dit verhaal had verteld, begon ik 's avonds Johanna's stem aan de andere kant van de muur te horen. Het was alsof ze mij riep, of ze mijn naam uitschreeuwde. Af en toe hoorde ik een geluid dat op stromend water leek, en gebonk, alsof het kindje in haar buik zich met gebalde vuistjes een weg naar buiten probeerde te vechten.

'Wie was de vader?' vroeg ik in de kelder aan Sally.

Ze keek me veelzeggend aan, alsof ik dat onderhand wel kon raden.

Uiteindelijk verzamelde ik genoeg moed om Mrs Amwell een deel van Sally's verhaal te vertellen, maar mijn meesteres verzekerde me dat er beslist geen zwanger meisje in huis was geweest, en dat er al helemaal geen meisje was gestorven. Ze probeerde me uit te leggen dat Sally jaloers was op mijn positie in huis en dat het gebonk mijn eigen bange hart was. Volgens haar had ik gewoon nachtmerries gehad.

Ik sprak haar niet tegen, maar ik wist heel goed wat ik 's avonds laat hoorde. Hoe kun je je nu vergissen als je je eigen naam opvangt?

Nu, terwijl ik met mijn rug tegen de muur van de eetkamer afwachtte en naar Mr Amwell keek, die zijn eieren opat, werd ik weer nerveus van deze gebeurtenissen. Zelfs zozeer dat ik met mijn handpalmen steun moest zoeken tegen de muur. Ik had geen spijt van mijn daad, maar ik hoopte dat het gif Mr Amwell snel zou doden, nu er daglicht was, want ik moest er niet aan denken dat er nog een stem door de muur mijn naam zou roepen. Ik bad dat die ellendige ziel van Mr Amwell zijn lichaam niet in dit vertrek zou verlaten, of dat ze hier niet lang zou blijven als dat wél gebeurde.

Ik begreep deze vorm van magie niet. Ik begreep niet waarom Johanna's ziel hier nog gevangenzat, of waarom ze bij me kwam spoken. Ik was bang dat de ziel van Mr Amwell haar binnenkort in de gangen zou vergezellen.

In sommige opzichten was ik dapper, ja, en vergif joeg me geen angst aan. Maar ontketende, boze zielen joegen me de stuipen op het lijf.

Halverwege het tweede ei greep hij naar zijn keel. 'Mijn hemel,' riep hij. 'Wat zit er in die jus? Ik krijg vreselijke dorst.' Hij dronk de halve waterkan leeg, terwijl ik tegen de muur bleef wachten tot ik de tafel moest afruimen.

Mijn meesteres zette grote ogen op. Ze legde haar handen op de lichtgele linten van haar keurslijf – verbeeldde ik het me dat haar polsen trilden? 'Gaat het, lieverd?' vroeg ze aan haar man.

'Zie ik eruit of het goed gaat?' snauwde hij. Hij plukte aan zijn onderlip, die rood en gezwollen was geworden. 'Mijn mond brandt. Heb je soms een pepertje in de jus gestopt?' Hij depte een drupje jus van zijn kin. Zijn servet viel op de grond, alsof hij het niet meer kon vasthouden. Op dat moment zag ik heel duidelijk dat zijn woede begon te veranderen in angst.

'Nee, meneer,' zei ik. 'Het is dezelfde jus als altijd. De melk moest op, anders zou hij bederven.'

'Nou, volgens mij was hij al bedorven.' Hij begon te hoesten en greep weer naar zijn keel.

Mijn meesteres nam behoedzaam en met enige tegenzin een hapje van haar eigen eieren en jus.

'Wel verduiveld!' Hij schoof zijn bord van zich af en stond op. Zijn achterovervallende stoel gleed langs de ruisende, smetteloze gordijnen met margrieten naar de grond. 'Ik moet overgeven, kind! Haal dat bord weg!'

Ik haastte me naar de tafel om het bord te pakken. Tot mijn genoegen zag ik dat hij het hele eerste ei en een groot deel van het tweede had opgegeten. Nella had me verzekerd dat desnoods één ei al voldoende zou zijn.

De voetstappen van Mr Amwell echoden door de eetkamer toen hij de trap op liep. Mijn meesteres en ik keken elkaar zwijgend aan, en ik moet bekennen dat een deel van mij verbaasd was dat het plan had gewerkt. Ik liep naar de keuken, veegde het bord vlug schoon en liet het in het troebele, vuile afwaswater glijden.

In de eetkamer at mijn meesteres nog steeds met lange tanden verder. Gelukkig leek zij niets te mankeren, maar Mr Amwell kokhalsde boven zo hevig dat ik me afvroeg of hij erin zou blijven voordat het gif begon te werken. Ik had nog nooit iemand zo hard horen braken of kreunen. Hoelang zou het duren? Dat had Nella me niet verteld, en ik had er niet aan gedacht om het te vragen.

Er gingen twee uren voorbij. Het zou er verdacht uitzien als Mrs Amwell zich beneden achter haar schrijftafel terugtrok alsof er niets aan de hand was, en mij brieven liet schrijven die niet geschreven hoefden te worden.

Iedereen wist dat Mr Amwell graag een borrel dronk en veel dagen en nachten met zijn hoofd boven de nachtspiegel hing, maar we hadden hem nog nooit zo ellendig horen kreunen. Dit was anders, en ik bedacht dat een paar anderen in huis dat ook zouden begrijpen. Mijn meesteres en ik gingen samen naar hem toe. Toen het tot Mrs Amwell doordrong dat haar man niet meer kon praten, liet ze een dokter halen.

De dokter verklaarde onmiddellijk dat Mr Amwell er zeer ernstig aan toe was. Nog nooit eerder had hij een patiënt gezien met zo'n verkrampte, opgezwollen buik. Met vreemde, voor mij onbegrijpelijke medische termen poogde hij dat aan mijn meesteres en mij uit te leggen, maar iedereen kon de stuiptrekkingen met eigen ogen zien. Het was alsof er een kronkelend beest in Mr Amwells buik zat. Zijn ogen waren bloeddoorlopen en hij kon niet eens naar het kaarslicht blijven kijken.

Terwijl de dokter en mijn meesteres samen zachtjes praatten, draaide Mr Amwell zijn hoofd. Twee holle, zwarte gaten keken recht in mijn ogen, recht in mijn ziel. Ik had durven zweren dat hij het op dat moment wist. Ik onderdrukte een schreeuw en vluchtte de kamer uit, precies op het moment dat de dokter op de onderbuik van zijn patiënt klopte. Dat ontlokte Mr Amwell zo'n luide oerkreet dat ik bang was dat zijn ziel zojuist zijn lichaam had verlaten.

Alleen zijn hortende, schorre ademhaling – hoorbaar in de gang, waar ik trillend was gaan staan – vertelde me dat hij nog leefde.

'Zijn blaas staat op het punt om te barsten,' zei de dokter tegen Mrs Amwell toen ik de kamer uit liep. 'Dus u zegt dat dergelijke aanvallen vaker zijn voorgekomen?'

'Vele malen,' antwoordde mijn meesteres. Het was geen leugen, en toch loog ze. In de koele, inktzwarte duisternis van de gang leunde ik tegen de muur. Net buiten de kamer luisterde ik naar de woorden van mijn meesteres en naar de gekwelde ademhaling van haar stervende echtgenoot. 'De drank is zijn zwakte.'

'Maar die zwelling in zijn buik is abnormaal...' De stem van de dokter stierf weg, en ik stelde me zo voor dat hij over de vreemde zaak nadacht en zich afvroeg of hij de autoriteiten moest waarschuwen. Een stervende man, een mooie echtgenote. Had de dokter de lege whiskyflessen gezien, die we beneden overal hadden neergelegd om hem voor de gek te houden?

Ik stapte naar voren, niet in staat om mijn nieuwsgierigheid te bedwingen, en tuurde om de hoek van de openstaande deur. De dokter sloeg zijn armen over elkaar, trommelde met zijn vinger en onderdrukte een geeuw. Ik vroeg me af of er thuis misschien ook een mooie vrouw op hem wachtte, die het eten bijna klaar had. De dokter aarzelde en zei uiteindelijk: 'Ik denk dat u een geestelijke moet laten komen, Mrs Amwell. En wel nu meteen. Hij haalt de ochtend niet.'

Mijn meesteres sloeg haar hand voor haar mond. 'Hemeltje,' zei ze ademloos. Er klonk oprechte verbazing in haar stem.

Op haar teken begeleidde ik de dokter naar de deur. Toen ik de voordeur achter hem had dichtgedaan en me omdraaide, stond ze op me te wachten.

'Laten we samen bij het haardvuur gaan zitten,' fluisterde ze. Met ons tweeën liepen we naar de kamer waar we altijd zaten. Ze sloeg een deken om onze benen, pakte een notitieboek en begon een brief aan haar moeder in Norwich te dicteren. 'Moeder,' zo begon ze, 'mijn man is ernstig ziek geworden...'

Ik schreef alles letterlijk op, ook al wist ik dat niet alles klopte. En zelfs toen de brief helemaal af was – ik schreef zes kantjes, acht kantjes, en het waren allemaal herhalingen van dingen die ze al eerder had gezegd – bleef ze praten, en ik bleef schrijven. Geen van beiden wilden we van onze plaats komen; geen van beiden wilden we naar boven. De klok vertelde ons dat het al bijna middernacht was. Het daglicht was allang verdwenen.

Maar we gingen niet oneindig door, want opeens voelde ik iets vreemds: iets nats en plakkerigs tussen mijn benen. En precies op dat moment kwam er een livreiknecht met twee traptreden tegelijk naar beneden rennen. Zijn ogen waren groot en vochtig. 'Mrs Amwell,' riep hij, 'ik vind het vreselijk om het te moeten zeggen, maar h-hij ademt niet meer.'

Mrs Amwell gooide de deken van haar schoot en stond op. Ik volgde haar voorbeeld, maar tot mijn ontzetting was het warme kuiltje waar ik had gezeten nu besmeurd met een streep rood, even fel als een vers geplukte appel. Mijn mond viel open; kwam de dood nu ook op bezoek bij mij? Ik zoog mijn longen bewust vol lucht en bad vurig dat ik het niet benauwd zou krijgen.

Mrs Amwell liep in de richting van de trap, maar ik riep haar na. 'Wacht!' Mijn stem klonk smekend. 'Laat me hier alstublieft niet alleen achter.'

Want ik wist het zeker: wederom had een vreselijke vorm van magie mij gevonden. Boven had de ziel van Mr Amwell zijn lichaam verlaten, maar net als Johanna's ziel hing de zijne nog ergens in de lucht. Waarom zou ik anders bloeden op het moment dat hij overleed?

Er liepen dikke tranen over mijn wangen en ik liet me op mijn knieën vallen. 'Laat me niet alleen,' smeekte ik haar weer.

Mijn meesteres keek me bevreemd aan, want ze had me zo vaak in mijn eentje in dat vertrek achtergelaten. Ik voelde de natte warmte echter nog steeds uit me lopen. Vanaf mijn plek op de vloer wees ik naar de bank waarop we samen hadden gezeten. Mijn blik fixeerde zich op het bebloede zitkussen, en van overal om ons heen kwamen de schaduwen van het kaarslicht dichter naar me toe, dansend, pesterig, met Mr Amwell verstopt in elke flakkering.

HOOFDSTUK 10

NELLA

7 februari 1791

Op de zevende dag van februari werd er weer een briefje in de ton met parelgort achtergelaten.

Voordat ik het las, tilde ik het fijne perkament op – dun als de huid op mijn vermoeide handen – en snoof ik de geur van parfum op. Kersen, met een zweem van lavendel en rozenwater.

Net als bij Eliza's brief zag ik aan de kalme halen en de gelijkmatige lussen van het handschrift dat de schrijfster geletterd en welgemanierd was. Ik kreeg een beeld van een vrouw van mijn leeftijd: een vrouw aan het hoofd van een huishouding, de echtgenote van een koopman. Ik stelde me een warme, loyale vriendin voor, maar geen modieuze dame uit de hogere kringen. Iemand die van siertuinen en het theater hield, maar niet zoals een courtisane. Ik stelde me een volle boezem en brede heupen voor. Een moeder.

Maar toen ik mijn fantasie wegstopte en de woorden las die zo zorgvuldig waren opgeschreven, kreeg ik een droge tong. Het was een heel vreemde brief. Het was alsof de schrijfster haar wens eigenlijk niet durfde op te schrijven en in plaats daarvan subtiele zinspelingen maakte. Ik liet het briefje op de tafel vallen. Ik hield de kaars boven het perkament en las de boodschap nog eens:

De livreiknecht betrapte hen samen in het poorthuis.

Over twee dagen ontvangen wij gasten, van wie zij er een zal zijn. Misschien hebt u iets wat lust kan opwekken? Ik kom morgenochtend om tien uur naar uw apotheek.

O, wat zoet om in de armen van een geliefde te sterven, terwijl de gangen hier stil zijn en ik in mijn eentje lig te wachten.

Ik ontleedde elke zin alsof het de ingewanden van een rat betrof en zocht naar een vakkundig verborgen aanwijzing. De vrouw had een livreiknecht en een poorthuis, dus ze zat waarschijnlijk goed in de slappe was. Dat verontrustte me, want ik bemoeide me niet graag met de motieven van de rijken, die in mijn ervaring onvoorspelbaar en onbetrouwbaar waren. En de vrouw wilde iets wat lust opwekte, waardoor hij – waarschijnlijk haar echtgenoot – kon sterven in de armen van zijn geliefde – vermoedelijk zijn maîtresse. Ik vond het een verwrongen plan, en de brief zat me niet lekker.

Het middel moest binnen twee dagen klaar zijn. Dat gaf me nauwelijks genoeg tijd.

Maar Eliza's brief had me ook niet lekker gezeten, en bij haar bezoek was er niets misgegaan. Ik was ervan overtuigd dat mijn angstige voorgevoel bij deze brief ook werd veroorzaakt door mijn ziekelijke lichaam en vermoeide ziel. Misschien zou elke brief me voortaan verontrusten. Dan kon ik er maar beter aan wennen, net zoals ik gewend was geraakt aan het gebrek aan licht in mijn apotheek.

Daarnaast zinspeelde de brief van de vrouw op verraad, en verraad was de reden waarom ik destijds vergif was gaan verkopen en de geheimen van deze vrouwen bij me droeg, opgetekend in mijn register om hen te beschermen en te helpen. Een goede apothekeres was vertrouwd met de wanhoop van haar patiënte, of die nu ontstaan was in de huid, de mond, de baarmoeder of het hart. En al had ik niets gemeen met de maatschappelijke status van de vrouw – hier in Back Alley bevonden zich geen poorthuizen of livreiknechten – ik herkende haar innerlijke beroering. Gebroken harten komen overal voor; ze kijken niet naar rang of stand.

Dus ondanks mijn voorgevoelens maakte ik me klaar om die dag op pad te gaan. Ik trok mijn dikste jas aan en pakte een extra paar sokken in. De velden waar ik naartoe wilde gaan, waren zompig en weinig uitnodigend, maar dat was de plek waar ik de oliekevers kon vinden – het middel dat het best paste bij het vreemde verzoek van deze vrouw.

Vlug en behendig liep ik door de slingerende steegjes van mijn stad. Op weg naar Walworth, in Southwark, waar ik de kevers zou vinden, ontweek ik de draagstoelen en de paardenhopen en baande ik me een weg door de benauwende mensenmassa's die huizen en winkels in en uit liepen. Ik ging vaak naar de rivier en kon met mijn ogen dicht naar de Blackfriars Bridge lopen, maar vandaag moest ik oppassen voor losse steentjes onder mijn voeten. Ik keek goed uit waar ik liep en ontweek ergerlijke dingen, zoals een straathond die op iets doods kauwde en een half opengevallen pakje met een stinkende vis vol vliegen.

Terwijl ik me door Water Street haastte en het water al bijna kon zien, veegden vrouwen aan weerszijden van de straat het vuil en de rommel van hun drempels, waardoor er een wolk van as en stof ontstond. Ik kuchte en kreeg opeens een vreselijke hoestaanval. Mijn lichaam klapte dubbel en ik moest mijn handen op mijn knieën leggen.

Goddank schonk niemand enige aandacht aan me. Het laatste waaraan ik nu behoefte had, waren vragen over mijn bestemming of mijn naam. Nee, iedereen had het te druk met zijn eigen taken, koopwaar en kinderen.

Mijn longen bleven gretig lucht naar binnen zuigen tot de hitte in mijn keel eindelijk afnam. Ik veegde het vocht van mijn lippen en schrok van het groenige hoestslijm op mijn handpalm, dat eruitzag alsof ik mijn hand in de rivier had gestoken en hem er met een sliertje algen erop weer uit had gehaald. Ik smeet het slijm op de grond en vertrapte het onder mijn schoen. Nadat ik mijn schouders had gerecht, liep ik door naar de rivier.

Op het moment dat ik de trap onder aan de Blackfriars Bridge bereikte, zag ik vanaf de andere kant van de straat een man en een vrouw aankomen. Hij keek met samengeknepen, vastberaden ogen naar mij, en ik bad dat hij iemand vlak achter mij had herkend. De vrouw naast hem ging gebukt onder het gewicht van een zuigeling tegen haar borst, en vanuit de verte kon ik net het zachte, eivormige hoofdje van het kleintje zien. Het kind was in een prachtige roomkleurige deken gewikkeld.

Ik keek naar de grond en versnelde mijn pas, maar op de onderste trede van de brug werd er zachtjes een hand op mijn schouder gelegd.

'Miss?' Ik draaide me om en daar stonden ze, in een perfecte formatie: vader, moeder en kind. 'Voelt u zich wel goed?' De man schoof zijn hoed wat naar achteren en trok de sjaal om zijn hals een stukje omlaag.

'J-Ja, er is niets aan de hand,' stamelde ik. Onder mijn hand voelde de leuning aan als ijs, maar ik bleef hem stevig vasthouden.

Hij zuchtte opgelucht. 'Mijn hemel, we zagen u daarnet hoesten. U moet van die koude straat af en ergens binnen bij een haardvuur gaan zitten.' Hij keek naar boven, naar de trap die ik op wilde lopen. 'U bent toch niet van plan om de brug naar Southwark over te steken? Die inspanning in deze kou...'

Ik probeerde niet te kijken naar het stevig ingepakte kind, dat kuiltjes in de wangen had. 'Het is echt geen probleem, geloof me.'

De vrouw hield medelijdend haar hoofd schuin. 'Komt u toch met ons mee, wij huren een bootje. Wij kunnen ook niet ver lopen, daarvoor is ons kleintje te zwaar.' Ze keek naar haar kind en gebaarde met haar hoofd naar een van de mannen die aan de rivieroever stonden te wachten.

'Dat is aardig, maar ik red me wel,' zei ik met nadruk, mijn voet optillend om op de traptrede te stappen. Ik glimlachte naar het vriendelijke echtpaar in de hoop dat ze me met rust zouden laten. Op dat moment kwam er echter weer een hoestbui op die ik niet kon onderdrukken. Ik moest mijn hoofd afwenden, en terwijl ik dat deed, voelde ik weer een hand op mijn schouder, een beetje steviger deze keer.

Het was de vrouw, die me indringend aankeek. 'Als u dan echt zo nodig wilt oversteken, sta ik erop dat u met ons meegaat. Het lukt u nooit om boven te komen, laat staan om de brug over te steken. Kom, deze kant op.' Ze nam me mee naar het water, met een hand op het hoofdje van haar kind en de andere op mijn rug. Samen liepen we naar een van de wachtende mannen bij het water.

Ik gaf me gewonnen, en toen we eenmaal met dikke, wollen dekens over onze benen op de boot zaten, was ik erg blij dat ik even kon rusten.

Zodra het bootje van de oever loskwam, begon het kind te jengelen. De moeder ontblootte haar borst, en het bootje wiegde en schommelde op het ijzige water. Ik leunde met mijn hoofd een stukje overboord en hoopte dat ik tijdens het tochtje naar Southwark niet moest overgeven. In het gezelschap van dit mooie gezin vergat ik even de reden voor mijn reisje, maar opeens wist ik het weer: de kevers. Het poorthuis. De livreiknecht. Iets om lust op te wekken.

'Wordt u misselijk?' vroeg de man. 'De golven zijn wat ruw vandaag, maar geloof me, het is beter dan lopen.'

Ik knikte instemmend. Ik was wel vaker misselijk geweest; het voelde als het nare ochtendgevoel tijdens een zwangerschap, dat ik me zelfs na twee decennia nog herinnerde. De golven van misselijkheid waren al vroeg begonnen, zelfs nog voordat mijn maandstonden uitbleven, en de vermoeidheid had kort daarna toegeslagen. Ik had echter meteen geweten dat het geen gewone vermoeidheid was. Ik wist heel zeker dat ik een kind droeg, net zoals ik bij het zien van twee zaadjes zeker wist welke van een gele lelie afkomstig was en welke van een witte. Ondanks de misselijkheid en de vermoeidheid had een buitenstaander echter kunnen denken dat ik de sleutel naar het geluk had gevonden, want ik was nog nooit zo opgewekt geweest als in die begintijd, zwanger van Fredericks kind.

De moeder glimlachte naar me en haalde het slapende kind van haar tepel. 'Wilt u haar even vasthouden?' vroeg ze. Ik bloosde, want het drong nu pas tot me door dat ik naar het kind had zitten staren.

'Ja,' had ik al gefluisterd voordat ik er erg in had. 'Graag.'

Ze gaf me haar dochter en vertelde dat het kind Beatrice heette. 'Zij die geluk brengt,' zei ze.

Maar toen het gewicht van Beatrice in mijn armen lag en de warmte van het kinderlijfje door de laagjes stof naar mijn huid kroop, voelde ik helemaal geen vreugde. Dit bundeltje met haar perzikhuid en zachte zuchtjes lag in mijn armen als een grafsteen, een markering van verlies, het besef dat zoiets kostbaars ooit uit mijn leven was gerukt. Ik kreeg een brok in mijn keel en had meteen spijt van deze oversteek naar Southwark.

'Wat zoet om in de armen van een geliefde te sterven, terwijl de gangen hier stil zijn en ik in mijn eentje lig te wachten.' De woorden in de brief die me hierheen hadden gebracht, voelden nu al als een vloek.

Waarschijnlijk voelde het kind mijn ongenoegen, want ze schrok wakker en keek gedesoriënteerd om zich heen. Hoewel ze een volle maag had, fronste ze haar wenkbrauwen alsof ze wilde gaan huilen.

Intuïtief wiegde ik haar op en neer en hield ik haar dichter tegen me aan. 'Stil maar,' fluisterde ik, in de wetenschap dat de moeder en de vader toekeken. 'Stil maar, kleintje, er is niets aan de hand.' Beatrice werd rustig en keek me recht in de ogen. Het was of ze in mijn ziel wilde kijken en kennis wilde nemen van mijn geheimen en al mijn pijn.

Kon ze maar zien wat er diep in mij rotte. Begreep haar hartje mijn zware somberte maar – de somberte die me al twintig jaar kwelde, die de vonk was geweest onder het brandspoor van wraak dat nu witheet door Londen trok en me al decennia met de geheimen van anderen belastte.

Daar dacht ik over na terwijl onze boot over het water golfde en ons naar de andere oever voerde. En al had ik die mooie kleine Beatrice in mijn armen, die brengster van geluk, mijn blik gleed als vanzelf naar de Blackfriars Bridge. Toen ik naar de stenen bogen keek, die het bouwwerk ondersteunden en het hoog boven het water uit tilden, stond ik mezelf even toe om te dromen van de verlossing en de vrijheid die me onmiddellijk ten deel zouden vallen als ik van de brug af stapte.

Een vrije val van een paar tellen, een harde klap op ijskoud water. Slechts een paar tellen had ik nodig om me te ontdoen van deze vloek en al die andere vloeken. Dan kon ik de geheimen voorgoed bewaren en beschermen wat me was toevertrouwd. Slechts een paar tellen om het verdriet en de rotting uit mijn botten te zuigen. Slechts een paar tellen om me bij mijn eigen kindje te voegen, waar ze dan ook mocht zijn.

Ik bleef Beatrice zachtjes op en neer bewegen en deed zwijgend een schietgebedje dat zij nooit zulke duistere, vreselijke gedachten zou hebben als de mijne. En ik was ervan overtuigd dat ik die gedachten nooit zou hebben gehad als mijn eigen kind was blijven leven en nu een jonge vrouw van negentien zou zijn. Dan zou ik beslist niet zo verlangend naar de zwarte schaduw van de nabije brug hebben gekeken.

Ik dwong mezelf naar het gezichtje van Beatrice te kijken. Haar huid was volkomen gaaf; ze had niet eens een moedervlekje. Ik maakte de roomkleurige deken een klein stukje los om een blik op de plooitjes rond haar kin en hals te werpen. Onder mijn duim voelde de wol heel zacht aan. Misschien had de deken wel meer gekost dan de kleding van de vader en de moeder bij elkaar. 'Beatrice,' zei ik in gedachten, in de hoop dat ik de boodschap met mijn ogen kon overbrengen, 'je vader en je moeder houden heel veel van je.'

Terwijl ik het geluidloos zei, had ik zin om het uit te schreeuwen. Mijn baarmoeder had nog nooit zo hol en leeg gevoeld. Had ik tegen mijn gestorven kind maar kunnen zeggen dat haar ouders heel veel van haar hielden. Dat had ik echter nooit kunnen zeggen, want het was maar half waar geweest.

Toen het bootje aanstalten maakte om aan te meren, gaf ik Beatrice trillend terug aan haar moeder.

In het veld vond ik de kevers, die ik thuis in mijn haard roosterde. De volgende ochtend kon ik nauwelijks opstaan van mijn plaats op de grond. Door de ijskoude lucht van de vorige dag waren mijn knieën stijf geworden, en door de lange wandeling na het boottochtje waren mijn enkels opgezwollen. Mijn vingers waren kapot en bebloed, maar dat had ik wel verwacht, want ik had meer dan honderd oliekevers uit het veld bij Walworth gegraven. Ik had ze allemaal uit hun nest geplukt en van hun dierbare soortgenoten gescheiden.

Ik ondervond wat verlichting van mijn ongemakken door de lage vlammetjes en het kokende water erboven, waarin ik wat opium had gegooid. Over een uur zou mijn rijke klant arriveren. Dat betekende dat ik nog even kon rusten, al maakte de gedachte aan haar komst me nog steeds onrustig.

Toch werd ik op het verkeerde been gezet en aan het schrikken gemaakt. Op het moment dat ik mijn hoofd achterover tegen de schouw liet leunen, werd er op de geheime deur geklopt. Ik schrok zo van het onverwachte geluid dat ik het bijna uitschreeuwde. Koortsachtig dacht ik na. Was ik zo uitgeput dat ik een afspraak was vergeten? Had ik een brief over het hoofd gezien? Het was nog geen tien uur. Het was te vroeg voor de komst van de vrouw, te vroeg voor klokken die niet helemaal gelijkliepen.

Verduiveld nog aan toe, dacht ik, het zal wel een vrouw zijn die een alledaags middeltje als alsem of moederkruid nodig heeft. Kreunend probeerde ik overeind te komen, maar mijn gewicht leek wel drijfzand dat me omlaagtrok. Er klonk nog een klop, luider deze keer. Zwijgend vervloekte ik de indringer, de persoon die me nog meer pijn bezorgde.

Ik liep naar de deur en tuurde door de spleet om naar de bezoeker te kijken.

Het was Eliza.

Hoofdstuk 11

ELIZA

8 februari 1791

Toen de kleine gestalte van Nella opendeed en de deur naar zich toe liet zwaaien, zag ze eruit alsof ik haar de stuipen op het lijf had gejaagd. ‘Het spijt me dat ik je zo overval,’ zei ik verontschuldigend.

‘O, kom maar binnen,’ zei ze, een beetje op adem komend. Ze had haar hand op haar borst gelegd. Ik stampte met mijn natte voeten en liep naar binnen. De kamer zag er precies zo uit als een paar dagen geleden, maar de geur was veranderd. Het rook er nu gronderig, naar vochtige, gezonde aarde. Nieuwsgierig liet ik mijn blik langs de schappen dwalen.

‘Ik heb gisteren de krant gelezen,’ zei Nella, me recht in de ogen kijkend. De schaduwen van haar ingevallen wangen waren donkerder vandaag, en lokjes van haar gitzwarte, weerbarstige haar piekten alle kanten op. ‘Over Mr Amwell, dat hij eindelijk bezweken is aan de drank. Alles ging dus volgens plan, neem ik aan.’

Ik knikte en voelde trots opwellen. Ik popelde om haar te vertellen hoe goed de giftige eieren hadden gewerkt, en ik vond het jammer dat ze erover had gelezen voordat ik de kans kreeg om erover te beginnen. ‘Hij werd meteen ziek,’ zei ik, ‘en hij knapte niet meer op, zelfs niet een beetje.’

Er was echter één probleem. Mijn hand ging naar mijn onderbuik, die al pijn deed sinds het tijdstip van Mr Amwells dood. Hij was volgens plan aan het vergif gestorven, maar ik bloedde al sinds het moment dat zijn ziel zijn lichaam had verlaten. Daarom was ik teruggegaan naar Nella's apotheek. Dat leek me de enige optie: een van haar tincturen kon vast wel zorgen dat zijn geest verdween.

Daarnaast vond ik haar fiolen en drankjes fascinerend. Zij vond ze misschien niet magisch, maar dat was ik beslist niet met haar eens. Ik wist dat Mr Amwell niet zomaar was gestorven. Iets in hem was veranderd, zoals de vlinders in hun cocons. Hij had een nieuwe vorm gekregen, en ik was ervan overtuigd dat Nella's elixers de enige manier waren om dat terug te draaien en te zorgen dat het bloeden uit mijn buik ophield.

Dat kon ik echter nog niet tegen Nella zeggen, want tijdens mijn eerste bezoek had ze gezegd dat ze niet aan magie deed. Ik wilde niet dat ze me irritant zou vinden, of zou denken dat ik stapelgek was. Daarom had ik een andere tactiek bedacht.

Nella sloeg haar armen over elkaar en bekeek me van top tot teen. Haar knokkels, die zich vlak voor mijn gezicht bevonden, zagen er opgezwollen uit, rond en rood als kersen. 'Ik ben heel blij dat de eieren hebben gewerkt,' zei ze, 'maar nu je taak is volbracht, vraag ik me af wat je hier komt doen. En nog zonder waarschuwing ook.' Haar toon was niet echt bestraffend, maar ik voelde wel dat ze niet blij was met mijn komst. 'Ik neem aan dat je niet komt vragen of ik je meesteres hetzelfde lot kan laten ondergaan.'

'Natuurlijk niet,' zei ik hoofdschuddend. 'Ze is altijd heel lief voor me.' Opeens voelde ik tocht in het vertrek, en ik rook een vlaag van de vochtige, gronderige geur. 'Wat ruik ik?'

'Kom maar eens kijken.' Nella wenkte me naar een aardewerken pot op de vloer, vlak bij de haard. De pot kwam tot aan mijn middel en was gevuld met los, zwart zand. Ik kwam gretig dichterbij, maar ze stak haar hand uit. 'Niet te dichtbij,' zei ze. Ze pakte een paar grof afgewerkte leren handschoenen en een soort schepje, waarmee ze aan de rand van de pot wat aarde opzijschoof. Onder de grond lag iets wat er hard en wittig uitzag. 'De knol van de wolfswortel,' zei ze.

'Wolfswortel,' herhaalde ik langzaam. Het leek op een steen, maar toen ik mijn nek strekte, kon ik net een paar uitlopers zien, net als bij een aardappel of een wortel. 'Werd dat vroeger gebruikt tegen wolven?'

'Ja. De Grieken haalden het gif uit de knol en smeerden het op de punten van hun pijlen. Die gebruikten ze als ze op wilde honden jaagden. Maar zoiets gaat hier niet gebeuren.'

'Omdat het hier wordt gebruikt om mensen te doden in plaats van wolven,' zei ik snel, om haar te laten zien dat ik het begreep.

Nella's wenkbrauwen gingen omhoog. 'Ik heb nog nooit een twaalfjarig meisje zoals jij ontmoet,' zei ze. Ze draaide zich naar de pot en bedekte de wortel voorzichtig weer met aarde. 'Over een maand versnipper ik deze wortel tot duizend stukjes. Een snuifje daarvan door een mierikswortelsaus – wel goed mengen, anders wordt de saus bitter – zorgt binnen een uur voor een hartstilstand.' Ze hield haar hoofd schuin. 'Je hebt mijn vraag nog niet beantwoord. Wil je dat ik nog iets anders voor je doe?' Ze trok haar handschoenen uit en verstrengelde haar vingers op haar schoot.

'Ik wil niet in het huis van Mrs Amwell blijven,' mompelde ik. Dat was ook zo, maar het was niet de volledige waarheid. Ik kuchte en voelde het plakkerige, natte bloed uit me lopen. Gisteren had ik een dunne doek uit het wasgoed gehaald, die ik in stukken had geknipt. Ik gebruikte hem om te zorgen dat mijn ondergoed niet vies werd.

Niet-begrijpend hield Nella haar hoofd weer schuin. 'Hoe moet het dan met je meesteres? En met je werk?'

'Ze is voor een paar weken naar het noorden gegaan, naar haar familie in Norwich. Ze is vanochtend vertrokken, met zwarte draperieën aan haar koets. Omdat ze nu...' Ik zweeg even en herhaalde wat ze me vóór haar vertrek in een paar brieven had laten schrijven. 'Omdat ze nu in de rouw is, wilde ze graag bij haar familie zijn.'

'Maar dan is er in huis vast genoeg te doen voor jou.'

Ik schudde mijn hoofd. Nu mijn meesteres was vertrokken, haar man dood was en Sally was teruggekomen van haar bezoek aan haar moeder, had ik niet veel meer te doen. 'Ik schrijf alleen maar brieven voor haar, dus

Mrs Amwell zei dat ik tijdens haar afwezigheid niet in haar huis hoefde te blijven.'

'Schrijf je haar brieven? Dat verklaart je mooie handschrift.'

'Haar handen trillen te veel. Ze kan niet veel meer schrijven.'

'Ik begrijp het,' zei Nella. 'Dus ze heeft je een poosje weggestuurd.'

'Ze zei dat ik wel naar mijn ouders op het platteland mocht gaan. Ik kom van een boerderij in Swindon. Mrs Amwell dacht dat de rust me misschien goed zou doen.'

Bij die woorden trok Nella haar wenkbrauwen op, maar het was echt waar. Nadat ik me snikkend op de grond had laten vallen en Mrs Amwell mijn bloedvlek op haar bank had gezien, sloeg ze haar armen om me heen. 'Je bent een vrouw geworden,' zei ze, 'en dat is hard werken.'

Ik was ontroostbaar geweest vanwege Mr Amwells rondwarende ziel en kreeg mijn gehik niet onder controle.

'Wij vrouwen voelen dingen waar meisjes geen last van hebben, zowel in ons lichaam als in ons hart.'

Ik knikte bij haar woorden en deed of ik haar geloofde, maar ik had geen idee waar ze het over had. En hoe was het mogelijk dat ze de waarheid niet zag? Ik was gaan bloeden op het moment dat Mr Amwell was overleden. Waarom zag ze nu niet dat zijn ziel me dat aandeed? Die avond wikkelde zijn lelijke geest zich om mijn buik.

'Hier hoef je niet om te huilen,' had mijn meesteres gefluisterd, 'want dit is even natuurlijk als de maan die langs de hemel glijdt.'

Maar er was helemaal niets natuurlijks aan dat doodsbloed, dat nu, na twee dagen, nog steeds uit mijn buik kwam. Mijn meesteres had ernaast gezeten met dat verhaal over Johanna – ik wist zeker dat ze in de kamer naast de mijne was gestorven – en dit verhaal klopte ook niet.

'Maar je bent niet naar Swindon gegaan.' Nella haalde me uit mijn overpeinzing.

'Het is een lange reis.'

Nella sloeg haar armen over elkaar en zette een sceptische blik op. Ze wist dat ik loog; ze wist dat er een andere reden was waarom ik niet naar huis ging. Ze keek naar de klok en daarna naar de deur. Ik wist niet of ze op iemand wachtte of dat ze wachtte tot ik wegging, maar als ik haar niet kon vertellen over het bloeden, moest ik vlug een andere manier bedenken om te kunnen blijven.

Ik kneep mijn handen samen en bereidde me voor op de woorden die ik onderweg had bedacht. Mijn stem trilde. Dit moest ik goed aanpakken, want anders zou ze me wegsturen. 'Ik wil graag bij jou blijven en je in de apotheek helpen.' De woorden rolden in één ademtocht naar buiten. 'Ik wil leren hoe je wortels versnippert die wolven kunnen doden en hoe je gif in een ei kunt stoppen zonder de schaal te breken.' Ik wachtte even en probeerde Nella's reactie te peilen, maar haar gezicht bleef uitdrukkingsloos. Daaruit putte ik moed. 'Alsof ik bij je in de leer kom, maar dan voor korte tijd. Tot Mrs Amwell terug is uit Norwich. Ik beloof je dat je veel aan mijn hulp zult hebben.'

Nella glimlachte naar me, waardoor er rimpeltjes naast haar ogen verschenen. Daarnet had ik nog geloofd dat ze nauwelijks ouder was dan mijn meesteres, maar nu vroeg ik me af of ze misschien al veertig of zelfs vijftig was. 'Ik heb geen hulp nodig bij mijn tincturen, kind.'

Zo makkelijk liet ik me niet wegsturen, dus ik rechtte mijn rug. Ik had een tweede voorstel voorbereid, voor het geval het eerste niet zou werken. 'Dan kan ik je helpen met je fiolen,' zei ik, wijzend naar een van haar planken. 'Sommige etiketten zijn verbleekt, en ik zag dat je je arm op een vreemde manier vasthield. Ik kan de inkt van de letters weer donkerder maken, dat bespaart je pijn.' Ik dacht aan de vele uren en dagen die ik met Mrs Amwell in de zitkamer had doorgebracht om mijn handschrift te perfectioneren. 'Mijn werk zal je niet teleurstellen,' voegde ik eraan toe.

'Nee, Eliza,' zei ze. 'Nee, je kunt hier niet werken.'

Mijn hart stond op barsten, en ik besefte dat ik nooit had gedacht dat ze ook dat aanbod zou afslaan. 'Waarom niet?'

Ze lachte ongelovig. 'Wil je werkelijk mijn leermeisje worden? Wil je mijn assistente zijn en leren hoe je gifmengsels kunt brouwen waarmee vrouwen hun echtgenoten doden? Of hun meesters? Of hun broers en aanbidders en koetsiers en zonen? Dit is geen snoepwinkel, meisje. Dit zijn geen fiolen met chocola waaraan we geplette frambozen toevoegen.'

Ik verbeet de drang om haar eraan te herinneren dat ik een paar dagen geleden twee giftige eieren had gebakken om ze aan mijn meester te serveren. Doordat ik brieven voor Mrs Amwell had geschreven, wist ik echter dat je de dingen die je het liefst wilde zeggen vaak beter kon verzwijgen. Ik liet een korte stilte vallen en zei rustig: 'Ik weet dat dit geen snoepwinkel is.'

Haar blik was ernstig geworden. 'Waarom zou jij je met deze zaken willen inlaten, kind? Mijn hart is zwart, even zwart als de as onder dat vuur, om redenen die jij vanwege je jonge leeftijd nog niet begrijpt. Wat heeft jou in die luttele twaalf jaren zo beschadigd dat je hier meer van wilt weten?' Ze gebaarde met haar armen om zich heen, en haar blik viel uiteindelijk op de pot met aarde waarin de wolfswortel verstopt zat.

'En heb je erover nagedacht hoe het zou zijn om op een veldbedje te slapen in een kamer die nauwelijks groot genoeg is voor één persoon, laat staan voor twee? Besef je wel dat je hier nooit even in alle rust alleen kunt zijn? Er is hier altijd iets te doen, Eliza – er staat altijd iets te stomen, te brouwen, te stoven of te weken. Ik kan 's nachts op elk moment wakker worden om te werken aan de dingen die je om ons heen ziet. Dit is geen chic huis met stille nachten en roze behang. Ik weet dat je maar een dienstmeisje bent, maar ik vermoed dat jouw kamer veel mooier is dan deze.' Ze haalde adem en legde haar hand zachtjes op de mijne. 'Zeg alsjeblieft niet dat je droomt van werken in een apotheek als de mijne, meisje. Heb jij geen grotere dromen?'

'O, jawel,' zei ik. 'Ik wil graag aan zee wonen. Ik heb schilderijen gezien van Brighton, met zandkastelen op het strand. Ik denk dat ik daar graag wil wonen.' Ik trok mijn hand terug en streek met mijn vingers over mijn kin, waarop een jeukend puistje zat, nauwelijks groter dan een speldenknop. Omdat ik door mijn ideeën heen was, legde ik me er met een zucht bij neer dat ik Nella de rest van het verhaal moest vertellen. 'De ziel van Mr Amwell spookt bij me rond. Als ik zonder Mrs Amwell in dat huis verblijf, ben ik bang dat hij me nog meer kwaad doet dan hij al heeft gedaan.'

'Onzin, kind.' Nella schudde zeer beslist haar hoofd.

'Ik zweer het! En er doolt nog een andere ziel door het huis, die van een jong meisje dat daar vóór mij heeft gewerkt. Ze heette Johanna, en ze is in de kamer naast de mijne gestorven. 's Nachts hoor ik haar huilen.'

Nella spreidde haar handpalmen alsof ze me niet geloofde en dacht dat ik gek was.

Ik vervolgde echter resoluut mijn verhaal. ‘Ik wil heel graag voor Mrs Amwell blijven werken. En ik beloof je dat ik terug naar haar huis ga zodra ze weer in Londen is. Ik wil het je niet moeilijk maken. Ik dacht alleen dat je me misschien kon leren een brouwsel te maken waarmee de zielen uit het huis verdwijnen. Dan hoef ik ’s nachts niet meer naar Johanna’s gehuil te luisteren en laat Mr Amwell me voortaan met rust. Daarnaast kan ik andere dingen leren, en misschien kan ik je tijdens mijn verblijf helpen.’

Nella keek me streng aan. ‘Nu moet je even goed naar me luisteren, Eliza. Er bestaat geen enkel drankje dat zielen kan verdrijven uit de lege lucht die wij inademen. Als ik zo’n tinctuur had kunnen maken en bottelen, zou ik nu een rijke vrouw zijn en ergens in een landhuis wonen.’ Met een nagel volgde ze een kras in de tafel waaraan we zaten. ‘Ik vind het dapper dat je me de waarheid vertelt, maar het spijt me, kind. Ik kan je niet helpen en je kunt hier niet blijven.’

Een diepe teleurstelling maakte zich van me meester. Ondanks mijn smeekbeden had Nella niet gezegd dat ze me zou helpen. Ik mocht niet eens bij haar blijven tot Mrs Amwell terugkwam. Toch hield ik me vast aan de trilling in haar stem. ‘Geloof jij in ronddolende zielen? Mrs Amwell gelooft niets van mijn verhaal.’

‘Ik geloof niet in geesten, als je dat bedoelt. Ik geloof niet in kwaadaardige wolkjes waar kinderen zoals jij ’s nachts bang voor moeten zijn. Denk nu eens even goed na – als we na onze dood in geesten zouden veranderen die rondspoken op de plekken waar we hebben gewoond, dan hing er toch een mist in Londen die nooit meer zou optrekken?’ Ze zweeg even toen het vuur achter haar luid knapte. ‘Ik geloof echter wel dat we soms sporen voelen van mensen die vóór ons op een bepaalde plek hebben gewoond. Dat zijn geen zielen, maar creaties van onze eigen radeloze verbeelding.’

‘Dus jij denkt dat ik het me verbeeld dat ik Johanna in de kamer naast de mijne hoor huilen?’ Dat kon toch helemaal niet. Ik had het meisje nog nooit ontmoet.

Nella haalde haar schouders op. 'Dat weet ik niet, kind. Ik ken je nog niet lang, maar je bent jong, en daardoor heb je een rijke fantasie.'

Nu was mijn geduld op. 'Ik ben twaalf,' snauwde ik. 'Ik ben geen klein meisje meer.'

Nella keek me aan. Uiteindelijk stond ze met een grimas op, en ze liep naar de grote kast achter in de kamer. Met haar vinger streek ze over de ruggen van een paar boeken, ondertussen met haar tong tegen haar tanden klikkend. Toen ze niet kon vinden wat ze zocht, maakte ze een kastdeur open en zocht ze verder in een stapel boeken daarachter, die slordiger waren opgeborgen dan de eerste rij. Bijna onder op de stapel lag het boekje dat ze wilde hebben. Ze trok het onder de andere boeken vandaan.

Het was heel dun, eerder een vlugschrift dan een boek, en de zachte kaft was aan één kant gescheurd. 'Dit was van mijn moeder,' zei ze, het boekje aan me gevend, 'al heb ik het haar nooit zien openslaan. Zelf heb ik het nooit nodig gehad.'

Toen ik het verschoten wijnrode boekje opensloeg, hield ik mijn adem in bij het zien van de titelpagina. Het was een afbeelding van een vrouw die een overvloed aan nieuwe oogst baarde: rapen en aardbeien en paddenstoelen. Verspreid rond haar blote borsten waren een paar vissen en een biggetje getekend. Mijn wangen werden rood en ik vroeg aan Nella: 'Wat is dit?'

'Dit kreeg mijn moeder lang geleden, ongeveer een jaar voordat ze stierf. Het is een boek dat beweert vol magie te staan. Het is bedoeld voor vroedvrouwen en genezers.'

'Maar zij geloofde zeker ook niet in magie,' raadde ik.

Nella schudde haar hoofd en liep naar haar register. Ze bladerde erin terug en zocht fronsend tussen de data. Met haar wijsvinger liep ze de aantekeningen na, tot ze knikte. 'Ja, daar heb ik het. Kijk maar.' Ze draaide het register naar mij toe en wees op de notitie:

Miss Breyley, Oost. wilde honing, ½ pond, plaatselijk. 6 april 1764.

'Een half pond wilde honing,' las Nella hardop voor.

Ik zette grote ogen op. 'Om te eten?'

Ze wees naar het woord 'plaatselijk'. 'Nee, om op de huid te smeren.' Ze schraapte haar keel en legde het uit. 'Miss Breyley was nauwelijks ouder dan ik. Nauwelijks ouder dan jij. Ze kwam na middernacht naar mijn moeders apotheek. We werden wakker van haar gehuil. In haar armen lag een pasgeboren kind... Ze vertelde dat het jongetje een paar dagen eerder een vreselijke brandwond had opgelopen door een ketel heet water. Mijn moeder vroeg niet wat er was gebeurd. Dat was minder belangrijk dan de toestand van het arme jongetje. De wond was gaan etteren en er kwam pus uit. En erger nog: hij kreeg op andere delen van zijn lichaam uitslag, alsof de wond door de rest van zijn lijfje begon te kruipen.

Mijn moeder nam het jongetje in haar armen. Ze voelde zijn warmte tegen haar borst en legde hem op deze tafel, waar ze hem helemaal uitkleedde. Ze maakte de pot met wilde honing open en smeerde hem er helemaal mee in. Het kindje begon te huilen, en mijn moeder ook. Ze wist dat de behandeling zijn tere, jonge huidje erg veel pijn moest doen. Het is afschuwelijk, Eliza, om iemand pijn te bezorgen, zelfs als je weet dat het voor zijn eigen bestwil is.'

Nella depte haar ogen. 'Mijn moeder hield de jonge vrouw en haar kind drie dagen bij zich. Ze bleven bij ons in de apotheek, zodat de honing om de twee uur kon worden aangebracht. Mijn moeder sloeg geen enkele behandeling over; drie hele dagen lang hield ze haar schema tot op de minuut bij en smeerde ze de honing op de huid van het jongetje. Ze behandelde hem alsof hij haar eigen kind was.' Ze sloeg het register dicht. 'De pus droogde op. De uitslag verspreidde zich niet verder en verdween. De etterende wond ging dicht, bijna zonder een litteken achter te laten.' Ze gebaarde naar het boek met magie dat ze me zojuist had gegeven. 'Dat is de reden waarom mijn moeder dat boek nooit heeft opengeslagen, Eliza. Want als je levens kunt redden met de geschenken die de aarde ons biedt, is dat ook al een soort magie.'

Ik dacht aan het met honing bedekte jongetje, dat ooit op de tafel had gelegen waaraan ik nu zat. Opeens schaamde ik me dat ik over magie was begonnen.

'Maar ik begrijp dat je nieuwsgierig bent naar geesten,' vervolgde Nella, 'en het gaat jou ook niet om levens redden. Op het schutblad achter in dit boekje staan de naam en het adres van een boekhandel. Ik weet niet meer wat de straat was – Basing Lane, of zoiets. Misschien bestaat die winkel niet eens meer, maar omdat jij een middel wilt om zielen uit het huis te verwijderen, lijkt me dat een prima plaats om te beginnen.' Ze deed de kastdeur dicht. 'Beter dan mijn apotheek.'

Ik voelde het koele gewicht van het boekje op mijn klamme handpalmen. Een boek met magie, dacht ik tevreden, met het adres van een winkel erin waar ik nog meer magische boeken kon vinden. Misschien was mijn bezoek aan haar toch niet zo vruchteloos geweest als ik net had gevreesd. Ik voelde mijn hart verwachtingsvol kloppen en nam me voor rechtstreeks naar de boekhandel te gaan.

Opeens klonk er een lichte klop op de deur, vier zachte tikken. Nella keek weer naar de klok en kreunde. Ik stond op, klaar om weg te gaan, maar toen Nella naar de deur liep, legde ze haar hand zachtjes op mijn schouder om duidelijk te maken dat ik weer moest gaan zitten.

Mijn hart sprong op, en Nella begon te fluisteren. 'Mijn hand trilt, en ik kan het poeder dat ik aan de volgende klant moet verkopen niet in het flesje krijgen,' zei ze. 'Voor deze ene keer kan ik je hulp wel gebruiken, als je dat niet erg vindt.'

Ik knikte gretig – de boekhandel met de magie kon wel wachten. Nella's knokkels waren nog altijd rood en gezwollen toen ze de deur opendeed.

Hoofdstuk 12

Caroline

Huidige tijd, dinsdag

Even na zessen, toen er al genoeg zonlicht was om te zien waar ik naartoe ging, liep ik met een beker koffie in mijn hand van het hotel naar Bear Alley. Ik ademde een paar keer diep de verfrissende buitenlucht in en dacht na over de vraag hoe ik het best met James' komst kon omgaan. Ik kon hem vragen een kamer in een ander hotel te boeken – bij voorkeur in een andere stad. Ik kon ook onze huwelijksgelofte printen en vragen wat hij niet helemaal begreep aan de woorden 'ik beloof trouw te blijven'. Welke optie ik ook koos, één ding was heel duidelijk: als ik hem straks zag, zou mijn boodschap hem niet bevallen.

Ik was zo verdiept in mijn gedachten dat ik het voetgangerslicht niet op rood zag springen, dus toen ik Farringdon Street overstak, werd ik bijna aangereden door een taxi. Met opgestoken hand bood ik de chauffeur zwakjes mijn excuses aan. Inwendig verwenste ik James dat hij me bijna het leven had gekost.

Aan weerszijden van Farringdon Street reikten imposante betonnen en glazen gebouwen naar de hemel. Zoals ik al had gevreesd, leek het gebied rond Bear Alley bijna helemaal bebouwd te zijn met megabedrijven. Het leek me onwaarschijnlijk dat er nog twee eeuwen oude overblijfselen te vinden waren. Toen ik nog maar een paar honderd meter van mijn bestemming verwijderd was, legde ik me er al bij neer dat Bear Alley misschien niet meer dan een oprit was.

Uiteindelijk kwam ik bij een zwart-wit bordje dat een verborgen steegje tussen de hoge gebouwen markeerde: Bear Alley, EC4. Het leek niet meer te zijn dan een ventweggetje voor bezorgdiensten. Aan de ene kant van de steeg stonden overvolle vuilnisbakken, en de zwart geworden bestrating was bezaaid met sigarettenpeuken en fastfoodverpakkingen. Ik was diep teleurgesteld. Natuurlijk had ik niet verwacht dat er een bordje zou hangen met de tekst HIER WAS DE APOTHEEK VAN EEN MOORDENARES GEVESTIGD, maar ik had toch wel gehoopt iets intrigerenders aan te treffen.

Toen ik dieper de steeg in liep en de geluiden van de straat achter me hoorde vervagen, drong het tot me door dat er achter het beton en staal van de façades oudere bakstenen bouwsels schuilgingen. De steeg strekte zich een paar honderd meter voor me uit. Toen ik rondkeek, zag ik een man tegen de muur leunen. Hij rookte een sigaret en keek op zijn telefoon. Verder was het steegje helemaal leeg. Desondanks was ik niet bang; de adrenaline pompte door mijn lijf omdat James bijna in Londen arriveerde.

Langzaam liep ik tussen de bakstenen gebouwen door, zoekend naar iets interessants. Onderweg vond ik alleen maar nóg meer afval. Waar was ik eigenlijk naar op zoek? Het was niet zo dat ik moest bewijzen dat de fiool of de onbekende apothekeres met deze steeg verband hield. Per slot van rekening wist ik niet eens zeker of die vrouw wel had bestaan. Het briefje in het ziekenhuis had geschreven kunnen zijn door een gestoorde, hallucinerende vrouw op haar sterfbed.

Maar het mysterie en de mogelijkheid dat de apothekeres echt had bestaan, lokten me verder. De jonge, avontuurlijke Caroline was weer wakker geworden. Ik dacht aan mijn studie geschiedenis, waar ik nooit iets mee had gedaan, en aan het bachelorsdiploma dat ergens in een la was weggestopt. Als studente was ik hevig geboeid geweest door de levens van doodgewone mensen, wier namen niet waren genoteerd en niet in de geschiedenisboeken waren opgenomen. En nu was ik zomaar gestuit op het mysterie van een van die naamloze, vergeten mensen, en het ging ook nog eens om een vrouw.

Eerlijk gezegd boeide dit avontuur me ook om een andere reden: ik zocht afleiding van het bericht in mijn inbox. Alsof het de laatste dag van een vakantie betrof, verlangde ik naar iets – om het even wat – waarmee ik de onvermijdelijke confrontatie nog even kon uitstellen. Met mijn hand op mijn buik slaakte ik een zucht. Ik zocht ook afleiding van het feit dat ik nog steeds niet ongesteld was geworden.

Ontmoedigd liep ik naar het einde van de steeg, maar toen zag ik aan mijn rechterhand een stalen hek, ongeveer een meter tachtig hoog en zo'n een meter twintig breed, verbogen en gebarsten van ouderdom. Achter het hek lag een rechthoekig, onverhard terreintje ter grootte van een half basketbalveld. Het was overwoekerd door onkruid en bezaaid met weggegooide spullen: verroeste pijpen, platen metaal en afval dat eruitzag alsof er een hele kolonie zwerfkatten in kon wonen. De open plek werd omringd door de verweerde muren van de omliggende bakstenen gebouwen, en ik vond het vreemd dat er in zo'n populaire zakenwijk een braakliggend terreintje was. Ik was geen projectontwikkelaar, maar dit leek me zonde van de bruikbare ruimte.

Ik leunde tegen het hek, dat door twee stenen zuilen op zijn plaats werd gehouden, en drukte mijn gezicht tegen de spijlen om het braakliggende terreintje beter te kunnen bekijken. Als de apothekeres echt had bestaan, had ze twee eeuwen geleden geleefd, maar toch ging mijn fantasie aan de haal met het idee dat dit weggestopte, ongebruikte open plekje er misschien nog net zo uitzag als in haar tijd. Misschien had ze wel door deze steeg gelopen. Het was jammer dat het terreintje zo overwoekerd was door struiken en onkruid, want de muren eromheen zagen er ook erg oud uit. Hoelang stonden deze gebouwen er al?

'Op zoek naar een weggelopen kat?' vroeg een schorre stem achter me. Abrupt draaide ik me om. Zo'n vijf meter achter me stond een man in een blauwe canvas broek en een bijpassend shirt. Een bouwvakker? Hij keek geamuseerd en er bungelde een brandende sigaret tussen zijn lippen. 'Sorry. Ik wilde je niet aan het schrikken maken,' zei hij verontschuldigend.

'H-Het geeft niet,' stamelde ik. Ik voelde me belachelijk. Ik stond in een onopvallende steeg door een afgesloten hek te turen. Welke goede reden kon ik daarvoor bedenken? 'Mijn man staat daarginds om de hoek,' loog ik. 'Hij wilde een foto van me maken met dit oude hek als achtergrond.' Inwendig verwenste ik mezelf om die slappe smoes.

Hij keek over zijn schouder, alsof hij zocht naar mijn onzichtbare echtgenoot. 'Nou, dan zal ik je niet ophouden. Wel een griezelig plekje voor een foto, als je het mij vraagt.' Grinnikend nam hij een trek van zijn sigaret.

Ik was blij dat hij op een veilige afstand bleef, en ik keek om me heen naar een paar ramen boven me. Waarschijnlijk kon me hier niets gebeuren. Ook al voelde de steeg afgelegen, vanuit de omliggende gebouwen konden veel mensen me zien.

Bij die gedachte ontspande ik me enigszins, en ik besloot de aanwezigheid van de onbekende man te benutten. Misschien kon hij me wel iets meer vertellen. 'Het heeft inderdaad wel iets griezeligs,' zei ik. 'Weet jij toevallig waarom hier een open plek ligt?'

Hij trapte zijn sigaret uit met zijn schoen en sloeg zijn armen over elkaar. 'Geen idee. Een paar jaar geleden hebben ze geprobeerd er een terras van te maken, met een café erbij. Dat zou perfect zijn geweest, maar ik begreep dat ze geen vergunning kregen. Je kunt het van hieraf moeilijk zien, maar er zit daarachter een leveranciersdeur...' Hij wees naar de linkerkant van het terrein, waar een paar struiken stonden die boven me uittorenden. 'Waarschijnlijk is het gewoon een deur naar een kelder onder een souterrain, of zo.' In zijn zak begon opeens iets te zoemen. Hij haalde een kleine walkietalkie tevoorschijn. 'Zo gaat dat altijd bij mij,' zei hij. 'Er is altijd wel weer een leiding die aangesloten of gerepareerd moet worden.'

Hij was dus loodgieter. 'Bedankt voor de informatie,' zei ik.

'Graag gedaan.' Hij stak zijn hand op en liep weg. Ik luisterde aandachtig naar het gestage geluid van zijn wegstervende voetstappen.

Ik draaide me weer om naar het hek. Uit een van de zuilen was een steen verdwenen, en ik gebruikte het gat om me een stukje omhoog te hijsen en beter zicht op het terrein te krijgen. Ik keek naar links, naar de plek die de loodgieter me had aangewezen. Met samengeknepen ogen probeerde ik vanaf mijn verhoogde positie tussen de takken door te turen.

Achter een struik zag ik in de oude bakstenen muur iets wat op een groot stuk hout leek. De onderkant van het hout ging gedeeltelijk schuil achter dicht, hoog onkruid. Een heel zachte bries beroerde de takken van de struik, en toen zag ik halverwege het hout iets roodachtigs naar buiten steken, iets wat half vergaan leek te zijn. Een roestige deurkruk.

Ik hapte naar adem en verloor bijna mijn evenwicht op de stenen zuil. Het was beslist een deur. En zo te zien was die al heel lang niet meer gebruikt.

Hoofdstuk 13

NELLA

8 februari 1791

Toen ik de deur opende voor de vrouw wier komst ik had gevreesd, bleek haar gestalte in de schaduwen slechts een silhouet te zijn. Haar gezicht ging schuil achter een dunne sluier. Het enige wat ik kon zien, was dat haar rokken wijd uitwaaierden en dat haar kraag met fijn kant was afgezet. Op het moment dat ze aarzelend een voet over de drempel van mijn apotheek zette, kwam er een vleug lavendel mee naar binnen en werd haar gestalte beschenen door kaarslicht.

Ik moest oppassen dat ik niet naar adem hapte, want voor de tweede keer in een week stond er een heel ander soort klant voor me dan de vrouwen die doorgaans mijn apotheek bezochten. De eerste keer was het om een kind gegaan, nu betrof het een volwassen vrouw die – als ik op haar uiterlijk afging – meer thuis leek te horen in de gracieuze zitkamers van Kensington dan in mijn nederige, verborgen apotheek. Haar japon, diepgroen met een rand van geborduurde gouden lelies, nam bijna een kwart van mijn vloeroppervlak in beslag, en ik was bang dat de helft van mijn fiolen op de grond zou vallen als ze zich omdraaide.

De vrouw verwijderde haar sluier en handschoenen en legde ze op de tafel. Eliza reageerde helemaal niet verrast op de bezoekster en legde de handschoenen onmiddellijk bij het vuur te drogen. Het was een heel vanzelfsprekend gebaar, maar het zou nooit bij me zijn opgekomen om ze daar neer te leggen. Ik staarde alleen maar verward naar de beheerste dame tegenover me. Er was nu geen onduidelijkheid meer over de vraag of ze rijk was en uit goede kringen afkomstig was.

'Wat is het hier donker.' De hoeken van haar mond, die ze met cochenille rood had gekleurd, wezen naar beneden.

'Ik zal nog wat meer hout op het vuur gooien,' zei Eliza opgewekt. Het was pas haar tweede bezoek aan mijn apotheek, maar in sommige opzichten was ze me nu al een paar stappen voor.

'Neemt u plaats,' zei ik, gebarend naar de tweede stoel.

Ze liet zich voorzichtig op de stoel zakken en slaakte een lange, beverige zucht. Van haar achterhoofd plukte ze een kleine haarspeld, en nadat ze een lok bungelende krullen had gefatsoeneerd, stopte ze de haarspeld weer in haar kapsel.

Eliza kwam naar voren en zette voorzichtig een beker voor de vrouw neer. 'Warm pepermuntwater, miss,' zei ze met een knikje.

Verbluft keek ik haar aan. Ik was verbaasd dat ze die lege beker had gevonden, om nog maar te zwijgen over de geplette muntbladeren. Er was geen stoel meer voor haar, maar ik ging ervan uit dat ze op de grond zou gaan zitten of zich zou verdiepen in het magieboek dat ik haar had gegeven.

'Dank voor de informatie in uw brief,' zei ik tegen de vrouw.

Ze trok een wenkbrauw op. 'Ik wist niet hoeveel ik je moest vertellen. Ik heb mijn uiterste best gedaan om mezelf te beschermen, voor het geval de brief in verkeerde handen zou vallen.'

Weer een reden waarom ik me nooit met rijke mensen inliet: er werd altijd geaasd op alles wat zij bezaten, en al helemaal als het om hun geheimen ging. 'U hebt net voldoende gezegd, en ik denk dat u tevreden zult zijn over het middel.'

Ons gesprek werd onderbroken door een hard, schurend geluid. Toen ik me omdraaide, zag ik dat Eliza een houten kist over de vloer sleepte. Ze duwde hem naar de tafel, tussen de vrouw en mij in, en vouwde haar handen op haar schoot. 'Ik ben Eliza,' zei ze tegen de vrouw. 'We zijn erg blij met uw komst.'

'Dank je.' De blik van de vrouw werd zachter toen ze Eliza bekeek. 'Toen ik hierheen kwam, wist ik niet dat jullie met zijn tweeën zouden zijn.' Ze keek vragend naar mij. 'Je dochter?'

Wat zou het heerlijk zijn geweest als mijn dochter bij me was. Dan zouden we geen vergif verkopen of ons in de schaduwen verbergen... Ik kreeg mijn antwoord bijna niet over mijn lippen. 'Ze helpt me af en toe,' loog ik, niet bereid om toe te geven dat Eliza onaangekondigd en op het verkeerde moment was gearriveerd. Er was een reden waarom er maar twee stoelen bij de tafel stonden, en ik had er al snel spijt van dat Eliza van mij had mogen blijven. Mijn hele leven had ik belang gehecht aan discretie. Nu zag ik heel duidelijk dat het een vergissing was geweest om haar niet weg te sturen. Ze stoorde bij de geheimen die deze vrouw en ik zouden uitwisselen. 'Eliza, misschien is het beter als je nu gaat.'

'Nee,' zei de vrouw ferm. Ze was duidelijk gewend haar zin te krijgen. 'Deze pepermuntthee is erg lekker, en ik wil zo nog wel wat. Daarnaast vind ik de aanwezigheid van een kind... troostend. Ik heb zelf namelijk geen kinderen, ook al wil ik ze nog zo graag en al hebben we nog...' Ze maakte haar zin niet af. 'Laat maar. Hoe oud ben je, Eliza? En waar kom je vandaan?'

Ik kon mijn oren niet geloven. Deze vrouw, ongetwijfeld een erfgename van een groot fortuin, had iets met mij gemeen: we verlangden allebei naar een dikker wordende buik, naar trappelende voetjes in onze baarmoeder. Maar zij had het geluk dat haar kansen nog niet verkeken waren. De huid rond haar ogen vertelde me dat ze hooguit dertig was. Voor haar was het nog niet te laat.

'Twaalf,' zei Eliza zacht. 'En ik kom uit Swindon.'

De vrouw knikte goedkeurend. Ik wilde dolgraag het bezoek afronden, dus ik liep naar een van mijn planken en pakte een potje van schaapshoorn. Ik gebaarde dat Eliza me moest helpen, en ik vertelde dat ze het keverpoeder uit de kom op de tafel voorzichtig in het potje moest scheppen. Zoals ik had gehoopt, had ze een vastere hand dan ik.

Toen we klaar waren, zette ik het potje geopend voor de vrouw neer, zodat ze de inhoud kon inspecteren. Onder haar ogen fonkelde een glanzend groen poeder, zo fijn dat het als water tussen haar vingers door kon lopen. 'Cantharidinepoeder,' fluisterde ik. 'Spaanse vlieg.'

Haar ogen werden groter. 'Is het veilig om er zo dicht bij te zitten?' vroeg ze. Ze schoof naar voren op haar stoel, waarbij haar volumineuze rokken rond haar benen ruisten.

'Ja, zolang u het niet aanraakt.'

Eliza boog zich naar voren om een blik in het potje te werpen. De vrouw knikte, nog altijd met verbaasd opgetrokken wenkbrauwen. 'Die naam heb ik nog maar één keer eerder gehoord. Het schijnt dat het poeder wordt gebruikt in Parijse bordelen...' Ze kantelde het potje een klein stukje naar haar toe. 'Hoeveel werk is dit geweest?'

Meteen kwam de herinnering aan de overtocht over de Theems terug: mijn hoestaanval, de vrouw die haar kleine dochter Beatrice had gevoed. 'De hele nacht, tot vanochtend aan toe,' fluisterde ik. 'Je bent er namelijk nog niet als je de kevers hebt gevonden. Ze moeten boven het vuur worden geroosterd en dan fijngemalen.' Ik wees door het kamertje naar de vijzel, waarvan de kom dezelfde doorsnee had als het lijfje van de vrouw. 'Ik heb ze in die kom fijngewreven.'

De vrouw, wier naam ik nog steeds niet wist, pakte het potje poeder en hield het op naar het licht. 'Moet ik het poeder gewoon in wat eten of drinken laten vallen? Is het echt zo eenvoudig?'

Ik kruiste mijn enkels over elkaar en leunde achterover op mijn stoel. 'U wilde iets wat lust opwekte. Spaanse vlieg is voornamelijk bedoeld als afrodisiacum. Er stroomt meer bloed naar de schaamstreek, en dan...' Omdat ik me ervan bewust was dat Eliza aandachtig meeluisterde, hield ik mijn mond. 'Dit is niet voor jouw oren bestemd. Wil je alsjeblieft naar de voorraadkamer gaan?'

De vrouw legde echter haar hand op de mijne en schudde haar hoofd. 'Het is mijn poeder, waar of niet? Ga door. Laat het kind maar leren.'

Zuchtend vervolgde ik mijn verhaal. 'De zwelling in de schaamstreek is niet te bevredigen. Deze opwinding zal enige tijd aanhouden en gaat dan vergezeld van buikpijn en blaren in de mond. Ik stel voor dat u iets donkers voor hem klaarmaakt – melasselikeur misschien. Doe het poeder erin en roer het goed door.' Ik aarzelde en koos mijn woorden met zorg. 'Als u hem een kwart van dit potje geeft, overleeft hij de nacht niet. Als u hem de helft geeft, overlijdt hij binnen een uur.'

Er viel een lange stilte, waarin de vrouw die woorden op zich liet inwerken. De enige geluiden kwamen van de tikkende klok bij de deur en het knappende vuur. Ik zat doodstil op mijn stoel. Het onbehaaglijke gevoel over haar komst kwam opeens weer in alle hevigheid terug. Ze raakte gedachteloos de dunne trouwring om haar vinger aan en keek strak naar het zacht brandende vuur achter me. De vlammen dansten in haar ogen.

Haar kin ging omhoog. 'Ik kan hem niet doden. Als ik hem dood, kan ik geen kind krijgen.'

Meteen werd ik bang dat ik het gevaar van het poeder niet goed had uitgelegd. Mijn stem begon te trillen. 'Geloof me, dit is een dodelijk poeder. Ook een niet-fatale dosis kunt u niet veilig toedienen...'

Ze hief haar hand op om me het zwijgen op te leggen. 'Je begrijpt me verkeerd. Ik zoek wel degelijk een dodelijk gif, maar niet om hem te vermoorden. Ik wil dat zíj sterft.'

Zij. Mijn gezicht vertrok bij dat woord. Meer hoefde ik niet te weten.

Het was niet de eerste keer dat me zoiets werd gevraagd. In de afgelopen twintig jaar waren er een paar klanten geweest die gif voor een andere vrouw hadden willen kopen, maar ik had altijd nee gezegd. Welk verraad er ook aan ten grondslag had gelegen, ik zou nooit moedwillig een vrouw schaden. Mijn moeder had de apotheek aan Back Alley 3 geopend om vrouwen te genezen en te helpen, en die gedachte zou ik eren tot mijn laatste snik.

Het kon natuurlijk best zijn dat een paar klanten tegen me hadden gelogen. Misschien hadden er een paar hun ware plannen verzwegen en wilden ze mijn tincturen gebruiken voor hun zuster of een courtisane. Wat kon ik daaraan doen? Ik kon hen onmogelijk tegenhouden. Maar voor zover ik wist, waren mijn giftige middeltjes nooit tegen een vrouw gebruikt. Nóóit. En zolang ik leefde, zou ik daar ook nooit bewust aan meewerken.

Ik zocht naar woorden om dat duidelijk te maken en haar verzoek af te wijzen, maar haar blik was dreigend en ik had sterk het gevoel dat ze wist dat ik nee wilde zeggen. Ze maakte gebruik van de stilte en mijn zwakheid, alsof ik een konijn was en zij een vos. Ze rechtte haar schouders en keek me aan. 'Dat lijkt je niet aan te staan.'

Inmiddels had ik me enigszins vermand en zat ik niet meer met mijn mond vol tanden. 'Ik waardeer het dat u naar me toe bent gekomen, maar inderdaad, dat doe ik niet. Ik kan u dit poeder niet meegeven als u een vrouw wilt doden. Deze apotheek is bedoeld om vrouwen te helpen en te helen, niet om hen te beschadigen. Welwillendheid tegenover vrouwen is en blijft de hoeksteen. Ik ben niet van plan die steen los te wrikken.'

'Maar je bent een moordenares,' zei ze beschuldigend. 'Ongeacht of het nu over mannen of over vrouwen gaat, hoe kun je dan spreken over helpen en helen?' Haar blik gleed naar het openstaande potje keverpoeder. 'Interesseert het je eigenlijk wel wie dat minderwaardige wezen is? Zijn maîtresse, zijn hoer...'

Ze vervolgde haar uitleg, maar haar woorden verflauwden tot een zwak gezoem. Ondertussen knipperde ik traag met mijn ogen en zag ik de kamer om me heen donker worden. Er kwam een oude, beschamende herinnering naar boven: ooit was ik ook een maîtresse geweest, al wist ik dat destijds zelf niet. Een minderwaardig wezen, een hoer, volgens deze vrouw. Ik was het geheim dat in de schaduwen werd verborgen – niet iemand om te beminnen, maar een vorm van amusement. En hoezeer ik hem ook had aanbeden, ik vergat nooit meer het moment dat ik Fredericks maskerade had ontdekt. Zijn web van leugens. Het was moeilijk te verteren geweest, het besef dat ik voor Frederick nauwelijks meer was geweest dan een middel om zijn lusten te bevredigen.

En was dat maar zijn zwaarste vergrijp geweest. Was dat maar het allerergste wat hij me had aangedaan. Intuïtief streken mijn vingers over mijn onderbuik.

Deze genadeloze vrouw was geen seconde van mijn tijd meer waard. Ik zou haar niet vertellen over mijn verhaal, over de lafaard die het begin was geweest van de bezoedelde nalatenschap die haar naar mijn deur had gebracht. Terwijl de kamer om me heen bleef tollen, hield ze eindelijk op met praten. Mijn bevende handen zochten naar de platte, stevige steun van de tafel.

Ik had geen idee hoeveel seconden of minuten er verstreken, maar uiteindelijk merkte ik dat Eliza me aan mijn schouders heen en weer schudde. 'Nella,' fluisterde ze. 'Nella, voel je je wel goed?'

Mijn zicht werd weer scherp en ik zag hen tegenover me zitten, allebei met een bezorgde blik in hun ogen. Eliza, die zich vooroverboog om me aan te raken, leek zich zorgen te maken over mijn gezondheid, maar de vrouw leek wel een pruilend kind, bang dat ze haar zin niet zou krijgen.

Omdat ik troost putte uit Eliza's aanraking, dwong ik mezelf te knikken en de herinneringen weg te stoppen. 'Ja, ik voel me prima,' verzekerde ik haar. Ik richtte me tot de bezoekster. 'Het is aan mij om te bepalen wie ik help en wie ik schaad. Ik ben niet van plan om dit poeder aan u te verkopen.'

Met samengeknepen ogen keek ze me ongelovig aan, alsof ik de eerste was die haar ooit nee had verkocht. De lach die ze uitstootte, klonk als een blaf. 'Ik ben Lady Clarence uit Carter Lane. Mijn echtgenoot...' Ze zweeg even en keek naar het potje met keverpoeder. 'Mijn echtgenoot is Lord Clarence.' Aandachtig keek ze naar mijn gezicht, wachtend op mijn verraste reactie, maar dat genoegen gunde ik haar niet. 'Het is wel duidelijk dat je niet begrijpt hoe dringend ik dit middel nodig heb,' vervolgde ze. 'Zoals ik in mijn brief heb geschreven, hebben we morgenavond een feest. Miss Berkwell, mijn mans nicht en maîtresse, komt ook.' Lady Clarence trok aan de onderkant van haar keurslijfje en wreef haar lippen over elkaar. 'Ze is verliefd op mijn man, en hij op haar. Dat moet afgelopen zijn. Maand na maand is me duidelijk dat ik niet zwanger ben omdat hij zoveel in haar heeft uitgestort dat er niets voor mij overbleef. Ik neem dit poeder mee.' Haar hand verdween in een zak die vlak bij haar middel op haar rokken was genaaid. 'Hoeveel vraag je er trouwens voor? Ik geef je het dubbele van de prijs die je ervoor wilt hebben.'

Ik schudde mijn hoofd, want haar geld interesseerde me niet. Ik wilde het niet, net zoals ik niet wilde dat een vrouw – of ze nu een maîtresse was of niet – door mij zou sterven. 'Nee.' Ik stond op van mijn stoel en plantte mijn voeten stevig op de grond. 'Het antwoord is nee. U kunt gaan.'

Lady Clarence stond ook op. Onze ogen waren op dezelfde hoogte.

Ondertussen keek Eliza van de een naar de ander. Ze zat rechtop, met een kaarsrechte rug, en ze had haar lippen strak op elkaar geknepen. Toen ze vroeg of ze bij mij in de leer mocht, had ze vast niet zo'n gesprek met een klant verwacht. Misschien was dit wel voldoende om haar op andere gedachten te brengen.

In een flits zag ik iets gebeuren. Ik dacht dat Lady Clarence haar geld op tafel had laten vallen, want haar handen bewogen razendsnel. Tot mijn ontzetting besefte ik dat haar ene hand naar het midden van de tafel reikte, naar het potje met poeder dat Eliza en ik nog niet hadden afgesloten. Met haar andere hand hield ze de rokzak open. Ondanks mijn weigering was ze van plan het glanzende groene poeder mee te nemen.

Ik dook naar het potje en griste het op het laatste moment uit haar vingers. Ik stootte zo hard tegen Eliza aan dat ze bijna van de houten kist viel. Vervolgens deed ik het enige wat ik kon bedenken: ik gooide het potje met het giftige cantharidinepoeder in het haardvuur achter me.

De vlammen explodeerden in een heldergroene gloed, waardoor het gif in een oogwenk waardeloos werd. Verbluft staarde ik naar de haard, want ik kon nauwelijks geloven dat al het werk van die nacht en die ochtend zo makkelijk teniet was gedaan. Met trillende handen draaide ik me heel langzaam om naar Lady Clarence, die verbijsterd en met rode wangen naar me keek, en naar de kleine Eliza, die me met ogen als schoteltjes aanstaarde.

'I-Ik...' stotterde Lady Clarence. 'Ik kan niet...' Haar ogen flitsten als wegrennende muizen door de kamer, zoekend naar een tweede potje, naar nog meer poeder. 'Heb je je verstand verloren? Het feest is morgenavond!'

'Dit was al het poeder,' zei ik, voordat ik in de richting van de deur wees.

Lady Clarence keek me vernietigend aan en wendde zich tot Eliza. 'Mijn handschoenen,' zei ze gebiedend. Eliza sprong meteen van de kist. Ze pakte de handschoenen voorzichtig van het droogrek en gaf ze aan Lady Clarence, die ze aantrok en haar vingers een voor een diep in de vingeropeningen stopte. Nadat ze een paar keer zwaar had ademgehaald, begon ze weer te praten. 'Ik weet zeker dat je makkelijk een nieuw potje voor me kunt maken.'

Mijn hemel, wat een ergerlijke vrouw. Ontzet hief ik mijn handen op. 'Kunt u niet een of andere arts omkopen? Waarom zet u mij onder druk als ik al twee keer nee heb gezegd?'

Ze drapeerde haar sluier over haar gezicht. De verfijnde draadjes kant deden me denken aan dollekervelblad.

'Dwaas mens,' zei ze vanachter haar kant. 'Dacht je soms dat er een arts of een gerenommeerde apotheker in deze stad was die ik niet heb overwogen? Ik wil niet gepakt worden. Weet je wel wat jou onderscheidt van hen?' Ze zweeg even en fatsoeneerde haar japon. 'Het was dom van mij om op jou te vertrouwen, maar het heeft weinig zin om mijn beslissing terug te draaien.' Ze keek naar haar handschoenen en tikte op een paar vingers, alsof ze telde. 'Je hebt het poeder toch in één dag gemaakt?'

Verward fronste ik mijn wenkbrauwen. Wat deed dat er nog toe? 'Ja,' mompelde ik.

'Prima,' zei Lady Clarence. 'Morgen kom ik terug, want ik begrijp dat ik je daarmee méér dan genoeg tijd geef om voor mij nieuw poeder te maken. Jij geeft mij een vers potje Spaanse vlieg, een middel dat er precies zo uitziet en precies zo is samengesteld als het poeder dat je daarnet in je dwaasheid hebt geruïneerd. Ik ben hier om halftwee.'

Volkomen overdonderd staarde ik haar aan, klaar om haar de deur uit te duwen, desnoods met hulp van Eliza.

'Als je morgen geen poeder voor me hebt,' vervolgde Lady Clarence, 'dan stel ik voor dat je razendsnel je spullen pakt en verdwijnt, want dan geef ik je aan en onthul ik alles over je apotheekje vol spinnenwebben en rattengif. En als ik met de gerechtsdienaren spreek, zal ik benadrukken dat ze door de voorraadkamer heen moeten lopen en achter de achterwand moeten kijken. Elk geheim in dit smerige krot zal aan het licht komen.' Ze trok haar sjaal dicht om zich heen. 'Ik ben getrouwd met een lord. Probeer mij niet te slim af te zijn.' Ze rukte de doorgang in de kastenwand open, liep naar buiten en trok de deur met een klap achter zich dicht.

Hoofdstuk 14

CAROLINE

Huidige tijd, dinsdag

Ik had nog maar een paar uurtjes voordat James arriveerde, dus ik had nu geen tijd om de deur achter het hek nader te bestuderen. Mijn nieuwsgierigheid, die gisteren al geprikkeld was, stond nu echter in lichterlaaie. Het leek wel of elk nieuw beetje informatie – eerst de fiool, daarna het cryptische ziekenhuisbriefje over Bear Alley en nu de deur achter in de steeg – een nieuw stukje van een verlokkende puzzel vormde. Ik nam me voor om er nog dieper in te duiken en terug te komen zodra het kon.

Toen ik Bear Alley uit liep, verdween de zon achter een wolk en liep ik opeens in een koele schaduw. Ik ging er even van uit dat de apothekeres echt had bestaan, en ik probeerde me een voorstelling van haar te maken: een oude vrouw met wit, onverzorgd haar, dat aan de punten gespleten was omdat ze zo vaak boven haar ketel hing. In gedachten zag ik haar over de kinderkopjes de steeg uit snellen, gehuld in een zwarte cape. Toen schudde ik mijn hoofd over mijn fantasie: ze was geen heks, en dit was niet *Harry Potter*.

Ik dacht terug aan het briefje uit het ziekenhuis. Er stond in dat er mannen waren gestorven. Meervoud. Het was frustrerend vaag allemaal. Maar toch: als er door die apothekeres meer dan een paar mensen waren gestorven, moesten er online toch ergens verwijzingen naar haar te vinden zijn, een vermelding van haar vermaardheid.

Zodra ik weer op Farringdon Street was, pakte ik mijn telefoon. In de zoekbalk van mijn browser typte ik 'Londen apothekeres moorden negentiende eeuw'.

Dat leverde heel verschillende resultaten op: een paar artikelen over de ongekende populariteit van gin in de negentiende eeuw, een bladzijde uit een wetenschappelijk artikel over botbreuken en een Wikipediapagina over de Apothecaries Act uit 1815, waarin het vak van apotheker werd gereguleerd. Ik klikte op de tweede pagina met zoekresultaten. Daar stuitte ik op een website met een overzicht van alle zaken die behandeld waren in de Old Bailey, het oude gerechtshof in Londen. Dat leek tot nu toe mijn beste hit te zijn. Met mijn vinger liep ik de pagina na, maar de lijst was heel lang en ik had geen idee hoe ik op mijn telefoon naar documenten moest zoeken. Even later liep mijn complete webbrowser vast door de grote hoeveelheid data op de site. Ik vloekte en veegde met mijn vinger over mijn scherm om de app helemaal te sluiten.

Gefrustreerd slaakte ik een zucht. Dacht ik nu werkelijk dat ik dit kon oplossen door even op internet te kijken? James zou waarschijnlijk zeggen dat ik geen goede onderzoekstechnieken had geleerd, en dat ik er handiger in zou zijn als ik tijdens mijn opleiding meer studieboeken en minder romans had gelezen. Dan had ik meer profijt gehad van mijn lange dagen in de universiteitsbibliotheek.

De bibliotheek! Abrupt keek ik op en ik vroeg een voorbijganger naar het dichtstbijzijnde metrostation. Ik hoopte maar dat Gaynor die dag ook moest werken.

Korte tijd later liep ik de kaartenzaal in, blij dat ik niet doorweekt was en geen stinkende modder mee naar binnen nam. Ik zag Gaynor onmiddellijk staan, maar ze was bezig om iemand achter een computer te helpen, dus ik wachtte geduldig tot ze klaar was.

Na een paar minuten liep Gaynor terug naar haar balie. Ze glimlachte toen ze me in de gaten kreeg. 'Je bent er weer! Nog iets te weten gekomen over de fiool?' vroeg ze opgewekt. Meteen daarna keek ze me met een gespeeld ernstige blik aan. 'Of ben je weer gaan rivierjutten en heb je een nieuw mysterie bij je?'

Ik lachte. Ik vond haar een leuke vrouw. 'Geen van beide eigenlijk.' Ik vertelde haar over de papieren van het ziekenhuis en het briefje, waarin een onbekende persoon suggereerde dat de apothekeres bij een aantal sterfgevallen betrokken was geweest. 'Het was een briefje uit 1816. Er werd een steeg in genoemd, Bear Alley, die vlak bij mijn hotel bleek te liggen. Ik ben er vanochtend naartoe gegaan, maar ik heb niet veel ontdekt.'

'Een onderzoeker in de dop,' plaagde ze. 'En ik zou precies hetzelfde hebben gedaan.' Ze fatsoeneerde wat mappen op haar balie en schoof ze opzij. 'Bear Alley, zei je? Tja, de gravure op je fiool leek op een beer, al zou het wel heel toevallig zijn als er een verband is.'

'Dat ben ik met je eens.' Ik leunde met mijn heup tegen de balie. 'Het lijkt allemaal erg onwaarschijnlijk, dat weet ik, maar...' Mijn stem stierf weg en mijn blik viel op een stapel boeken achter haar. 'Stel nu eens dat het géén toeval is. Dat er wel een connectie bestaat.'

'Dus jij denkt dat die apothekeres echt heeft bestaan?' Gaynor sloeg haar armen over elkaar en keek me nieuwsgierig aan.

Ik schudde mijn hoofd. 'Ik weet niet goed wat ik moet denken. Dat is een van de redenen waarom ik weer bij jou aanklop. Ik wilde vragen of je oude kaarten hebt van die omgeving – van Bear Alley, bedoel ik. Kaarten uit het begin van de negentiende eeuw. En ik dacht dat jij misschien beter was in zoeken op internet. Ik heb geprobeerd een moordende apothekeres in Londen te googelen, maar daar kwam niet veel uit.'

Gaynors gezicht begon te stralen bij mijn verzoek, want haar hart lag bij de oude, historische kaarten, zoals ze me bij onze eerste ontmoeting had verteld. Even benijdde ik haar een beetje. Elke dag bracht mij dichter bij de terugkeer naar mijn baan in Ohio – een baan die helemaal niets met geschiedenis te maken had.

‘Gisteren kon ik niets voor je doen, maar ik denk dat ik je hiermee wel kan helpen,’ zei ze. ‘We hebben een paar prachtige hulpmiddelen. Kom maar mee.’ Ze bracht me naar een van de computers en gebaarde dat ik mocht gaan zitten. Voor het eerst in tien jaar voelde ik me weer een studente geschiedenis.

‘Oké. Je kunt het best beginnen met de kaart van Rocque uit 1746. Dat is wel wat vroeger dan de periode die jij noemde, maar ruim een eeuw lang werd die kaart beschouwd als een van de zorgvuldigste, gedetailleerdste plattegronden van Londen. Het kostte Rocque tien jaar om hem te maken en uit te brengen.’ Gaynor klikte op een pictogram op het bureaublad van de computer en navigeerde naar een scherm vol zwart-witte vakken. ‘We kunnen in elk vak inzoomen voor een close-up van de straten, of we kunnen de naam van een straat intikken. Laten we Bear Alley maar eens intypen, omdat dat de in de brief genoemde steeg is.’

Ze tikte op Enter, en meteen sprong het scherm naar de enige Bear Alley op de kaart. Gaynor verschoof de kaart. ‘Om ons te kunnen oriënteren moeten we even naar de omgeving kijken. St. Paul’s Cathedral ligt hier, ten oosten van de steeg, en de rivier is daar, in het zuiden. Is dit volgens jou het gebied waar je vandaag bent geweest?’

Ik fronste een beetje onzeker. De kaart was ruim tweehonderdvijftig jaar oud. Ik las de straatnamen eromheen en herkende er niet één: Fleet Prison, Meal Yard, Fleet Market. ‘Eh, ik weet het niet zeker.’ Ik voelde me een beetje dwaas. ‘Eerlijk gezegd ben ik nooit zo goed met kaarten. Ik herinner me alleen Farringdon Street, de hoofdstraat waar ik over liep.’

Gaynor klakte met haar tong. ‘Geweldig. Dan kunnen we vrij makkelijk een recente kaart over die van Rocque leggen.’ Ze klikte nog wat knoppen aan en meteen verscheen er een tweede kaart boven op de eerste. ‘Farringdon Street loopt hier,’ zei ze. ‘Op de oude kaart heet die straat Fleet Market, dus de naam is op een gegeven moment veranderd. Niet zo vreemd.’

Nu ik de recente kaart voor ogen had, herkende ik onmiddellijk de indeling van het gebied. Op de recente kaart zag ik zelfs het kruispunt waar ik bijna door een taxi was overreden. ‘Dat klopt dus!’ riep ik uit, naar voren leunend. ‘Dan is het dus de goede Bear Alley.’

'Perfect. Laten we even teruggaan naar de oude kaart en een beetje rondkijken.' Ze haalde de nieuwe kaart weg en zoomde op Rocques kaart zoveel mogelijk in op Bear Alley.

'Dit is interessant,' zei ze. 'Zie je dit?' Ze wees naar een heel dun lijntje, zo dun als een haar, dat van Bear Alley af leidde. Er stond 'Back Al' bij.

Ik had nauwelijks aandacht voor de beginnende, onverwachte kramp in mijn onderbuik. 'Ja, ik zie het,' zei ik. 'Waarom is dat interessant?' Maar terwijl ik de woorden uitsprak, ging mijn hart sneller kloppen. De deur.

'Het is maar een piepklein streepje,' zei Gaynor. 'Rocque heeft de breedte van de straten heel goed weergegeven – de hoofdstraten zijn bijvoorbeeld dikkere lijnen dan de zijstraten – maar dit is wel zo'n beetje het dunste wat hij op de kaart heeft getekend. Het zal wel een onopvallend steegje zijn, misschien niet meer dan een voetpad. Klinkt wel logisch, als er "Back Alley" bij staat.' Ze legde de huidige kaart er weer overheen en klikte hem met haar muis weer weg. 'En het bestaat nu duidelijk niet meer. Dat komt wel vaker voor – duizenden straten in de stad zijn vervangen, verlegd of simpelweg onder bebouwing verdwenen.' Ze keek naar me, en ik haalde mijn vinger uit mijn mond. Blijkbaar had ik verstrooid op een nagel zitten bijten. 'Er zit je iets dwars,' zei ze.

We keken elkaar aan. Heel even voelde ik een bijna onweerstaanbare drang om mijn hart bij haar uit te storten. Zodra ik hete tranen achter mijn ogen voelde prikken, stopte ik mijn handen echter onder mijn dijen en keek ik weer naar de computer. James was nog niet in Londen. Nu kon ik nog doen wat ik wilde, en ik was niet van plan om mijn tijd te besteden aan huilen om hem.

Aarzelend keek ik weer naar de kaart. Was het een goed idee om Gaynor te vertellen dat ik een deur had gezien op de plaats waar de inmiddels verdwenen Back Alley van Bear Alley af boog? Maar die deur betekende waarschijnlijk niets. Zoals de loodgieter al had gezegd, leidde hij waarschijnlijk alleen maar naar een voorraadkelder onder een van de gebouwen. Verder niets. 'Nee, er is niets,' zei ik. Ik dwong mezelf te glimlachen en keek weer naar het scherm. 'Dus Bear Alley heeft twee eeuwen overleefd, maar Back Alley niet. Die steeg zal wel zijn bebouwd.'

Gaynor knikte. 'Dat kwam heel vaak voor. Laten we eens honderd jaar verder kijken dan de kaart van Rocque.' Met een paar muisklikken projecteerde ze een andere kaart op het scherm, een die bedekt was met onregelmatige, gearceerde vormen. 'Dit is een stafkaart uit het einde van de negentiende eeuw,' legde ze uit. 'De gearceerde gebieden staan voor bouwwerken, dus we kunnen makkelijk zien welke gebouwen er stonden.'

Zwijgend liet ze haar blik even over het scherm dwalen. 'Oké, dit hele gebied was halverwege de negentiende eeuw dus behoorlijk volgebouwd. Wat we hier kunnen zien, is dat Back Alley in de achttiende eeuw nog bestond, maar rond de negentiende eeuw grotendeels was verdwenen. Maar...' Ze maakte haar zin niet af en wees op de stafkaart. 'Hier loopt een onregelmatig streepje dat een paar gebouwen van elkaar lijkt te scheiden, en dat volgt de loop van Back Alley bijna perfect. Misschien bestond er zelfs in de negentiende eeuw nog een pad tussen de gebouwen dat Back Alley heette. Onmogelijk om daarachter te komen.'

Ik knikte. Ondanks mijn beperkte kennis van dit soort kaarten begreep ik haar logica. En meer en meer raakte ik ervan overtuigd dat het smalle, onregelmatige streepje dat op de negentiende-eeuwse kaart Back Alley vertegenwoordigde verband hield met de deur die ik vandaag had gezien. In relatie tot de twee oude kaarten die Gaynor me had getoond, was de exacte locatie van de deur te toevallig.

Voor het eerst sinds ik de fiool had gevonden, stond ik mezelf een fantasie toe waarin ik een belangrijk historisch mysterie ontrafelde. Stel dat er achter die deur iets lag wat verband hield met het briefje in het ziekenhuis, de fiool en de apothekeres. En stel dat ik Gaynor over dat verband vertelde, en dat zij het interessant genoeg vond om het met een aantal historici te delen. Misschien mocht ik dan wel aan andere onderzoeksprojecten deelnemen, of een poosje werken in de British Library...

Ik ademde diep in en hield mezelf voor dat ik de feiten langzaam en in logische volgorde moest nagaan. Ik moest niet op de zaken vooruitlopen.

'Het is erg interessant om die kaarten over elkaar te leggen en ze te vergelijken,' zei Gaynor. 'Maar als je meer wilt weten over die apothekeres, weet ik niet of ze je veel kunnen vertellen.'

Dat was ik wel met haar eens. 'Oké,' zei ik, klaar om door te gaan naar mijn tweede verzoek – misschien wel het belangrijkste van de twee. 'Stel dat we willen verifiëren dat die apothekeres echt heeft bestaan. Wat zou dan de beste manier zijn om daarachter te komen? Zoals ik al zei, heeft mijn zoektocht op internet niet veel opgeleverd.'

Gaynor knikte, alsof ze dat wel had verwacht. 'Internet is een onmisbaar instrument, maar de algoritmes van zoekmachines als Google zijn een nachtmerrie voor een onderzoeker. Ze zijn niet echt gemaakt voor zoektochten naar oude documenten en kranten, zelfs niet als die zijn gedigitaliseerd.' Ze ging terug naar het bureaublad van de computer en klikte op een ander pictogram. Nu kregen we het British Newspaper Archive in beeld, het Britse krantenarchief. 'Laten we het hier maar eens proberen,' zei ze, kijkend naar mij. 'Hier kun je zoeken naar alle zinnen in de meeste Britse kranten van de afgelopen eeuwen. Als er een artikel over de apothekeres bestaat, kun je het hier vinden, maar het is de kunst om de juiste zoektermen te gebruiken. Wat heb je al geprobeerd?'

'Iets met negentiende eeuw, apothekeres, moorden, Londen.'

'Perfect.' Gaynor tikte de woorden in en drukte op Enter. Een seconde later stond er in beeld dat de zoektermen nul resultaten hadden opgeleverd. 'Laten we de eeuw eens weghalen,' zei ze.

Weer geen resultaten.

'Kan het zijn dat de zoekfunctie niet goed werkt?' vroeg ik.

Ze lachte. 'Dat is nu juist het leuke. Als we maar lang en goed genoeg zoeken, wordt onze inzet beloond.' Terwijl ze nieuwe zoektermen bleef proberen, dacht ik na over de dubbele betekenis van haar woorden. Ik zocht inderdaad naar een onbekende apothekeres, maar met een verdrietig gevoel erkende ik dat ik ook nog wat anders zocht: beslissingen over mijn wankele huwelijk, mijn verlangen naar een kind en mijn carrièrekeuze. Ik werd omringd door wel duizend brokstukken en had een lange, moeilijke zoektocht te gaan, een waarin ik moest beslissen welke stukken ik wilde bewaren en welke ik uit mijn leven zou verwijderen.

Gaynor mompelde binnensmonds een verwensing. De frustratie stond op haar gezicht te lezen. 'Nou, tot nu toe heb ik nog geen enkele hit. Geen wonder dat je online zoektocht niets heeft opgeleverd. Laten we het eens op een andere manier proberen.' In het zoekvenster typte ze maar één woord: 'apothekeres'. Daarna verfijnde ze met de opties aan de linkerkant van het scherm handmatig de zoekresultaten. Ze verkleinde het tijdvak naar 1800-1850 en de regio naar Londen, Engeland.

Er verschenen een paar zoekresultaten, en mijn hart sprong op toen ik de kop van een krantenartikel zag: BEDROG EN MOORD IN MIDDLESEX. Het artikel kwam echter uit 1825, dus dat was te laat, en het bleek te gaan over een apotheker die was omgekomen nadat hij een paard had gestolen.

Ik liet mijn schouders hangen. 'Wat kunnen we nog meer proberen?'

Gaynor tuitte haar lippen en bewoog ze peinzend naar één kant van haar mond. 'We kunnen het doorzoeken van de kranten nog niet opgeven. Misschien moeten we het woord "apothekeres" loslaten en iets anders proberen, zoals "Bear Alley". En er zijn talloze andere hulpmiddelen om iets op te zoeken. Onze database van manuscripten, bijvoorbeeld...' Haar stem stierf weer weg toen ze een nieuwe webpagina opende. 'Bij manuscripten horen per definitie handgeschreven documenten als logboeken, dagboeken en documenten over nalatenschappen. Het is vaak heel persoonlijke informatie. In onze verzameling manuscripten zit echter ook wat gedrukt materiaal: typoscripten, gedrukte logboeken en dat soort dingen.'

Ik knikte, want dat wist ik nog wel van mijn opleiding.

Gaynor pakte een pen en draaide die tussen haar vingers rond. 'We hebben miljoenen manuscripten, maar er zitten wel wat haken en ogen aan het doorzoeken van onze verzameling. De krantenartikelen zijn allemaal direct op te roepen, omdat ze zijn gedigitaliseerd, maar de manuscripten gaan op bestelling. Je dient een aanvraag in, waarbij je achteraan in de rij moet aansluiten, en dan moet je misschien wel een paar dagen wachten. Dan krijg je het document dat je hebt aangevraagd.'

'Dus als we hierin willen kijken, kan dat dagen duren.'

Gaynor knikte langzaam. Haar gezicht vertrok, alsof ze een arts was die een patiënt slecht nieuws moest vertellen. 'Ja, als het geen weken of maanden zijn.'

Ik werd al doodmoe als ik aan een zoektocht van die omvang dacht, vooral omdat ik niet eens zeker wist of de apothekeres wel had bestaan. Stel dat de zoektocht voor niets was, omdat er geen echte persoon achter het verhaal zat. Verslagen leunde ik achterover. Het leek wel of ik in mijn leven nergens waarheid en leugen uit elkaar kon houden.

'Kop op.' Gaynor drukte met haar knie tegen de mijne. 'Je vindt zulke onderzoeken duidelijk intrigerend, en dat is op zich al bijzonder. Ik herinner me mijn eerste werkweek hier nog. Ik had geen idee waar ik mee bezig was, maar er was hier niemand die zo van die oude kaarten hield als ik. Mensen zoals wij moeten elkaar steunen en volhouden.'

Volhouden. Al wist ik niet precies wat ik hoopte te vinden en twijfelde ik of er eigenlijk wel iets te vinden viel, één ding kon ik niet negeren: de deur aan het uiteinde van Bear Alley klopte precies met de oude kaarten. En of de apothekeres nu in het gebied had gewerkt of niet, ik was hevig geboeid door de gedachte aan een oud voetpad of een straatje dat slechts bekend was bij mensen van twee eeuwen geleden, maar nog altijd onder de stad lag.

Misschien bedoelde Gaynor dat met de aantrekkingskracht van de zoektocht. Ik had geen idee wat er achter de deur lag – waarschijnlijk alleen maar afbrokkelende bakstenen en veel ratten en spinnenwebben – maar als ik de afgelopen dagen iets over mezelf had ontdekt, was het wel dat een kijkje naar binnen nu eenmaal niet altijd prettig was. Dat was de reden waarom ik tot nu toe niet over James had willen nadenken, en waarom Rose de enige was aan wie ik had verteld wat hij had gedaan. Sterker nog, het was ook de reden waarom ik mezelf had afgeleid met het verhaal van de onbekende apothekeres.

Gaynor en ik wisselden telefoonnummers uit. Ik zei dat ik contact zou opnemen als ik manuscripten wilde aanvragen of verder wilde neuzen in de gedigitaliseerde krantenberichten.

Toen ik de bibliotheek verliet, zag ik op mijn telefoon dat het net na negenen was. James kon nu elk moment landen. En al was ik teleurgesteld door mijn vruchteloze zoektocht, ik ademde de warme Londense lucht in en zette me schrap toen ik op weg ging naar de metro en Ludgate

Hill, klaar voor de confrontatie waarvoor ik me niet langer kon verstoppen.

Ook al was ik de afgelopen dagen nog zo van streek geweest, ik had me in geen jaren zo energiek en bruisend gevoeld als hier in Londen, verwikkeld in een oud, mysterieus verhaal. Ik nam me voor om te blijven graven. Ik wilde me door de duisternis heen worstelen en tot de kern van de zaak komen.

Hoofdstuk 15

ELIZA

8 februari 1791

Nadat Lady Clarence de apotheek van Nella uit was gesneld, voelde de lucht in het kamertje even vochtig en warm als bij ons in de keuken. De haartjes op mijn armen stonden recht overeind; ik had nog nooit iemand horen spreken op de toon die Nella en Lady Clarence daarnet tegen elkaar hadden gebruikt.

Nella's gelaatstrekken vertrokken van ellende en vermoeidheid. Ik begreep wel dat de lasten van haar werk – en de eisen van vrouwen zoals Lady Clarence – lijnen in haar voorhoofd hadden gegroefd en haar wangen hol hadden gemaakt. Er kringelden nog steeds sliertjes rook in de lucht toen ze zich naar één kant van haar stoel liet zakken. De bezorgdheid stroomde als gemorste azijn naar alle kanten van haar gezicht.

'De maîtresse van een lord vermoorden of eindigen aan de galg,' mompelde ze. Ze draaide haar hoofd opzij om naar het vuur te kijken, alsof ze wilde zien wat er van haar kevers was overgebleven. 'Die keuzes zijn allebei even erg.'

'Je moet dat poeder nog een keer maken.' Ze vroeg me niet om mijn mening, maar de woorden rolden uit mijn mond voordat ik er erg in had. 'Er zit niets anders op.'

Met een verwilderde blik keek ze me aan. 'Is dat beter dan een vrouw vermoorden? Mijn hele leven heb ik mijn best gedaan om vrouwen te helpen. Wat zeg ik, het is het enige van mijn moeders nalatenschap wat ik met enig succes heb kunnen vasthouden.'

Maar Nella had me haar register laten zien, en ik wist dat de notities uit namen, data en middelen bestonden. Erger nog, ik wist dat Mr Amwell en mijn naam er ook in stonden. Als Nella het poeder niet maakte en Lady Clarence wraak nam, kwam mijn geheim aan het licht.

Dan kwamen álle geheimen in het boek boven water.

Ik wees naar haar register. 'Misschien vind je een manier om Miss Berkwell uit je aantekeningen te laten, maar hoe moet het dan met mij? En met alle anderen die je hebt genoteerd?'

Nella keek naar het boek. Er verscheen een frons in haar voorhoofd, alsof ze daar nog niet eens bij had stilgestaan. Het was alsof ze nog niet echt geloofde dat Lady Clarence haar dreiging zou uitvoeren. Langzaam las ze de laatste paar aantekeningen.

'Ik heb er de kracht niet voor,' fluisterde ze uiteindelijk. 'Ik ben gisteren de hele avond op het veld bezig geweest om de kevers te verzamelen, en tot zonsopgang heb ik ze geroosterd en fijngemalen. Als ze terugkomt, zal ik dat tegen haar zeggen. Ik zal haar de zwelling onder mijn jurk tonen, alle plaatsen waar mijn lichaam ziek is, als ze daar een bewijs van wil zien. Zelfs als ik het wilde, zou ik het poeder niet opnieuw kunnen maken.'

Dit was mijn kans – als ik het slim aanpakte. Ik was nog steeds heel bang voor de ziel van Mr Amwell, en nu was daar een andere last bij gekomen: de angst dat de gerechtsdienaren Nella's apotheek en register zouden vinden.

Ik pakte de lege bekers van de tafel en liep ermee naar de waskom om ze af te spoelen. 'Dan doe ik het wel. Leg me maar uit hoe ik kevers moet vinden, en dan ga ik ze zoeken, roosteren en vermalen.' Per slot van rekening was ik gewend om andermans eerloze werk te doen. Of ik nu voor Mrs Amwell brieven vol leugens moest schrijven of voor Nella giftige kevers moest vermalen, ik kon mijn mond houden. Ze kon me vertrouwen.

Het duurde even voordat Nella antwoord gaf, dus ik bleef de bekers afwassen, ook al waren ze schoon. Ze leek wat minder nerveus te zijn geworden, al wist ik niet of mijn aanbod om haar te helpen haar hoop had gegeven of dat ze zich bij haar lot had neergelegd.

'Het veld ligt aan de andere kant van de rivier,' zei ze uiteindelijk. Ze leunde voorover op haar stoel, alsof de gedachte aan een tweede tocht daarheen haar al uitputte. 'Het is een lange wandeling, maar dit kun je niet alleen. Ik zal de benodigde kracht wel bij elkaar rapen. We gaan na zonsondergang. De kevers zijn 's avonds makkelijker te vangen, want dan zijn ze in rust.' Ze kuchte een paar keer en veegde haar hand af aan haar rokken. 'Tot dat moment kunnen we onze tijd maar beter goed benutten. Je zei dat je me wilde helpen met de etiketten op mijn fiolen.' Ze keek me van opzij aan. 'Dat hoeft niet. Ik weet uit mijn hoofd wat erin zit, ook zonder etiketten.'

'Maar als ze nu door elkaar komen te staan? In de verkeerde volgorde?'

Ze wees op haar neus en daarna op haar ogen. 'Geur, en vervolgens zicht.' Met haar hand gebaarde ze naar het register in het midden van de tafel. 'Maar je kunt wel iets anders voor me doen. Een paar notities in het boek zijn vervaagd. Mijn hand trilt te veel om het zelf te doen.'

Fronsend trok ik het grote boek naar me toe, want ik vroeg me af waarom de namen en data in het register belangrijker waren dan de fiolen op haar schappen. Sterker nog, ik had het tegenovergestelde verwacht. Dit boek bevatte de namen van alle mensen die Nella's vergif hadden gekocht. Het leek mij beter om de bladzijden te verbranden, in plaats van ze duidelijker leesbaar te maken.

'Waarom is het zo belangrijk om de vervaagde notities duidelijker te maken?' vroeg ik.

Nella boog zich naar voren en sloeg de bladzijden om naar een pagina vol notities uit 1763. Ze streek met haar hand over de linker onderhoek. Ooit was er een vloeistof over het perkament gelopen, waardoor veel aantekeningen onleesbaar waren geworden. Ze schoof een veer en een inktpot naar me toe. Op haar aanwijzingen pakte ik de pen en begon ik de vervaagde halen in het boek met verse inkt na te tekenen. Ik volgde de letters van de middelen – klaverzuring, balsemien, saffloer – even zorgvuldig als de namen van de klanten.

'Voor veel van deze vrouwen is dit misschien wel de enige plaats waar hun namen terug te vinden zijn,' fluisterde Nella. 'De enige plaats waar ze zullen worden herinnerd. Het is een belofte die ik aan mijn moeder heb gedaan: ik zou het bestaan bewaren van deze vrouwen, wier namen anders uit de geschiedenis zouden worden gewist. Er zijn maar weinig plekken waar een vrouw een onuitwisbare indruk kan achterlaten.' Ik beëindigde het werk aan een notitie en begon aan de volgende. 'In dit register blijven ze bestaan – hun namen, hun herinneringen, hun waarde.'

Het was moeilijker dan ik had gedacht om de letters over te trekken en donkerder te maken. Woorden kopiëren was niet hetzelfde als schrijven; ik moest heel langzaam het handschrift van iemand anders volgen, en ik was niet zo trots op het resultaat als ik had gehoopt. Nella leek het echter niet erg te vinden, en ik ontspande mijn schouders, waardoor het werk sneller ging.

Nella sloeg een recentere bladzijde open, een van een paar maanden geleden. Waarschijnlijk hadden de bladzijden ooit aan elkaar geplakt, want er waren een paar regels tekst beschadigd. Ik begon de eerste na te tekenen en las de tekst terwijl ik werkte. Mr Bechem, zwarte helleborus, 12 gr. 7 december 1790. Meegegeven aan zijn zuster, Ms Allie Bechem.

Ik hapte naar adem en wees naar het woord 'zuster'.

'Ik herinner me haar goed,' zei Nella terwijl ik de letters donkerder maakte. 'De broer van Ms Bechem was een hebzuchtig man. Zij ontdekte een brief – hij was van plan om hun vader een week later te vermoorden en een grote erfenis op te strijken.'

'Dus ze doodde haar broer om te voorkomen dat hij hun vader doodde?'

'Precies. Er kan niets goeds voortkomen uit hebzucht, Eliza. In dit geval ging dat beslist op... Ms Bechem had het idee dat er iemand zou sterven. De vraag was alleen wie.'

Ik tekende de lijnen van Ms Bechems voornaam na, Allie, en maakte lange uithalen naar beneden. De veer gleed soepel over het ruwe perkament, alsof de pen wist hoe belangrijk dit werk was, hoe voornaam het was dat Ms Allie Bechems naam en daad bewaard zouden blijven.

Toen viel mijn oog weer op haar naam. Slechts een paar dagen later, op 11 december, was ze teruggekomen naar de apotheek.

'Die keer verkocht ik Ms Bechem een middel met venusschoentje voor haar moeder,' legde Nella uit. 'De arme vrouw had zojuist haar zoon verloren, en ook nog eens totaal onverwachts. Venusschoentje is beslist niet schadelijk, het is bedoeld als geneesmiddel tegen hysterie.'

'Die arme vrouw. Ik hoop dat het middel heeft gewerkt.'

Nella gebaarde naar het register om me aan te sporen door te werken. 'Venusschoentje is heel effectief,' zei ze, 'al zou de waarheid over haar zoon en zijn snode plan de beste remedie zijn geweest. Helaas weet ik niet of de dochter haar alles heeft verteld. Het doet er ook niet toe; haar geheim is hier veilig opgeslagen.' Ze streek met haar vinger langs de rand van het boek en speelde met de bladzijden.

Nu begreep ik waarom Nella behalve vergif ook medicijnen verkocht. Mensen zoals Ms Bechem hadden ze allebei nodig.

Ik wist alleen nog steeds niet waarom Nella vergif verkocht. Tijdens mijn eerste bezoek had ze verteld dat de verborgen kamer nog niet bestond toen ze als kind met haar moeder in de apotheek had gewerkt. Waarom had ze de verborgen kamer gebouwd en was ze achter de wand vreselijke dingen gaan brouwen? Ik nam me voor om binnenkort moed te vergaren om het haar te vragen.

Nadat de notitie was bijgewerkt, bladerde Nella weer door het boek, tot we in 1789 uitkwamen. Dat jaar herinnerde ik me goed, want toen had mijn moeder me in Londen achtergelaten om voor Mr en Mrs Amwell te gaan werken. Ik begreep alleen niet waarom het boek op deze bladzijden openlag, want de inkt zag er goed uit. Ik zag niets wat ik moest bijwerken.

'Dit was net voordat ik in Londen aankwam,' zei ik.

'Ik denk dat je dit wel een interessante bladzijde vindt,' zei Nella. 'Er staat een naam op die je kent.'

Meteen werd het een spelletje. Ik liet mijn blik over alle aantekeningen dwalen en deed mijn best om de data en de ingrediënten te negeren toen ik naar een bekende naam zocht. Was mijn moeder hier misschien geweest?

Toen zag ik het: Mrs Amwell.

'O!' Ik hapte naar adem. 'Mijn meesteres!' Vlug las ik de rest van de notitie. Had mijn meesteres al eerder iemand vergiftigd? 'Maagdenpalm?' vroeg ik, wijzend naar het register.

'Ja. *Apocynum*. Een van de krachtigste geneesmiddelen in mijn apotheek,' antwoordde Nella, 'maar net als het venusschoentje is het niet schadelijk. Dit type maagdenpalm is vooral nuttig bij de behandeling van trillingen en spiersamentrekkingen.' Afwachtend keek ze me aan. Toen ik niets zei, legde ze uit: 'Eliza, je meesteres kwam bij me toen ze last kreeg van bevende handen. Ik was haar bezoek vergeten, tot je eerder vandaag vertelde dat je haar brieven voor haar schrijft.' Met een afwezige blik streek ze over de aantekening in het boek. 'De artsen konden niets voor haar doen. Ze had er al meer dan tien bezocht. Ze kwam bij mij toen ze dacht dat ze geen andere opties meer had.' Even legde ze haar hand op de mijne. 'Je meesteres was hier nog nooit eerder geweest. Een vriendin had haar over mijn apotheek verteld.'

Ik voelde een diep verdriet, want ik had er nooit bij stilgestaan dat Mrs Amwell zoveel artsen had geraadpleegd. Ik had me helemaal niet afgevraagd hoe ze over haar aandoening dacht.

'Heeft de maagdenpalm geholpen?' vroeg ik, nogmaals naar de aantekening kijkend om zeker te weten dat ik het woord goed had onthouden.

Nella zweeg even en keek naar haar handen, alsof ze zich schaamde. 'Weet je nog wat ik zei, Eliza?' zei ze uiteindelijk. 'Ik verkoop hier geen magie. De geschenken van de aarde zijn heel waardevol, maar niet onfeilbaar.' Ze keek op en leek haar overpeinzing diep weg te stoppen. 'Dat is niet erg. Als de apocynum te goed had gewerkt, had je meesteres jou niet nodig gehad om haar brieven te schrijven. En dan zou jij hier niet zitten om mij te helpen met mijn register. En je weet nog wat ik zei over het belang van het register, hè?'

Omdat ik indruk op haar wilde maken, herhaalde ik wat ze een paar minuten geleden had gezegd. 'Het is belangrijk omdat de namen van deze vrouwen anders misschien zouden worden vergeten. Misschien is dit wel de enige plaats waar hun bestaan wordt bewaard.'

'Heel goed,' besloot Nella. 'Laten we er nog maar een paar doen. De zon is al bijna onder.'

Hoe wist ze dat? Zonder ramen en zonder blik op de klok had ik geen idee of de zon onderging. Ik kon het haar echter niet vragen, want Nella had alweer een andere bladzijde opengeslagen en liet haar hand boven een aantekening hangen die bijgewerkt moest worden.

Ik ging weer aan de slag, omdat ik mijn nieuwe lerares graag tevreden wilde stemmen.

Na zonsondergang pakte ik mijn jas en haalde ik mijn handschoenen tevoorschijn, die nog nooit tussen struiken of zand hadden gezocht naar kevers, of waar die beestjes dan ook mochten zitten. Enthousiast trok ik ze aan.

Mijn handen deden nu al pijn, verstijfd als ze waren door het zorgvuldige overschrijven, maar ik popelde om aan het nieuwe avontuur te beginnen.

Bij het zien van mijn glanzende ogen trok Nella haar wenkbrauwen op. 'Wanneer onze taak erop zit, zijn je handschoenen niet meer zo schoon, kind,' zei ze. 'Dit is vuil werk.'

We liepen meer dan een uur en kwamen uiteindelijk bij een groot, rustig veld, dat van de weg gescheiden was door struiken die boven mij uitstaken. Aan de hemel breidde de duisternis zich uit, en het werd ondraaglijk koud. Als ik een kever was, was ik allang naar het zuiden vertrokken, naar het warme, vochtige klimaat van een of ander dorpje aan zee, dacht ik. Nella had me echter verzekerd dat de kevers van de kou hielden en dat ze de voorkeur gaven aan zetmeelrijke wortelgewassen, zoals bieten. Daarin nestelden ze zich om zich tegoed te doen aan de suiker, en daarna vielen ze in slaap.

Het enige licht kwam van een smalle maansikkel. Nella en ik droegen allebei een linnen zak, en in het donker keek ik aandachtig toe toen ze op handen en knieën ging zitten. Ze zocht een bosje groene, generfde bladeren en veegde een dun laagje hooi opzij tot ze bij de bovenkant van de biet in de grond kwam.

'Hier hebben we het gewas,' zei ze, verder gravend met haar vingers. 'De kevers eten het liefst bladeren, maar 's avonds graven ze zich in onder de grond.' Uit het niets toverde ze opeens een glanzend kevertje tevoorschijn, niet langer dan haar duimnagel. Terwijl ze het wriemelende beestje in de zak liet vallen, zei ze: 'Wat heel belangrijk is: zorg dat je ze niet fijnknijpt of verplettert.'

Ik bewoog mijn tenen in mijn schoenen. Hoewel we nog maar een paar minuten op het veld waren, voelde ik ze nu al bijna niet meer. 'Hoe kan ik er een uit de grond halen zonder hem fijn te knijpen?' Opeens had ik niet zoveel interesse meer in de zoektocht. 'Als ik er een vind, moet ik hem vastpakken voordat hij wegrent, en dat kan ik niet doen zonder een beetje in hem te knijpen.'

'Laten we de volgende maar samen zoeken,' zo spoorde ze me aan. Ze tikte op de grond naast haar. Haar pijn en ongemakken leken te zijn afgenomen – misschien had de kou haar verdoofd. 'Voel maar eens op de plek waar ik net heb gegraven. Ik weet zeker dat ik nog een paar pootjes voelde.'

Ik huiverde. Ik had gedacht dat we gereedschap zouden gebruiken – een net of een schepje – in plaats van onze handschoenen. Toch deed ik wat ze vroeg, blij dat ze door de duisternis de afkerige blik op mijn gezicht niet kon zien. Ik zocht met mijn hand rond de harde, gladde biet en voelde opeens iets op mijn vingers kriebelen, overduidelijk een levend wezen. Ik vermande me, draaide mijn hand in het zand en vouwde mijn vingers eromheen. Toen ik het klompje aarde aan Nella liet zien, kroop er inderdaad een groene gestreepte kever uit, alsof hij ons wilde begroeten.

'Heel goed,' zei ze. 'Je eerste vondst. Stop hem maar in de zak en doe die dicht, want anders ontsnapt hij razendsnel weer naar zijn bietje. Ik begin daar, in de volgende rij. We hebben honderd kevers nodig. Tel ze goed.'

'Hónderd?' Ik keek naar die ene, wriemelende kever in mijn zak. 'Dan zitten we hier de hele nacht.'

Met een ernstige blik hield ze haar hoofd schuin. Het maanlicht weerkaatste op haar linkeroog, waardoor ze een vreemde, arglistige blik leek te krijgen. 'Wat wonderlijk dat je het een zware inspanning vindt om een nacht lang kevers te vangen – simpele insecten, meer niet – maar er niet voor terugschrikt om een mens te vermoorden.'

Ik huiverde en wenste dat ze me niet herinnerde aan de geest van Mr Amwell, die nog steeds op de binnenkant van mijn buik drukte en bloed naar buiten liet druppelen.

'Het is zwaar werk,' zei ze, 'en de laatste tijd is het voor mij nog zwaarder geworden. Kom, laten we maar aan de slag gaan.'

De nachtelijke uren tikten voorbij, al wist ik niet hoeveel het er waren geweest. De maan verschoof een kwart op zijn baan langs de hemel, maar ik had er niet genoeg verstand van om hem als mijn klok te gebruiken.

'Vierenzeventig,' hoorde ik Nella achter me zeggen. Haar voeten kraakten op het hooi tussen ons in. 'En jij?'

'Achtentwintig,' antwoordde ik. Ik had ze zorgvuldig geteld en het getal in mijn hoofd herhaald, want als ik het vergat, moest ik mijn hand in de zak steken en die knisperende beestjes opnieuw tellen.

'Mooi! Dan zijn we klaar en hebben we er zelfs twee extra.' Ze hielp me overeind, want mijn knieën deden pijn en mijn handen waren rauw.

We liepen terug naar de weg, maar ik pakte haar arm en was opeens zo van streek dat ik het erg warm kreeg. 'Op dit uur rijden er geen koetsen,' bracht ik hijgend uit. 'We hoeven toch niet helemaal terug te lopen, hoop ik?' Dat kon ik onmogelijk opbrengen.

'Je hebt toch een paar gezonde benen?' zei ze, maar bij het zien van mijn diep ongelukkige blik glimlachte ze. 'Wanhoop maar niet. We rusten daar in die schuur wel uit. Daar is het zelfs lekker warm, en heel stil. We nemen morgenochtend de eerste koets.'

Stiekem andermans gebouw betreden leek me een ernstiger vergrijp dan dodelijke kevers verzamelen, maar ik liep bereidwillig achter haar aan. Blij zelfs, want ik wilde dolgraag uitrusten. De deur van het houten schuurtje was niet op slot en binnen was het inderdaad warm, donker en stil, zoals ze had gezegd. Het deed me denken aan de schuur thuis, en mijn gezicht vertrok bij de gedachte aan wat mijn moeder zou zeggen als ze wist dat ik midden in de nacht rondliep met een zak vol dodelijke kevers in mijn hand.

Het duurde een paar tellen voordat mijn ogen aan de duisternis gewend waren, maar uiteindelijk zag ik aan de andere kant van het schuurtje een kruiwagen staan. Iets dichter bij ons lag gereedschap om land te bewerken. Rechts van ons waren een paar hooibalen keurig tegen de wand gestapeld. Daar liep Nella naartoe, en ze nestelde zich comfortabel tegen een baal.

'Hier is het het warmst,' zei ze, 'en als je wat hooi op de grond stapelt, heb je een lekker bed. Pas wel op voor muizen. Die vinden het hier net zo aangenaam als wij.'

Ik keek naar de deur, bang dat een boze eigenaar ons achterna was gelopen, en volgde met tegenzin Nella's voorbeeld. Toen ik tegenover haar zat, met mijn voeten bijna tegen de hare, haalde ze een bundeltje onder haar jas vandaan. Daaruit haalde ze een brood, wat kaas en een leren zak waarin vermoedelijk water zat. Op het moment dat ze hem aan me gaf, merkte ik pas dat ik vreselijke dorst had. Terwijl ik dronk, hoorde ik de kevers in de zak naast me knisperen.

'Neem maar zoveel je wilt,' zei ze. 'Achter de schuur staat een ton vol regenwater.' Ik besefte dat ze hier niet alleen eerder had geschuild, maar dat ze ook had rondgekeken of ze bruikbare hulpmiddelen kon vinden.

Toen ik eindelijk ophield met drinken, veegde ik mijn mond af met een lange rand van mijn rok. 'Ga je vaak naar andermans akkers om te zoeken wat je nodig hebt?' Ik dacht niet alleen aan deze schuur, die niet van ons was, maar ook aan het veld waarop we bijna de hele nacht hadden gewerkt.

Ze schudde haar hoofd. 'Bijna nooit. De wilde, ongerepte aarde geeft me bijna alles wat ik nodig heb, en ze verbergt haar giftige stoffen goed. Je hebt weleens een wolfskers zien bloeien, hè? Die gaat open als een cocon. De bloem verleidt je bijna. Dat lijkt zeldzaam en ongewoon, maar in werkelijkheid kun je zulke dingen overal vinden. De aarde kent het geheim van de vermomming, en veel mensen zouden niet eens geloven dat er gevaarlijke planten huizen op de lage velden die ze bewerken, of dat de ranken rond de pergola waaronder ze elkaar kussen gif in hun stengels bevatten. Je hoeft alleen maar te weten waar je moet kijken.'

Ik keek naar de hooibalen waartegen we zaten en vroeg me af of Nella misschien ook een truc had om gif aan iets onschuldigs als gedroogd gras te onttrekken. 'Weet je dat allemaal uit boeken?' In haar apotheek had ik tientallen boeken op stapels zien liggen. Sommige zagen er versleten en stukgelezen uit, en ik begon me dwaas te voelen dat ik een korte leerperiode had voorgesteld. Het moest haar jaren hebben gekost om alles te leren wat ze wist.

Nella nam een hapje kaas en kauwde er langzaam op. 'Nee. Van mijn moeder.'

Haar woorden klonken fel en weinig uitnodigend, maar dat prikkelde mijn nieuwsgierigheid alleen maar meer. 'Je moeder, die zonder de wand en het vergif werkte.'

'Ja. Zoals ik al zei, hoeft een vrouw zich niet achter een wand te verbergen als ze niets verkeerd doet en geen geheimen heeft.'

Ik dacht aan mijn meesteres en mij. Wij hadden de deur van de zitkamer dichtgedaan en gedaan alsof we brieven schreven terwijl Mr Amwell boven lag te lijden.

'Mijn moeder was een goed mens.' Nella zuchtte beverig. 'Ze heeft in haar leven nooit vergif verkocht. Misschien is je dat opgevallen toen je vanavond de oude notities in mijn boek bekeek. De oudere middelen zijn allemaal geneesmiddelen, bedoeld om te helpen. Stuk voor stuk.'

Ik ging rechtop zitten en vroeg me af of Nella nu eindelijk haar verhaal zou vertellen. Dapper stelde ik haar die belangrijke vraag. 'Als zij nooit gif verkocht, hoe heeft ze je er dan alles over geleerd?'

Nella keek me indringend aan. 'Veel goede geneesmiddelen zijn giftig als je ze in hogere doses toedient of op een andere manier bereidt. Mijn moeder leerde me die hoeveelheden en bereidingsmethoden voor de veiligheid, zowel mijn veiligheid als die van onze klanten. En het feit dat zij geen gif gebruikte, wil niet zeggen dat ze er geen verstand van had.' Ze nestelde zich nog dieper in het hooi. 'Dat maakt haar eigenlijk nog bewonderenswaardiger. Mijn moeders kennis was een wapen dat ze nooit gebruikte, alsof ze een hond met een bek vol scherpe tanden was die nooit aanviel.'

'Maar jij...' De woorden waren er al uit voordat ik er erg in had, en ik deed mijn mond dicht voordat ik die zin kon afmaken. Het was duidelijk dat Nella er wél voor had gekozen om haar kennis als wapen te gebruiken. Waarom had ze dat gedaan?

‘Ja, ik wel.’ Ze vouwde haar handen op haar schoot en keek me recht in de ogen. ‘Eliza, ik wil je iets vragen. Toen je het bord voor Mr Amwell neerzette – het bord met de grootste eieren, die hem die dag zouden doden, zoals je wist – wat voelde je toen?’

Ik dacht diep na en herinnerde me die ochtend alsof het nog maar een paar tellen geleden was: zijn broeierige blik toen ik de eetkamer binnenkwam, de zachte blik van mijn meesteres, ons zwijgende verbond, en het gevoel van vettige vingers die langs de achterkant van mijn knie en over de huid van mijn dij omhoogkropen. Ik dacht ook aan de dag dat Mr Amwell, de meester die ik ooit had vertrouwd, me brandewijn had gegeven terwijl mijn meesteres in de wintertuinen was – en wat er had kunnen gebeuren als de livreiknecht niet had geroepen dat onze meester naar beneden moest komen.

‘Ik had het gevoel dat ik mezelf beschermde,’ antwoordde ik. ‘Want ik wist dat hij me kwaad wilde doen.’

Nella knikte enthousiast, alsof ze me het woud in wilde leiden en me aanmoedigde haar pad te volgen. ‘Waar beschermde je jezelf tegen?’

Ik slikte, want ik durfde de waarheid eigenlijk niet hardop met haar te delen. Ik had Nella niet verteld waarom Mrs Amwell haar man wilde doden en waarom ik haar had geholpen. Maar ik had als eerste nieuwsgierige vragen gesteld, dus ik was haar mijn verhaal ook verschuldigd. ‘Hij begon me aan te raken op manieren die ik niet fijn vond.’

Weer een langzame knik. ‘Ja, maar kijk nog eens verder. Zijn aanrakingen waren niet welkom en je vond ze weerzinwekkend, maar waarom was dit nog erger dan de aanraking van een vreemde op straat? Ik neem aan dat je een onbekende niet had vermoord als hij je op die manier had gestreeld.’

‘Onbekenden op straat vertrouw ik niet,’ zei ik. ‘Maar ik vertrouwde Mr Amwell wél. Tot voor kort had ik geen reden om hem te wantrouwen.’ Ik zweeg even. Mijn ademhaling werd rustiger en ik dacht aan Johanna. ‘Ik begreep dat er geheimen in zijn huis bestonden. Dingen die hij kapot heeft gemaakt of verborgen heeft gehouden. Ik was bang dat ik ook zo’n geheim zou worden.’

Dat antwoord leek Nella tevreden te stemmen. Ze leunde naar voren en tikte zachtjes op mijn voet. 'Eerst was er vertrouwen. Toen was er verraad. Het één bestaat niet zonder het ander. Je kunt niet verraden worden door iemand die je niet vertrouwt.' Ik knikte, en ze leunde weer achterover. 'Eliza, wat jij nu beschrijft, is het hartverscheurende verhaal van iedere vrouw aan wie ik vergif heb verkocht. En het is ook mijn verhaal.'

Ze fronste, alsof ze terugdacht aan iets wat ze lange tijd had weggestopt. 'Het was nooit een vooropgezet plan van mij om gif te gaan brouwen. Het is niet zo dat ik als moordenares geboren ben. Lang geleden is mij iets overkomen. Ik was verliefd. Hij heette Frederick.' Ook al leek ze het verhaal te willen vertellen, ze stopte opeens met praten, en ik dacht dat ze het hierbij zou laten. Ze schraapte echter haar keel en vervolgde: 'Ik verwachtte een aanzoek. Hij had het me beloofd. Helaas was hij een fantastische acteur en leugenaar, en ik ontdekte al snel dat ik niet de enige was aan wie hij zijn liefde schonk.'

Ik hapte naar adem en legde mijn hand op mijn mond. 'Hoe kwam je daarachter?' Ik had het gevoel dat ik werd ingewijd in schandalen en geheimen die doorgaans aan veel oudere meisjes werden verteld.

'Het is een treurig verhaal, Eliza,' zei ze. Met haar voet duwde ze zachtjes tegen de mijne. 'En je moet heel goed naar me luisteren. Morgenochtend maken we samen dat keverpoeder klaar, maar daarna wil ik je niet meer in mijn apotheek zien. Het is míjn werk. Míjn verdriet moet worden gebotteld en verkocht.' Ik werd heen en weer geslingerd tussen teleurstelling en betovering, maar ik knikte, omdat ik wilde dat ze door zou praten.

En zo begon ze aan haar verhaal. Al leek elk woord pijnlijk als een puist aan de oppervlakte te komen, ik had ook het idee dat het haar goeddeed om haar hart te luchten. Ik was pas twaalf, maar zittend tussen de hooibalen had ik het gevoel dat Nella me als een vriendin zag.

'Mijn moeder stierf toen ik een jonge vrouw was,' legde ze uit. 'Het is al twintig jaar geleden, maar het verdriet is nog even pijnlijk als een beurse plek. Heb jij weleens om iemand gerouwd?'

Ik schudde mijn hoofd. Buiten Mr Amwell had ik nog nooit iemand gekend die was gestorven.

Nella ademde diep in om kalm te worden. 'Rouw is afschuwelijk, uitputtend en eenzaam. Op een dag, in het diepst van mijn verdriet, kwam er een jongeman die Frederick heette in mijn apotheek, waar toen nog geen gif werd verkocht. Hij smeekte me om een middel waarmee zijn zuster, Rissa, zou kunnen gaan bloeden, want de kramp in haar buik was ondraaglijk en ze had al een halfjaar haar maandstonden niet meer gehad.'

Ik fronste. Ik wist niet goed wat 'maandstonden' betekende, maar welke rol Rissa ook in het verhaal zou spelen, door die buikpijn kon ik me in haar verplaatsen. 'Er was nog nooit eerder een man in mijn apotheek geweest,' vertelde Nella, 'maar hij was de wanhoop nabij! En als Rissa geen zuster of moeder had die ze kon sturen, hoe kon ik hem dan een middel weigeren? Daarom gaf ik hem een tinctuur van hartgespan, een menstruatieopwekkend middel.'

'Hartgespan,' herhaalde ik. 'Heeft dat met een gespannen hart te maken?'

Nella glimlachte. Ze legde uit dat de grote genezer Culpeper ruim een eeuw geleden dacht dat het middel een opwekkend effect op jonge moeders zou hebben, en dat het een einde zou maken aan het sombere gevoel dat ze zo vaak vlak na een bevalling kregen. Een steuntje voor het hart, zogezegd. 'Maar hartgespan doet nog meer: het kalmeert de baarmoeder en zorgt dat deze haar inhoud loslaat. Het middel moet heel zorgvuldig worden toegediend, en alleen aan vrouwen die zeker weten dat ze niet in verwachting zijn.'

Ze trok een sprietje hooi uit de baal en draaide het om haar vinger, alsof het een ring was. 'De week daarna kwam Frederick terug om me te bedanken en te vertellen dat de toestand van zijn zuster weer gezond en normaal was geworden. Hij was levendig en hoffelijk, en ik voelde me hevig tot hem aangetrokken om redenen die ik destijds niet begreep. Ik dacht dat het liefde was, maar nu vraag ik me af of het niet gewoon de leegte van mijn verdriet was. Misschien zocht ik wel iets waarin ik me kon verliezen om de sombere eenzaamheid weg te nemen.'

Ze zuchtte. 'Frederick leek zich ook aangetrokken te voelen tot mij, en tijdens de weken daarna beloofde hij dat hij met me zou trouwen. Na elke dag, elke belofte, kwam er weer een stukje van mijn hart tot leven. Hij beloofde me een huis vol kinderen en een prachtige apotheek met roze ruiten waarin ik de herinnering aan mijn moeder levend kon houden. Stel je eens voor hoe dat voelde... Dat moest ik toch wel liefde noemen?' Ze keek naar het hooisprietje, dat in een perfecte cirkel om haar vinger zat. Toen ze het abrupt losliet, viel het op haar schoot.

'Ik raakte al snel in verwachting. Je zou denken dat ik wist hoe ik dat moest voorkomen, maar zo ging het niet. Ondanks mijn verdriet gaf het nieuwe leven in mij me veel nieuwe hoop. Niet alles op de wereld had zijn laatste adem uitgeblazen, zoals mijn moeder. En toen ik Frederick op een vroege winterochtend over ons kindje vertelde, leek hij in de wolken te zijn. Hij zei dat we een kleine twee weken later zouden trouwen, na Sint-Maarten, voordat zichtbaar werd dat ik een kind verwachtte. Je bent nog wel jong, Eliza, maar jij weet ook wel dat de buitenwereld de wenkbrauwen optrekt voor een buitenechtelijk kind.'

Ik voelde bezorgdheid opborrelen. Nella had het nooit over een kind gehad, of dat nu volwassen was of niet. Waar was dat kind nu?

'Zoals je misschien al vermoedt, duurde die zwangerschap niet lang. Dat komt vaak voor, Eliza, maar dat maakt het niet minder vreselijk. Ik hoop dat je dat nooit hoeft mee te maken.' Ze trok haar benen een stukje op en sloeg haar armen over elkaar, alsof ze zichzelf wilde beschermen tegen de woorden die zouden volgen. 'Het gebeurde heel laat op de avond. Frederick zou een week de stad uit gaan om zijn familie te bezoeken, dus we hadden de hele avond samen doorgebracht. Hij had eten voor ons klaargemaakt en me geholpen een paar planken te repareren. En hij had me een zelfgemaakt gedicht voorgelezen... een perfecte avond. Tenminste, dat dacht ik. Bij het afscheid kuste hij me langdurig, en hij beloofde een week later terug te komen.' Nella huiverde en zweeg even. 'Uren later begon de kramp, en ik verloor mijn kind. Geen pen kan die pijn beschrijven. Na afloop had ik eigenlijk alleen maar behoefte aan Fredericks troostende armen om me heen. Het was een marteling om in mijn bed te moeten wachten tot de week voorbij was. Ik onderdrukte mijn verdriet tot hij terug was en me kon helpen om de last te dragen. Hij kwam echter niet terug, ook niet na de tweede week en zelfs niet na de derde. Ik begon iets vreselijks te vermoeden en vond het heel vreemd dat ik hem voor het laatst had gezien op de avond dat ik ziek werd – de avond dat ik onze dochter verloor.

Veel van de planken en laden in mijn apotheek waren voor Frederick vertrouwd geworden. En zoals ik al zei, kunnen zelfs de goedaardigste medicijnen in grote hoeveelheden schadelijk zijn. Met mijn register ernaast controleerde ik de inhoud van verschillende flesjes, en tot mijn grote ontzetting zag ik dat er een deel van mijn hartgespan ontbrak. Frederick wist wat de werking van dat middel was, want ik had het aan zijn zuster Rissa voorgeschreven. Op dat moment drong tot me door dat hij mijn eigen tincturen tegen me had gebruikt. Tegen mij en ons kind. We hadden samen veel tijd doorgebracht, dus het kon best zijn dat hij het middel ergens in had gestopt. Het was heel goed mogelijk dat ik het buiten mijn weten tijdens de maaltijd had opgegeten. Toen de dagen verstreken, raakte ik er steeds meer van overtuigd dat mijn hartgespan – bedoeld om melancholieke buien te verlichten en jonge moeders vreugde te schenken – mijn kind uit de baarmoeder had weggenomen.'

Tijdens Nella's verhaal ontstond er een branderige brok in mijn keel. Ik wilde vragen hoe Frederick erin was geslaagd om haar te bedriegen. Hoe had hij tussen haar spullen kunnen neuzen en zelfs maar een druppel in haar eten of drinken kunnen laten vallen zonder dat ze het had gemerkt? Ik wilde haar echter niet aanvallen. Ze voelde zich al ellendig genoeg.

'Eindelijk klonk er een klop op de deur, Eliza. En wie denk je dat er op de stoep stond?'

'Frederick,' zei ik, naar voren leunend.

'Nee. Zijn zuster, Rissa. Alleen was ze zijn zuster helemaal niet. Ze vertelde me meteen dat ze zijn echtgenote was.'

Ik schudde mijn hoofd, alsof Nella's herinnering zich nu voor mijn ogen afspeelde. 'H-Hoe had ze je gevonden?' stamelde ik.

'Ze kende mijn moeders apotheek voor vrouwenkwalen. Vergeet niet dat zij Frederick naar me toe had gestuurd toen ze mijn hartgespan hard nodig had. Ze wist ook dat hij de neiging had om naar andere vrouwen te kijken, om het zo maar eens uit te drukken. Ze wilde dat ik haar de waarheid zou vertellen. Het was nog maar nauwelijks vier weken na het verlies van mijn kind. Ik verloor nog bloed en was nog steeds heel verdrietig, dus ik vertelde haar alles. Na afloop zei ze dat ik niet zijn eerste maîtresse was, en toen begon ze vragen te stellen over de flesjes en brouwsels op mijn planken. Ik vertelde haar wat ik jou heb verteld, dat bijna alles dodelijk is als de dosis maar hoog genoeg is. Tot mijn grote verbazing vroeg Rissa naar nux vomica, dat in heel kleine doses kan worden gebruikt tegen koorts, of zelfs tegen de pest. Maar uiteindelijk is het natuurlijk rattengif. Hetzelfde middel dat jouw meester heeft gedood.'

Nella spreidde haar handen. 'Ik aarzelde even, maar uiteindelijk gaf ik Rissa op haar verzoek een dodelijke hoeveelheid mee. Ik vroeg er geen geld voor, en ik vertelde haar hoe ze de smaak het best kon verdoezelen. Frederick had mij vergif toegediend, en nu instrueerde ik Rissa hoe ze dat bij hem moest doen. Dat, mijn kind, is hoe het allemaal begon. Met Rissa. Met Frederick.

Na haar vertrek voelde ik een last van me af vallen. Wraak is een geneesmiddel op zich.' Ze kuchte zachtjes. 'Frederick stierf de volgende dag. Ik las het die week in de krant. De artsen hielden het op een hartstilstand.'

Nella begon harder te kuchen en kreeg een hevige hoestbui, die een paar minuten aanhield. Ze klemde haar armen om haar buik en haar stemgeluid was schor. Uiteindelijk leunde ze hijgend naar voren. 'Mijn moeder, mijn kind, mijn minnaar. En zo begon het – als een lekkage. Eerst met kleine druppeltjes, langzaam en zacht, maar algauw verbreidde het verhaal zich door de hele stad. Ik weet niet aan wie Rissa het eerst haar relaas deed, of aan wie die persoon het weer doorvertelde, maar het web van gefluister werd steeds groter. Op een bepaald moment begonnen vrouwen brieven voor me achter te laten, en toen moest ik een wand in mijn apotheek bouwen om uit het zicht te blijven. Ik had het hart niet om mijn moeders apotheek te sluiten, ook al had ik haar nalatenschap nog zo besmet.'

Ze tikte op het hooi naast haar. 'Ik weet wat het is om mijn kind door de schuld van een man uit mijn lichaam te zien glijden. En al is mijn verhaal vreselijk, iedere vrouw heeft tot op zekere hoogte te maken gehad met de verdorvenheid van een man. Jij ook.' Ze steunde met haar hand op de vloer en maakte aanstalten om te gaan liggen. 'Ik ben apothekeres, en het is mijn plicht om vrouwen middelen te geven die hen helpen. En door de jaren heen zijn ze dus bij me gekomen en heb ik aan hen verkocht wat ze wilden. Ik heb hun geheimen beschermd. Ik heb het zwaarste gedeelte van hun lasten gedragen. Misschien was ik daar wel mee gestopt als ik na mijn verlies nog eens had gebloed, als mijn baarmoeder niet beschadigd was geweest. Maar door het uitblijven van het bloeden word ik voortdurend herinnerd aan Fredericks verraad en aan wat hij van me heeft afgepakt.'

In de duisternis fronste ik verward. Het uitblijven van het bloeden? Ik nam aan dat ze zo moe was dat ze zich had versproken.

Langzaam, geeuwend en duidelijk verzwakt liet Nella zich op haar zij zakken. Ik wist dat ze bijna klaar was met haar verhaal, maar al leek ze uitgeput te zijn, ik was klaarwakker.

'Het kan natuurlijk niet eeuwig zo doorgaan,' fluisterde ze. 'Mijn krachten nemen af. En lang geleden dacht ik dat ik me beter zou gaan voelen door de pijn die ik verspreidde, maar dat was niet zo. Mijn pijn werd er juist erger door, en met de week worden mijn botten dikker en gevoeliger. Ik weet zeker dat het verstrekken van dat gif me van binnenuit aantast, maar hoe kan ik nu afbreken wat ik heb opgebouwd? Je hebt Lady Clarence gehoord. Mijn naam is wijd en zijd bekend.'

Ze schraapte haar keel en likte over haar lippen. 'Het is een vreemd raadsel,' concludeerde ze. 'Want al heb ik nog zo hard gewerkt om vrouwenkwalen te verlichten, ik kan niets doen tegen de mijne. Mijn verdriet is nooit afgenomen, ook niet na twintig jaar.' Omdat ze zo zacht praatte dat ik haar nauwelijks kon verstaan, vroeg ik me af of ze misschien in een kalme nachtmerrie was gegleden. 'Voor dit soort pijn bestaat geen tinctuur.'

Hoofdstuk 16

CAROLINE

Huidige tijd, dinsdag

Toen ik de lobby van La Grande in liep, vormde zich een bal van angst in mijn maag. In de metro naar het hotel had ik bijna alleen maar nagedacht over de apothekeres, maar nu verdreef een dringender zorg – de naderende komst van mijn man – elke gedachte aan Bear Alley, de fiool of de documenten uit de bibliotheek naar de achtergrond.

Gezien de tijd die James nodig zou hebben om door de douane te komen en een taxi te nemen, leek het me onmogelijk dat hij nu al in het hotel was. Desondanks aarzelde ik even bij mijn kamerdeur en vroeg ik me af of ik moest kloppen. Voor het geval dat.

Nee. Dit was mijn kamer, mijn reis. Hij was de indringer. Ik stak mijn sleutelkaart in de deur en liep naar binnen.

Gelukkig was de kamer leeg en zag ik alleen mijn eigen spullen, al was alles wel netter dan bij mijn vertrek. De frisse witte lakens waren keurig om mijn matras gevouwen, op het keukenblokje stonden schone mokken en… shit. Op een tafeltje bij de deur stond een vaas met prachtige, babyblauwe hortensia's.

Ik pakte het piepkleine envelopje uit het boeket en maakte het open, in de hoop dat het alleen maar een nietsvermoedende felicitatie van zijn of mijn ouders was.

Dat was niet zo. De tekst op het kaartje was kort, maar ik wist meteen van wie de bloemen afkomstig waren: 'Het spijt me, en ik weet dat ik heel veel moet goedmaken en uitleggen. Ik zal altijd van je houden. Tot straks. J.'

Ik hief mijn ogen ten hemel. James was een intelligente man. Dit was een vorm van *damage control* nog vóórdat hij was gearriveerd. Hij had al zijn invloed aangewend om te zorgen dat ik in elk geval mijn deur voor hem opendeed. Maar als hij dacht dat we dit allemaal in één ochtend konden uitpraten, een paar mimosa's konden drinken en vervolgens onze tortelduifjesvakantie konden vervolgen alsof er niets aan de hand was, had hij het toch echt ernstig mis.

Ik voelde me daar niet schuldig over – dat stond ik mezelf niet toe. Goed, ik was niet perfect gelukkig geweest met ons leven, maar ik was niet degene die het had weggegooid.

Korte tijd later nipte ik op mijn bed aan een glas ijskoud water toen er op de deur werd geklopt. Intuïtief wist ik dat hij het was. Ik voelde het, net zoals ik zijn blijdschap had gevoeld toen ik op onze trouwdag tegenover hem bij het altaar stond.

Ik ademde diep in en deed de deur open, waarbij ik ongewild zijn geur opsnoof: het vertrouwde aroma van dennennaalden en citroen, een subtiel restant van de ambachtelijke zeep die hij zo heerlijk vond. Die hadden we een paar maanden geleden op een markt gekocht, in de periode dat ik in mijn vrije tijd naar vruchtbaarheidstips op Pinterest zocht. Het leven had toen veel makkelijker geleken.

Op de drempel stond James, met een antracietkleurige koffer tegen zijn been. We glimlachten geen van beiden, en als een onbekende de pech had gehad om op dat moment langs te lopen, zou hij denken dat het de ongemakkelijkste, onplezierigste hereniging was die hij ooit had gezien. Terwijl we elkaar zwijgend aanstaarden, drong het tot me door dat ik tot aan zijn klopje nog steeds niet helemaal had geloofd dat hij werkelijk naar Londen zou komen.

‘Hoi,’ fluisterde hij treurig, nog steeds aan de andere kant van de drempel. We waren slechts een armlengte van elkaar verwijderd, maar het voelde als een oceaan.

Ik deed de deur verder open en gebaarde dat hij mocht binnenkomen, alsof hij een piccolo was die mijn koffer kwam brengen. Toen hij zijn koffer naar binnen rolde, liep ik weg om mijn glas nog eens te vullen. ‘Je hebt mijn kamer dus gevonden,’ zei ik over mijn schouder.

James keek naar de vaas met bloemen op het tafeltje. ‘Mijn naam staat ook op de reservering, Caroline.’ Hij gooide een paar reisdocumenten – zijn paspoort en wat bonnetjes – naast de bloemen op het tafeltje. Hij liet zijn schouders hangen en er stonden rimpeltjes naast zijn ogen. Ik had hem nog nooit zo vermoeid gezien.

‘Je ziet er afgemat uit,’ zei ik schor. Mijn mond was droog geworden.

‘Ik heb drie dagen niet geslapen. Afgemat is nog te zwak uitgedrukt.’ Hij raakte een van de bloemen aan en streek met zijn vinger langs het randje van een zijdezacht, babyblauw bloemblaadje. ‘Bedankt dat ik mocht binnenkomen.’ Met tranen in zijn ogen keek hij me aan. Ik had hem nog maar twee keer eerder zien huilen: tijdens ons bruiloftsfeest, toen hij zijn glas roze champagne ophief naar mij, zijn kersverse bruid, en tijdens de begrafenis van zijn oom, toen we wegliepen van het gapende gat in de grond dat kort daarna gevuld zou worden met aarde.

Mijn hart ontdooide echter niet van zijn tranen. Ik wilde hem niet om me heen en kon het nauwelijks opbrengen om hem aan te kijken. Ik wees naar de bank onder het raam, die ronde armleuningen en een doorgestikte zitting had. Hij was niet bedoeld als slaapplaats, maar als plek om lekker onderuit te zitten, ontspannen gesprekken te voeren en laat op de avond wellustig te zoenen – allemaal dingen die James en ik niet zouden doen. ‘Ga maar rusten. Er liggen extra dekens in de kast. De roomservice bezorgt heel snel, mocht je honger hebben.’

Verward keek hij me aan. ‘Ga je weg?’

De late ochtendzon scheen fel naar binnen en tekende lichtgele strepen op de vloer. ‘Ik ga lunchen,’ zei ik, mijn sneakers verwisselend voor flatjes.

Op de tafel lag een map met een paar suggesties van het hotel. Een paar straten verderop was een Italiaans restaurant, en ik had behoefte aan troostrijk eten, misschien wel met een glas chianti erbij. Daarnaast was een Italiaans restaurant waarschijnlijk niet fel verlicht. Perfect voor iemand als ik, die een discreet plekje nodig had om na te denken en misschien wat tranen te plengen. Nu ik James in levenden lijve voor me zag, had ik een harde brok in mijn keel gekregen. Ik wilde hem zowel omhelzen als door elkaar rammelen, en hem dwingen op te biechten waarom hij onze relatie kapot had gemaakt.

'Mag ik mee?' Met zijn hand streek hij over zijn kaak, die verstopt zat onder een stoppelbaard van drie dagen.

Ik was vertrouwd met de ellendige combinatie van intens verdriet en een jetlag, en ondanks alles had ik medelijden met hem. En ik had toch besloten om de ongemakkelijke confrontatie niet meer uit de weg te gaan? Dan kon ik net zo goed beginnen met mijn hart luchten. Ik hoopte alleen dat ik mijn tranen kon bedwingen. 'Ja hoor,' mompelde ik. Nadat ik mijn tas had gepakt, ging ik hem voor.

Het restaurant, Dal Fiume, lag slechts een klein stukje van de Theems af. De gastvrouw begeleidde ons naar een tafeltje in een hoek van het restaurant, ver weg van de andere klanten. Waarschijnlijk dacht ze dat James en ik voor een eerste date kwamen, gezien het feit dat we duidelijk afstand van elkaar hielden. Alsof het laat op de avond was, brandden er een paar oude lantaarns in het restaurant, en zware karmijnkleurige gordijnen omhulden het vertrek als een cocon. Op elke andere dag zou ik dat intiem hebben gevonden, maar vandaag vond ik de sfeer verstikkend. Misschien was deze keuze een beetje té discreet geweest. We waren echter allebei doodmoe en hongerig, en we slaakten beiden een zucht toen we ons in de leren armstoelen aan weerszijden van de tafel lieten zakken.

De grote menukaarten vormden een welkome afleiding, en een poosje waren we stil. We spraken alleen met de serveerster, die ons water en even later twee glazen chianti bracht. Zodra ze het glas voor me neerzette, herinnerde ik me dat ik nog steeds niet ongesteld was geworden. Alcohol. Zwangerschap.

Ik streek met mijn vinger over de voet van het glas. Wat moest ik nu doen? Ik kon de wijn moeilijk terugsturen, want dan zou James iets vermoeden, en dit wilde ik niet met hem delen. Niet hier, in die ellendige rode kamer die ons beiden dreigde te verstikken.

Ik dacht aan Rose. Tijdens de eerste weken van haar zwangerschap, voordat ze een test had gedaan, had zij toch ook alcohol gedronken? Haar arts had zich in dat prille stadium geen zorgen gemaakt.

Prima, dan durfde ik het ook wel aan. Ik nam een slok wijn en liet mijn ogen weer over de menukaart dwalen, waarvan de tekst totaal niet tot me doordrong.

Een paar minuten later nam de serveerster onze bestelling op. Zodra ze met de menukaarten wegliep, miste ik de beschermende barrière tussen James en mij al. Nu konden we ons alleen nog maar op elkaar concentreren. We zaten zo dicht bij elkaar dat ik hem kon horen ademen.

Ik keek mijn man recht in de ogen. In dit licht leek zijn gezicht nog verder ingevallen dan in het hotel. Ik probeerde me niet af te vragen wanneer hij voor het laatst had gegeten, want hij zag eruit alsof hij een paar pondjes kwijt was. Nadat ik een versterkend slokje wijn had genomen, begon ik te praten: 'Ik ben zo ontzettend kwaad...'

'Caroline, luister,' onderbrak hij me. Hij verstrengelde zijn vingers, wat ik hem ook had zien doen als hij met teleurgestelde cliënten belde. 'Het is voorbij. Ze wordt overgeplaatst naar een andere afdeling, en ik heb haar laten weten dat ik hr inschakel als ze nog eens contact met me opneemt.'

'O, dus het is haar schuld? Haar probleem? Jij bent degene die partner in die firma wordt, James. Ik denk dat hr meer geïnteresseerd is in jóúw betrokkenheid.' Ik schudde mijn hoofd, nu al teleurgesteld. 'En waarom hebben we het over je werk? Hoe zit het met ons huwelijk?'

Met een zucht leunde hij naar voren. 'Het is heel ongelukkig dat dit allemaal zo aan het licht is gekomen.' Een interessante woordkeuze; hij wilde de verantwoordelijkheid niet in zijn eentje dragen. 'Maar misschien is het niet allemaal slecht nieuws,' vervolgde hij. 'Misschien kan er ook iets goeds uit voortkomen voor ons en onze relatie.'

'Kan er ook iets goeds uit voortkomen,' herhaalde ik verbijsterd. 'Wat kan hier in vredesnaam voor goeds uit voortkomen?'

De serveerster kwam terug met grote pastalepels, die ze voorzichtig voor ons neerlegde. De stilte tussen ons drieën was beladen en ongemakkelijk. Ze ging vlug weer weg.

'Ik probeer eerlijk tegen je te zijn, Caroline. Ik kom je vertellen dat ik bereid ben in therapie te gaan, bij mezelf te rade te gaan, wat je maar wilt.'

Mijn solotrip naar Londen was bedoeld als therapie voor mij – totdat James bij me had aangeklopt natuurlijk. En zijn oneerbiedige houding maakte me nog kwader. 'Bij jezelf te rade gaan? Daar mag je dan nu mee beginnen,' zei ik. 'Waarom heb je het gedaan? Waarom ging je er na die feestavond voor je promotie mee door?' Het drong tot me door dat ik weliswaar het gruwelijke hoe en wat wilde horen, maar dat ik op dat moment het meest geïnteresseerd was in het waarom. Opeens schoot me een vraag te binnen die nog niet eerder bij me was opgekomen. 'Vind je het eng dat we proberen een kind te krijgen? Is dat het?'

Hij sloeg zijn ogen neer en schudde zijn hoofd. 'Helemaal niet. Ik wil net zo graag een kind als jij.'

Dat was een kleine last van mijn schouders, maar de probleemoplossende kant van mij wenste dat hij ja had gezegd. Dan hadden we de waarheid als een diamant omhoog kunnen houden. We hadden hem in het licht kunnen bekijken en het werkelijke probleem kunnen bespreken. 'Wat was dan de reden?' Ik weerstond de drang om nog meer mogelijkheden aan te dragen en bracht het wijnglas nogmaals naar mijn lippen.

'Ik denk dat ik gewoon niet helemaal gelukkig ben,' antwoordde hij vermoeid, alsof alleen de woorden al voldoende waren om hem af te matten. 'Mijn leven is zo veilig, zo verdomd voorspelbaar.'

'Ons leven,' verbeterde ik hem.

Hij knikte instemmend. 'Ons leven, ja. Maar ik weet dat jij een veilig leven wilt. Jij wilt voorspelbaarheid, en dat heeft een baby ook nodig, en...'

'Wil *ík* voorspelbaarheid? Een veilig leven?' Ik schudde mijn hoofd. 'Nee, dat zie je helemaal verkeerd. Jij steunde mij niet toen ik in Cambridge wilde gaan studeren, omdat het te ver weg was. Jij...'

'Ik ben niet degene die het aanmeldingsformulier heeft verscheurd,' reageerde hij ijzig.

Geenszins uit het veld geslagen vervolgde ik mijn verhaal. 'In het begin van ons huwelijk wilde je geen kinderen omdat je lange dagen maakte en die extra last niet kon gebruiken. Jij smeekte me om op de boerderij te gaan werken omdat het een veilige, comfortabele baan was.'

James tikte met twee vingers op het witte tafelkleed. 'Jij hebt die baan genomen, Caroline. Niet ik.'

We vielen stil toen onze serveerster twee kommen pasta voor ons neerzette. Ik keek haar weglopende gestalte na en zag dat ze een parmantig, perfect gevormd achterwerk had. James bleef echter strak naar mij kijken.

'Je kunt dit nooit meer ongedaan maken,' zei ik, de kom van me af schuivend. 'Besef je dat wel? Ik zal het nooit vergeten. Dit wordt een blijvende kras op onze relatie, áls ons huwelijk dit al overleeft. Hoelang gaat het duren voordat we weer gelukkig zijn?'

Hij pakte een broodje van het midden van de tafel en propte het in zijn mond. 'Dat is aan jou. De affaire is voorbij, dat zei ik al. Een domme fout van mij, die ik nu probeer goed te maken bij jou, mijn echtgenote.'

Ik probeerde vijf of tien jaar in de toekomst te kijken. Als James me voortaan trouw zou blijven, zou deze affaire misschien ooit verbleken tot een oude misstap. Per slot van rekening had ik gehoord dat bijna de helft van alle huwelijken ooit met ontrouw te maken krijgt. Maar de laatste dagen had ik gemerkt dat die vrouw niet de enige bron van ongenoegen in mijn leven was. Terwijl we daar zo tegenover elkaar aan het tafeltje zaten, speelde ik met de gedachte om mijn gevoelens met hem te delen, maar ik zag hem niet als een bondgenoot die ik in vertrouwen kon nemen. Hij bleef een tegenstander, en ik wilde hem geen deelgenoot maken van de waarheden die ik op deze reis begon te ontdekken.

'Ik ben naar Londen gekomen om je mijn excuses aan te bieden,' zei James. 'Het interesseert me niet hoe de rest van de reis eruitziet. De oorspronkelijke plannen mogen het raam uit. Voor mijn part blijven we in het hotel en bestellen we Chinees...'

Ik hief mijn hand op om hem het zwijgen op te leggen. 'Nee, James.' Hoe verdrietig hij ook was, zijn gevoelens waren mijn minste zorg. Zelf voelde ik me nog steeds vreselijk gekwetst. 'Ik ben helemaal niet blij dat je naar Londen bent gekomen zonder met mij te overleggen. Ik ben hierheen gegaan om te verwerken wat je hebt gedaan, en nu geef je me het gevoel dat je me achtervolgt. Alsof ik van jou niet mocht ontsnappen.'

Verbijsterd staarde hij me aan. 'Je achtervolgt? Ik ben geen roofdier, Caroline.' Hij scheurde zijn blik van me los en pakte zijn vork. Zijn wangen werden rood, en hij stopte een grote hap in zijn mond. Hij kauwde vlug en schepte weer een vork vol. 'Je bent mijn vrouw, en je bent voor het eerst van je leven in je eentje in het buitenland. Heb je enig idee hoe bang ik ben geweest? Zakkenrollers, of een of andere griezel die doorheeft dat je alleen bent...'

'Jezus, James, ik ben geen kleuter meer! Ik heb echt wel genoeg gezond verstand.' Mijn wijnglas was leeg, en ik wenkte de serveerster dat ik nog een glas wilde. 'Het ging allemaal prima. Geen enkel probleem.'

'Gelukkig maar.' Zijn toon werd wat milder en hij veegde met een servet zijn mond af. 'Je hebt gelijk. Ik had moeten vragen of ik mocht komen. Het spijt me dat ik dat niet heb gedaan, maar ik ben er nu, en mijn lastminuteticket kostte drieduizend dollar. Als ik nu naar huis moet vliegen, is dat ook niet goedkoop.'

Drieduizend dollar? Mijn lippen werden een dunne streep, want ik werd nog kwader dat hij zoveel geld had besteed aan een ticket dat hij helemaal niet had moeten kopen. 'Oké, zullen we dan afspreken dat je mij tijd en ruimte geeft, in elk geval de komende dagen? Ik moet nog steeds een heleboel verwerken.' Al heb ik al genoeg verwerkt om te zien hoeveel ik van mijn oude persoonlijkheid heb begraven, dacht ik ongelukkig.

Hij deed zijn mond open en ademde uit. 'Maar we moeten het toch uitpraten?'

Ik schudde zachtjes mijn hoofd. 'Nee. Ik wil alleen zijn. Je mag in de hotelkamer op de bank slapen, maar meer ook niet. Er was een reden waarom ik in mijn eentje op reis ben gegaan.'

Hij deed zijn ogen dicht. De teleurstelling stond op zijn gezicht te lezen. 'Oké,' zei hij uiteindelijk, zijn halflege kom opzijschuivend. 'Ik ga terug naar het hotel. Ik ben bekaf.' Hij haalde een paar briefjes van twintig pond uit zijn portemonnee, schoof ze over de tafel naar me toe en stond op.

'Ga maar uitrusten,' zei ik, nog altijd naar zijn lege stoel starend.

Voordat hij wegging, gaf hij me een kus op mijn hoofd. Ik verstijfde op mijn stoel. 'Ik zal mijn best doen,' zei hij.

Ik keek hem niet na. In plaats daarvan at ik mijn pasta op en dronk ik mijn tweede glas chianti leeg. Na een paar minuten zag ik op de tafel het scherm van mijn telefoon oplichten. Fronsend las ik een appje van een mij onbekend telefoonnummer:

Hoi Caroline! Ik heb na je vertrek nog even doorgezocht en kreeg wat hits in de manuscriptendatabase. Ik heb er een paar opgevraagd, duurt een paar dagen. Hoelang blijf je in Londen? Gaynor xx

Ik ging rechter op mijn stoel zitten en appte haar meteen terug.

Hoi! Hartstikke bedankt. Ben hier nog een week! Wat voor doc? Veelbelovend?

Ik leunde met mijn ellebogen op de tafel en wachtte op Gaynors antwoord. Toen we samen in de database hadden gezocht, had ze uitgelegd dat manuscripten handgeschreven of gedrukt konden zijn. Had ze misschien nog een brief gevonden, nog een 'sterfbedbekentenis' over de apothekeres? Ik las haar bericht zodra het binnenkwam.

Allebei nieuwsberichten – een soort tijdschrift. Uit het jaar 1791. Zit niet bij onze gedigitaliseerde krantenartikelen en is van vóór 1800, daarom hadden we het niet gezien. Volgens metadata zit bij een van beide een afbeelding. Ben benieuwd! Houd je op de hoogte!

Ik klapte mijn telefoon dicht. Intrigerend nieuws, inderdaad, maar terwijl ik naar James' halflege kom en vuile katoenen servet op de tafel keek, werd mijn aandacht opgeslokt door grotere problemen. De serveerster bood me een laatste glas wijn aan, maar dat sloeg ik af. Twee glazen bij de lunch was meer dan genoeg. Ik had er behoefte aan om in het geroezemoes om me heen even rustig na te denken.

Volgens James kwam zijn ontrouw voort uit ongenoegen met ons veilige, voorspelbare leven. Kon het zijn dat we allebei ontevreden waren geweest over de sleur en dat alles uiteindelijk abrupt tot stilstand was gekomen? En als dat zo was, wat betekende dat dan voor ons verlangen om binnenkort ouders te worden? Ik wist niet of een kind ons nu wel als ouders zou willen hebben.

Een kind had ook behoefte aan een stabiele thuissituatie, toegang tot goede scholing en in elk geval één ouder die de kost verdiende. Het leed geen twijfel dat ons leven prachtig aan al die eisen voldeed, maar James en ik hadden zojuist beiden gezegd dat we niet tevreden waren met de keuzes die we hadden gemaakt. Waar stonden onze voldoening en ons geluk op het lijstje? Was het egoïstisch om ons eigen geluk belangrijker te vinden dan dat van een mensje dat nog niet eens bestond?

Omringd door de verweerde bakstenen gebouwen, mysterieuze artefacten en verouderde kaarten hier in Londen wist ik weer waarom ik jaren geleden verliefd was geworden op de Britse literatuur en de geheimen van de geschiedenis. De jeugdige, avontuurlijke studente in mij was weer naar boven gekomen. Uit de modder van de rivier had ik een fiool gegraven, en ik had ook iets opgediept wat in mij had gesluimerd. En al wilde ik James verantwoordelijk houden voor het feit dat ik in de Verenigde Staten was gebleven en op de boerderij werkte, ik kon hem niet overal de schuld van geven. Per slot van rekening had ik het aanmeldingsformulier voor de masterstudie in Cambridge zelf verscheurd, zoals hij zei. Ik was degene die de baan bij mijn ouders had geaccepteerd.

Als ik eerlijk was, moest ik me afvragen of het verlangen naar een baby misschien een onbewuste manier was geweest om de waarheid te verbergen: mijn leven was niet helemaal geworden wat ik me ervan had voorgesteld, en ik had mijn eigen potentieel niet waargemaakt. En erger nog: ik was bang geweest om het te proberen.

Welke andere dromen waren er weggestopt en vergeten terwijl ik alleen maar verlangend uitkeek naar het moederschap? En waarom had ik een crisis in mijn leven nodig om mezelf uiteindelijk die vraag te stellen?

Hoofdstuk 17

ELIZA

9 februari 1791

Zoals Nella me al had verzekerd, reden er vanaf zonsopgang weer koetsen. We namen de eerste koets naar Londen en waren de enige passagiers: twee haveloze, vuile reizigers met smerige linnen zakken vol kevers, waarvan er veel nog leefden en bijna stikten in hun strak dichtgebonden gevangenis.

Tijdens de tocht zeiden we niet veel. Ik was zwijgzaam door mijn vermoeidheid – ik had nauwelijks een oog dichtgedaan – maar ik wist dat Nella goed had geslapen, want ze had bijna de hele nacht luid gesnurkt. Misschien was ze wel stilletjes omdat ze zich geneerde voor alles wat ze had onthuld: haar liefde voor Frederick, het buitenechtelijke kind, het vreselijke verdriet toen ze het verloor. Schaamde ze zich dat ze te veel had gedeeld met mij, een meisje dat ze wilde wegsturen en nooit meer wilde zien?

De koets zette ons af op Fleet Street, en over de bemodderde straat liepen we terug naar Nella's apotheek. We passeerden een boekhandelaar, een drukkerij en een korsettenmaker. Ik las een raamadvertentie van iemand die tanden trok: drie shilling, een slokje whisky was bij de prijs inbegrepen.

Huiverend keek ik de andere kant op, naar een paar jonge vrouwen die in pastelkleurige ochtendjaponnen voorbij zweefden. Ze hadden een flinke laag rouge op hun bleke gezichten, en ik ving een flard op van hun gesprek – iets over een kanten randje op een nieuw paar schoenen. Ik zag dat een van de vrouwen een boodschappentas in haar hand had.

Mijn blik dwaalde naar het zakje met kruipende beestjes in mijn hand. Het belang van de taak die ons wachtte maakte me doodsbang. Zo bang was ik niet eens geweest toen ik de eieren voor Mr Amwell kocht, want een wachter zou niets zoeken achter een jong meisje dat met een paar eieren rondliep. Maar nu zou een vlugge blik in onze linnen zakjes iets raars te zien geven, iets wat onmiddellijk tot vragen zou leiden. Ik had geen verklaring paraat, en ik onderdrukte de drang om over mijn schouder te kijken of we over de kinderkopjes werden gevolgd. De grote kans op ontdekking moest een zware last zijn. Hoe kon Nella die elke dag dragen?

We liepen vlug verder, om vastgemaakte paarden en wegsnellende kippen heen. Ik dwong mezelf door te lopen en had weinig anders te doen dan bang zijn voor een ophanden zijnde arrestatie.

Eindelijk kwamen we in de apotheek. Ik was nog nooit zo blij geweest met een steeg waarin alleen maar schaduwen en ratten te zien waren. We glipten de voorraadkamer in en liepen naar de verborgen kamer, waar Nella meteen een vuur aanmaakte. Lady Clarence zou om halftwee arriveren, dus we hadden geen moment te verliezen.

Binnen een paar minuten werd het warm in de kamer. Ik zuchtte, dankbaar voor de hitte op mijn gezicht. Nella haalde rapen, appels en wijn uit haar kast en zette alles op tafel. 'Tast toe,' zei ze. Terwijl ik hongerig begon te eten, bleef zij druk bezig en haalde ze vijzels, schalen en emmers tevoorschijn.

Ik at zo vlug dat ik vreselijke buikpijn begon te krijgen. Ik leunde naar voren, in de hoop dat Nella het gerommel en geborrel in mijn ingewanden niet zou horen. Heel even vroeg ik me af of ze míj misschien had vergiftigd. Per slot van rekening zou het een handige manier zijn om van me af te komen. Ik raakte in paniek toen de druk in mijn lijf toenam, maar het gevoel ontlaadde zich met een luide boer.

Nella schaterde het uit. Voor het eerst zag ik oprechte vrolijkheid in haar ogen. 'Lucht dat op?' vroeg ze.

Ik knikte en onderdrukte ook een giecheltje. 'Wat ben je aan het doen?' vroeg ik, wat appel van mijn lip vegend. Ze had een van de zakken met kevers gepakt en schudde hem krachtig heen en weer.

'Ik probeer de nog levende kevers bewusteloos te krijgen,' antwoordde ze. 'We doen ze namelijk eerst in deze emmer. Als honderd nijdige kevers eruit proberen te klimmen, is het niet eenvoudig om ze bij elkaar te houden.'

Ik volgde haar voorbeeld en schudde de andere zak uit alle macht heen en weer. Ik hoorde de kevers in de zak rammelen, en eerlijk gezegd had ik wel een beetje medelijden met ze.

'Doe ze maar hierin.' Met haar voet schoof ze de emmer naar me toe. Ik trok voorzichtig de koordjes aan de bovenkant los en zette me schrap toen ik de zak openmaakte. Ik had er nog niet eerder in gekeken, en ik was bang voor wat ik te zien zou krijgen.

Naar schatting was de helft van de kevers al dood – ze leken wel kiezeltjes, maar dan met ogen en pootjes. De andere helft verzette zich nauwelijks, en hun groenig-zwarte lijfjes tuimelden over elkaar heen toen ik ze in de zinken emmer liet vallen. Nella strooide de inhoud van haar zak erbij en liep daarna met de emmer naar de haard om hem op het rooster boven het vuur te zetten.

'Worden ze nu geroosterd? Is het zo eenvoudig?' vroeg ik.

Ze schudde haar hoofd. 'Nog niet. Door de hitte van het vuur gaat de rest van de kevers dood, maar we kunnen ze niet in deze emmer roosteren. Als we dat proberen, hebben we straks alleen maar keverstoofpot in de aanbieding.'

Ik hield vragend mijn hoofd schuin. 'Stoofpot?'

'Net als jij en ik hebben die kevers water in hun lijf. Jij hebt in een keuken gewerkt. Wat zou er gebeuren als je twaalf vissen in een kleine pan op het vuur zette? Zou de onderste vis dan knapperig en vlokkig worden, zoals je meester hem het lekkerst vond?'

Ik schudde mijn hoofd, want nu begreep ik eindelijk wat ze bedoelde. 'Nee, hij zou papperig en nat worden.'

‘En kun je je voorstellen dat je van een papperige, natte vis poeder probeert te maken?’ Bij het zien van mijn vieze gezicht vervolgde ze: ‘Zo is het met de kevers ook. Als we ze allemaal tegelijk verwarmen, gaan ze stomen. We moeten ze roosteren op een veel groter oppervlak, met een paar tegelijk, om te zorgen dat ze knapperig en droog worden.’

Een paar tegelijk, dacht ik. En dat met meer dan honderd kevers? Dat duurde misschien net zo lang als het verzamelen van die gekke beestjes. Misschien zelfs wel langer.

‘En als ze knapperig zijn?’

‘Dan vermalen we ze stuk voor stuk in een vijzel, tot het poeder zo fijn is dat het op water lijkt.’

‘Stuk voor stuk,’ herhaalde ik.

‘Stuk voor stuk. Daarom hoop ik dat Lady Clarence geen minuut te vroeg komt, want we hebben elke seconde nodig om de taak te volbrengen.’

Ik dacht terug aan het moment dat Nella haar keverpoeder in het vuur had gegooid. Door haar daad was er een groene vlam opgelaaid. Wat een lef had ze getoond om een hele dag werk in de vlammen te gooien. Het drong nu pas tot me door hoe fel ze erop tegen was om de maîtresse van een lord te doden – hoe fel ze zich verzette tegen medeplichtigheid aan moord op een vrouw.

Ik bedacht hoe saai het werk van die dag zou zijn en deed mijn best om opgewekt te blijven. Nella had gezegd dat ze me na deze taak niet meer in haar apotheek wilde hebben, maar misschien zou ze van gedachten veranderen en mocht ik blijven als ik mijn werk goed deed. Van die gedachte kreeg ik energie, want er stroomde eindelijk geen warm, karmijnrood bloed meer uit mijn buik. Er was alleen nog maar een roestkleurige schaduw achtergebleven, en dat kon maar één ding betekenen: de ziel van Mr Amwell had mijn lichaam verlaten en lag ergens op de loer. Maar waar? Er was maar één logische plek te bedenken: de ziel wist dat ik binnenkort terugging naar Mr Amwells eenzame huis aan Warwick Lane.

Als ik mocht kiezen, roosterde ik liever duizend kevers dan dat ik terug moest naar het huis van mijn dode meester. Welke griezelige vorm zou zijn ziel hierna aannemen?

Twaalf minuten voordat Lady Clarence zou arriveren, barstte er buiten een hevige onweersbui los. We hadden het nauwelijks in de gaten, want we zaten allebei over een vijzel gebogen en vermaalden de kevers zo fijn als we konden.

Ik wist niet of Nella van plan was geweest om me vóór de terugkeer van Lady Clarence weg te sturen, maar nu dacht ze daar in de verste verte niet aan. Zonder mijn hulp kon ze de taak onmogelijk afkrijgen. Zes minuten voor de afgesproken tijd vroeg Nella me iets te zoeken waarin we het poeder konden verpakken – alles wat ongeveer de juiste maat had, was goed genoeg, zei ze. Zelf bleef ze met gebogen hoofd en met het zweet op haar armen aandachtig werken. De vijzel schuurde luid door de kom.

Klokslag halftwee verscheen Lady Clarence in de apotheek. Er werden geen beleefdheden uitgewisseld. Toen ze binnenkwam, waren haar lippen een dunne streep en was de spanning in haar schouders te zien. 'Heb je het poeder?' vroeg ze. Regendruppels gleden als tranen over haar gezicht.

Nella veegde de vloer onder de tafel schoon. Ondertussen liet ik zorgvuldig het restant van het poeder in het zandkleurige aardewerken potje lopen dat ik in een lage kast had gevonden. Ik had het potje net afgesloten en de kurk was nog warm van mijn vingers toen Nella antwoord gaf.

'Ja,' zei ze. Ik gaf het potje uiterst voorzichtig aan Lady Clarence, die het meteen tegen haar borst klemde en onder haar jas verborg. Ongeacht wie het gif zou binnenkrijgen – ik was niet zo loyaal aan vrouwen als Nella – was ik trots op ons werk, of ik het wilde of niet, omdat we er zoveel uren in hadden gestoken. Ik kon me niet herinneren dat ik ooit zo trots was geweest, zelfs niet toen ik lange brieven voor Mrs Amwell had geschreven.

Lady Clarence gaf Nella een bankbiljet. Ik kon niet zien hoeveel geld het was, en het interesseerde me eigenlijk ook niet.

Toen Lady Clarence zich omdraaide om weg te gaan, schraapte Nella haar keel. 'Gaat het feest vanavond door?' vroeg ze. In haar stem klonk een zweempje hoop door. Volgens mij deed ze een schietgebedje dat het feest door het slechte weer was afgelast.

'Zou ik me door de regen hierheen hebben gehaast als het niet doorging?' antwoordde Lady Clarence vinnig. 'O, kijk niet zo lelijk,' vervolgde ze bij het zien van Nella's blik. 'Jij bent niet degene die het door de likeur van Miss Berkwell moet roeren.' Ze zweeg even en tuitte haar lippen. 'Ik hoop alleen dat ze haar glas vlug leegdrinkt. Dan kunnen we hier voorgoed een punt achter zetten.'

Nella deed haar ogen dicht, alsof de woorden haar misselijk maakten.

Na het vertrek van Lady Clarence kwam Nella langzaam weer bij mij aan tafel zitten. Ze liet zich op haar stoel zakken en trok haar register naar zich toe. Met een traagheid waar ik haar nog niet eerder onder gebukt had zien gaan, doopte ze haar veer in de inkt. Het was alsof de last van de voorgaande uren haar eindelijk te zwaar werd. Ik begreep er niets van; ze had in het verleden talloze vergiffen uitgedeeld, maar juist dit ene geval drukte zwaar op haar gemoed.

'Nella, je moet je niet schuldig voelen,' zei ik. 'Als we de kevers niet voor haar hadden klaargemaakt, had ze je geruïneerd.' In mijn ogen had Nella niets fout gedaan. Sterker nog, ze had zojuist tálloze levens gered, waaronder het mijne. Hoe kon ze daar nu blind voor zijn?

Met de veer in haar hand liet Nella die woorden even op zich inwerken, maar ze gaf geen antwoord. Ze zette de veer op het perkament en begon te schrijven.

Miss Berkwell, minnares en nicht van Lord Clarence. Spaanse vlieg. 9 februari 1791. Meegegeven aan zijn echtgenote, Lady Clarence.

Na dat laatste leesteken liet ze de veer op het papier rusten. Ze zuchtte, en ik was ervan overtuigd dat ze zou gaan huilen. Uiteindelijk legde ze de veer weg, en buiten hoorden we zachtjes de donder rommelen. Met sombere ogen keek ze me aan.

'Mijn beste Eliza, het punt is...' Ze aarzelde en koos haar woorden met zorg. 'Het punt is dat ik me nog nooit eerder zo heb gevoeld.'

Ik begon te trillen, alsof er een koude vlaag naar binnen waaide. 'Hoe voel je je dan?'

'Alsof er iets vreselijks staat te gebeuren.'

Tijdens de korte stilte daarna – want ik wist niet hoe ik op die angstaanjagende opmerking moest reageren – raakte ik ervan overtuigd dat een naamloos, ongezien kwaad ons beiden achtervolgde. Zou de ziel van Mr Amwell inmiddels ook bij haar zijn gaan spoken? Mijn ogen vielen op het versleten wijnrode boek dat nog op de rand van de tafel lag. *Het magieboek.* Nella had gezegd dat het bedoeld was voor vroedvrouwen en genezers, maar op het schutblad achterin stond het adres van de boekhandel die het had verkocht. Misschien kon ik daar meer boeken over dit onderwerp vinden.

Mijn angst voor de ziel van Mr Amwell was al reden genoeg geweest om naar de apotheek te komen, maar nu Nella het gevoel had dat er iets ergs ging gebeuren, had ik ook nog eens een reden om me te haasten.

Het gedempte geluid van regen drong nog steeds tot ons door, dus de onweersbui was nog niet overgetrokken. Als Nella me er nu uit gooide, zou ik een lange, natte nacht op de glimmende straten van Londen moeten doorbrengen. Ik wilde niet terug naar het huis van Mr Amwell, nu nog niet, en ik betwijfelde of ik een onbekende schuur in durfde te sluipen, zoals Nella graag deed.

'Als het morgenochtend droog is, wil ik een bezoek brengen aan de boekhandel,' zei ik, wijzend op het magieboek.

Ze trok haar wenkbrauwen op. Het was een sceptische blik, waaraan ik inmiddels gewend begon te raken. 'Wil je nog steeds een manier zoeken om geesten uit het huis te verdrijven?'

Ik knikte. Nella bromde en onderdrukte met haar hand een geeuw.

'Eliza, het is tijd dat je vertrekt.' Met een medelijdende blik in haar ogen leunde ze wat dichter naar me toe. 'Ga terug naar het huis van Mr Amwell. Ik weet dat je heel bang bent, maar geloof me, die angst is ongegrond. Wat vind je hiervan: zeg bij binnenkomst hardop dat je terug bent. Misschien verdwijnt dan het laatste spoor van Mr Amwells ziel, of die nu echt of ingebeeld was, en verdwijnt ook jouw bedrukte stemming.'

Zwijgend staarde ik haar aan. Al die tijd had ik geweten dat ze me kon wegsturen, maar nu ze de woorden uitsprak, kon ik ze nauwelijks geloven. Ze was dus echt zo onredelijk om me er achteloos uit te zetten, en dat ook nog eens terwijl het regende. Ik had nota bene meer kevers vermalen dan zij; zonder mij had ze dit helemaal niet voor elkaar gekregen.

Mijn borstkas leek te gloeien en te bonken toen ik opstond. In mijn ogen voelde ik kinderachtige tranen prikken. 'J-Je wilt me niet meer zien,' stamelde ik. Er volgde een snik, want het drong opeens tot me door dat ik het erger vond dat ik mijn nieuwe vriendin nooit meer zou zien dan dat ik werd weggestuurd.

Ik merkte in elk geval dat ze niet van steen was, want Nella stond ook op. Ze schuifelde naar me toe en trok me dicht tegen zich aan. 'Ik wens jou geen leven als het mijne toe – een leven waarin je voortdurend afscheid moet nemen.' Met de rug van haar hand veegde ze een losse lok haar aan de kant. 'Je bent nog onbedorven, kind, en ik ben niet het soort gezelschap waar je mee moet omgaan. Ga, alsjeblieft.' Ze pakte het magieboek van de tafel en gaf het aan me. Daarna draaide ze zich abrupt om. Ze liep naar de haard en keek niet meer om.

Maar toen ik voor de laatste keer door de verborgen deur naar buiten liep, moest ik nog een keer naar haar kijken, of ik het wilde of niet. Nella's lichaam boog zich naar de warmte van het vuur, alsof ze zich in de vlammen wilde werpen, en ik wist zeker dat ik haar tussen haar gekwelde ademtochten door hoorde huilen.

Hoofdstuk 18

CAROLINE

Huidige tijd, dinsdag

Die avond, toen het donker was, sloop ik op mijn tenen de hotelkamer uit omdat ik James niet wakker wilde maken. Op de bank was hij in diepe rust. Ik had een briefje naast de tv gelegd – 'ben ondanks het late uur nog ergens gaan eten. C' – en ik hoopte maar dat het nog even zou duren voordat hij wakker werd en het briefje vond.

Ik deed de deur zachtjes achter me dicht en wachtte ongeduldig op de lege lift. Beneden haastte ik me door de hotellobby, waarvan de blinkende marmeren vloer wel een heldere, opgepoetste spiegel leek. Ik achtervolgde mijn eigen spiegelbeeld, stralend van een avontuurlijke opwinding die ik in geen jaren had gevoeld. Van een tafel in de lobby pakte ik een appel en een gratis flesje water, die ik in mijn cross-body-tas stopte. Ik nam echter niet de moeite om mijn telefoon of een kaart uit de tas te halen, want ik had deze route al eens eerder gelopen.

Omdat het al laat was, was het op straat niet half zo druk als gisteren. Er waren veel minder auto's en bijna helemaal geen voetgangers. Vlug liep ik Bear Alley weer in. De avondlucht voelde kalm en koel aan toen ik langs dezelfde vuilnisbakken en fastfoodverpakkingen liep die ik die ochtend had gezien. Alle voorwerpen leken bevroren in de tijd, alsof ze sinds mijn laatste bezoek niet eens door een bries waren beroerd.

Met gebogen hoofd liep ik naar het einde van de steeg, waar het me bijna verbaasde om alles weer te zien: het stalen hek, geflankeerd door stenen zuilen, het overwoekerde terreintje en – ik strekte mijn hals om over het hek te kijken – ja, de deur. Doordat ik met Gaynor in de British Library de oude kaarten had bestudeerd, had die deur nu al meer betekenis gekregen. Ik had het gevoel dat ik geheimen over de omgeving wist: dichtbij had ooit een smal voetpad gelegen dat Back Alley heette, vlakbij lag een gebouw dat Fleet Prison heette, en Farringdon Street, de hoofdweg waarop deze steeg uitkwam, had vroeger een andere naam gehad. Vond alles zichzelf na verloop van tijd opnieuw uit? Het leek wel of er bij iedere persoon en elke plek een nooit verteld verhaal hoorde, waarin lang verborgen waarheden vlak onder de oppervlakte lagen.

Die ochtend was ik blij geweest met de ramen rond Bear Alley, voor het geval de loodgieter te dichtbij had willen komen. Nu wilde ik echter niet gezien worden, en daarom had ik het hotel verlaten toen het donker was. De hemel was nu antracietkleurig, met nog slechts een gloeiende zweem van de laatste zonnestralen in het westen. Achter een paar ramen van de omringende gebouwen brandde licht, en in een van de gebouwen zag ik bureaus, computers en een scherm waarover een tekstbalk met felrode koersberichten liep. Gelukkig waren er nergens overwerkende mensen te bekennen.

Ik keek naar beneden. Onder aan het afgesloten hek hing een rood-wit bordje dat ik die ochtend niet had gezien: VERBODEN TOEGANG VOOR ONBEVOEGDEN. Van de spanning voelde ik mijn nekhaartjes prikken.

Ik liet een minuutje voorbijgaan. De enige geluiden en bewegingen kwamen van een paar voorbijflitsende mussen. Nadat ik de band van mijn tas wat korter had gemaakt, stapte ik in het gat van de losse steen onder aan de zuil. Het lukte me om me naar boven te hijsen, maar daar verloor ik bijna mijn evenwicht. Nu kon ik nog van gedachten veranderen. Zelfs nu kon ik nog een excuus of een verklaring voor mijn gedrag geven, maar als ik eenmaal mijn benen naar de andere kant zwaaide en op de grond sprong, was mijn kans verkeken. Dan begaf ik me bewust op verboden terrein.

Ik probeerde mijn zwaartepunt laag te houden om niet uit te glijden en draaide mijn bovenlijf onhandig een halve slag, waardoor mijn benen aan de andere kant kwamen te hangen. Na een laatste blik over mijn schouder sprong ik naar beneden.

Ik landde zachtjes op mijn voeten. Als ik mijn ogen had gesloten, had ik mezelf kunnen wijsmaken dat er niets was veranderd – alleen had ik nu natuurlijk de wet overtreden. Dat was niet meer terug te draaien.

Ook al was het donker, ik maakte me klein en snelde met een paar flinke passen naar de andere kant van de open plek. Ik liep rechtstreeks naar de struik voor de deur. Op de takken zaten geen bloemen of knoppen, maar stekelige, bruingroene bladeren en doorns van een paar centimeter lang. Met een binnensmondse vloek pakte ik mijn telefoon. Ik zette de zaklamp aan en ging op mijn knieën in het zand zitten. Met mijn vrije hand probeerde ik voorzichtig de stekelige takken aan de kant te duwen.

Een scherpe prik drong door mijn huid heen en ik trok vlug mijn hand terug: een doorn had een bloedend wondje veroorzaakt. Ik bracht mijn hand naar mijn mond om de pijn te verzachten en gebruikte de zaklamp om beter te kunnen zien wat zich achter de struik bevond. De roodachtige façade was afgesleten, en op veel plaatsen zat een gevlekte, groene aanslag op de bakstenen, maar direct achter de struik lag de houten deur die ik die ochtend had gezien.

De adrenaline pompte door mijn lijf. Ik had het hotel verlaten en was onder de dekmantel van de duisternis naar deze plek gekomen, maar tot nu toe had ik nog steeds niet helemaal geloofd dat dit moment zou aanbreken. Ik had er rekening mee gehouden dat Bear Alley afgesloten kon zijn wegens bouwwerkzaamheden, of dat het te donker zou zijn om de deur te zien. Het had ook gekund dat ik me had omgedraaid omdat ik niet meer verder durfde. Nu stond ik echter op de open plek, ver van het hek dat hem afsloot. Of dat nu dwaas of dapper van me was, de deur bevond zich vlak voor mijn neus. Ik kon geen slot ontdekken en zag aan de linkerkant van het hout een enkel, vervallen scharnier. Zo te zien hoefde ik alleen maar hard te duwen om de deur open te krijgen.

Ik ging sneller ademen. Eerlijk gezegd was ik bang. Wat zou zich achter die deur bevinden? Net als de hoofdrolspeelster aan het begin van een horrorfilm wist ik dat ik beter de benen kon nemen. Ik was het echter beu om te doen wat er van me werd verwacht. Ik had genoeg van praktische, veilige, verantwoordelijke keuzes.

Het werd tijd om te doen wat ik zelf wilde.

Ik fantaseerde nog steeds dat ik het mysterie van de apothekeres aan het oplossen was. Nadat James en ik het tijdens de lunch over mijn baan – en onze wankele toekomst – hadden gehad, werd mijn verbeelding automatisch geprikkeld door de gedachte dat zich misschien wel nieuwe kansen voordeden als ik aan de andere kant van deze muur iets nieuwswaardigs ontdekte. Inmiddels wilde ik niet alleen een deur naar een gebouw openen, maar misschien ook wel een deur naar een nieuwe carrière, de loopbaan die ik lang geleden voor ogen had gehad.

Bij die gedachte schudde ik mijn hoofd. De loodgieter had trouwens gezegd dat deze deur waarschijnlijk naar een oude kelder leidde. De kans was groot dat deze hele ontdekking een anticlimax zou worden en dat ik over twintig minuten ergens een stuk pizza ging halen. Ik keek om naar het hek. Hopelijk was het ook zo makkelijk om vanaf deze kant over de stenen zuil te klimmen.

Het leek me het best om de stekelige takken niet met mijn blote handen aan de kant te duwen, maar met mijn rug en schouders. Voorzichtig baande ik me een weg door de struik, waarbij ik niet eens zoveel krassen opliep. Ik legde mijn handen op het koele hout van de deur en bleef even staan. Bewust ging ik langzamer ademen. Ik zette me schrap voor wat ik aan de andere kant zou kunnen aantreffen en gaf het hout een harde duw.

De deur kwam een beetje in beweging, genoeg om me te vertellen dat hij niet op slot zat. Ik duwde een tweede keer, en toen een derde. Vervolgens zette ik mijn rechtervoet tegen het hout en drukte ik zo hard ik kon. Uiteindelijk draaide de deur met een roestig, krassend geluid naar binnen. Ik schrok terug toen ik – te laat – besefte dat ik de deur nooit meer dicht zou kunnen krijgen als ik hier klaar was.

Toen de deur openging, werd ik omhuld door een vlaag droge, naar hout geurende lucht. Een paar insecten schrokken op uit hun slaap en haastten zich weg. Met de zaklamp van mijn telefoon verkende ik vlug de zwarte opening, en ik slaakte een opgeluchte zucht: geen ratten, geen slangen, geen dode lichamen.

Aarzelend zette ik een stap naar voren. Wat dom van mij om er niet aan te denken een echte zaklamp mee te nemen! Anderzijds: ik had niet gedacht dat ik zo ver zou komen. Ik bestudeerde de zaklampinstellingen om te kijken of ik het licht wat feller kon zetten en vloekte toen ik het percentage rechtsboven op mijn scherm zag: bij mijn vertrek uit het hotel was mijn telefoon volledig opgeladen geweest, maar nu had ik nog maar vijfenvijftig procent. Kennelijk verbruikte de zaklamp erg veel stroom.

Ik scheen met het licht in de zwarte opening en fronste toen ik een gang voor me zag. Het leek een laaggelegen hal of een kelder te zijn, precies zoals de loodgieter had gezegd. De gang was hooguit een meter breed, en door mijn zwakke lichtstraal kon ik niet zien hoe lang hij was.

Nadat ik had gecontroleerd of de opengeduwde deur niet dicht kon vallen, liep ik een paar stappen verder naar binnen, met het licht van de lamp voor me uit.

Aanvankelijk bekroop me een zekere teleurstelling, want er was niet veel te zien. De gang had een onverharde vloer waarop een paar stenen lagen, en ik zag nergens werktuigen, gereedschap of andere voorwerpen die de eigenaars van het gebouw achter een dichte deur hadden willen bewaren. Maar terugdenkend aan de kaarten die Gaynor me die ochtend had laten zien, herinnerde ik me dat de oude Back Alley niet in een rechte lijn vanaf Bear Alley liep. Op een paar plaatsen maakte het steegje scherpe hoeken van negentig graden, bijna alsof het traptreden waren. Ik zag dat het vaag verlichte pad verderop ook zulke hoeken maakte, en al voelde ik niet de behoefte om naar het uiteinde van de gang te lopen, mijn hart bonkte in mijn borstkas.

Het kon niet missen: dit was Back Alley – of in elk geval een overblijfsel ervan.

Ik glimlachte voldaan. Wat zou Vrijgezel Alf zeggen als hij hier nu zou zijn? Waarschijnlijk zou hij zich door de gang haasten, op zoek naar oude artefacten.

Ik voelde het nog voordat ik het zag: er blies een luchtstroom langs mijn lichaam. Ik tilde mijn lamp op en scheen in de richting van de bron. Vlak bij me bevond zich nog een deur, die op een kiertje stond. Vermoedelijk had ik bij binnenkomst in de gang een vacuüm gecreëerd, waardoor de lucht uit de kamer werd gezogen. Ik kreeg kippenvel op mijn bovenarmen en schrok toen er opeens een los haartje over mijn nek kriebelde. Elke spier in mijn lichaam spande zich, klaar om weg te rennen of te gillen – of een kijkje te gaan nemen.

Tot dat moment was mijn inbraak nog tamelijk voorspelbaar verlopen. Ik wist van het bestaan van de buitendeur en vermoedde dat die naar een trapvormige gang zou leiden – een bebouwde straat of een voetpad, had Gaynor gezegd. Ik had ook rekening gehouden met de mogelijkheid dat de gang bij inspectie helemaal niet zo interessant zou blijken te zijn.

Tot nu toe was alles precies zo gegaan als ik had gedacht, maar deze deur had niet op de kaart gestaan.

Ik wilde dolgraag een blik naar binnen werpen en nam me voor om het daarbij te laten. De deur stond al op een kiertje – ik hoefde nergens tegenaan te duwen of te schoppen – dus ik nam me voor om de zaklamp van mijn telefoon naar binnen te laten schijnen, vlug rond te kijken en weg te gaan. Ik kon trouwens ook niet lang blijven, tenzij ik straks in het donker wilde lopen: op mijn scherm zag ik dat mijn telefoon nog maar voor tweeëndertig procent opgeladen was.

Terwijl ik naar binnen liep, mompelde ik: 'Je lijkt wel niet wijs.' Ik was ervan overtuigd dat ik mijn verstand had verloren. Zoiets deden normale mensen toch niet? Ik wist niet eens of het me nog om de apothekeres te doen was. Probeerde ik nog steeds haar verhaal uit te pluizen, of was ik een van die mensen die na een groot verlies roekeloze avonturen aangingen om een adrenalinekick te krijgen?

Als er iets met me gebeurde – als ik uitgleed, door een verwilderd beest werd gebeten of door losliggende vloerplanken zakte – zou niemand daarachter komen. Mijn dode lichaam kon hier een hele poos blijven liggen zonder ontdekt te worden. James zou dan vast denken dat ik hem voorgoed had verlaten. De combinatie van dat besef en mijn snel leeglopende telefoon maakte het moeilijk om mijn bonkende hart te kalmeren. Ik nam me voor om heel snel een kijkje te nemen en dan te maken dat ik wegkwam.

Ik duwde de tweede deur helemaal open. Hij draaide soepel op het scharnier, dat niet kromgetrokken en verroest was zoals dat van de buitendeur. Het leek juist tamelijk droog en intact te zijn gebleven. Op de drempel beschreef ik met mijn telefoon een boog om te zien wat er allemaal voor mijn neus lag. Het was een kleine kamer, misschien drie bij vier meter, en de vloer was van aangestampt zand, net als de gang. Nergens zag ik kratten, gereedschap of oude leidingen. Niets.

De achterwand leek echter anders te zijn dan de rest. De wanden aan weerszijden van de kamer waren van baksteen, net als de buitenkant van het gebouw, maar de achterwand was van hout. Er hingen een paar planken aan de wand, alsof het ooit een ingebouwde boekenkast of een voorraadkast was geweest. Ik kwam wat dichterbij, benieuwd of er nog iets op de planken lag: oude boeken, gereedschap, een vergeten overblijfsel uit het verleden. Ook hier zag ik weinig interessants. De meeste planken waren verbogen en versplinterd, en een paar waren er zelfs van de wand getuimeld. De gevallen planken lagen op de grond, ongeveer in het midden van de kamer.

En toch zag ik iets raars aan de kast. Ik kon de vinger er niet goed op leggen, dus ik stapte achteruit om de wand in zijn geheel te bekijken. Ik dacht terug aan het rivierjutten en Vrijgezel Alfs mysterieuze woorden: 'Je bent niet op zoek naar een bepaald voorwerp, maar naar inconsistenties, of het ontbreken van iets.' Ik fronste, want ik wist zeker dat ik iets vreemds zag. Maar wat?

Met een schok viel me op dat de planken op de grond bijna allemaal van hetzelfde deel van de kast afkomstig waren: het paneel uiterst links.

De planken van dat paneel zaten niet stevig aan de wand bevestigd, maar waren bijna allemaal kromgetrokken en op de grond gevallen. Ik kwam dichterbij en gebruikte mijn lamp om het kastpaneel te bestuderen. Slechts één plank hing hier nog op zijn plaats, dus ik pakte hem vast en bewoog hem zachtjes heen en weer. De plank rammelde in mijn hand en zat zo los dat ik hem ongetwijfeld moeiteloos van de wand kon trekken. Waarom waren bijna al die planken in vredesnaam van dit paneel gevallen? Het was alsof ze hier niet goed hadden vastgezeten, of alsof de structuur erachter niet stevig genoeg was...

Ik hapte naar adem toen het besef tot me doordrong, en ik sloeg mijn hand voor mijn mond. Het paneel waarvan de planken hadden losgelaten, was ongeveer even lang als ik en slechts een klein stukje breder. Intuïtief zette ik een stap achteruit. 'Nee.' Het woord rolde ongewild van mijn lippen en weergalmde door het kleine, lege kamertje. 'Nee, nee, nee. Dat kan niet.' Toch wist ik op het moment dat ik het zei al dat ik iets had ontdekt. Een binnendeur.

'Voor mannen een labyrint.' De eerste zin van het ziekenhuisbriefje kwam opeens bij me op, en ik begreep meteen wat dat kon betekenen: als deze deur inderdaad ergens naartoe leidde, was het de bedoeling dat hij in een soort kastenwand onzichtbaar bleef. Ik was ervan overtuigd dat iemand die nu een reden had om hier te zijn – een bouwkundig inspecteur bijvoorbeeld – ook zou zien wat mij opviel. Maar aan de gevallen planken voor mijn voeten te zien was hier al tientallen jaren niemand meer geweest. En niemand had de verborgen deur ontdekt, laat staan geopend.

Ik hurkte en zocht naar een deurkruk, maar ik vond er geen. Met mijn rechterhand duwde ik tegen de wand, en ik schrok toen ik een zijdezacht, plakkerig spinnenweb onder mijn vingers voelde. Ik bromde en veegde mijn hand af aan mijn broek, en ik gebruikte de zaklamp om de enige overgebleven plank aan het paneel te verlichten. En toen zag ik het: onder de plank zat een hendeltje, dat ik alleen maar kon zien omdat het hout daar vergaan was. Ik bewoog het omlaag en duwde nog eens tegen de wand.

Zonder enig gekraak of gepiep zwaaide de verborgen deur open, alsof hij dankbaar was dat hij eindelijk was ontdekt.

Mijn vrije hand lag trillend tegen de kastenwand toen ik mijn bijna lege telefoon optilde. De zaklamp bescheen de duisternis vóór me. In een ademloze, ongelovige stilte bekeek ik wat zich achter de wand bevond: alles wat al veel te lang vergeten en verborgen was geweest.

Hoofdstuk 19

ELIZA

10 februari 1791

Ik werd wakker van een langsrijdende koets, waarvan de wielen knarsend over de kinderkopjes schraapten. Het was een droge, heldere ochtend, en ik had de nacht doorgebracht in een beschutte holte aan het einde van Bartlett's Passage, slechts één straat van Nella's apotheek. Het was er vochtiger en minder comfortabel dan in de schuur waar ik twee nachten geleden had geslapen, maar nog altijd beter dan mijn warme bed in het huis van mijn meesteres, waar het spookte.

Bij het ontwaken klemde ik mijn tanden op elkaar, en ik wachtte af of de bloederige buikpijn was teruggekomen. Zou de ziel van Mr Amwell zich niet meer voor de gek laten houden en bij me zijn teruggekeerd? Dat was niet het geval. De pijn was nu al een hele dag weg, en het stroompje bloed was bijna helemaal opgedroogd. Al was ik daar dankbaar voor, ik was ervan overtuigd dat dat kwam omdat Mr Amwell ergens anders op de loer lag. Dat idee maakte me boos: in het verleden was hij mijn meester geweest, maar nu niet meer. Ik was geen speelgoed, geen speelbal waarmee hij zich na zijn dood kon vermaken.

Ik dacht ook aan het feestelijke diner dat Lady Clarence gisteravond had gegeven. Als alles volgens plan was verlopen, was Miss Berkwell nu dood. Een angstaanjagend beeld, maar ik herinnerde me wat Nella me had verteld over verraad, en over wraak als medicijn. Nu het obstakel Miss Berkwell uit de weg was geruimd, vond Lady Clarence misschien een manier om haar huwelijk te verbeteren en een kind te krijgen.

Een beetje wankel kwam ik overeind. Ik veegde mijn rokken glad, die vuil waren en nodig gewassen moesten worden. Mijn hand streek over het boekomslag in de zak van mijn jurk: het magieboek. Mijn voornaamste taak was het adres zoeken dat erin stond, want ik had verder weinig waarop ik kon hopen en geen enkele andere manier om de spoken uit het huis van mijn meesteres te verdrijven.

Ik ging op weg naar de boekhandel aan Basing Lane. Door mijn slechte nacht voelde ik me verwilderd als een dier. Mijn handen trilden, er klopte hoofdpijn achter mijn ogen en de mensen om me heen leken zich in een waterig waas te bewegen. Loopjongens deden wedstrijdjes met hun handkarren, visverkopers verjoegen met armgebaren de meeuwen en een bejaarde man sloeg met een flinterdun Spaans rietje tegen het achterwerk van zijn geit. Toen ik mijn tenen pijnlijk tegen de voorkant van mijn krappe schoenen voelde drukken, drong zich even de verleiding op om naar huis te gaan, of zelfs maar naar de bediendenregistratie waar Mrs Amwell me had gevonden. Als bediende was ik inmiddels veel meer waard geworden. Ik was nu bijvoorbeeld geletterd; ik had leren lezen en schrijven en had gewerkt voor een rijke familie. Mijn vaardigheden waren vast wel welkom in een huis waar het niet wemelde van de zielen die geen rust konden vinden.

Daar kauwde ik tijdens mijn tocht naar de magieboekhandel op, maar het idee verdween al snel toen ik nadacht over alle redenen waarom het vreselijk zou zijn om weg te lopen. Mijn toewijding aan Mrs Amwell woog bijvoorbeeld zwaar. Over een paar weken kwam ze terug uit Norwich, en ik hoopte dat ik het huis tegen die tijd had bevrijd van Mr Amwell – en van Johanna. En ik kon me niet voorstellen dat een ander meisje de brieven van mijn meesteres zou gaan schrijven. Het voelde als een heel bijzondere taak, speciaal voor mij bestemd.

En een ziel kon zich ook verplaatsen. Als de ziel van Mr Amwell zich aan me kon hechten en me naar Nella's apotheek kon volgen, kon Mr Amwell ook wel bij me komen spoken op andere plekken in Londen. Zelfs als ik de stad verliet en terugging naar Swindon, was mijn probleem niet opgelost, want je kon niet ontsnappen aan iets wat door muren heen kon drijven. Als ik de ziel niet kon ontlopen, moest ik een manier vinden om haar te verjagen.

Er stond op dit moment veel op het spel, en het verdrijven van Mr Amwell leek het enige wat telde. Ik was dus blij toen ik eindelijk Basing Lane bereikte, en ik hoopte dat de boekhandel makkelijk te vinden was. Mijn vreugde was echter van korte duur. Mijn blik dwaalde langs de winkels, waaronder een bakkerij en een zaak in garen en band, maar een boekhandel zag ik niet. Ik fronste. Ik liep de straat uit, draaide me om en zocht de winkel zelfs tussen de panden aan de overkant. Tijdens het zoeken werd ik geplaagd door talloze ongemakken: mijn ogen brandden van de tranen, er prikte ijskoude lucht in mijn keel en op de onderkant van mijn voet had ik een schrijnende, vochtige blaar gekregen.

Toen ik weer naar het uiteinde van Basing Lane liep, viel me opeens op dat er een windvlaag tussen de gebouwen door blies. Achter de laan lag een schouderbreed steegje, en aan één kant van de steeg bevond zich een gebouw met een houten uithangbord: SHOPPE OF BOOKS AND BAUBLES. Winkel voor boeken en snuisterijen. Ik hapte naar adem: de boekhandel, die ik al een paar keer was gepasseerd, lag achter de andere winkels, alsof hij zich had verstopt. Als Nella hier was geweest, zou ze teleurgesteld zijn dat ik het mysterie niet eerder had opgelost.

Ik legde mijn hand op de deurknop en liep de winkel in. Het was een vrij kleine zaak, ongeveer even groot als de zitkamer van Mrs Amwell. De enige aanwezige was een jongeman achter de toonbank, wiens gezicht schuilging achter de rug van een dik boek. Dat gaf me een paar tellen de tijd om rond te kijken: aan de voorkant van de boekhandel stonden een paar kasten met stoffige prulletjes en snuisterijen voor kinderen, en achter de winkelbediende bevond zich een klein assortiment boeken. Het was er vochtig en het rook er naar gist, waarschijnlijk door de nabijgelegen bakkerij. Toen ik de deur dichtdeed, rinkelde de bel zachtjes.

De ogen van de winkelbediende werden groter en hij keek me over de rand van zijn bril aan. 'Kan ik je ergens mee helpen?' Zijn stem brak bij het laatste woord. Hij was nog jong, een paar jaar ouder dan ik.

Ik wees naar de kasten. 'Mag ik even tussen de boeken snuffelen?'

Hij knikte en verlegde zijn aandacht weer naar zijn boek. In vier of vijf stappen was ik aan de andere kant van de winkel. Toen ik dichter bij de kasten kwam, zag ik dat er op elke plank een bordje hing waarop de categorie werd vermeld. Gretig las ik de omschrijvingen: Geschiedenis, Artsenij en Filosofie. Ik liet mijn blik vlug over de boeken dwalen en vroeg me af of het boek over vroedvrouwenmagie misschien uit de categorie Artsenij kwam. Of zou er ook een plank met occulte boeken zijn?

Ik liep naar de tweede boekenkast. Toen ik hurkte om de bordjes op de onderste planken te lezen, hield ik mijn adem in. Daar, helemaal onderaan, bevond zich een halve plank met het bordje Magische Kunsten. Er stonden maar een stuk of tien boeken over het onderwerp, en ik was van plan om ze allemaal grondig te bekijken. Ik begon met het boek aan de linkerkant en liet het in mijn handen openvallen. Ik schrok echter terug voor de afbeeldingen op de eerste bladzijden: grote merels met enorme zwaarden door hun hart, driehoeken en cirkels in allerlei vreemde patronen, en een lange passage in een taal die ik niet begreep. Voorzichtig zette ik het terug op de plank, in de hoop dat ik met een ander boek meer geluk had.

Het volgende boek was maar half zo groot als het eerste en ook maar half zo dik. Het had een zachte, zandkleurige band. Ik sloeg een paar bladzijden om tot ik de titel vond, die in een klein, gelijkmatig lettertype was gedrukt: *Bezweringen voor het moderne huishouden.* Ik was blij dat het hele boek in mijn moedertaal geschreven leek te zijn, zonder vreemde symbolen. Op de eerste bladzijden stond een groot assortiment alledaagse 'recepten', al waren het niet van die recepten waarmee je een pudding of een stoofpot bereidde:

Elixer om leugenachtigheid uit een kind te halen

Brouwsel om het geslacht van een kind in utero *te bepalen*

Tinctuur om in twee weken een groot fortuin te vergaren

Aftreksel om vrouwenlichamen jeugdiger te maken

Het was een ellenlange lijst en het ene recept was nog vreemder dan het andere, maar ik dacht dat ik in dit boek best eens iets nuttigs zou kunnen vinden. Ik ging comfortabeler zitten en trok mijn benen onder me. Zo las ik alle recepten door, zonder er eentje over te slaan. Ik zocht met name naar een recept dat naar zielen of geesten verwees.

Bereiding om het geheugen te wissen, specifiek of algemeen

Filtrum om liefde op te wekken bij het voorwerp van verlangen, zelfs onbezield

Elixer om longen van overleden zuigeling weer te laten ademen

Ik hield even op met lezen, want ik voelde een warme adem in mijn nek. Ongewild kreeg ik kippenvel.

'Mijn moeder heeft die bezwering gebruikt,' hoorde ik de jonge stem vlak achter me zeggen.

Ik schaamde me voor het boek in mijn handen en sloeg het dicht.

'Neem me niet kwalijk,' vervolgde hij. De stem verwijderde zich van me. 'Ik wilde je niet aan het schrikken maken.'

Het was de winkelbediende. Ik draaide me naar hem om en had nu een beter zicht op zijn ronde ogen en de puistjes op zijn kin. 'Het geeft niet,' mompelde ik. Het boek lag slap op mijn schoot.

'Dus je bent een heks?' vroeg hij met een plagerig lachje om zijn mondhoeken.

Gegeneerd schudde ik mijn hoofd. 'Nee, ik ben gewoon nieuwsgierig.'

Dat antwoord leek hem wel aan te staan. Hij knikte en zei: 'Ik heet Tom Pepper. Het is me een genoegen om je in de winkel te mogen begroeten.'

'D-Dank je,' mompelde ik. 'Ik heet Eliza Fanning.' En al wilde ik dolgraag het boek weer openslaan en verder zoeken, ik merkte dat Tom er niet onaardig uitzag nu ik hem van zo dichtbij bekeek.

Hij keek naar het boek op mijn schoot. 'Het was de waarheid, hoor. Dat boek was van mijn moeder.'

'Dus jouw moeder is een heks?' Ik plaagde hem maar, maar hij lachte niet, zoals ik had gehoopt.

'Nee, ze was geen heks. Maar ze verloor haar kinderen – een voor een, negen in totaal voordat ik werd geboren – en in haar wanhoop gebruikte ze het elixer op de bladzijde die je zojuist hebt dichtgeslagen. Mag ik?' Hij gebaarde naar het boek, en na mijn knikje pakte hij het behoedzaam van mijn schoot. Hij sloeg het open op de bladzijde die ik zojuist had gelezen en wees ernaar. 'Elixer om longen van overleden zuigeling weer te laten ademen,' las hij hardop. Hij keek naar me op en voegde eraan toe: 'Volgens mijn vader werd ik dood geboren, net als alle andere kinderen. Door deze bezwering kwam ik weer tot leven.' Hij verstrakte, alsof het hem pijn deed de onthulling met me te delen. 'Als mijn moeder nog had geleefd, zou ze het je zelf kunnen vertellen.'

'Wat erg voor je dat ze er niet meer is,' fluisterde ik met mijn gezicht vlak bij het zijne.

Hij likte over zijn lippen en keek naar de voorkant van de winkel. 'Dit is mijn vaders boekhandel. Hij heeft hem na de dood van mijn moeder geopend. Die snuisterijen bij de ingang waren allemaal van haar. Dingen die ze door de jaren heen voor haar kleintjes had verzameld. De meeste zijn nooit aangeraakt of gebruikt.'

Ik moest het vragen, of ik wilde of niet. 'Wanneer is je moeder gestorven?'

'Kort na mijn geboorte. Later die week, om precies te zijn.'

Ik sloeg mijn hand voor mijn mond. 'Dus jij was haar eerste kind dat bleef leven, en toen ging zij...'

Tom pulkte aan een nagel. 'Sommige mensen zeggen dat het de vloek van de magie is. De reden waarom dit boek verbrand zou moeten worden.' Ik fronste, want ik begreep niet wat hij bedoelde. 'Zij denken dat je voor elke uitgekomen wens een groot verlies moet lijden,' vervolgde Tom. 'Dat is de vloek van de magie. Voor iedere bezwering die goed gaat, moet er in de echte, natuurlijke wereld iets vreselijk misgaan.'

Ik keek naar het boek in zijn handen. Het zou veel tijd kosten om alle bezweringen te lezen, minstens een paar uur. En zelfs dan was het nog niet zeker dat ik iets kon vinden waar ik iets aan had. 'Geloof jij in de vloek van de magie?' vroeg ik.

Tom aarzelde. 'Ik weet niet wat ik geloof. Ik weet alleen dat dit boek een bijzondere betekenis voor me heeft. Zonder dit boek was ik er niet geweest.' Hij legde het zachtjes op mijn schoot. 'Ik wil het graag aan jou geven. Je mag het gratis meenemen als je wilt.'

'O, maar ik kan je wel betalen...' Ik stak een bezwete hand in mijn zak en zocht naar een munt.

Hij stak zijn hand uit, maar raakte me niet aan. 'Ik heb liever dat het gaat naar iemand die ik aardig vind dan naar een volslagen onbekende.'

Meteen kreeg ik het warm, bijna alsof ik koorts had, en mijn maag deed rare dingen met me. 'Dank je wel.' Ik klemde het boek tegen mijn borst.

'Maar beloof me één ding,' zei hij. 'Als je er een bezwering in vindt die het gewenste effect heeft, is dat dus al de tweede die werkt. Beloof me dat je dan langskomt om me erover te vertellen.'

'Goed,' zei ik, mijn tintelende benen uitvouwend om te gaan staan. En al wilde ik niet weg, ik had geen reden meer om te blijven. Op weg naar de deur draaide ik me voor de laatste keer om. 'En als ik een bezwering probeer die niet uitkomt?'

Die vraag leek hem te verrassen. 'Als de bezwering niet werkt... Tja, dan kun je dus niet op het boek vertrouwen en dan moet je terugkomen om het te ruilen voor een ander.' Zijn ogen glinsterden ondeugend.

'Dus in beide gevallen...'

'Zien we elkaar terug. Tot ziens, Eliza.'

Ik liep verdwaasd de deur uit. In mijn twaalf levensjaren had ik me nog nooit zo gevoeld. Dit was een vreemde, nieuwe sensatie. Iets onbekends en naamloos, maar ik wist zeker dat ik niet hongerig of moe was, want daarvan gingen mijn wangen niet gloeien en ging ik niet op wolkjes lopen. Ik haastte me in westelijke richting en passeerde uiteindelijk de zuidkant van het kerkhof van St. Paul's. Het was mijn bedoeling om aan de gedempte, rustige voorkant van de kerk een bankje te zoeken waar ik alle bezweringen kon lezen. Misschien vond ik er wel een die ik vandaag kon meenemen naar het huis van mijn meesteres.

Met heel mijn hart wenste ik dat ik in dit boek vol mogelijke magie de perfecte bezwering zou vinden. Een bezwering waardoor ik niet alleen zielen kon verdrijven en alles goed kon maken, maar ook heel snel de kans zou krijgen om het goede nieuws met Tom Pepper te delen.

Hoofdstuk 20

NELLA

10 februari 1791

De demon die lang geleden had besloten door mijn hele lichaam te kruipen – en mijn botten te kraken en te verbuigen, mijn knokkels te verharden en zijn vingers om mijn polsen en heupen te wikkelen – begon zich eindelijk in de richting van mijn schedel te verplaatsen. En waarom ook niet? De schedel is gemaakt van bot, hetzelfde materiaal dat in de hand of de borst terug te vinden is. De schedel is even vatbaar als de rest.

Maar terwijl de demon in mijn vingers en polsen voor gloeiende warmte en starheid zorgde, nam hij in mijn schedel een andere vorm aan: een schokkende beweging, een trilling, een aanhoudend 'tik tik tik' in mijn hoofd.

Er naderde iets, ik wist het zeker.

Zou het van binnenuit komen en mijn botten tot een enkele, verharde massa versmelten, waardoor ik kreupel op de vloer van mijn apotheek zou blijven liggen? Of kwam het van buitenaf en bungelde het voor mijn neus, als een touw aan de galg?

Zodra ik Eliza wegstuurde, miste ik haar al, en nu ik rozemarijnnaaldjes van een takje plukte, was het gemis van haar gezelschap even aanwezig en pijnlijk als het residu op mijn vingers. Was het wreed van me geweest om haar weg te sturen, ook al vond ik haar angsten nog zo onbeduidend? Ik geloofde werkelijk niet dat het in het huis van de Amwells wemelde van de geesten, zoals Eliza dacht, maar had mijn overtuiging enige betekenis als ik daar niet hoefde te slapen?

Hoe zou ze zich hebben gevoeld toen ze gisteravond terugkeerde naar het huis van haar meesteres, gekleed in een jurk die vuil was geworden van ons werk, en met doorgesleten handschoenen en een mal magieboek dat met geen mogelijkheid geesten kon verdrijven die enkel in haar kleurrijke fantasie bestonden? Ik hoopte dat ze die ingebeelde gedachten op den duur leerde vervangen door zaken die echt belangrijk waren: een man van wie ze kon houden, kinderen die ze kon voeden, alle dingen die ik zelf nooit zou hebben. En ik bad dat Eliza vanochtend als een ander mens wakker was geworden en nooit meer aan me dacht. Want al miste ik haar plezierige gebabbel, ik was wel vertrouwd met het verschijnsel verlangen. Ik zou me wel redden.

Ik had vier rozemarijntakjes kaalgeplukt toen er opeens commotie in de voorraadkamer klonk: een paniekerige kreet en gestaag gebons op de verborgen kastenwand. Toen ik door de spleet keek, zag ik Lady Clarence, met ogen zo groot als schoteltjes. Gezien mijn ernstige voorgevoelens van gisteren was ik niet verbaasd om haar onverwachts voor mijn deur te zien staan, maar ik schrok van haar gedrag.

'Nella!' schreeuwde ze, wild maaiend met haar handen. 'Hallo? Ben je daar?'

Ik deed vlug de deur open en nam haar mee naar binnen, niet langer geïntimideerd door de smetteloze zilveren gespen op haar schoenen en de schulprandjes van haar tafzijden japon. Toen ik haar beter bekeek, zag ik dat de onderste rand van haar rok vuil was, alsof ze een deel van de tocht te voet had afgelegd.

'Ik heb niet meer dan tien minuten,' riep ze huilend, me bijna in de armen vallend. 'En ik ben weggegaan met een smoes, iets met betrekking tot ons landgoed.'

Fronsend luisterde ik naar haar woorden, waarvan ik niets begreep. De verwarring moest op mijn gezicht te lezen zijn.

'Er is iets vreselijk misgegaan,' zei ze. 'Mijn hemel, ik zal nooit...'

Terwijl ze haar ogen depte en zich in haar woorden verslikte, flitsten er allerlei mogelijke gebeurtenissen door mijn hoofd. Had ze het poeder per ongeluk weggegooid? Had ze per ongeluk wat in haar oog of op haar lippen gekregen? Ik zocht op haar gezicht naar blaren of pusblaasjes, maar ik zag niets.

Ik maakte sussende geluiden om haar te kalmeren. 'Wat is er gebeurd?'

'De kevers...' bracht ze hikkend uit, alsof ze net een slok citroensap had genomen. 'De kevers. Het is allemaal misgegaan.'

Ik kon mijn oren niet geloven. Hadden de kevers geen effect gehad? Ik wist zeker dat Eliza en ik naar het juiste veld waren gegaan en de juiste kevers hadden gezocht, in plaats van de schadeloze, blauwachtige oliekevers die eraan verwant waren. Het was echter donker geweest, dus hoe kon ik het zeker weten? Voordat ik ze roosterde, had ik er een paar op mijn huid moeten leggen om zeker te weten dat ze een branderig gevoel gaven.

'Leeft ze nog?' vroeg ik met mijn hand op mijn keel. 'Geloof me, het was de bedoeling dat de kevers dodelijk waren.'

'O ja.' Er liepen dikke tranen over haar wangen, maar haar gezicht was vertrokken tot een verwrongen grijns. 'Ze is nog springlevend.'

Heel even sprong mijn hart op. Ik was ontzet dat mijn gif had gefaald, maar tegelijkertijd opgelucht dat ik met mijn middeltje geen vrouw had gedood. Misschien kreeg ik nu nog een kans om Lady Clarence op andere gedachten te brengen. Toen ik daar even over nadacht, kreeg ik echter een knoop in mijn maag. Stel dat Lady Clarence dacht dat ik haar namaakgif had gegeven. Stel dat ze de autoriteiten wilde vertellen waar mijn apotheek was, zoals ze al had gedreigd.

Intuïtief stapte ik achteruit, in de richting van mijn register, maar ze vervolgde: 'Maar hij niet. Mijn echtgenoot.' Ze jammerde luid en bedekte haar gezicht. 'Hij is dood. Lord Clarence is dood.'

Mijn mond viel open. 'H-Hoe kan dat?' stamelde ik. 'Hebt u niet toegekeken toen uw kamenier het aan de maîtresse gaf?'

'Hiervan kun je mij niet de schuld geven, mens,' snauwde ze. 'Mijn kamenier heeft het in het digestief gedaan, een vijgenlikeur, precies zoals we ons hadden voorgenomen.' Lady Clarence plofte op de stoel. Ze haalde diep adem om rustig te worden en vertelde haar verhaal.

'Het was na het eten. Miss Berkwell zat een paar stoelen van me af en mijn echtgenoot, Lord Clarence, zat aan mijn rechterhand. Vanaf mijn plaats zag ik dat Miss Berkwell één keer nipte aan de vijgenlikeur in haar mooie kristallen glas. Binnen een paar tellen legde ze met een wellustige glimlach haar hand op haar keel. Ze sloeg een paar keer haar benen over elkaar – ik zag het allemaal gebeuren, Nella! Ik zag precies wat er met haar gebeurde – maar ik werd bang dat iemand me naar haar zag staren, dus toen keek ik naar links en begon ik een gesprek met mijn lieve vriendin Mariel, die me alles vertelde over haar recente bezoek aan Lyon. Ze blééf maar praten, tot ik het na een poosje aandurfde om weer naar Miss Berkwell te kijken.'

Lady Clarence zoog lucht naar binnen, waarbij haar keel een ratelend geluid maakte. 'Ze was echter verdwenen, en mijn echtgenoot ook. Ze hadden het kristallen glas met de likeur meegenomen. Ik vond het ongelooflijk dat ik het niet in de gaten had gehad. Hoe had hij in die korte tijd ongemerkt met haar weg kunnen sluipen? Op dat moment was ik ervan overtuigd dat ik haar gezicht nooit meer zou zien. In gedachten zag ik hen samen voor de laatste keer ontsnappen naar zijn bibliotheek, of naar het koetshuis. Die gedachte troostte me, weet je.'

Terwijl ze haar verhaal vertelde, bleef ik roerloos naar haar luisteren. Ik zag het allemaal voor me: de eettafel met de nagerechten, de avondjaponnen, de vijgenlikeur, het fijne groene poeder dat in de stroperige schaduwen van de drank verstopt zat.

'Maar toen werd ik nerveus,' vervolgde Lady Clarence, 'en ik dacht dat het allemaal misschien te snel ging. Ik was bang dat ze in haar opgewonden toestand misschien niet meer aan de likeur dacht en niet de vereiste hoeveelheid dronk.' Ze zweeg even en keek om zich heen. 'Mag ik misschien wat wijn om mijn zenuwen te kalmeren?'

Ik haastte me naar mijn kast. Ik schonk een glas wijn voor haar in en zette het voor haar neer.

'Ik raakte in paniek, Nella, en ik speelde met de gedachte om hen te gaan zoeken. Ik wilde de confrontatie aangaan en haar vragen met me mee te gaan naar de zitkamer, naar de andere dames. In plaats daarvan bleef ik als verlamd op mijn stoel zitten, luisterend naar Mariel, die maar bleef babbelen over Lyon. Ik bad dat mijn echtgenoot elk moment kon binnenkomen met de mededeling dat zijn dierbare nicht iets vreselijks was overkomen.' Lady Clarence keek naar de vloer en sloeg opeens huiverend haar armen om haar bovenlichaam heen.

'Toen zag ik vanuit de gang een geest naderen. De geest van Miss Berkwell. Ik slaakte bijna een kreet! Goddank wist ik hem te onderdrukken – wat zouden de andere gasten wel niet van me hebben gedacht? Ik kwam er echter al snel achter dat het geen geest was. Het was Miss Berkwell in levenden lijve. Ik zag het aan de moedervlek in haar hals. Die was rood en vurig, alsof de lippen van mijn echtgenoot haar daar zojuist hadden gekust.'

Er ontsnapte een kreuntje aan haar keel. 'Ze kwam met een doodsbenauwde blik aanlopen. Ze is heel tenger en nog maar heel jong. Het scheelde niet veel of ze was flauwgevallen in de armen van de eerste persoon die ze zag, de broer van Lord Clarence. Hij is arts en hij haastte zich onmiddellijk weg door de gang waaruit zij was gekomen. Mensen renden alle kanten op, het was een complete chaos. Verderop in de hal, vlak bij de bibliotheek, hoorde ik kreten en geschreeuw, zijn hart zou stilstaan, en ik haastte me naar hem toe. Goddank had hij al zijn kleren nog aan. En zoals ik al had vermoed, stond het lege kristallen glas op een tafeltje naast de chaise longue. Hij moet het hele glas hebben leeggedronken. O, Nella, ik had geen idee dat het zo snel zou gaan!'

'Ik had gezegd dat de helft van het potje hem binnen een uur zou doden. Hoeveel zat er in het glas?'

De gekwelde blik van Lady Clarence maakte plaats voor een emotie die op schuldgevoel leek. 'Volgens mij heeft mijn kamenier al het poeder erin gedaan.' Ze uitte een jammerkreet en zakte voorover op haar stoel. Ik hapte ongelovig naar adem. Geen wonder dat hij binnen een paar tellen was overleden.

Maar Lady Clarence leek net zo van streek te zijn over het navolgende gedrag van Miss Berkwell als over de dood van haar echtgenoot. 'Weet je wat

Miss Berkwell deed toen ik daar naar zijn dode lichaam zat te kijken? Ze kwam naar me toe, sloeg haar armen om me heen en begon te huilen! "O, Lady Clarence," zei ze snikkend, met een adem die naar vijgen stonk, "hij was als een vader voor me!" Dat vond ik een weerzinwekkende opmerking. Ik had bijna zin om te vragen of ze soms ook met haar eigen vader naar bed ging!'

Het relaas van Lady Clarence werd besloten met een akelige lach. Haar ogen waren hol, alsof het haar had uitgeput om haar verhaal te vertellen. 'En nu ben ik de weduwe van een rijk man en zal het me nooit meer aan iets ontbreken – op één ding na. Het enige wat ik níét kan krijgen, is juist wat ik het allerliefst wil: een kind. Het is al vreselijk bitter om de woorden uit te spreken! Ik zal nooit een kind krijgen, Nella, nooit!'

Een opmerking waarin ik me maar al te goed kon verplaatsen, maar iets aan haar verhaal maakte me onrustig en baarde me zorgen. 'U zegt dat zijn broer, een arts, het eerst bij hem was?'

Ze knikte. 'Ja. Een beminnelijk man. Nog geen vijf minuten nadat Miss Berkwell doodsbenauwd de eetkamer in was gerend, verklaarde hij dat mijn echtgenoot was overleden.'

'En maakte hij zich geen zorgen over het lege glas naast de chaise longue?'

Lady Clarence schudde zelfverzekerd haar hoofd. 'Hij vroeg ernaar, maar Miss Berkwell antwoordde meteen dat het haar glas was. Ze zei dat ze naar de bibliotheek waren gegaan omdat hij haar een nieuw wandtapijt wilde laten zien. Ze had hem namelijk verteld dat ze sinds kort interesse in textielkunst had. En ze kon natuurlijk moeilijk onthullen dat hij uit haar glas had gedronken. Dan zou het duidelijk zijn geweest dat ze wel méér deden dan van zijn kunst genieten.'

'En het potje?' vroeg ik. 'Hebt u dat ergens verborgen, of hebt u het misschien vernietigd?'

'O, dat is verstopt. Mijn kamenier heeft het helemaal achter in de kelder op een plank gezet. Alleen de kokkin heeft reden om daar rond te neuzen. Zodra ik stiekem naar de kelder kan sluipen, zal ik het weggooien. Misschien vanavond al.'

Ik zuchtte van opluchting, dankbaar dat het potje niet ontdekt was. Maar zelfs als het werd gevonden, was nog niet alles verloren: dit was de reden waarom er op de potjes en fiolen in mijn apotheek geen enkel herkenningsteken stond, anders dan de kleine gegraveerde beer. 'Het is niet naar mij te herleiden, maar u kunt het het best meteen weggooien,' zei ik op dringende toon.

'Uiteraard,' zei ze, alsof ik haar een standje had gegeven. 'Maar ik vond het vreemd dat er een tekening op je potje stond.' Ze depte voorzichtig haar neus en kreeg zichzelf weer onder controle. Een levenslang keurslijf van keurige manieren kon niet zomaar opzij worden gezet.

'Alleen een beertje.' Ik wees op een potje op een plank vlakbij. 'Net als die afbeelding. Veel potjes lijken op elkaar. Stelt u zich voor dat er een druppel uit een verkeerd flesje wordt toegediend en dat de verkeerde persoon...' Ik hield mijn mond. Gezien het verhaal dat ze me net had verteld, schaamde ik me voor de woorden die bijna uit mijn mond waren gerold.

Ze leek er echter geen erg in te hebben. Ze liep fronsend naar de plank en schudde haar hoofd. 'Die afbeelding stond inderdaad op mijn potje, maar dat was niet het enige.' Ze pakte het potje en draaide het op zijn zij. 'Nee, dit is anders. Mijn potje had ook nog iets op de andere kant. Woorden, dat weet ik zeker.'

Er kroop een zacht gerommel door mijn buik en ik lachte nerveus. 'U moet zich vergissen. Welke woorden zou ik op een potje met gif durven zetten?'

'Ik weet het zeker,' zei Lady Clarence. 'Er stond iets op geschreven. Hoekige letters, alsof ze met de hand in de klei waren gekrast.'

'Een kras misschien? Of anders gewoon wat zand of vuil,' opperde ik. Ondertussen steeg de druk in mijn maag op naar mijn borst.

Ik luisterde naar haar woorden, maar ik hoorde ze niet meer zo goed. Het 'tik tik tik' klonk te luid, en het verhaal dat Lady Clarence zojuist met me had gedeeld, leek niet langer alleen háár crisis te zijn. Alsof ik zelf uit het kristallen glas met de Spaanse vlieg had gedronken, bracht ik moeizaam haar naam uit: 'Eliza.'

Een herinnering begon zich te vormen. Gistermiddag, net voordat Lady Clarence was gearriveerd om het gif op te halen, had Eliza een potje gepakt waarin ze het poeder wilde doen. Ik had niet gekeken welk potje ze had gekozen, want vooraan stonden alle potjes met enkel een afbeelding van een beer erop. Alleen de potjes achter in mijn moeders kast hadden andere markeringen.

'Ja, waar is Eliza vandaag?' vroeg Lady Clarence, zich niet bewust van de storm die in mijn binnenste aanzwol.

'Ik moet haar onmiddellijk gaan zoeken,' bracht ik hijgend uit. 'De kast...' Ik kon echter niets meer zeggen, laat staan dat ik alles aan Lady Clarence kon uitleggen, want mijn enige gedachte was dat ik me naar Mrs Amwells huis aan Warwick Lane moest haasten. Vurig bad ik dat ze daar zou zijn. 'En u,' zei ik tegen Lady Clarence, 'ga snel naar huis! Ga dat potje onmiddellijk halen en breng het hierheen.'

'U kijkt als een wild dier,' riep ze uit. 'Wat is er in vredesnaam aan de hand?'

Ik was echter al op weg naar buiten, en ze snelde achter me aan. Toen ik buiten kwam, was ik me niet bewust van de kou op mijn huid of mijn knellende schoenen rond mijn gezwollen enkels. Voor me stoof een zwerm merels op; zelfs zij waren bang voor me.

Op een gegeven moment vervolgde Lady Clarence haar eigen weg – ik kon alleen maar bidden dat ze het potje ging halen. Ik haastte me verder, door Ludgate Street, waar de kathedraal boven me uittorende. Het huis van Mrs Amwell was nu heel dichtbij, nog maar een paar straten.

Toen ik de plek naderde waar ik naar Warwick Lane moest afslaan, zag ik op een bankje vlak bij het kerkhof een kleine, in een mantel gehulde gestalte zitten. Bedrogen mijn ogen me? Mijn hart sprong op toen ik de luchtige, speelse manier zag waarop deze mysterieuze figuur de bladzijden van het boek op haar schoot omsloeg. Ik was vlak bij het huis van Mrs Amwell; het was niet onmogelijk dat ik Eliza hier tegen het lijf liep.

Mijn hoop werd al snel bevestigd: het was Eliza. Nog geen uur geleden was ik bang geweest dat het kind angstig en somber was, maar dat leek helemaal niet het geval te zijn. Toen ik dichterbij kwam, zag ik namelijk dat ze tijdens het bladeren een brede glimlach op haar gezicht had, fris en stralend als een bloem.

'Eliza!' riep ik toen ik vlak bij haar was.

Abrupt keek ze op. Haar glimlach verdween, en ze klemde het boek tegen haar borst. Het was niet het boek dat ik haar had gegeven. Het was kleiner, en het omslag had een lichtere kleur. 'O Eliza, luister alsjeblieft naar me, dit is heel dringend.'

Ik stak mijn armen naar haar uit en omhelsde haar aarzelend, maar ze hield zich stijf als een plank. Er was iets vreemds met haar aan de hand: ze was niet blij om me te zien. Vanochtend had ik nog gewenst dat ik slechts een vage herinnering voor haar was, maar nu vond ik haar reactie kwetsend. En waarom had ze daarnet geglimlacht? Wat was er vandaag gebeurd dat ze zo blij was?

'Je moet met me mee naar de apotheek, kind, want ik moet je iets laten zien.' Eigenlijk wilde ik dat zij míj iets liet zien: ik wilde precies weten uit welke kast ze het potje had gepakt.

Haar blik was uitdrukkingsloos en onpeilbaar, maar haar woorden niet. 'Jij hebt me weggestuurd, weet je nog?'

'Ja, dat weet ik nog, maar ik weet ook dat ik tegen je heb gezegd dat ik bang was dat er iets vreselijks ging gebeuren, en dat is uitgekomen. Ik wil je er alles over vertellen, maar...' Mijn blik gleed naar een wandelaar die ons passeerde en ik ging zachter praten. '...dat kan niet hier. Kom mee, ik heb je hulp nodig.'

Ze klemde het boek nog dichter tegen zich aan. 'Ja, goed,' mompelde ze, een blik werpend op de donkere wolken die zich boven ons samenpakten.

Met ons tweeën liepen we terug naar de apotheek. Eliza zei niets, en ik voelde dat ze niet alleen verward was dat ik haar had meegenomen, maar ook geïrriteerd dat ik haar afleidde van iets wat haar daarnet had beziggehouden. Toen we dichter bij de apotheek kwamen, hoopte ik Lady Clarence daar aan te treffen, met het vervloekte potje in haar hand. Als ik dat tafereeltje inderdaad aantrof, was mijn vraag aan Eliza overbodig geworden, maar kon ik haar werkelijk alweer zo snel wegsturen?

Het deed er niet toe, want de apotheek was leeg en Lady Clarence was nog niet teruggekeerd. Met gespeelde kalmte ging ik aan de tafel zitten, waar ik meteen ter zake kwam. 'Herinner je je dat je het poeder voor Lady Clarence in een potje hebt gedaan?'

'Ja,' antwoordde Eliza vlug. Haar handen lagen keurig gevouwen op haar schoot, alsof we onbekenden voor elkaar waren. 'Ik heb een potje met de juiste maat uit de kast gepakt, zoals je had gevraagd.'

'Welke kast?' vroeg ik met een lichte trilling in mijn stem. Ik volgde Eliza met een, twee, drie stappen door de kleine kamer, ze ging op haar knieën zitten en maakte een laag kastje open. Ze leunde een flink eind naar binnen en reikte naar de achterkant van de kast. Ik klemde mijn buik vast, bang dat ik moest braken.

'Hier, achterin.' Haar stem werd vervormd toen het geluid binnen in de houten kast weergalmde. 'Volgens mij stond er nog zo een...'

Ik deed mijn ogen dicht. De hevige angst steeg eindelijk op en klemde zich vast aan mijn keel en mijn tong. Want dit kastje, het kastje waarin Eliza half was verdwenen, zat vol met bezittingen van mijn moeder, waaronder een aantal dierbare spullen waarvan ik geen afscheid kon nemen, oude geneesmiddelen die ik niet nodig had en ja – een afgrijselijk, huiveringwekkend ja – een paar van haar oude potjes. En op die potjes, dat wist ik heel zeker, was het adres van haar ooit zo achtenswaardige apotheek gekrast.

Het adres van déze apotheek, die inmiddels niet meer zo achtenswaardig was.

Eliza's kleine lijfje gleed uit de kast, en in haar hand had ze een roomkleurig potje van zo'n tien centimeter hoog. Het was de helft van een paar, met BACK ALLEY 3 handmatig op de zijkant gekrast. Al voordat ze iets had gezegd, wist ik dat het bijbehorende potje in de kelder van het statige huis van Lady Clarence stond. In mijn keel steeg een zuur, branderig gevoel op dat ik maar al te goed kende. Ik legde mijn hand op de kast om mijn evenwicht te bewaren.

'Het was er zo een,' zei Eliza, die haar ogen had neergeslagen. Haar stem klonk nauwelijks luider dan gefluister. 'Het potje met het poeder zag er zo uit.' Ze was zo dapper om langzaam naar me op te kijken. 'Heb ik iets verkeerds gedaan, Nella?'

Mijn handen jeukten om haar te wurgen, maar wat wist dit kind er nu van? Het was een vreselijk misverstand – er waren veel planken in de kamer, en had ik haar niet zelf gevraagd een potje te pakken? Het was mijn eigen schuld. Het was ook mijn eigen schuld dat ik het kind in dit vertrek vol vergif had binnengelaten. Daarom weerstond ik de drang om haar in het gezicht te slaan, dat rood was geworden. In plaats daarvan legde ik mijn arm om haar heen. 'Heb je de woorden op het potje niet gelezen, meisje? Zag je niet wat er stond?'

Ze begon te huilen en zoog haar longen vol betraande, snotterige lucht. 'Het lijken nauwelijks woorden,' bracht ze hikkend uit. 'Kijk maar, gewoon een paar rommelige krassen. Ik kan niet eens goed lezen wat er staat.' Ze had gelijk, de letters waren oud en nauwelijks leesbaar, maar toch was het vreselijk onoplettend van haar geweest.

'Maar je kunt toch wel woorden van een plaatje onderscheiden?' vroeg ik.

Ze knikte flauwtjes. 'Het spijt me zo, Nella! Wat staat hier?' Ze kneep met haar ogen toen ze de woorden op het potje probeerde te lezen. Langzaam tekende ik de vervagende lijnen van de woorden na. Met mijn vinger streek ik over de dikke lussen van de letter B en de drie.

'Back...' Ze zweeg even en dacht na. 'Back Alley 3.' Ze zette het potje neer en stortte zich snikkend in mijn armen. 'Kun je het me ooit vergeven, Nella?' Haar schouders schokten van een onbedaarlijke huilbui. Er vielen tranen op de vloer, en tussen het snikken door zei ze: 'Als jij wordt gearresteerd, is het mijn schuld!'

'Stil maar,' fluisterde ik. 'Stil maar.' En terwijl ik haar heen en weer wiegde, dacht ik aan de kleine Beatrice. Met mijn ogen dicht legde ik mijn kin op Eliza's hoofd. Ik herinnerde me dat mijn moeder dat ook bij mij had gedaan toen ze ernstig ziek was. Toen ik wist dat haar einde nabij was, had ze mij op die manier getroost. Met mijn gezicht tegen haar hals had ik heel hard gehuild. 'Ik word niet gearresteerd,' fluisterde ik tegen Eliza, al geloofde ik dat zelf nog niet helemaal. Lord Clarence was dood, en het wapen – met mijn adres erop – bevond zich nog in zijn kelder.

Het 'tik tik tik' ging nog altijd door; de demon in mijn schedel was nog niet tot rust gekomen. Ik bleef Eliza heen en weer wiegen, en terwijl ik haar tranen probeerde weg te sussen, dacht ik aan de leugens die mijn moeder me had verteld over haar ziekte. Ze had geprobeerd haar hevige klachten te bagatelliseren en had me plechtig beloofd dat ze nog vele jaren zou leven.

In plaats daarvan was ze binnen zes dagen gestorven. Het gevolg was dat ik sindsdien worstelde met die abrupte rouw, het gevoel dat het afscheid niet was afgerond. Waarom had mijn moeder me de waarheid niet verteld? Waarom had ze haar laatste dagen niet gebruikt om me op een leven in mijn eentje voor te bereiden?

Eliza's jonge tranen begonnen op te drogen. Ze hikte eenmaal, tweemaal, en haar ademhaling werd weer kalmer. Ondertussen bleef ik haar heen en weer wiegen. 'Het komt allemaal goed,' fluisterde ik zo zachtjes dat ik mijn eigen woorden nauwelijks kon horen. 'Het komt allemaal goed.'

Twintig jaar na mijn moeders dood stelde ik een kind gerust zoals mijn moeder mij had gesust. Wat schoot ik ermee op? Waarom deden we zoveel moeite om de tere hersentjes van kinderen te beschermen? We beroofden hen alleen maar van de waarheid – en de kans om er ongevoelig voor te worden voordat die waarheid met een harde tik op de deur klopte.

Hoofdstuk 21

CAROLINE

Huidige tijd, woensdag

Diep verborgen in Back Alley, in de kelder onder een souterrain van een oud gebouw, zwaaide de verborgen deur open, waardoor er achter de wand met vergane planken een kleine ruimte zichtbaar werd. Ik tilde mijn telefoon op en liet het licht door het vertrek schijnen. Mijn andere hand reikte naar de wand, omdat ik opeens wankel op mijn benen stond. Het was aardedonker in deze kamer, donkerder dan elke andere plek waar ik ooit was geweest.

Mijn lichtbundel bescheen de details om me heen: een paar planken aan de wanden bogen door onder het gewicht van ondoorzichtige melkglazen potjes, en een houten tafel in het midden van de kamer hing scheef door een verzakte poot. Rechts van me stond een toonbank met een metalen weegschaal erop. Er leken dozen of boeken op het werkvlak te zijn uitgespreid. Het vertrek leek heel erg op een oude apotheek – exact het soort plek waar een apothekeres zou kunnen werken.

Mijn telefoon piepte. Fronsend keek ik naar het scherm. Shit. Nog maar veertien procent stroom. Ik was trillerig en doodsbang en opgetogen en ik kon niet helder nadenken, maar ik vertikte het om hier te blijven zonder licht om de weg naar buiten te vinden.

Ik besloot dat ik maar beter kon opschieten.

Met bevende handen zette ik de zaklamp uit, en ik opende de camera-app. Ik zette de flitser aan en begon foto's te maken. Het was de enige logische handeling die ik op dat moment kon bedenken, gezien het feit dat ik zojuist iets had ontdekt wat weleens internationale nieuwswaarde zou kunnen hebben. TOERIST ONTRAFELT TWEE EEUWEN OUD MOORDMYSTERIE IN LONDEN, zou de kop kunnen luiden, EN KEERT TERUG NAAR HUIS VOOR HUWELIJKSTHERAPIE EN NIEUWE CARRIÈRE. Ik schudde mijn hoofd. Dit was bij uitstek een moment om rationeel te blijven. En trouwens, ik had nog helemaal niets opgelost.

Ik maakte zoveel foto's als ik kon, waarbij de kamer elke keer fel werd verlicht door de flitser. Bij de eerste foto's kon ik dankzij de lichtflits elke keer een korte blik op de kamer werpen: ik dacht in een hoek een haard te zien, en onder de tafel lag een beker op zijn kant. Maar na die eerste paar foto's liet de flitser witte, zwevende stippen op mijn netvlies achter die me desoriënteerden, en al snel kon ik nauwelijks overeind blijven.

Negen procent. Ik nam me plechtig voor om weg te gaan zodra de batterij op drie procent stond. Hoe kon ik de resterende stroom het best gebruiken? Ik keek weer naar rechts en maakte een foto van de toonbank, waarbij de flitser bevestigde dat ik daarnet boeken had zien liggen, geen dozen. Daarna opende ik het grootste boek, dat plat op het werkblad lag. Sommige woorden in het boek leken met de hand geschreven te zijn, maar ik wist het niet helemaal zeker. In de stikdonkere kamer sloeg ik een stuk of tien willekeurige bladzijden op, waarvan ik foto's maakte. Ik had net zo goed een blinddoek kunnen dragen, want ik had geen idee wat ik fotografeerde. Zouden het eigenlijk wel Engelse woorden zijn?

De perkamenten pagina's van het boek waren dun als tissues. Ik sloeg ze zo voorzichtig mogelijk om en vloekte toen de hoek van een bladzijde uit elkaar viel. Nadat ik ook een paar foto's van de achterste pagina's had gemaakt, sloeg ik het boek dicht. Ik schoof het opzij en pakte een volgend boek. Ik sloeg het open, drukte op de knop op mijn telefoonscherm om er een foto van te maken en – verdorie. Drie procent.

Ik kreunde, want het frustreerde me mateloos dat ik maar zo weinig tijd had om deze ongelooflijke ontdekking te verkennen. Maar als ik keek hoe vlug de zaklamp en de camera mijn batterij hadden leeggetrokken, bedacht ik dat ik nog maar een seconde of zestig had om buiten te komen, misschien zelfs nog minder. Ik zette de zaklamp weer aan, liep achteruit de kamer uit en zwaaide de verborgen deur zo goed mogelijk dicht. Daarna volgde ik mijn eigen spoor in omgekeerde richting: ik liep vlug door de eerste kamer heen en stapte weer de gang in. In de verte kroop de subtiele gloed van het maanlicht door de opening van de derde, laatste deur naar binnen.

Zoals ik wel had verwacht, viel mijn telefoon vrijwel meteen uit toen ik buiten was gekomen. Op de tast, en nog altijd verborgen door de doornstruik, deed ik mijn best om de buitendeur weer in zijn oorspronkelijke stand te trekken, maar ik was ervan overtuigd dat ik er niet veel van bakte. Met mijn handen schepte ik wat zand en bladeren op, dic ik aan de onderkant van de deur strooide om de indruk te wekken dat er niemand naar binnen was gegaan. Nadat ik me weer een weg door de struiken had gebaand, draaide ik me om, om naar het resultaat van mijn inspanning te kijken. De deur zat beslist niet zo goed dicht als voorheen, maar hij viel nog steeds niet erg op. Ik kon alleen maar hopen dat niemand dit deel van de steeg zo goed had bestudeerd als ik.

Ik haastte me terug naar het afgesloten hek en hees me weer op een van de zuilen, al ging dat gepaard met veel inspanning en gehijg. Ik zwaaide mijn benen over de zuil en sprong er aan de andere kant af. Nadat ik mijn handen aan mijn broek had afgeveegd, keek ik naar de ramen boven me. Nog steeds was er nergens beweging te ontdekken; voor zover ik kon zien, wist niemand dat ik hier was, laat staan wat ik had gedaan.

Geen wonder dat de apothekeres een mysterie was gebleven. Haar deur was goed verstopt door de kastenwand, en ik had hem alleen maar gevonden dankzij twee eeuwen verval. Er was ook een beetje roekeloosheid en wetsovertreding bij komen kijken, maar ik twijfelde er inmiddels niet meer aan dat de apothekeres echt had bestaan.

Toen ik Bear Alley uit liep, besefte ik dat ik voor het eerst van mijn leven een misdaad had gepleegd. Het zand onder mijn nagels en een lege telefoon vol bezwarende foto's waren het bewijs. Toch voelde ik me niet schuldig. Ik wilde juist zó graag mijn telefoon opladen en de foto's bekijken dat ik me moest inhouden om niet naar het hotel te rennen.

Maar daar was James. Toen ik de hotelkamer in sloop, in de hoop dat ik hem niet wakker zou maken, zakte de moed me in de schoenen. Hij zat klaarwakker met een boek op de bank.

We zeiden niets tegen elkaar toen ik in bed kroop en mijn telefoon aan de oplader legde. Mijn adrenaline was weggesmolten tot een schrijnende vermoeidheid, en ik geeuwde en wierp een blik op hem. Hij leek volledig op te gaan in zijn boek, even alert als ik gisteravond rond bedtijd was geweest.

De vloek van de jetlag.

Gefrustreerd draaide ik me van hem af. De foto's zouden moeten wachten tot de volgende ochtend.

Ik werd wakker van het geluid van een stromende douche en van een smalle streep daglicht die zich een weg door de gordijnen heen schroeide en mijn gezicht bescheen. Door de kier van de badkamerdeur kwam waterdamp naar buiten. James had zijn deken opgevouwen en hem keurig naast het extra kussen op de bank gelegd.

Ik pakte mijn telefoon, die weer volledig opgeladen was, en weerstond de drang om onmiddellijk in de foto's te duiken. In plaats daarvan drukte ik mijn gezicht tegen het kussen en probeerde ik mijn volle blaas te negeren. Ik telde de minuten tot James het hotel zou verlaten en ik in alle rust aan mijn dag kon beginnen.

Eindelijk kwam hij de badkamer uit, naakt op een beige handdoek om zijn heupen na. Het was volkomen normaal om mijn man halfnaakt te zien, maar toch verstarde ik bij de aanblik. Ik was er nog niet klaar voor om terug te keren naar 'normaal', en dat zou ook nog wel even duren. Ik wendde mijn gezicht af.

'Dus je bent gisteravond nog iets gaan eten,' zei hij vanaf de andere kant van de kamer. 'Iets bijzonders?'

Ik schudde mijn hoofd. 'Ik heb gewoon een broodje gekocht en ben gaan wandelen.' Het was niets voor mij om te liegen, zelfs niet als het om een onschuldig leugentje als dit ging, maar ik was niet van plan om hem of iemand anders te vertellen wat ik werkelijk had gedaan. Bovendien had hij maandenlang tegen mij gelogen over iets wat veel erger was.

Achter me hoorde ik James schor hoesten. Hij liep naar de bank, bukte zich en pakte een doos tissues van de vloer. Die had ik eerder niet zien staan, maar hij moest hem de hele nacht bij zich hebben gehad. 'Ik voel me niet zo lekker,' zei hij. Hij drukte de tissue tegen zijn mond en hoestte nog eens. 'Ik heb ook keelpijn. Zal wel door de droge lucht in het vliegtuig zijn gekomen.' Hij maakte zijn koffer open en haalde er een T-shirt en een spijkerbroek uit. Vervolgens liet hij zijn handdoek op de grond vallen om zich aan te kleden.

Ik vermeed de aanblik van zijn naakte lichaam door naar de vaas met bloemen op het tafeltje bij de deur te kijken. Een paar hortensia's begonnen al een beetje te verwelken. Mijn handen lagen op het dekbed, en toen ik het vuil van de vorige avond onder mijn nagels zag, stopte ik ze vlug onder de dekens. 'Wat ga jij vandaag doen?' In stilte deed ik een schietgebedje dat hij de stad wilde verkennen, een museum ging bezoeken of... gewoon zou weggaan. Ik wilde niets liever dan alleen zijn met mijn telefoon, en met het bordje NIET STOREN op de buitenkant van de deur.

'Ik ga naar de Tower of London,' zei hij, zijn riem door de lusjes van zijn broek halend. De Tower of London. Het oude kasteel – de bewaarplaats van de kroonjuwelen – was een van de plekken waar ik me het meest op had verheugd, maar nu leek het wel een kindermuseum vergeleken met de geheime kamer achter Bear Alley die ik gisteravond had gevonden.

James hoestte nog een keer en sloeg met zijn handpalm op zijn borst. 'Heb jij toevallig een hoestdrankje bij je? Of zo'n middel tegen hoesten, koorts en keelpijn?' vroeg hij.

In de badkamer stond mijn toilettas, die ik had gevuld met make-up, tandenstokers, flosdraad, deodorant en een paar etherische oliën. Ik had wel wat paracetamol bij me, maar het had me niet nodig geleken om voor elke mogelijke kwaal allerlei medicijnen mee te slepen. Een middel tegen hoest- en verkoudheidsklachten zat er dan ook niet in. 'Nee, sorry,' zei ik. 'Ik heb wel eucalyptusolie, als je dat wilt.' Dat was al heel lang het eerste middel waar ik naar greep als ik verkouden begon te worden. Eucalyptus was een van de ingrediënten in Vicks VapoRub, en het werkte ontzettend goed bij hoesten en een verstopte neus. 'In de witte toilettas op de wastafel,' zei ik, wijzend naar de badkamer.

Toen James naar de badkamer liep, trok een zacht piepje mijn aandacht: een of andere onbelangrijke melding van mijn telefoon. Het was een onnodige herinnering aan het feit dat mijn ontdekking van gisteravond zich slechts een paar centimeter van mijn gezicht bevond. Mijn hart begon te bonken, en ondertussen hoorde ik James in de badkamer rommelen.

Met een vies gezicht kwam hij de badkamer uit. 'Sterk spul.'

Ik knikte instemmend, want vanaf mijn plek kon ik de sterke, medicinale geur al ruiken.

Omdat hij was aangekleed en klaar voor vertrek leek, deed ik mijn best om een verder gesprek te vermijden. 'Ik probeer nog even te blijven liggen,' zei ik, mijn voeten onder de dekens bewegend. 'Veel plezier met je uitje.'

Er stond een verdrietige blik in zijn ogen en hij knikte langzaam. Hij aarzelde, alsof hij nog iets wilde zeggen, maar een opmerking bleef uit. Toen hij zijn portemonnee en telefoon had gepakt, liep hij de kamer uit.

Zodra de deur dichtklikte, greep ik mijn telefoon.

Ik tikte mijn wachtwoord in en ging naar mijn foto's. Daar stonden ze, rond de vijfentwintig stuks. Ik opende de eerste foto's – opnames van de kamer, de tafel, de haard – die tot mijn teleurstelling allemaal onscherp waren. Er rolde een krachtterm uit mijn mond, omdat ik bang was dat ze allemaal wazig waren geworden. Toen ik eenmaal bij de close-ups van het boek kwam, haalde ik opgelucht adem. Deze foto's waren scherp. In het vertrek was het stoffig geweest, en vermoedelijk had de flitser niet door de minuscule stofdeeltjes heen kunnen dringen. Misschien was daardoor alleen de voorgrond scherp.

Ik schoot recht overeind toen ik buiten de hotelkamer een geluid hoorde. Ik zette mijn telefoon uit en haastte me naar het kijkgaatje, waardoor ik nog net een hotelmedewerker met een klembord zag passeren. Hij kwam niet naar mijn kamer, maar zijn aanwezigheid herinnerde me er wel aan dat ik het bordje NIET STOREN aan de deur moest hangen.

Toen ik weer op het bed zat, ging ik verder met mijn foto's, en ik bestudeerde de eerste foto van het boek. Met ingehouden adem gebruikte ik twee vingers om de foto te vergroten en hem over het scherm te bewegen. Ik kon nauwelijks geloven wat ik zag.

De woorden in het boek waren inderdaad handgeschreven, en hier en daar waren dikke inktspetters uitgesmeerd over de bladzijde. De tekst was keurig verdeeld in rijtjes, en elke aantekening was op dezelfde manier gemaakt, zo te zien met namen en data erbij. Was het een logboek of een register? Ik ging door naar de volgende foto. Die zag er ongeveer hetzelfde uit, maar hier was de inkt donkerder, dikker aangezet, alsof iemand anders deze bladzijde had beschreven. Mijn handen gingen steeds harder trillen toen ik naar de volgende foto veegde, en naar de foto daarna. Ik wist niet goed wat voor een boek het was, maar ik was ervan overtuigd dat het van onschatbare historische waarde was.

De meeste foto's van het boek waren scherp, al waren de randen hier en daar overbelicht, waardoor de zij- en bovenkanten wit en onleesbaar waren. En ondanks de scherpe foto's voelde ik weer een gekmakende frustratie: ik begreep niet veel van de tekst. De woorden leken een soort geheimtaal te zijn, en het handschrift was zo schuin – en hier en daar zo haastig neergekrabbeld – dat sommige delen net zo goed in een andere taal geschreven hadden kunnen zijn. Op een van de foto's begreep ik slechts een deel van een van de bovenste rijen:

Garr t Chadw ck. Marl bone. Op um, ber. tablet. 17 augustus 1789. Me gegev aan Mrs Ch wick, echtgenote.

Terwijl mijn hersenen worstelden om de woorden compleet te maken en de tekst te begrijpen, had ik het gevoel dat ik zo'n woordspelletje met ontbrekende letters speelde. Na een paar minuten drong het echter tot me door dat de letters v, s en d – die eerst niet van elkaar te onderscheiden waren – met een bepaald soort lus waren geschreven. Mijn hersenen begonnen ze te herkennen, waardoor ik ze op de bladzijden daarna beter kon lezen:

Mr Frere. S uthwark. Tabaksbladeren, ber. olie 3 mei 1790. Meegegev aan Ms Am er, zuster, vriendin van Ms M nsfield.

Ms B. Bell. Framboz blad, fijngem. Brijomslag 12 mei 1790.

Charlie Turner, May air. NV-tinctuur. 6 juni 1790. Mee gev aan Ms Apple, dienstmeid-kokkin.

Ik liet mijn kin op mijn hand rusten, en met een groeiende ontevredenheid las ik een paar aantekeningen opnieuw door. Frambozenblad? Tabak? Dat waren geen gevaarlijke middelen, al had ik weleens gehoord dat nicotine in grote hoeveelheden giftig was. Was een bepaalde dosis van een niet-giftig middel misschien dodelijk? En ik had werkelijk geen idee wat een paar andere verwijzingen – zoals NV-tinctuur – in het boek betekenden.

Ik probeerde ook de vorm te ontcijferen waarin de aantekeningen waren gegoten. Elke notitie begon met een naam, gevolgd door een ingrediënt – gevaarlijk of niet – en een datum. Bij sommige aantekeningen stond aan het einde een tweede naam, voorafgegaan door de woorden 'meegegeven aan'. Ik nam aan dat met de eerste naam de beoogde ontvanger van het bestanddeel werd bedoeld, en dat de tweede persoon het had gekocht. Dus bijvoorbeeld Charlie Turner zou NV-tinctuur moeten innemen – wat dat dan ook mocht zijn – een middel dat waarschijnlijk gekocht was door Ms Apple.

Ik pakte een pen en mijn notitieboek van het nachtkastje en schreef een paar dingen op die ik later wilde uitzoeken:

Benodigde hoeveelheden van niet-giftige stoffen om iemand te doden
Opium – tablet?
Tabak – olie?
NV-tinctuur – wat is NV?

Wel een kwartier lang bleef ik in kleermakerszit op het bed zitten, koortsachtig vragen noterend en woorden opschrijvend waarvan ik sommige kende, maar andere niet. Nachtschade. Dat was toch een plant? Doornappel. Nooit van gehoord. Wolfswortel. Geen idee. Drachme, bolus, waszalf, taxus, elix. Ik schreef alles op.

Ik veegde door naar een volgende foto en hapte naar adem toen mijn ogen op een middel vielen waarvan ik heel zeker wist dat het dodelijk was: arsenicum. Nadat ik het had opgeschreven in mijn notitieboek, zette ik er een sterretje bij. In de hoop dat ik de rest van de woorden in de rij kon ontcijferen, zoomde ik nog verder in, maar op dat moment hoorde ik weer een geluid in de gang.

Ik verstijfde. Het klonk alsof iemand voor mijn deur bleef staan. In gedachten vervloekte ik die persoon, wie hij dan ook mocht zijn. Had hij het bordje NIET STOREN soms niet gezien? Maar toen hoorde ik de sleutelkaart in de deur glijden. Was James nu al terug? Ik schoof de telefoon onder mijn kussen.

Een paar tellen later kwam James binnen. Ik zag meteen dat hij zich heel beroerd voelde, want zijn gezicht was bleek en klam. Zijn voorhoofd was kleddernat en zijn handen beefden hevig.

Intuïtief stond ik op om naar hem toe te rennen. 'O god,' zei ik. Toen ik bij hem kwam, rook ik zijn zweet en nog iets anders, zoet en zuur tegelijk. 'Wat is er aan de hand?'

'Niets,' zei hij, haastig naar de badkamer lopend. Hij boog zich over de wastafel en haalde diep adem. 'Het zal wel dat Italiaanse eten van gisteren zijn.' Hij keek in de spiegel boven de wastafel en keek me via zijn spiegelbeeld aan, ook al stond ik achter hem. 'Wat heb ik er een puinhoop van gemaakt, Caroline,' zei hij. 'Eerst jij, en nu dit. Ik moest buiten op de stoep overgeven. Ik denk dat het gewoon allemaal mijn lichaam uit moet. Vind je het erg om...' Hij hield op met praten en slikte iets weg. 'Vind je het erg om me hier even alleen te laten tot dit uit mijn lijf is?'

Ik aarzelde geen moment. 'Nee, natuurlijk niet.' Ik wist al jaren dat James het vreselijk vond om in het bijzijn van anderen te braken. En eerlijk gezegd had ik zelf ook behoefte aan privacy. 'Maar weet je zeker dat het gaat? Wil je een glas sap, of iets anders?'

Hij schudde zijn hoofd en duwde de badkamerdeur dicht. 'Het komt wel goed, geloof me. Geef me even de tijd.'

Ik knikte. Ik trok mijn schoenen aan en pakte mijn tas, waar ik mijn notitieboek in liet vallen. Nadat ik een waterflesje naast de badkamerdeur had gezet, zei ik tegen James dat ik snel terug zou komen om te kijken hoe het met hem ging.

Ik herinnerde me dat er verderop in de straat een koffiebar zat, dus ik liep erheen met het plan om daar de rest van mijn foto's te bekijken. Zodra ik buiten kwam, werd ik echter gebeld door een onbekend nummer. Omdat ik dacht dat het James was die vanuit de hotelkamer belde, nam ik vlug op. 'Hallo?'

'Caroline, met Gaynor!'

'O, hoi Gaynor!' Ik bleef midden op de stoep stilstaan, waardoor een voetganger geïrriteerd naar me keek.

'Het spijt me dat ik je zo vroeg bel, maar gisteravond arriveerden de manuscripten waarover ik je appte. Kun je zo snel mogelijk naar de bibliotheek komen? Officieel werk ik niet vandaag, maar ik ben een paar minuten geleden toch even naar binnen gegaan om de documenten te bekijken. Dit zul je niet geloven.'

Ik kneep mijn ogen dicht en probeerde me te herinneren wat ze gisteren over de documenten had gezegd. Er was de afgelopen vierentwintig uur erg veel gebeurd. Eerlijk gezegd waren haar appjes een beetje naar de achtergrond verdreven door mijn avontuur van de vorige avond en door James, die nu dus ziek was.

'Het spijt me, Gaynor, ik kan nu niet komen. Ik moet in de buurt van mijn hotel blijven voor het geval...' Ik maakte de zin niet af. Hoewel we met ons tweeën lang in de database hadden gezocht, kende ik Gaynor nog niet goed genoeg om te beginnen over mijn ontrouwe echtgenoot, die nu in mijn hotelkamer zijn maaginhoud uitbraakte. Sterker nog, ik had haar niet eens verteld dat ik getrouwd was – we hadden het niet over ons privéleven gehad. 'Ik kan nu even niet jouw kant op komen. Maar ik wilde net een kop koffie gaan drinken. Heb jij misschien ook zin in koffie? En kun je de documenten meenemen?'

Aan de andere kant van de lijn hoorde ik haar lachen. 'Als ik ze mee naar buiten neem, word ik op staande voet ontslagen, maar ik kan wel kopieën maken. En ik heb wel zin in koffie.'

We spraken een halfuur later af in de koffiebar vlak bij mijn hotel. De tussentijd bracht ik door aan een tafeltje in de hoek, waar ik een frambozencroissant at en de foto's uit het boek van de apothekeres zo goed mogelijk probeerde te analyseren.

Toen Gaynor door de glazen deur van de koffiebar binnenkwam, zette ik mijn telefoon uit en sloeg ik mijn notitieboek dicht. Ik stopte het veilig in mijn tas en drukte mezelf weer op het hart om rustig te blijven. Het zou niet verstandig zijn om te vertellen dat ik sinds mijn bezoek van gisteren meer te weten was gekomen over de apothekeres. Ik kende Gaynor nauwelijks, en als ik haar alles vertelde, onthulde ik niet alleen dat ik de wet had overtreden, maar ook dat ik had ingebroken op een plek die misschien wel van grote historische waarde was. Als werkneemster van de British Library was ze misschien wel verplicht om me aan te geven.

Terwijl ik het laatste hapje van mijn croissant opat, ontging de ironie me niet: ik was naar Londen gegaan omdat de geheimen van iemand anders me hadden gekwetst, maar nu was ik iemand die het achterste van haar tong niet liet zien.

Gaynor schoof op de stoel naast de mijne en boog zich opgewonden naar me toe. 'Dit is... ongelooflijk,' zei ze, een map uit haar grote tas halend. Ze pakte er twee vellen papier uit. Zo te zien waren het zwart-witkopieën van oude krantenartikelen. De artikelen waren verdeeld over een paar kolommen en voorzien van een kop. 'Tussen deze artikelen zaten maar een paar dagen.' Ze wees naar de bovenkant van de eerste krantenpagina. 'Het eerste artikel is van 10 februari 1791, het tweede van 12 februari 1791.' Ze legde het artikel van 10 februari bovenop en leunde achterover op haar stoel om naar me te kijken.

Ik bestudeerde het artikel en hield mijn adem in.

'Weet je nog dat ik je gisteren appte dat er bij een van de documenten een afbeelding hoorde?' zei Gaynor. 'Dat is de afbeelding.' Ze wees naar het midden van de kopie, maar dat was al niet meer nodig, want mijn ogen staarden naar het papier. Het was een plaatje van een dier, zo simplistisch afgebeeld dat het eruitzag alsof een kleuter het in het zand had getekend. Ik wist echter honderd procent zeker dat ik het eerder had gezien.

Het was een afbeelding van een beer – identiek aan het beertje dat op de lichtblauwe fiool was gekrast die ik in de modder van de Theems had gevonden.

Hoofdstuk 22

ELIZA

10 februari 1791

Het was al acht uur 's avonds geweest, en al had Nella de afgelopen uren aan één stuk door gewerkt, ik mocht haar niet helpen. Ze drukte uit alle macht kurken in flesjes, probeerde de lege dozen allemaal strak in elkaar te passen en schrobde een paar zalfpotten schoon alsof haar leven ervan afhing. Ze ruimde op en sorteerde haar spullen alsof ze van plan was om weg te gaan – als het niet permanent was, dan in elk geval voor langere tijd. Dat kwam allemaal door mijn slordige vergissing.

Van alle grote en kleine domheden die ik in mijn twaalfjarige leven had begaan, was het feit dat ik dat potje uit het lage kastje had gehaald volgens mij de allergrootste. Hoe had ik over het hoofd kunnen zien dat er een adres in het potje was gekrast? Nog nooit van mijn leven had ik iets zo vreselijk verprutst.

Kon ik de klok maar terugdraaien. En dan te bedenken dat ik in Nella's ogen voorheen alleen maar nutteloos was geweest. Dat leek nu wel een droom; door mijn fout had ik haar, mezelf en alle anderen in het register misschien wel verdoemd. Ik dacht weer aan de vele notities die ik een paar dagen geleden in het register had bijgewerkt. Ik had de inktstreken donkerder gemaakt om de namen van de vrouwen te bewaren en te beschermen – om hun een plaats in de geschiedenis te geven, zoals Nella had uitgelegd. Nu was ik bang dat ik helemaal niets had bewaard en beschermd. In plaats daarvan kon mijn fout met het potje die talloze vrouwen weleens verraden. Ruïneren.

Ik overwoog of er praktische manieren waren om mijn fout te herstellen, maar ik kon niets bedenken. Dit kon ik slechts ongedaan maken als we terug in de tijd konden gaan, maar dat leek een schier onmogelijke taak, zelfs als er magie bij kwam kijken.

Toch had Nella me niet weggestuurd. Was ze van plan me te doden? Me te dwingen de schuld op me te nemen? Toen we daar zo zwijgend in haar kamer zaten, was haar frustratie te proeven. Ik probeerde me zo min mogelijk te verroeren om haar niet verder te agiteren. Vlak bij het kastje waarin het potje had gestaan, maakte ik me beschaamd zo klein mogelijk. Ik boog me voorover met slechts drie dingen voor mijn neus: een bijna opgebrande kaars, Nella's terzijde gelegde boek met vroedvrouwenmagie en Tom Peppers boek met huishoudelijke magie, dat geopend op mijn schoot lag. Ik durfde Nella niet om een nieuwe kaars te vragen, en zonder licht zou ik de boeken gauw weg moeten leggen. Wat moest ik dan gaan doen? Met mijn hoofd tegen de stenen muur in slaap vallen? Wachten tot Nella me zou straffen?

Ik hield het stompje van de brandende kaars boven de openliggende bladzijde voor me. In het schemerige licht leken de gedrukte woorden van Tom Peppers magieboek over de bladzijde te dansen, en het lukte me bijna niet om mijn aandacht bij de tekst te houden. Dat frustreerde me enorm, want dit was juist een uitgelezen moment om terug te vallen op magie, de kunst die zelfs in staat was geweest om de doodgeboren baby Tom weer te laten ademen. Ik moest een bezwering vinden waarmee ik alles kon herstellen, en die bezwering kon geen moment te vroeg komen. Vanmiddag had ik een middel gezocht om me van de ziel van een man te bevrijden, maar nu wenste ik mezelf te bevrijden van de last die ik onbewust op de schouders van Nella, mij en vele anderen had gelegd: de dreiging van een arrestatie, een veroordeling en misschien zelfs een terechtstelling.

Met mijn vinger streek ik over de zinnen, en ik vervolgde mijn zoektocht door de lijst van bezweringen in Toms boek.

Olie der transparantie, met betrekking tot het kaartspel

Schuim voor een langdurige lenteoogst

Tinctuur om tegenslag terug te draaien

Terwijl Nella met veel kabaal een spijker in een houten krat sloeg, sperde ik mijn ogen open. Tinctuur om tegenslag terug te draaien. Nou, als ik íéts zeker wist, was het wel dat het me de afgelopen dagen niet had meegezeten. Toen ik de bezwering las, die beweerde krachtiger te zijn dan 'welk wapen, welk hof en welke koning dan ook', begon mijn hand te trillen en ging de kaarsvlam nog grilliger dansen. Ik bestudeerde de benodigde ingrediënten – waaronder dierlijk gif, rozenwater, vermalen veer en varenwortel – en slikte moeizaam. Ik begon steeds rustelozer te worden. Het waren vreemde ingrediënten, dat wel, maar Nella's apotheek stond vol met vreemde spullen. En ik wist zeker dat ze twee ingrediënten, rozenwater en varenwortel, op de plank had staan.

Maar hoe zat het met de rest? Ik kon niet onopgemerkt door de apotheek rondlopen. Hoe moest ik de benodigde ingrediënten verzamelen, laat staan bereiden zoals het boek voorschreef? Ik moest mijn plannen aan Nella kenbaar maken, want er was echt geen andere manier…

Opeens klonk er een ander hard geluid. Twee tellen geleden had ik nog gedacht dat het Nella's hamer was, maar nu zag ik dat ze die had neergelegd. Toen het tot me doordrong wat ik hoorde, liet ik mijn kaars bijna vallen: er was iemand aan de deur.

Nella, hard aan het werk bij de haard, keek heel rustig naar de deur. Ze maakte geen bange of zenuwachtige indruk. Wenste ze dat de gerechtsdienaren op de stoep stonden? Misschien vond ze het wel een opluchting als er een einde aan dit alles kwam. Ondertussen bleef ik verstijfd van angst zitten. Stel dat het een gerechtsdienaar was die Nella kwam arresteren. Wat gebeurde er dan met mij? Zou Nella onthullen wat ik Mr Amwell had aangedaan? Dan zou ik mijn moeder en mijn meesteres nooit meer terugzien. Dan zou ik nooit meer de kans krijgen om Tom Pepper te vertellen over de bezwering die ik wilde proberen…

Wat moesten we doen als het een bezoeker was van wie we nog meer te vrezen hadden? De gedachte aan de holle ogen van Mr Amwell en zijn melkwitte, schimmige geest greep me bij de keel en bezorgde me hartkloppingen. Misschien was hij het beu geworden om te wachten en was hij eindelijk teruggekomen om me te halen. 'Nella, wacht…' riep ik.

Ze deed net of ze me niet hoorde en ging zonder enige aarzeling opendoen. Ik verstijfde. Ik legde Tom Peppers magieboek opzij en leunde naar voren om een blik om de hoek van de deur te werpen. In de schaduw stond slechts één persoon, die gehuld was in een los vallende, zwarte stof. Ik haalde opgelucht adem. Een gerechtsdienaar zou vast niet in zijn eentje komen.

Het gezicht van de bezoeker ging schuil onder een grote kap. Aan zijn of haar schoenen kleefde een laag modder, waarvan de stank – een mengeling van paardenurine en omgewoelde aarde – onmiddellijk mijn neus bereikte. Vanaf mijn plaats aan de andere kant van de kamer leek de gast hooguit een omhulde, bevende schaduw te zijn.

Er werden handen in zwarte handschoenen naar voren gestoken. Daartussen bevond zich een potje: het potje dat ik gisteren nog met het dodelijke keverpoeder had gevuld. Het duurde een paar tellen voordat ik besefte waar ik naar keek. Het potje! Er wachtte Nella geen doodvonnis meer!

De bezoeker schoof de zwarte kap naar achteren en ik hapte naar adem zodra ik de gelaatstrekken herkende. Het was Lady Clarence. Nog nooit van mijn leven was ik zo opgelucht geweest om iemand te zien.

Nella zocht steun bij de wand om haar evenwicht te bewaren. 'U hebt het potje,' zei ze. Haar stem was nauwelijks meer dan gefluister. 'Ik was zo bang dat u het niet terug kon brengen…' Met haar vrije hand op haar borst leunde ze naar voren. Ik was bang dat ze op haar knieën zou vallen, dus ik stond meteen op om naar haar toe te lopen.

'Ik ben zo snel mogelijk gekomen,' zei Lady Clarence tegen ons. Een haarspeld hing los tegen haar hals en kon elk moment op de grond vallen.

'Geloof me, het is een enorme drukte in mijn huis. Ik heb nog nooit zoveel mensen op één plek gezien. Het is alsof er weer een etentje wordt georganiseerd, al is de sfeer wel veel somberder. En de vragen die ze steeds maar stellen! De advocaten zijn het ergst. Alle activiteit werd mijn kamenier te veel – ze heeft haar betrekking opgezegd. Zonder iets te zeggen, vanochtend, nog vóór zonsopgang. Alleen de koetsier heeft haar gesproken; ze zei dat ze ontslag nam en dat ze van plan was de stad te verlaten. Gezien de recente gebeurtenissen kan ik haar dat niet kwalijk nemen. Ze heeft in het proces een rol gespeeld, want ze heeft het poeder in het glas van Miss Berkwell gedaan. Al is het nu wel heel onhandig voor mij om zonder kamenier te zitten.'

'Ja, wat naar,' zei Nella, maar ik hoorde apathie in haar stem. Het interesseerde haar geen fluit of Lady Clarence een kamenier had of niet. Ze pakte het potje aan, draaide het in haar handen en zuchtte. 'Dit is het juiste potje, ja. Dit moest ik hebben. U hebt mijn ondergang voorkomen, Lady Clarence...'

'Ja, ja, ik had gezegd dat ik het zou weggooien en het was een heel gedoe om het hier te krijgen, maar je blik van vanmiddag joeg me de stuipen op het lijf. Ik neem aan dat alles nu verder in orde is. Ik zie weinig reden om hier nog een seconde langer te blijven, want het wordt al laat en ik heb nog niet eens tijd gehad om eens flink te huilen.'

Nella bood haar thee aan voordat ze vertrok, maar Lady Clarence bedankte.

'Nog één ding.' Haar blik gleed even naar mij en dwaalde vervolgens door het kleine kamertje, waarin niets van de luxe te vinden was waaraan zij ongetwijfeld gewend was. 'Ik weet niet precies welke regeling je met het meisje hebt getroffen, maar vergeet niet dat ik nu een nieuwe kamenier nodig heb.' Ze gebaarde naar mij alsof ik een meubelstuk was. 'Ik had liever een wat ouder meisje gehad, maar ze is niet buitensporig jong, en ze is toch wel gehoorzaam, het type dat haar mond kan houden? Ik wil aan het einde van de week graag een nieuwe kamenier hebben. Laat me alsjeblieft zo snel mogelijk weten wat je besluit. Ik woon aan Carter Lane, zoals ik al zei.'

Stamelend gaf Nella antwoord. 'D-Dank u voor uw aanbod,' zei ze. 'Eliza en ik zullen het bespreken. Misschien wil ze zo'n verandering wel.'

Lady Clarence knikte en liep weg, waarna Nella en ik weer met ons tweeen waren.

Nella zette het potje op de tafel en liet zich op een stoel zakken. Nu hoefde ze haar spullen niet meer te sorteren en in te pakken. Ik keek naar Toms magieboek, dat nog op de vloer lag. De kaars ernaast was eindelijk opgebrand. 'Nou,' zei Nella, 'dan is er dus geen sprake meer van een kritieke situatie. Door die meevaller mag je vannacht hier blijven. Ik stel voor dat je morgenochtend nadenkt over een bezoek aan Lady Clarence. Het kon weleens een goed dienstje voor je zijn, als je bang blijft voor het huis van Mr Amwell.'

Het huis van Mr Amwell. Die woorden herinnerden me eraan dat niet elke vloek door het teruggebrachte potje was opgeheven. De fout die Nella in gevaar had gebracht, vormde geen bedreiging meer, maar nu zat ik in dezelfde situatie als eerder die dag. En het leek me niet fijn om voor Lady Clarence te werken, want ik vertrouwde haar niet en ik vond haar kil. Het enige wat ik wilde, was weer voor mijn meesteres gaan werken. Dat betekende dat ik terug moest naar haar huis, dus het was nog steeds belangrijk dat er een tinctuur kwam om tegenslag terug te draaien. Van de honderden bezweringen die ik in het boek had gelezen, was het de enige die – met een beetje verbeelding – in staat leek om de achtergebleven ziel van Mr Amwell te laten verdwijnen.

Ik was dankbaar dat ik een slaapplek had, maar mijn hart bonkte nu van hoopvolle verwachting over de tinctuur. Maar als ik de bezwering wilde uitproberen, moest ik Nella over mijn plannen vertellen, in de hoop dat ze me haar fiolen liet gebruiken. Een andere optie was dat ik een manier bedacht om de ingrediënten te pakken als ze niet keek – precies wat Frederick al die jaren geleden had gedaan.

Maar al koos ik de eerste optie, dit leek niet het verstandigste moment om erover te beginnen. We waren allebei moe; Nella was zelfs zo moe dat haar ogen rood waren. Eerst hadden we allebei behoefte aan een paar uur slaap.

Het zou snel genoeg ochtend zijn, en dan zou ik een manier bedenken om te kijken wat ik terechtbracht van die kunst die ze magie noemden. Ik legde het boek onder mijn hoofd en gebruikte het als kussen. En toen ik in slaap viel, droomde ik als vanzelf over de jongen die me het boek had gegeven.

Hoofdstuk 23

NELLA

11 februari 1791

Als de door mij verstrekte vergiffen en de daarmee gepleegde moorden me inderdaad van binnenuit verrotten, zou de dood van Lord Clarence het bederf ongetwijfeld versnellen. Kon het zijn dat de gevolgen voor mij groter waren naarmate het slachtoffer bekender was?

Het luchtte slechts gedeeltelijk op dat Lady Clarence het vermaledijde potje had teruggebracht, want al was de directe dreiging van de galg afgewend, het interne rottingsproces ging gewoon langzaam door. De afgelopen dag was ik geplaagd door een dik, bloederig spoor uit mijn keel. Ik had het graag willen toeschrijven aan het nachtelijke werk op het keverveld, maar ik vreesde dat er iets ergers aan de hand was: de onbekende kwaal die mijn botten en mijn schedel teisterde, was nu waarschijnlijk ook naar mijn longen getrokken.

Ik vervloekte de dag dat Lady Clarence haar brief met de rozengeur in de ton met parelgort had laten vallen! En het dreef me bijna tot waanzin dat geen van mijn eigen brouwsels mijn kwaal kon genezen. Ik wist niet hoe de ziekte heette en al helemaal niet welk geneesmiddel ik ertegen moest gebruiken.

Ik kon niet langer in mijn apotheek blijven zitten, waar ik langzaam versteende, en daarnaast had ik een blok reuzel nodig. En al had ik niet het hart gehad om Eliza direct na het bezoek van Lady Clarence weg te sturen, de volgende ochtend zat er niets anders op dan afscheid van haar te nemen. Terwijl ik me klaarmaakte om naar de markt te gaan, zei ik tegen Eliza dat ze nu definitief moest vertrekken.

Ze vroeg hoelang ik weg wilde blijven. 'Hooguit een uur,' antwoordde ik. Ze vroeg smekend of ze nog een halfuurtje mocht blijven rusten, omdat ze naar eigen zeggen flink hoofdpijn had na de angstige zorgen van de vorige dag. Ik moest toegeven dat ik zelf ook flink hoofdpijn had, dus ik gaf haar wat brunelolie om op haar slapen te wrijven en zei dat ze haar ogen nog wel een paar minuutjes rust mocht gunnen. We namen afscheid, en ze verzekerde me dat ze weg zou zijn tegen de tijd dat ik terugkwam.

Ik raapte al mijn flarden kracht bij elkaar en liep naar Fleet Street. Ik liep met gebogen hoofd, omdat ik altijd bang was dat iemand me zou aankijken en in mijn ogen al mijn geheimen zou lezen, elke moord even kristalhelder als het glas waaruit Lord Clarence zijn dodelijke likeur had gedronken. Er was echter niemand die op me lette. Op de brede hoofdstraat verkocht een straatventster citroensnoepjes, en een kunstenaar tekende luchtige karikaturen. De warmte van de zon, die achter een wolk vandaan begon te piepen, verwarmde mijn vermoeide, pijnlijke nek, en om me heen dreef het veilige, ontspannen geroezemoes van pratende mensen. Niemand leek belangstelling voor me te hebben; niemand merkte me zelfs maar op. Als vanzelf kwam daardoor de gedachte bij me op dat dit een goede dag was, of in elk geval een betere dan gisteren.

Toen ik langs een rek met kranten liep, kwam ik in botsing met een jongetje en zijn moeder. De moeder had net een krant gekocht en probeerde het kind weer in zijn jas te wurmen, maar hij maakte er een spelletje van en rende rondjes om haar heen. Omdat ik met gebogen hoofd liep, zag ik hun geworstel niet, laat staan dat ik hen kon ontlopen. Opeens bevond ik me midden op het pad van het kind.

'O!' riep ik. Mijn markttas zwaaide naar voren en gaf het jongetje een flinke tik tegen zijn hoofd. Achter hem tilde zijn moeder haar krant op, en ze gaf hem een flinke pets op zijn achterwerk.

Nu het jongetje werd aangevallen door twee vrouwen, van wie hij er een niet eens kende, gaf hij zich gewonnen. 'Goed, mama,' zei hij. Hij stak zijn armen uit, als een vogeltje zonder veren, en wachtte op zijn jas. De zegevierende moeder gaf de krant even aan de persoon die het dichtst bij haar stond, en dat was ik.

De avondkrant van gisteren, *The Thursday Bulletin*, viel open in mijn handen. Het was een dunne krant, in tegenstelling tot de stapels *The Chronicle* en *The Post*, en ik keek er ongeïnteresseerd naar, klaar om hem aan de vrouw terug te geven zodra ze weer een hand vrij had. Maar er was een vel aan de krant toegevoegd, een haastig gedrukte aankondiging, en mijn oog viel op een regeltje onderaan.

AUTORITEITEN OP ZOEK NAAR MOORDENAAR VAN LORD CLARENCE, stond er. De woorden leken wel inktzwarte monstertjes.

Ik verstijfde. Ik las de woorden opnieuw en bedekte mijn mond om te voorkomen dat ik over de schone pagina's braakte. Waarschijnlijk speelde mijn nerveuze gemoed me parten. Lady Clarence had het potje teruggebracht en er was niets aan de hand – er werd al helemáál niemand verdacht van moord. Ik had de tekst vast verkeerd gelezen. Ik dwong mezelf mijn blik los te scheuren en naar iets anders te kijken – naar de paarse, met linten versierde hoed van de dame aan de andere kant van de straat, of naar het raam van de hoedenzaak achter haar, waarvan de ruitjes tussen de roeden een oogverblindende schittering van de zon weerspiegelden – voordat ik mijn blik weer op de pagina richtte.

De woorden waren niet veranderd.

'Miss,' zei een zachte stem. 'Miss?' Ik keek op en zag dat de moeder stond te wachten tot ik haar de krant teruggaf. Ze hield de hand vast van haar zoon, die inmiddels gehoorzaam was en er keurig uitzag in zijn dikke jas.

'J-Ja,' hakkelde ik. 'Ja, alstublieft.' Ik gaf de krant terug, die tussen mijn vingers trilde toen ik hem op haar hand legde. Ze bedankte me en liep weg, waarna ik me onmiddellijk naar de krantenjongen bij het rek haastte. '*The Thursday Bulletin*,' zei ik. 'Heb je er nog meer?'

'Een paar.' Hij gaf me een van de twee overgebleven exemplaren van zijn tafel.

Ik gaf hem een munt en propte de krant in mijn tas. Ik maakte me uit de voeten om te voorkomen dat mijn doodsbange blik me verraadde, maar terwijl ik zo hard als ik kon naar Ludgate Hill holde, begon ik eindelijk het ergste te vrezen. Stel dat de gerechtsdienaren nu al in mijn apotheek waren. Die kleine Eliza was daar helemaal alleen! Ik hurkte tussen twee vuilnisbakken aan de zijkant van een gebouw, sloeg de krant open en las de tekst zo snel ik kon. Het vel was die nacht gedrukt, de inkt was nog vers.

Aanvankelijk had ik zoveel moeite om het artikel te geloven dat ik me afvroeg of ik misschien in een of andere voorstelling was beland, een voorstelling waarin mijn rol me niet was uitgelegd en deze krant een rekwisiet vormde. En misschien had ik zelfs wel geloofd dat dit een theaterstuk was als de details niet zo perfect hadden geklopt.

Ik las dat de kamenier inderdaad abrupt ontslag had genomen, zoals Lady Clarence had gezegd, maar kennelijk had ze haar conclusies getrokken toen Lord Clarence plotseling overleed: ze was naar de autoriteiten gestapt met een wasafdruk van mijn moeders gegraveerde potje. Toen ik dat las, schreeuwde ik het bijna uit. Het deed er niet toe dat het potje inmiddels weer veilig in mijn apotheek stond, want de kamenier had er verdorie een afdruk van gemaakt! Dat moest ze hebben gedaan voordat Lady Clarence het uit de kelder had gehaald. Misschien was het meisje bang geweest dat ze zou worden betrapt en van diefstal zou worden beschuldigd als ze het potje zelf meenam.

Volgens het artikel liet de wasafdruk een deels leesbare rij letters zien – 'B ley' – en een enkele tekening ter grootte van een duimafdruk, die volgens de autoriteiten een beer was die op vier poten liep. De kamenier vertelde dat haar meesteres, Lady Clarence, haar instructies had gegeven om de inhoud van het potje in de dessertlikeur te strooien die uiteindelijk door Lord Clarence was opgedronken. Het meisje had gedacht dat het om zoetstof ging en besefte pas later dat het gif was.

Ik las verder en legde mijn hand op mijn keel. De gerechtsdienaren waren gisteravond laat naar het huis van Lady Clarence gegaan. Dat moest geweest zijn kort nadat ze het potje had teruggebracht, wat verklaarde waarom de inkt op dit haastig toegevoegde vel nog maar een paar uur oud was. Lady Clarence ontkende de beschuldiging van de kamenier echter in alle toonaarden en hield vol dat ze niets van vergif of van een potje wist.

Toen ik het vel papier omdraaide, las ik dat het nu van het grootste belang was om erachter te komen waar het gif vandaan kwam, omdat 'degene die het had geleverd' – bij het zien van die woorden ontsnapte er weer een kreetje aan mijn lippen – uitsluitsel kon geven over de tegenstrijdige verhalen van Lady Clarence en haar kamenier. De autoriteiten hoopten dat de persoon die het gif had geleverd in ruil voor een redelijke strafvermindering zou vertellen wie het gif had gekocht waarmee Lord Clarence was vermoord.

Maar wat een merkwaardige situatie was het toch! Het was helemaal niet de bedoeling geweest dat Lord Clarence een wisse, plotse dood tegemoet zou gaan. Het plan was dat Miss Berkwell de Spaanse vlieg zou opdrinken, maar haar was geen haar gekrenkt. Ze werd helemaal niet verdacht van de moord op haar minnaar, en in het artikel werd haar naam niet eens genoemd. Ik had het vanaf het begin betreurd als zij zou sterven, maar lieve hemel, wat was het lot haar nu gunstig gezind!

Onder het artikel stond een primitieve afbeelding: een met de hand getekende weergave van de wasafdruk die de kamenier had aangeleverd. De tekst op het potje was al nauwelijks leesbaar geweest, en deze tekening van een tekening was beslist niet duidelijker. De situatie was zorgelijk, maar dit besef ontspande me enigszins.

Ik scheurde mijn blik los van de pagina. Mijn vochtige, warme vingers hadden de inkt hier en daar uitgesmeerd, en de huid op mijn binnenarmen en in mijn liezen was vochtig. Ik stond op van mijn plaats tussen de twee afvalbakken in het smalle steegje en ademde diep in, waardoor mijn neus zich vulde met de geur van bederf.

Volgens mij konden er twee dingen gebeuren: ik kon teruggaan naar mijn apotheek en alle kaarsen uitblazen, voor het geval de gerechtsdienaren Back Alley 3 vonden en ik moest vertrouwen op mijn laatste dekmantel – de kastenwand – om mezelf en alle geheimen in mijn verborgen kamer te beschermen. Maar zelfs als de wand me beschermde, hoelang hield ik het dan vol in de meedogenloze greep van mijn ziekte? Ik vreesde dat ik nog maar een paar dagen te leven had, en ik wilde beslist niet opgesloten in mijn moeders apotheek sterven! Ik had haar bedrijfje al genoeg bezoedeld met mijn moorden. Moest ik het dan nog verder bederven met mijn ontbindende lichaam?

De tweede mogelijkheid was natuurlijk dat de kastenwand me níét zou beschermen. Al had ik me de afgelopen jaren achter de kasten nog zo veilig gevoeld, het adres van mijn apotheek was nog nooit eerder zo overduidelijk blootgelegd. De dekmantel was niet onfeilbaar; misschien kwamen de gerechtsdienaren wel met honden, die de geur van mijn angst beslist door de wand heen zouden ruiken. Als de autoriteiten binnenvielen en me arresteerden, welke nalatenschap kon ik dan vanuit de gevangenis nog bewaren? Het laatste zweempje van mijn moeders aanwezigheid was al zo broos. De herinneringen aan haar kwamen moeiteloos naar boven als ik in mijn apotheek aan het werk was, maar die kostbare gedachten zouden me niet volgen naar Newgate.

Niet dat ik daar lang alleen zou zijn – ik vermoedde dat ik snel gezelschap zou krijgen van de talloze andere vrouwen wier namen in mijn register stonden. Vrouwen die ik had willen helpen en troost had willen bieden, zouden samen met mij achter slot en grendel belanden. Daar zouden we slechts gezelschap krijgen van de ongewenste handtastelijkheden van de cipiers.

Nee. Dat weigerde ik. Ik weigerde beide mogelijkheden, omdat er nog een alternatief was.

De derde en laatste mogelijkheid was dat ik de apotheek afsloot en het register veilig achter de valse kastenwand liet liggen. Vervolgens zou ik zelf de dood kiezen door in de ijzige diepte van de Theems te springen en in de schaduwen van de Blackfriars Bridge op te gaan. Aan die uitweg had ik vaak gedacht. Onlangs, tijdens de overvaart van de Theems, was de gedachte nog bij me opgekomen, toen ik met de kleine Beatrice in mijn armen naar de klotsende golven tegen de roomwitte stenen pilaren keek en fijne waterdruppeltjes op mijn neus voelde.

Had mijn hele leven geleid naar dit lot, naar het doorslaggevende moment waarop het koude water zich rond me zou sluiten en me naar beneden zou trekken?

Maar het kind was er ook nog. Ik had Eliza in de apotheek achtergelaten, en stel dat een gerechtsdienaar de weg naar Back Alley 3 had gevonden... Ik wilde niet dat ze in haar eentje een ondervraging moest ondergaan. Stel dat Eliza gestommel hoorde, door de geheime deur keek en onbewust verraadde wat er achter de valse kastenwand lag. Ze had al een ernstige fout gemaakt. Als ze er nog eentje maakte en tegenover een nijdige gerechtsdienaar kwam te staan, kon ik niet van het arme kind vragen dat ze zou verdedigen wat ik allemaal op mijn kerfstok had.

Sinds ik haar had achtergelaten, was er hooguit een kwartier verstreken. Ik propte de krant weer in mijn tas en verliet de steeg om terug naar mijn apotheek te lopen. Ik kon niet kiezen voor een wisse dood. Nu nog niet in elk geval.

Ik moest haar gaan halen. Ik moest teruggaan naar de kleine Eliza.

Tot mijn grote woede hoorde ik haar al voordat ik haar zag. Haar onbezorgde kabaal kon ons te gronde richten, als de afbeelding in de krant het niet eerst deed.

'Eliza,' siste ik, de kastdeur achter me sluitend. 'Ik kon je herrie door de halve stad horen. Ben je wel helemaal goed bij je...'

Mijn adem stokte bij het zien van het tafereeltje. Aan de tafel in het midden van de kamer zat Eliza, en vóór haar stonden zeker vijfentwintig potjes, flesjes en kommen met geplette bladeren in allerlei kleuren.

Met de vijzel in haar hand en een geconcentreerde frons in haar voorhoofd keek ze naar me op. Op haar wang zat een veeg rood pigment – ik kon alleen maar hopen dat het bietenpoeder was – en de lokjes haar boven haar voorhoofd piekten alle kanten op, alsof ze boven het vuur water had gekookt. Heel even ging ik dertig jaar terug in de tijd, naar hetzelfde tafereel, maar dan met mij aan de tafel en mijn moeder naast me, met een geduldige, zij het enigszins geïrriteerde blik.

De herinnering bleef slechts een oogwenk hangen. 'Wat stelt dit allemaal voor?' vroeg ik, bang dat de geplette bladeren op de tafel, de vloer en de instrumenten dodelijk konden zijn. Als dat zo was, zou het een vreselijk werk zijn om die dodelijke rommel op te ruimen.

'I-Ik werk aan een paar soorten warme kruidenthee,' stamelde ze. 'Weet je nog dat ik hier voor het eerst kwam? Je gaf me... valeriaan, heette het volgens mij. Hier, ik heb dat kruid gevonden.' Ze trok een donkere, roodachtige pot naar zich toe. Intuïtief keek ik naar de derde plank van onderen tegen de achterwand. De plaats waar de valeriaan hoorde te staan, was inderdaad leeg. 'En hier heb ik rozenwater en pepermunt.' Ze schoof de fiolen naar voren.

Wat moest ik beginnen met dit onnozele kind? Bezat ze dan geen greintje verstand? 'Eliza, blijf overal van af. Hoe weet je in vredesnaam dat deze middelen je niet zullen doden?' Ik haastte me naar de tafel en bestudeerde elke pot. 'Ga je me soms vertellen dat je allerlei dingen van mijn planken hebt gepakt zonder te weten wat de uitwerking is? Lieve help, welke middelen heb je geproefd?'

Er borrelde paniek in me op. Koortsachtig dacht ik na over mogelijke soorten tegengif tegen mijn dodelijkste vergiffen. Welke geneesmiddelen konden vlug worden klaargemaakt en toegediend?

'Ik heb de laatste dagen heel goed geluisterd,' zei ze. Ik fronste, want volgens mij had ik de laatste dagen geen ingrediënten als rozenwater, dierlijk gif en varenwortel nodig gehad. Dat laatste woord stond duidelijk op het houten kistje dat nu gevaarlijk op het randje van de tafel balanceerde. 'En ik heb een paar van je boeken geraadpleegd.' Ze wees naar de boeken, maar die leken niet aangeraakt te zijn. Dat moest betekenen dat Eliza loog, of dat ze even handig was als een ervaren dief. 'Ik heb een paar soorten thee gemaakt die we kunnen drinken.' Dapper schoof ze twee bekers naar me toe. De ene was bijna tot aan de rand gevuld met een donkere, indigokleurige vloeistof, en in de andere zat een lichtbruine vloeistof die op de inhoud van een nachtspiegel leek. 'Voordat ik voorgoed vertrek,' voegde ze er met trillende stem aan toe.

Ik had geen interesse in haar warme kruidenthee. Het lag op mijn lippen om dat ook hardop te zeggen, maar ik herinnerde me dat Eliza het krantenartikel niet had gezien dat mij zo gespannen maakte. Nu was het belangrijker dan ooit dat ik zorgvuldig en discreet bleef, en het zou verstandig zijn om mijn apotheek voor de allerlaatste keer verder op te ruimen. Ik was niet van plan om terug te komen, maar ik kon het niet over mijn hart verkrijgen om de boel rommelig achter te laten.

'Je moet even heel goed naar me luisteren, kind.' Ik zette de markttas neer, waarin niets anders zat dan de krant. 'Je moet hier weg. Nu meteen, je hebt geen seconde te verliezen.'

Haar hand viel in een stapel geplette bladeren op de tafel. Met haar verslagen en intens verdrietige blik zag ze er opeens kinderlijker uit dan ooit. Ze keek naar de kast met het potje dat Lady Clarence had teruggebracht. Wat moest het verwarrend voor haar zijn dat ik zo dwingend klonk en dat ze zich opeens moest haasten.

Toch wilde ik haar niets uitleggen – ik wilde niet zeggen wat ik wist. Zelfs op dat moment wilde ik haar beschermen.

Ik hield mijn hoofd schuin en voelde mededogen met ons beiden. Ik wenste dat ik haar naar het huis van Lady Clarence kon sturen, maar de wetenschap dat daar gerechtsdienaren waren en dat daar vragen werden gesteld, maakte me te onrustig. 'Ga alsjeblieft terug naar het huis van Mrs Amwell. Ik weet dat je dat niet durft, maar het moet. Geloof me, Eliza, je bent daar veilig.'

Omringd door geplette bladeren en kleurige gemorste ingrediënten keek Eliza naar de potjes en flessen voor haar neus. Ze dacht na over mijn verzoek en uiteindelijk knikte ze. 'Goed, ik ga,' zei ze. Ze vouwde haar vingers om iets wat ik niet kon zien en stopte het in haar jurk. Het interesseerde me niet genoeg om haar ernaar te vragen. Het meisje mocht meenemen wat ze wilde. Ik had belangrijkere dingen aan mijn hoofd.

Per slot van rekening stonden onze levens op het spel.

Hoofdstuk 24

CAROLINE

Huidige tijd, woensdag

Achter in de koffiebar leunden Gaynor en ik dicht naar elkaar toe, met de twee artikelen over de apothekeres uitgespreid op de tafel voor ons. Gaynor vertelde dat ze uit *The Thursday Bulletin* kwamen, een krantje dat geen grote oplage had gehad en slechts van 1778 tot 1792 had bestaan. Volgens haar korte onderzoekje van die ochtend was de krant uiteindelijk wegens geldgebrek opgeheven. Het archief van de bibliotheek bevatte slechts een fractie van de gepubliceerde nummers, waarvan er niet één was gedigitaliseerd.

'Hoe heb je ze dan gevonden?' vroeg ik, een slokje koffie nemend.

Gaynor grinnikte. 'Onze data klopten niet. Als het briefje uit het ziekenhuis inderdaad een bekentenis op een sterfbed was, verwees de schrijfster waarschijnlijk naar iets wat eerder in haar leven had plaatsgevonden. Daarom zocht ik tussen de manuscripten en voegde ik het einde van de achttiende eeuw aan mijn zoekcriteria toe. Ik voegde ook het trefwoord "gif" toe, want dat leek me logisch voor een apothekeres die mensen hielp om anderen te doden. De zoektocht leverde dit artikel op, en natuurlijk viel mijn oog onmiddellijk op de afbeelding van de beer.'

Ze pakte het oudste artikel, gedateerd 10 februari 1791. De kop luidde AUTORITEITEN OP ZOEK NAAR MOORDENAAR VAN LORD CLARENCE.

Omdat Gaynor het al had gelezen, liep ze naar de toonbank om een latte te bestellen. Ik pakte het artikel en las het vluchtig door. Tegen de tijd dat ze terugkwam, zat ik met open mond op het puntje van mijn stoel. 'Dit klinkt schandalig!' zei ik tegen haar. 'Lord Clarence, Lady Clarence, een kamenier die likeur serveert tijdens een etentje... Weet je zeker dat dit echt is gebeurd?'

'Heel zeker,' antwoordde Gaynor. 'Ik heb het kerkelijk register erop nageslagen. Lord Clarence is inderdaad op 9 februari 1791 gestorven.'

Ik wees weer op de afbeelding in het artikel. 'Dus de kamenier had een wasafdruk van de beer op het potje gemaakt...' Ik streek met mijn vingers over de afgedrukte afbeelding. 'En diezelfde beer staat op mijn fiool.'

'Het is inderdaad precies dezelfde beer,' bevestigde Gaynor. 'Hoe langer ik erover nadenk, hoe logischer het me lijkt. Als de apothekeres inderdaad talloze vrouwen van gif voorzag, was de beer misschien wel haar logo, het herkenningsteken dat ze op al haar fiolen zette. In dat geval is het nog steeds ongelooflijk dat je er eentje in de rivier hebt gevonden, maar niet meer zo toevallig als we aanvankelijk dachten.'

Ze pakte het artikel op en herlas een bepaald stuk. 'En dit is waar het misging voor onze beste apothekeres. Behalve een afbeelding van een beer stonden er ook een paar letters op de wasafdruk.' Ze wees naar het stuk waar stond dat de autoriteiten de letters 'B ley' probeerden te ontcijferen.

'De politie vermoedde dat het een deel van een adres was. Door het briefje uit het ziekenhuis weten we natuurlijk dat het Bear Ally moet zijn geweest, maar in de tijd dat dit artikel werd gepubliceerd, wist de politie dat nog niet.' Gaynor haalde het dekseltje van haar beker om haar latte te laten afkoelen. Ik hield mijn adem in en dacht aan de deur waar ik gisteren doorheen was gegaan. Ik vermoedde dat 'B ley' helemaal niet voor Bear Alley stond. Waarschijnlijk was het adres Back Alley, het pad dat naar de verborgen kamer van de apothekeres leidde.

'Wel gewaagd dat ze haar adres op haar fiolen zette, vind je niet?' Gaynor haalde haar schouders op. 'Nou ja, we weten niet wat ze dacht. Misschien was het wel een slordige fout.' Ze stak haar hand uit naar het tweede artikel. 'Maar goed, ik heb ook het andere artikel bij me, en daarin staat dat de vrouw apothekeres was. Sterker nog, ze wordt "moordzuchtige apothekeres" genoemd. Ik vermoed dat ze kort na het verschijnen van het eerste artikel...' Ze maakte haar zin niet af. 'Laten we het er maar op houden dat dit voor haar het begin van het einde was.'

Ik fronste. 'Het begin van het einde?'

Gaynor tikte op het tweede artikel, dat van 12 februari 1791. Ik kreeg echter geen kans om het te lezen, want opeens ging mijn telefoon, die op de tafel lag voor het geval James belde. Ik keek op het scherm en schrok toen het inderdaad zijn nummer bleek te zijn. 'Hoi. Alles goed?'

Eerst hoorde ik alleen maar zijn amechtige ademhaling: lucht die langzaam naar binnen werd gezogen en beverig, piepend werd uitgeblazen. 'Caroline,' zei hij zo zachtjes dat ik hem nauwelijks kon horen, 'ik moet naar het ziekenhuis.' Ik sloeg mijn hand voor mijn mond, ervan overtuigd dat mijn hart stilstond. 'Ik heb geprobeerd 911 te bellen, maar het lukt niet.'

911. Dat was het Amerikaanse alarmnummer. Ik deed mijn ogen dicht en herinnerde me vaag een folder op de balie van het hotel met het alarmnummer voor het Verenigd Koninkrijk erop, maar door mijn hevige angst was ik even de weg kwijt. Ik kon me het nummer niet herinneren.

Ik raakte in paniek en werd duizelig. De koffiebar, met zijn geroezemoes van pratende stemmen en het gesis van een espressomachine, begon om me heen te draaien. 'Ik kom eraan,' bracht ik moeizaam uit, van mijn stoel af schuivend en mijn spullen pakkend.

'Ik moet weg,' zei ik tegen Gaynor. Mijn handen trilden hevig. 'Het spijt me, mijn man is ziek...' Mijn ogen liepen onmiddellijk vol tranen. Ondanks de gevoelens die James de laatste dagen in me had losgemaakt, was ik nu zo bang dat mijn mond droog was geworden. Ik kon niet eens slikken. Aan de telefoon klonk James alsof hij moeite had om te ademen.

Met een verwarde, bezorgde blik keek Gaynor me aan. 'Je man? Oh jee, ja, natuurlijk, ga maar. Maar...' Ze pakte de twee artikelen en gaf ze aan mij. 'Neem deze mee. De kopieën zijn voor jou.'

'Dank je wel.' Ik vouwde de vellen papier in tweeën en stopte ze in mijn tas. Na een laatste verontschuldiging haastte ik me de deur uit, en ik rende terug naar het hotel. Voor het eerst sinds mijn aankomst in Londen liet het verdriet zich niet meer bedwingen. Hete tranen rolden over mijn wangen naar beneden.

Het eerste wat me opviel toen ik in de hotelkamer kwam, was de stank: de zoetzure geur die ik eerder bij hem had opgemerkt. Braaksel.

Ik gooide mijn tas op de grond, zonder te letten op het flesje water en het notitieboek die eruit vielen. Zo hard ik kon, holde ik naar de badkamer. Krijtwit en hevig bevend lag James in foetushouding op zijn zij, met zijn knieën opgetrokken tegen zijn borst. Hij moest zijn shirt hebben uitgetrokken, want het lag kleddernat van het zweet in een slordig hoopje op de grond. Vanochtend had ik het niet kunnen verdragen om naar zijn ontblote bovenlijf te kijken, maar nu liet ik me naast hem op mijn knieën vallen en legde ik mijn hand op zijn blote buik.

Hij keek me met holle ogen aan en ik slaakte een gil. Er zat bloed op zijn mond.

'James,' riep ik. 'O god...'

Op dat moment keek ik in de wc. Daar zat niet alleen braaksel in: de pot zag eruit alsof iemand hem met rode waterverf had bespat. Wankelend kwam ik overeind. Ik rende naar de hoteltelefoon en vroeg de receptionist een ambulance te bellen. Nadat ik had opgehangen, haastte ik me weer naar de badkamer. Dit was geen voedselvergiftiging van Italiaans eten, dat was wel duidelijk. Maar ik was medisch totaal niet onderlegd: hoe was het mogelijk dat James vanochtend alleen maar een beetje had gehoest en nu bloed braakte alsof zijn laatste uur had geslagen? Het leek zo onlogisch.

'Heb je na je vertrek uit de kamer vanochtend iets gegeten?' vroeg ik.

Vanaf zijn plaats op de vloer schudde hij zwakjes zijn hoofd. 'Nee. Ik heb niets gegeten.'

'Water dan? Heb je niets genomen?' Misschien had hij iets verkeerds gedronken, of...

'Alleen die olie die je me had gegeven, en ik weet zeker dat ik die allang heb uitgespuugd.'

Ik fronste. 'Uitgespuugd? Je moet die olie gewoon op je keel wrijven. Dat heb je toch wel vaker gedaan?'

James schudde zijn hoofd weer. 'Ik vroeg of je een hoestdrankje had en jij zei nee, je had yucca-olie of zoiets.'

Mijn gezicht werd krijtwit. 'Eucalyptus?'

'Ja, dat,' kreunde hij, met zijn hand over zijn mond vegend. 'Dat heb ik opgedronken, in plaats van een hoestdrankje.'

Het flesje stond naast de wastafel, en het etiket was heel duidelijk: de olie was giftig en bedoeld om op de huid te wrijven. 'Niet bestemd voor inname' stond erop. En alsof het gevaar nog niet duidelijk genoeg was, stond er ook op het etiket dat inname kon leiden tot een attaque en voor kinderen dodelijk kon zijn.

'Heb je het ópgedronken?' vroeg ik ongelovig. James knikte. 'Hoeveel?' Nog voordat hij antwoord kon geven, hield ik het flesje tegen het licht. Goddank was het niet leeg – nog niet eens halfleeg. Maar goed, misschien had hij wel een mondvol binnengekregen. 'James, dit spul is hartstikke giftig!'

Hij reageerde door zijn knieën nog dichter naar zijn borst te trekken. 'Dat wist ik niet,' mompelde hij zachtjes. Hij zag er zo zielig uit dat ik naast hem op de vloer wilde kruipen en hem mijn verontschuldigingen wilde aanbieden, ook al had ik niets verkeerd gedaan.

Er klonk een abrupte klop op de deur, gevolgd door een stem. 'Ambulance,' riep een zware mannenstem vanuit de gang.

De minuten daarna gingen in een soort waas aan me voorbij. Ik moest aan de kant gaan staan terwijl het ambulancepersoneel James onderzocht. Er verschenen ook nog een paar hotelmanagers, waardoor er in totaal wel tien mensen in de kamer waren. Om me heen leek het een tollende draaimolen van bezorgde gezichten.

Een jonge vrouw – gekleed in een keurig marineblauw uniform met de naam 'La Grande' op de blouse geborduurd – stond naast me en bood me thee, een koekje en zelfs sandwiches aan. Ik sloeg alles af. In plaats daarvan probeerde ik te luisteren naar de zeer Britse accenten van alle mensen die hun best deden om mijn man te behandelen. Ze stelden hem allerlei vragen, die ik lang niet allemaal begreep.

Uit een zware canvas tas haalden de ambulancemedewerkers spullen die ze nodig hadden: een zuurstofmasker, een bloeddrukmeter en een stethoscoop. De badkamer leek algauw op een traumacentrum, en de aanblik van al die medische spullen was als een klap in mijn gezicht. Voor de allereerste keer vroeg ik me af of James aan de eucalyptusolie kon doodgaan. Nee. Ik schudde mijn hoofd. Daar mag ik niet eens aan denken. Dat gebeurt niet. Dat laten ze niet gebeuren.

Toen ik zonder James naar Londen was gegaan voor onze trouwdagvakantie, had ik allerlei heftige emoties verwacht, maar niet deze. Mijn eigen wonden waren nog heel vers, maar nu hoopte ik vurig dat James niet voor mijn ogen op de badkamervloer zou sterven, ook al had ik in de uren nadat zijn bedrog was uitgekomen even zin gehad om iemand te vermoorden.

Al snel vertelde James over de eucalyptusolie. Een van de ambulancebroeders hield het flesje tegen het licht, precies zoals ik had gedaan. 'Het is een flesje van veertig milliliter, maar het is nog halfvol,' zei hij op gezaghebbende toon. 'Hoeveel hebt u ingenomen?'

'Gewoon een slokje,' mompelde James. Ondertussen scheen iemand met een lampje in zijn ogen.

Een van de ambulancebroeders herhaalde dat in de telefoon die hij tegen zijn oor hield. 'Hypotensie, ja. Veel braaksel. Bloed, ja. Geen alcohol, geen andere medicijnen.' Ze wachtten allemaal even, en ik nam aan dat de persoon aan de andere kant de gegevens in een database intikte, misschien wel om te bepalen welke behandelingen nu noodzakelijk waren.

'Wanneer hebt u die olie ingenomen?' vroeg de ambulancebroeder die een zuurstofmasker op James' gezicht had geplaatst. James haalde zijn schouders op, maar ik zag aan zijn ogen dat hij verward en doodsbang was en zelfs moeite had om adem te halen.

'Tweeënhalf, drie uur geleden,' zei ik.

Iedereen draaide zich naar mij, alsof ze me nu pas opmerkten.

'Was u bij hem toen het gebeurde?'

Ik knikte.

'En is die olie van u?'

Ik knikte weer.

'Oké.' De ambulancebroeder richtte zich weer tot James. 'U gaat met ons mee.'

'N-Naar het ziekenhuis?' mompelde James, zijn hoofd een klein stukje van de vloer tillend. Hem kennende wilde hij zich daartegen verzetten. Het liefst zou hij zichzelf op magische wijze genezen en volhouden dat hij over vijf minuutjes wel weer de oude zou zijn, als ze hem maar even die tijd gunden.

'Ja, naar het ziekenhuis,' luidde het antwoord. 'Waarschijnlijk is het gevaar voor een attaque inmiddels wel geweken, maar een paar uur na inname is er vaak sprake van een verminderd bewustzijn. Het komt ook wel voor dat ernstigere symptomen pas later optreden.' De ambulancebroeder wendde zich tot mij. 'Heel onveilig, dit spul,' zei hij, het flesje omhooghoudend. 'Als u kinderen hebt, stel ik voor dat u het weggooit. Dit is niet de eerste keer dat ik een patiënt heb die het per ongeluk heeft binnengekregen.'

Alsof ik me nog niet schuldig en kinderloos genoeg voelde.

'Mr Parcewell.' In de badkamer pakte een van de ambulancebroeders James bij de schouder. 'Mr Parcewell, probeert u alstublieft wakker te blijven,' zei hij op dringende toon.

Ik haastte me naar de badkamer en zag dat het hoofd van James opzij was gezakt. Zijn ogen waren weggedraaid; hij was bewusteloos. Ik dook op hem af en strekte mijn armen naar hem uit, maar een paar handen hield me tegen.

Onmiddellijk kwam iedereen in actie: via walkietalkies werden onbegrijpelijke boodschappen doorgegeven, en er klonk knarsend staal toen er vanuit de hal een brancard werd binnengereden. Een paar mannen tilden mijn man op, wiens armen aan weerszijden van zijn lichaam bungelden. Ik begon te snikken. De hotelmedewerkers stapten de gang in om ruimte te maken, en zelfs zij zagen er bang uit. De vrouw in het marineblauwe pakje trilde een beetje toen ze nerveus haar uniform rechttrok. Er daalde een zwijgende ernst over de kamer neer toen de capabele, ervaren ambulancebroeders James vlug op de brancard legden en hem de badkamer uit reden.

In een flink tempo duwden ze de brancard naar de liften in de gang. Binnen een paar tellen was de kamer leeg, op mij en één ambulancebroeder na, die daarnet bij het raam aan de andere kant van de kamer nog een telefoongesprek had gevoerd. Nu knielde hij op de vloer bij de tafel en ritste hij de voorzak van een grote canvas tas open.

'Mag ik met hem mee in de ambulance?' vroeg ik door mijn tranen heen. Ik was al onderweg naar de deur.

'Ja mevrouw, u kunt met ons mee.' Dat troostte me enigszins, al schrok ik wel van zijn koele toon en leek hij me niet aan te willen kijken. Het volgende moment stokte de adem me in de keel. Naast zijn tas zag ik mijn notitieboek, dat was opengevallen op een bladzijde met mijn aantekeningen van eerder die ochtend. 'Dit neem ik mee,' zei hij, mijn notitieboek oppakkend. 'In het ziekenhuis worden we opgewacht door twee agenten. Zij willen graag een paar zaken met u bespreken.'

'A-Agenten?' stotterde ik. 'Ik begrijp het niet...'

De ambulancebroeder keek me strak aan. Met een kalme handbeweging wees hij op mijn handschrift boven aan de bladzijde:

Benodigde hoeveelheden van niet-giftige stoffen om iemand te doden.

Hoofdstuk 25

ELIZA

11 februari 1791

Het was de bedoeling geweest dat Nella pas na een uur zou terugkomen, en ik was ontzet dat ze nog niet eens een halfuur was weggebleven. Ik had genoeg tijd gehad om de ingrediënten voor de 'tinctuur om tegenslagen terug te draaien' te verzamelen en te vermengen, maar niet genoeg tijd om mijn rommel op te ruimen en de fiolen weer op de planken te zetten.

Toen ze binnenkwam, trof ze me aan met vuile handen en twee soorten warme kruidenthee, die ik slechts had gemaakt als dekmantel, precies zoals ze me had geleerd: iets wat ik haar kon laten zien voor het geval ze te vroeg terugkwam. Ik wilde namelijk voor haar verbergen dat ik haar fiolen had gebruikt om magie uit te proberen. De warme kruidenthee was bedoeld om haar te misleiden, en daardoor voelde ik me een beetje een Frederick, die achter Nella's rug om eveneens tincturen had samengesteld. Hij had ze echter gemaakt om ze tegen haar te gebruiken, terwijl ik niet wilde dat haar iets overkwam.

Nella leek ergens over te piekeren, en ondanks de rommel die ze aantrof, was ze niet zo boos op me als ik had verwacht. Buiten adem zei ze dat ik meteen weg moest, en ze smeekte me terug te gaan naar het huis van Mrs Amwell.

Dat was niet erg. Mijn werk was bijna helemaal af. Vlak voordat ze was binnengekomen, had ik mijn zojuist gebrouwde drankje in twee fiolen gegoten, die ik had gevonden bij de andere lege flesjes en potjes op het werkblad dat ze het meest gebruikte. Het leek me verstandig om twee fiolen klaar te maken voor het geval er een uit mijn handen glipte en kapotviel. De fiolen waren maar een centimeter of tien hoog en zagen er precies hetzelfde uit, op hun kleur na. De ene had de bleke, doorschijnend blauwe tint van zacht daglicht en de andere was rooskleurig pastelroze.

Voor de zekerheid had ik ze wel twee of drie keer gecontroleerd: er stonden alleen afbeeldingen van beren op gegraveerd, geen woorden. De fiolen waren nu weggestopt in mijn jurk en lagen tegen mijn borst.

Nella leek opgelucht te zijn dat ik aan haar wensen gehoor wilde geven en bereid was weg te gaan. Ik was echter niet van plan om rechtstreeks naar het huis van Mrs Amwell te gaan, zoals zij dacht. Volgens het magieboek moest de tinctuur zesenzestig minuten trekken, en ik had mijn werk nog maar vier minuten geleden beëindigd, precies om één uur. Daarom kon ik niet naar het huis van Mrs Amwell. Nog niet.

Ik bood aan om al mijn rommel op te ruimen, maar ze schudde haar hoofd en zei dat dat in de huidige situatie geen zin had. Ik wist niet precies wat ze bedoelde, maar ik legde mijn hand op mijn borst, waar de fiolen veilig waren weggestopt. Ik hoopte dat alles snel weer normaal zou worden. Over een paar weken kwam mijn meesteres terug uit Norwich, en dan konden we samen weer lange, aangename dagen in haar zitkamer doorbrengen, bevrijd van Mr Amwell – in welke vorm dan ook.

En dus namen Nella en ik voor de tweede keer in twee dagen afscheid. Ik was ervan overtuigd dat ik haar na vandaag nooit meer zou zien. Ze stelde mijn aanwezigheid in de apotheek niet op prijs, en of de magische tinctuur nu werkte of niet, het zou onverstandig zijn om terug te keren. Ondanks dit afscheid van mijn nieuwe vriendin voelde mijn hart niet bezwaard – de fiolen voelden koel aan op mijn huid en leken volop nieuwe mogelijkheden te bevatten. Ik huilde niet en was niet zo verdrietig als de vorige keer. Zelfs Nella maakte een afwezige indruk, alsof haar hart nu minder pijn deed.

Toen we elkaar voor de laatste keer omhelsden, keek ik op de klok achter haar. Er waren acht minuten verstreken. Ik stopte Tom Peppers magieboek in een binnenzak van mijn jurk. Ook al had ik de tinctuur bereid en had ik het boek niet meer nodig, ik kon geen afstand doen van zijn geschenk. En ik was van plan om binnenkort terug te gaan naar zijn winkel. Misschien konden we het boek openslaan en samen een paar andere bezweringen proberen. Bij die gedachte voelde ik mijn vingertoppen tintelen.

Ook al kon ik het eerste uur nog niet terug naar Mrs Amwells huis, ik liep in westelijke richting, omdat de weg naar haar huis me in de buurt bracht van een andere plek waar ik benieuwd naar was: het huis van Lord en Lady Clarence. Ik voelde er weinig voor om het dienstje bij Lady Clarence aan te nemen, maar mijn nieuwsgierigheid werd geprikkeld door de mij onbekende plek waar Lord Clarence was overleden. Ik liep in de richting van de adembenemende koepel van St. Paul's en sloeg uiteindelijk af naar Carter Lane, omdat Lady Clarence had gezegd dat ze daar woonde.

Voor me lag een rij van een stuk of vijf huizen, die er allemaal hetzelfde uitzagen. Op een willekeurige dag zou ik geen idee hebben gehad waar Lord en Lady Clarence woonden, maar vandaag was het me meteen duidelijk: bij het huis aan het uiteinde van de straat wemelde het van de mensen, alsof het een honingpot vol bijen was, en het gonsde er van de verontrust klinkende gesprekken. Intuïtief wist ik dat dit het huis van Lady Clarence moest zijn – en dat er iets heel erg mis was. Ik verstijfde en durfde nauwelijks dichterbij te komen.

Vanachter een struik bekeek ik het tafereel. Er liepen zeker twintig mensen rond, voor de helft gerechtsdienaren in donkerblauwe pandjesjassen. Lady Clarence was nergens te bekennen. Ik schudde mijn hoofd, want ik begreep de reden voor al die commotie niet. Gisteravond had ik het potje gezien dat Lady Clarence had teruggebracht naar Nella. Niets in haar houding wees op een crisis, en haar grootste zorg op dat moment was dat haar kamenier plotseling was vertrokken. Als ze van een misdaad werd verdacht, zou ze dat gisteravond hebben gezegd. Was er misschien nog iets in het huis gebeurd?

Mijn zelfvertrouwen groeide, en opeens kreeg ik een idee: ik zou naar het huis gaan en net doen of ik interesse had in het dienstje bij Lady Clarence. Misschien kwam ik er dan wel achter waarom er zoveel bezoekers en gerechtsdienaren voor de deur stonden. Ik kwam achter de struik vandaan en liep achteloos naar de voordeur, alsof ik niet wist dat daarachter een man was gestorven, een slachtoffer van een vergif dat ik met mijn eigen handen had bereid.

Bij de ingang van het huis stonden een paar mannen. Toen ik de trap naar de voordeur naderde, ving ik flarden op van hun gejaagde, gedempte gesprek.

'Hij is in de zitkamer – meteen gekomen...'

'...net zo'n afbeelding op zijn fiool als op de wasafdruk van de kamenier, precies dezelfde tekening...'

Opeens werd mijn huid vochtig van het zweet, en een van de fiolen gleed dieper weg in mijn jurk. Langzaam liep ik de traptreden op, denkend aan mijn smoes om binnen te komen. Ongeacht wat ik hoorde of zag, ik moest mijn aandacht bij mijn taak houden. Ik naderde de voordeur, maar niemand lette op mij. De mannen bleven gewoon doorpraten.

'...andere sterfgevallen gerapporteerd die er erg op leken...'

'...wellicht seriemoordenaar...'

Struikelend over mijn eigen voeten viel ik naar voren. Uit het niets vingen twee armen me op, en een gerechtsdienaar met een litteken op zijn linkerwang zette me weer rechtop.

'Lady Clarence,' bracht ik ademloos uit. 'Ik wil haar graag spreken.'

Hij fronste. 'Waarom?'

Ik zweeg even. Mijn hersenen waren een rommelige kluwen van kruiden en namen en data, als een bladzijde uit Nella's register. Seriemoordenaar. Het woord weergalmde door mijn hoofd alsof iemand het achter mijn rug fluisterde. Achter mijn ogen flitste een fel licht en ik was bang dat ik op de grond zou vallen, maar de man bleef me vasthouden. 'K-Kamenier,' hakkelde ik. 'Ik kom praten over een dienstje als kamenier.'

Nog altijd fronsend hield de man zijn hoofd schuin. 'De kamenier is gisteren pas vertrokken. Heeft Lady Clarence nu al een vacature voor een opvolgster geplaatst?' Hij keek over zijn schouder, alsof hij het rechtstreeks aan de vrouw des huizes wilde vragen. 'Loop maar mee,' zei hij. 'Ze is in de salon.'

Samen liepen we naar binnen. De geüniformeerde man leidde me door de overvolle hal, die naar zweet en zure adem rook. Enkele van zijn collega's stonden in een kring en bespraken zo te zien een tekening in een krant, maar ik kon niet zien wat de afbeelding voorstelde. Boven een geverniste zwart-gouden wandtafel reflecteerde een enorme spiegel de ontzetting in mijn ogen. Ik wendde mijn blik af. Ik wilde dolgraag ontsnappen aan dit huis vol boze mannen met rode gezichten. Het was onverstandig geweest om te komen.

Lady Clarence zat met een paar gerechtsdienaren in de salon. Zodra ze me herkende, stond ze op en haalde ze diep en opgelucht adem. 'O, hemeltjelief,' zei ze. 'Kom je voor de betrekking als kamenier? Kom maar mee, dan bespreken we...'

Een van de mannen stak zijn hand op. 'Lady Clarence, we zijn nog niet klaar.'

'Ik heb maar een paar minuten nodig met het kind.' Ze gaf hem geen gelegenheid meer om iets te zeggen, maar sloeg haar arm om me heen en leidde me haastig de kamer uit. Haar huid was klam en plakkerig, en op haar voorhoofd parelde zweet. Vlug nam ze me mee naar een van de kamers op de eerste verdieping. Het was een onberispelijk ingericht vertrek, met een keurig opgemaakt hemelbed dat eruitzag alsof het nooit werd gebruikt. Een onlangs geboende kast reflecteerde het crèmekleurige licht dat naar binnen scheen.

'De zaken staan er niet goed voor, Eliza,' fluisterde ze nadat ze de deur had dichtgedaan. 'Je moet onmiddellijk teruggaan naar Nella en zeggen dat ze moet vertrekken. Jullie allebei, zo snel mogelijk, want ze wordt gearresteerd en opgehangen. Jij misschien ook wel. Ze zullen je niet sparen vanwege je jeugdige leeftijd. O, wat is dit allemaal vreselijk.'

'Ik begrijp het niet.' Mijn lippen trilden, de woorden rolden als vanzelf naar buiten. 'U hebt het potje teruggebracht en zei dat alles in orde was...'

‘Ja, maar gisteravond is alles in duigen gevallen! Toen mijn kamenier vertrok, wist ik niet dat ze eerst alles aan de autoriteiten had verteld. Ze zei dat ik haar instructies had gegeven om de inhoud van het potje in het glas te doen, en ze gaf de gerechtsdienaren een wasafdruk van het potje waarop het beertje en een deel van het adres zichtbaar zijn. Het adres is goddank nog niet achterhaald, maar ik vrees dat dat slechts een kwestie van tijd is. Het heeft weinig zin gehad dat ik het potje aan Nella heb teruggegeven, want mijn kamenier had er dus al een afdruk van gemaakt. Wat een vreselijke meid, en wat laf van haar! Als ze slim was geweest, had ze het potje gestolen om het aan de autoriteiten te geven, maar ik denk dat ze bang was dat er iemand binnenkwam en zou zien dat ze het in haar jurk stopte.’

Lady Clarence ging op het bed zitten en streek haar rokken glad. ‘De afbeelding is vannacht in een extra nieuwsbericht afgedrukt en vanochtend aan de kranten toegevoegd. Al heel gauw meldde zich een heer die aan St. James’s Square woont en die een paar weken geleden onverwachts zijn volwassen zoon verloor – aan vlektyfus, dachten ze. Onder het bed waarin de zoon was gestorven, vond de vader een fiool. Dat vond hij niet verdacht, totdat hij de afbeelding in de krant zag. Er stond precies zo’n beer op de fiool die hij had gevonden!’

Lady Clarence zweeg even om adem te halen en keek hulpeloos naar het raam. ‘Goddank stond er geen adres op zijn fiool. Dit is zo’n beetje alles wat ik weet, Eliza, maar ik heb de gerechtsdienaren horen fluisteren dat zich nog meer mensen met soortgelijke verhalen hebben gemeld. Allemaal hadden ze potjes of flesjes gevonden met die tekening van die beer erop, en allemaal hadden ze onverwachts iemand in hun naaste omgeving verloren. Wie weet hoeveel mensen er nog zullen volgen! Nu wordt er dus gesproken over een seriemoordenaar, en ze hebben haast om het onleesbare adres te achterhalen. Ze hebben een paar van de letters ontcijferd, dus het is slechts een kwestie van tijd voordat ze de kaartenmakers bijeenroepen en alle straten nagaan.’

Ze streek over de bovenkant van de ladekast naast ons, die smetteloos was geweest voordat haar vingerafdrukken er een vettig spoor op achterlieten. ‘Dit is natuurlijk van het grootste belang voor mij,’ zei ze, terwijl ze nog zachter ging praten. 'Gisteravond laat confronteerden de gerechtsdienaren me met de bewering van mijn kamenier dat ik mijn man had vermoord. Dat heb ik ontkend – wat kon ik anders doen? Dus nu is het onleesbare adres nog belangrijker geworden voor de autoriteiten. Ze willen degene spreken die het potje heeft verkocht, want dan kunnen ze vaststellen wie de klant was. En ik ben zo blij dat jij er bent, want hoe kan ik nu aan al die bemoeizuchtige ogen ontsnappen om Nella hierover te vertellen? Zou ze mijn naam verraden? Ga alsjeblieft snel naar haar toe en zeg dat ze dat niet moet doen! Zeg dat ze ogenblikkelijk moet vertrekken, want anders vinden ze haar en halen ze desnoods allerlei kunstgrepen uit om te zorgen dat ze haar geheimen prijsgeeft.'

Lady Clarence sloeg huiverend haar armen om haar bovenlichaam. 'En dan te bedenken dat ik haar wilde aangeven toen ze het poeder in het vuur gooide! Mijn hemel, wat heeft het lot zich tegen mij gekeerd. Ga vlug, want anders hebben we vóór het einde van de dag allemaal een strop om onze hals.'

Verdere vragen had ik niet. Ik hoefde niets meer te weten over de man in de zitkamer met zijn soortgelijke fiool. Ik wilde niet weten waar de bedrieglijke kamenier naartoe was gevlucht, en ook niet of die arme Lord Clarence eigenlijk al begraven was. Ik wist nu alles wat ik moest weten: inmiddels was de ziel van Mr Amwell niet meer het enige wat jacht op me maakte. De schaduw van mijn vergissing, die een paar uur geleden nog verdwenen leek te zijn, was nu dubbel zo groot teruggekeerd. Ik moest vlug terug naar Nella. Alleen…

'Hoe laat is het?' vroeg ik. De 'tinctuur om tegenslag terug te draaien' was nu belangrijker dan ooit. Niets anders kon Nella en mij uit deze penibele situatie redden.

Lady Clarence keek me verbaasd aan. 'In de gang is een klok,' zei ze. Maar toen we de kamer uit liepen, zuchtte ik van frustratie. Volgens de klok was het nog niet eens halftwee. Er waren pas achtentwintig minuten verstreken sinds ik de kurken op de fiolen had gedaan.

Ik rende naar buiten en baande me een weg door de vele geüniformeerde mannen in de hal. Een paar van hen keken me na, en ik hoorde Lady

Clarence zeggen dat ze me de betrekking niet had gegeven. Pas toen ik op Dean's Court kwam, durfde ik om te kijken. Het was een enorme opluchting om te zien dat ik niet werd gevolgd. Voor de zekerheid nam ik een ingewikkelde, omtrekkende route terug naar de apotheek. Toen ik op Back Alley 3 kwam, duwde ik de deur van de voorraadkamer open. Ik was niet eens zo beleefd om op de geheime kastenwand te kloppen. In plaats daarvan zocht ik naar het verborgen hendeltje en liet ik de deur open glijden.

Nella stond bij de tafel. Het register, dat vóór haar op het tafelblad lag, was ergens in het midden opengeslagen. Ze stond voorovergebogen, alsof ze een van haar aantekeningen van lang geleden wilde lezen. Bij mijn abrupte binnenkomst keek ze op.

'Nella, we moeten weg,' riep ik. 'Er is iets vreselijks gebeurd. De kamenier van Lady Clarence heeft de autoriteiten verteld dat...'

'Je hebt de krant gezien,' onderbrak Nella me. Ze was zo moeilijk verstaanbaar dat ik me afvroeg of ze misschien een zware dosis laudanum had genomen. 'De kamenier heeft de gerechtsdienaren een wasafdruk gegeven, ik weet het.'

Verbijsterd staarde ik haar aan. Wist ze het al? Waarom was ze dan nog niet weg?

Ik keek naar de klok bij de deur. Er waren zevenendertig minuten verstreken. Haastig liep ik naar de plank boven de tafel. Ik wist inmiddels precies wat daarop stond, en ik pakte de pot met traanvormige, uitgeharde druppels wierookhars. Ik had een keer gezien dat Nella die had ingenomen nadat ze over haar opgezwollen vingers had gewreven.

'Dat is nog niet alles,' zei ik. 'Neem een paar van deze druppels terwijl ik het je vertel.' Ik legde uit dat ik naar het huis van Lady Clarence was gegaan en alles van de vrouw des huizes zelf had gehoord. Nadat de kranten waren uitgekomen, hadden zich een paar mensen gemeld met fiolen waarop dezelfde beer stond gegraveerd. Alle fiolen waren een paar dagen of weken na een voortijdig sterfgeval gevonden, en nu gingen de autoriteiten ervan uit dat de flesjes verband hielden met een seriemoordenaar.

'Dat had ik nog niet gehoord,' zei Nella met een kalme blik. Was ze gek geworden? Begreep ze niet dat ze haast moest maken en wat dit alles betekende? Een paar minuten geleden had ze nog tegen míj gezegd dat ik moest opschieten. Waarom deed ze dat nu zelf niet?

'Nella, luister naar me,' smeekte ik. 'Je kunt hier niet blijven. Denk eens terug aan die avond dat je me hielp met de kevers. Op de een of andere manier wist je al je krachten bijeen te rapen. Doe dat nu ook, alsjeblieft!' Opeens kreeg ik een idee. 'We kunnen naar het huis van Mrs Amwell gaan tot we besluiten hoe het verder moet. Dat is de perfecte plek. Daar valt niemand ons lastig.' Als Nella bij me was, durfde ik wel in het huis af te wachten tot de tinctuur helemaal klaar was. De ziel van Mr Amwell zou me toch geen kwaad doen als zij bij me was?

'Rustig, kind,' zei Nella, die een handvol wierookharspillen in haar mond stopte. 'Ik ben niet van plan om hier te blijven.' Ze schoof de pot met wierookhars opzij. 'Ik weet waar ik naartoe ga, en ik stond op het punt om te vertrekken. Maar je mag niet met me mee. Ik ga alleen.'

Wilde ze misschien horen dat ik het daarmee eens was? Die bevestiging wilde ik haar wel geven. Ik glimlachte naar haar en hielp haar in haar jas. Ondertussen dacht ik terug aan mijn eerste bezoek aan de apotheek. Dat was nog maar een week geleden, maar sindsdien was er veel gebeurd – alleen maar nare dingen, helaas. Ik herinnerde me dat ik tegenover haar aan de tafel had gezeten en bang was geweest om de warme valeriaanthee te drinken. Toen leefden Mr Amwell en Lord Clarence nog, zich beiden onbewust van de plannen die voor hen waren gesmeed. Ik herinnerde me ook mijn tweede bezoek, toen ik blij was geweest met het succes van de giftige eieren, maar werd geplaagd door een nieuwe angst. Die keer had ik krom gelopen van de pijn in mijn bloedende buik.

Opeens schoot me nog een herinnering te binnen. 'Nella, toen we de kevers hadden verzameld en je me vertelde over Frederick, zei je dat je hier misschien lang geleden mee was gestopt als je weer had gebloed.'

Nella keek abrupt de andere kant op, alsof mijn vraag een klap in haar gezicht was. 'Ja,' zei ze met samengeklemde kaken. 'Misschien was ik dan wel gestopt. Maar jij bent te jong om te begrijpen wat ik bedoelde, dus vergeet maar dat ik dat heb gezegd.'

'Wanneer ben ik oud genoeg om het te begrijpen?'

‘Er staat geen vaste leeftijd voor,’ zei ze, de knopen van haar jas controlerend. ‘Als je baarmoeder klaar is om een kind te dragen, begin je elke maand een keer te bloeden. Het is een cyclus, net zoals de maan haar route langs de hemel maakt. En het is een overgang, meisje. Van kind naar vrouw.’

Ik fronste. Zoals de maan haar route langs de hemel maakt. Zoiets had Mrs Amwell toch ook gezegd op de avond dat ik begon te bloeden – de avond dat we haar man hadden gedood? ‘Hoelang duurt het bloeden?’ vroeg ik.

Met vernauwde ogen keek Nella me bevreemd aan, alsof ze me opeens met heel andere ogen ging bekijken. ‘Drie of vier dagen, soms langer.’ Ze ging zachter praten. ‘Heeft je moeder je daar nooit iets over verteld? Mrs Amwell ook niet?’

Ik schudde mijn hoofd.

‘Bloed je nu, meisje?’ vroeg ze.

‘Nee, maar een paar dagen geleden wel,’ antwoordde ik, opeens gegeneerd. ‘Het deed echt veel pijn – mijn buik voelde opgezwollen aan en ik had kramp.’

‘Was het de eerste keer?’

Ik knikte. ‘Het gebeurde direct na Mr Amwells dood. Ik was bang dat hij het me aandeed…’

Nella hief haar hand op en glimlachte warm naar me. ‘Puur toeval, kind. Je bent gezegend, gezegender dan ik. Had het me maar eerder verteld, dan had ik iets kunnen klaarmaken tegen de kramp.’

Ik wenste ook dat ik het haar eerder had verteld. Voor het eerst sinds de dood van Mr Amwell durfde ik met de gedachte te spelen dat het bloeden misschien niet kwam doordat zijn kwaadaardige ziel bezit van me had genomen. Zou het simpelweg de maandelijkse bloeding zijn geweest waarover Nella het net had gehad? Een overgang van kind naar vrouw? Ik had mezelf nooit beschouwd als een vrouw, alleen maar als een kind, een meisje.

Ik wilde er graag langer over nadenken, maar daar hadden we nu geen tijd voor. We hadden allang weg moeten zijn.

Nella's register lag nog open op de tafel en ik keek ernaar. Ze had het boek geopend bij het jaar 1770, meer dan twintig jaar geleden. De bladzijde was erg beschadigd; op de zijkant zat een donkerrode veeg die op een wijnvlek leek.

Waarom had Nella deze oude aantekening opengeslagen? Misschien wilde ze terugbladeren door de bladzijden van haar leven – een herinnering aan vroeger, voordat alles begon. Toen deze bladzijde werd beschreven, had Nella nog geen littekens op haar hart gehad. Haar gewrichten waren nog niet stijf en gezwollen geweest. Het moederschap en haar eigen moeder waren haar nog niet afgepakt. Misschien was ze teruggegaan naar die aantekening omdat ze daaraan terug wilde denken: het eerzame werk dat ze ooit had gedaan, het soort apotheek dat ze kon hebben gehad, de deugdzame vrouw die haar moeder van haar had willen maken.

Alles was verworpen in de bittere nasleep van Fredericks verraad.

Nella zag me kijken. Ze sloeg het boek met een harde klap dicht en leidde me naar buiten, waar we ieder onze eigen weg zouden gaan.

Hoofdstuk 26

CAROLINE

Huidige tijd, woensdag

In een sjofele, raamloze kamer op de derde verdieping van St. Bartholomew's Hospital zat ik tegenover twee politiemannen, met mijn notitieboek tussen ons in. De benauwde kamer was doortrokken van een misselijkmakende geur – ontsmettingsmiddel en vloerreiniger – en boven ons zoemde een flikkerende tl-balk.

De politieman die de leiding had, draaide mijn notitieboek naar zich toe en tikte met zijn vinger op de bezwarende woorden: 'Benodigde hoeveelheden van niet-giftige stoffen om iemand te doden.' Ik zette me schrap, bang voor wat hij nog meer zou zien tussen mijn haastig gemaakte aantekeningen. Er stond nota bene een sterretje bij het woord arsenicum.

Ik wilde dolgraag op zoek naar James, die met grote snelheid door de lange gang naar de intensive care was gebracht. Mijn intuïtie vertelde me echter dat het niet verstandig was om hem te gaan zoeken; de ongeschoren politieman tegenover me zou me in de boeien slaan voordat ik op de gang was. Weglopen was geen optie.

Opeens had ik heel veel uit te leggen.

Ik hield mijn adem in en bad dat de politieman de rest van de bladzijde niet las, want hoe kon ik hem de waarheid uitleggen? Waar moest ik in vredesnaam beginnen? Moest ik zeggen dat mijn ontrouwe echtgenoot onverwachts naar Londen was gekomen, of dat ik in de apotheek van een seriemoordenares had ingebroken? Moest ik uitleggen waarom ik überhaupt eucalyptusolie in mijn toilettas had? Elk scenario zette me in een kwaad daglicht; elke uitleg leek te ongeloofwaardig of te toevallig te zijn.

Ik was bang dat mijn verslag van alle gebeurtenissen meer kwaad dan goed zou doen. Ik was een emotioneel wrak, niet in staat om heldere gedachten te vormen, laat staan een coherente zin te formuleren. Maar de tijd drong, gezien de kritieke toestand van James toen hij werd weggereden. Ik moest een uitweg vinden, en een beetje vlug ook.

Terwijl de tweede politieman zich verontschuldigde om buiten de kamer zijn telefoon op te nemen, schraapte de eerste zijn keel. 'Ms Parcewell, wilt u misschien uitleggen wat er in dit notitieboek staat?'

Ik dwong mezelf mijn aandacht erbij te houden. 'Die aantekeningen houden verband met een project. Historisch onderzoek,' hield ik vol. 'Verder niets.'

'Onderzoek?' Hij deed geen moeite om zijn sceptische blik te verbergen, maar leunde achterover op zijn stoel en spreidde zijn benen. Ik onderdrukte de opkomende neiging om te braken.

'Over een onopgelost mysterie, ja.' Dat was in elk geval waar. Het drong tot me door dat ik hem misschien niet de hele waarheid hoefde te vertellen – misschien was een deel van de waarheid genoeg om me uit de problemen te helpen. 'Ik studeer geschiedenis. Ik ben twee keer naar de British Library geweest om onderzoek te doen naar een apothekeres die een paar honderd jaar geleden mensen vermoordde. Het notitieboek bevat aantekeningen over haar vergiffen, dat is alles.'

'Hm,' zei hij peinzend, zijn benen over elkaar slaand. 'Dat verhaal lijkt wel heel mooi te passen.'

Dat was precies wat mij zorgen baarde. Ik staarde hem onthutst aan en vocht tegen de wanhopige drang om mijn handen in de lucht te gooien en te zeggen: 'Oké, klootzak, kom maar eens mee, dan zal ik je een paar dingen laten zien.' Hij haalde een notitieboek en een potlood uit zijn zak en begon wat woorden op te schrijven, waarvan hij sommige ruw en dik onderstreepte. 'En wanneer bent u aan dat onderzoek begonnen?' vroeg hij, me niet aankijkend.

'Pas een paar dagen geleden.'

'En waar komt u vandaan?'

'Verenigde Staten, Ohio.'

'Hebt u weleens met een tenlastelegging te maken gehad?'

Ik spreidde ongelovig mijn handen. 'Nee, nooit. Niets.' Mijn nek begon te kriebelen. Nog niet in elk geval.

Op dat moment kwam de tweede politieman terug de kamer in. Hij leunde tegen de wand en tikte met zijn hoge schoenen op de vloer. 'We hebben begrepen dat u en uw man wat eh... huwelijksproblemen hebben.'

Mijn mond viel open. 'Van wie...' Ik ging rustiger praten – hoe defensiever ik klonk, hoe erger ik het maakte. 'Van wie hebt u dat gehoord?'

'Uw man is af en toe bij bewustzijn. De dienstdoende verpleegkundige...'

'Dus het gaat weer beter met hem?' Ik moest me inhouden om niet op te springen en naar de deur te rennen.

De politieman begon gewoon opnieuw aan zijn zin. 'De dienstdoende verpleegkundige stelt hem momenteel nog een aantal vragen. Ondertussen leggen ze hem aan een infuus.'

Mijn wangen begonnen te gloeien. Had James de verpleegkundige verteld dat we huwelijksproblemen hadden? Wilde hij soms dat ik gearresteerd werd?

Niet op de zaken vooruitlopen, zei ik tegen mezelf. Voor zover ik wist, was James zich niet bewust van de netelige situatie waarin ik me bevond. Tenzij de politie hem had verteld dat ik ondervraagd werd, kon hij niets weten van de vreselijke wending in deze zaak waardoor ik nu tegenover deze mannen zat.

De eerste politieman tikte met zijn potlood op de tafel en wachtte of ik de bewering van James zou ontkennen. Ik speelde met de gedachte om dat inderdaad te doen. Om mijn eigen straatje schoon te vegen, kon ik zeggen dat James had gelogen over onze huwelijkscrisis. Of maakte ik het juist erger als ik zei dat James een leugenaar was? De politie was eerder bereid de patiënt op de intensive care te geloven dan de kerngezonde echtgenote met het verdachte notitieboek. Als James zei dat we huwelijksproblemen hadden, kon ik dat dus niet ontkennen. De realiteit van de situatie verhardde zich als gevangenistralies om me heen. Misschien werd het tijd om aan een advocaat te gaan denken.

'Ja,' erkende ik, bereid om mijn enige verweer in te zetten: de ontrouw van James. Het was pech voor hem dat ik zijn misstap tegen hem wilde gebruiken, net nu ik begon te verwerken wat er allemaal was gebeurd. 'Ik ben er vorige week achter gekomen dat hij…' Ik brak mijn zin af. Het had geen zin om tegen deze twee mannen te zeggen dat James me had bedrogen. Daardoor zouden ze geen partij voor mij trekken, daar was ik van overtuigd. Ze zouden alleen maar denken dat ik wraakzuchtig was, en misschien wel labiel.

'James en ik hebben vorige week gemerkt dat we wat problemen moeten oplossen. Ik kwam naar Londen om er een paar dagen tussenuit te zijn. Het was de bedoeling dat ik hier alleen zou zijn. Vraag het maar na in mijn hotel. Ik heb in mijn eentje ingecheckt.' Ik ging rechtop zitten en keek de tweede politieman aan. 'James kwam onverwachts naar Londen. Hij vertelde het me pas toen hij al onderweg was. Vraag het maar aan de verpleegkundige. James kan dit niet ontkennen.'

De politiemannen keken elkaar behoedzaam aan.

'Ik stel voor dat we dit gesprek op het bureau afronden,' zei de man tegenover me, kijkend naar de deur. 'Ik heb het gevoel dat u iets voor ons verzwijgt. Misschien heeft onze brigadier meer succes.'

Mijn maag verkrampte en ik kreeg een zure smaak in mijn mond. 'Sta ik…' Ik zweeg even en hapte naar adem. 'Sta ik nu onder arrest?' Mijn ogen zochten hulpeloos naar een prullenbak voor het geval ik moest overgeven.

De tweede politieman legde zijn hand op zijn heup, vlak bij de bungelende handboeien. 'Uw echtgenoot – met wie u huwelijksproblemen hebt – vecht verderop in de gang voor zijn leven, nadat hij een schadelijke stof heeft binnengekregen die u aan hem hebt gegeven. En in die aantekeningen voor uw "onderzoek", zoals u het noemt, hebt u het over stoffen die "benodigd zijn om iemand te doden".' Hij benadrukte de laatste drie woorden terwijl hij de boeien losmaakte van zijn heup. 'Dat zijn uw woorden, Ms Parcewell, niet de mijne.'

Hoofdstuk 27

NELLA

11 februari 1791

Als ik van plan was geweest om na verloop van tijd in mijn apotheek terug te komen, zou ik de kasten hebben opengemaakt – te beginnen met die van mijn moeder, tegen de zijwand – en er spullen met sentimentele waarde uit hebben gehaald om ze veilig te bewaren.

De dood was echter permanent. Welke stoffelijke zaken had ik nu nog nodig?

Dat kon ik natuurlijk niet tegen Eliza zeggen. Nadat ze me had geholpen met mijn jas – mijn krachten waren gelukkig even teruggekeerd, dankzij de wierookhars – stonden we samen op de drempel, klaar om weg te gaan, en ik moest haar de indruk geven dat ik hier terug zou komen als de crisis achter de rug was.

Mijn blik viel op de streep die Eliza tijdens haar eerste bezoek in het roet had getekend, en op het schone, onaangetaste steen eronder. Mijn adem stokte. Vanaf het moment dat ze hier was binnengekomen, had dit kind onbewust iets in mij losgemaakt en blootgelegd.

'Wil je helemaal niets meenemen? Je boek?' Ze wees naar het register op het midden van de tafel, het boek dat ik zojuist had dichtgeslagen. Het bevatte de duizenden middelen die ik door de jaren heen had verkocht, variërend van onschadelijke lavendeldrankjes tot dodelijke desserts met arsenicum erin. Maar belangrijker waren de namen van de vrouwen die erin stonden. Als ik het boek op een willekeurige bladzijde opensloeg, herinnerde ik me moeiteloos de opgetekende vrouwen, ongeacht hun kwalen, steenpuisten of daden van verraad.

Het boek was het bewijsmateriaal van mijn levenswerk: de mensen die ik had geholpen en de mensen die ik had geschaad, compleet met de gekozen tinctuur, brijomslag of drank erbij, plus de dosering, de datum en de naam van de persoon aan wie het middel was meegegeven. Het zou verstandig zijn om het boek mee te nemen, want dan zonken de geheimen met mij naar de bodem van de Theems en liepen de woorden uit. De bladzijden van het boek zouden oplossen, en het ware verhaal van deze apotheek zou worden vernietigd. Op die manier kon ik de vrouwen in het boek beschermen.

Maar als ik hen beschermde, wiste ik hun bestaan uit.

Deze vrouwen waren geen koninginnen of belangrijke erfgenamen. Het waren doorsneevrouwen, wier namen niet in met verguldsel opgesierde stambomen voorkwamen. Mijn moeders nalatenschap bestond uit het brouwen van drankjes om kwalen te verlichten, maar was ook een manier om de nagedachtenis aan de vrouwen in het register te bewaren. Dit was het enige, onuitwisbare teken dat ze hadden bestaan.

Nee, ik wilde het register niet meenemen. Ik wilde deze vrouwen niet uitwissen. Ik wilde hen niet in één keer wegvagen, zoals de eerste dosis Spaanse vlieg. De geschiedenis vond deze vrouwen misschien onbetekenend, maar ik niet.

'Nee,' zei ik uiteindelijk. 'Het boek is hier veilig. Ze zullen deze kamer niet vinden, kind. Niemand ontdekt deze apotheek.'

Even later stonden we in de voorraadkamer. De verborgen deur naar mijn apotheek was dicht, het hendeltje zat vast. Ik legde mijn hand op het hoofd van Eliza, wier haar zacht en warm onder mijn vingers was. Ik was dankbaar dat de wierookhars meer had verdoofd dan enkel mijn botten, want mijn innerlijke onrust was ook gezakt. Ik was niet ademloos of wanhopig, en ik zag het stromende water ook niet met angst tegemoet.

Ik vond het wel passend dat ik op de laatste momenten van mijn leven wat steun ondervond van een van de vele fiolen op mijn planken. In zaken van leven en dood had ik op de palliatieve aard van de middelen in die glazen flesjes vertrouwd, en op dit moment had ik meer goede herinneringen dan slechte: meer geboortes dan moorden, meer levensbloed dan sterfte.

Maar de wierookhars was niet het enige wat me op dit beslissende moment troostte: het gezelschap van de kleine Eliza steunde me ook. Ondanks het feit dat haar fout dit alles had veroorzaakt, besloot ik haar niets kwalijk te nemen. In plaats daarvan keek ik enkel met spijt terug op de dag dat Lady Clarence haar brief voor me had achtergelaten. Als zij niet zo bekend was geweest en haar kamenier niet zo geslepen had gehandeld, had ik me nu niet in deze penibele situatie bevonden.

Maar goed, het had geen zin om achterom te kijken. Nu ik met dit moeilijke afscheid geconfronteerd werd en op het punt stond een einde aan mijn leven te maken, waren Eliza's nieuwsgierige geest en jeugdige energie als balsem voor mijn hart. Ik had nooit kennisgemaakt met mijn dochter, maar ik vermoedde dat ze erg zou lijken op het meisje – de jonge vróúw, zoals Eliza me net had verteld – naast me. Ik legde mijn arm om Eliza's schouder heen en trok haar dicht tegen me aan.

Nadat ik een laatste keer over mijn schouder had gekeken, nam ik Eliza mee naar buiten, de steeg in, waar de koude lucht ons omhulde. We begonnen te lopen en ik wees naar de plek waar Bear Alley op de hoofdstraat uitkwam. 'Vanaf dat punt ga jij naar het huis van Mrs Amwell, of waar je dan ook naartoe wilt, en vervolg ik mijn eigen weg.'

In mijn ooghoek zag ik Eliza knikken. Ik ging dichter bij haar lopen, als een laatste, onzichtbare manier om afscheid te nemen.

We hadden echter nog geen twintig stappen gezet toen ik hen zag: drie gerechtsdienaren in donkerblauwe jassen, die met grimmige blikken recht op ons af kwamen. Een van hen had een stok in zijn hand, alsof de schaduwen van de steeg hem angst aanjoegen, en ik zag vaag een litteken op zijn linkerwang.

Eliza moest hen precies op hetzelfde moment hebben gezien, want zonder iets te zeggen of naar elkaar te kijken zetten we het op een lopen. We haalden hijgend in hetzelfde scherpe ritme adem en renden intuïtief naar het zuiden, weg van die mannen, in de richting van de rivier.

Hoofdstuk 28

CAROLINE

Huidige tijd, woensdag

Net toen de politieman de handboeien van zijn riem haalde, ging er ergens in het kamertje een telefoon over. Ik bleef als verstijfd wachten tot een van de mannen zou opnemen, tot de gedesoriënteerde mist in mijn hoofd optrok: het was mijn eigen telefoon.

'Misschien gaat het over James,' zei ik, op mijn tas af duikend. Het interesseerde me niet of de mannen me in de boeien zouden slaan voordat ik de beller te woord kon staan. 'Laat me alsjeblieft opnemen.' Ik hield de telefoon tegen mijn oor en bereidde me voor op het ergste. 'Hallo?'

Aan de andere kant van de lijn klonk een opgewekte, maar wel enigszins bezorgde stem. 'Hoi Caroline, met Gaynor. Ik wilde even vragen hoe het gaat. Alles goed met je man?'

Wat was ze toch een lieverd. En had ze het telefoontje maar niet zo slecht getimed. De politieman die de leiding had, hield me scherp in de gaten en liet zijn voet losjes op zijn knie wippen. 'Hallo, Gaynor,' antwoordde ik stijfjes. 'Het gaat wel. Ik heb…' Ik zweeg even, want ik wist dat er naar elk woord aandachtig werd geluisterd, of misschien werd het zelfs opgenomen. 'Ik heb nu even andere dingen aan mijn hoofd, maar ik beloof je dat ik zo snel mogelijk terugbel.'

Ik keek naar de dichtstbijzijnde politieman, die met de handboeien klaarstond. Mijn blik viel op het pasje aan zijn linkerheup: een bewijs van zijn functie, zijn autoriteit. Opeens, als een vlaag frisse wind door de kamer, drong het tot me door dat Gaynors functie in de bibliotheek weleens in mijn voordeel zou kunnen werken.

'Alhoewel...' Ik drukte de telefoon nog wat dichter tegen mijn oor. 'Misschien kun je me wel ergens mee helpen, Gaynor.'

'Ja hoor, zeg maar wat ik kan doen,' zei ze.

'Ik ben in het St. Bartholomew's,' zei ik, waarop de politiemannen me bevreemd aankeken.

'Het ziekenhuis? Je mankeert toch niets, hoop ik?'

'Nee. Ik ben op de derde verdieping, vlak bij de intensive care. Kun je misschien hierheen komen? Het is een heel lang verhaal, maar ik leg het je uit zodra ik de kans krijg.'

'Oké,' zei ze. 'Ik kom over een paar minuten die kant op.'

Ik liet mijn schouders zakken van opluchting. 'Dat was een collega en vriendin,' zei ik na het gesprek tegen de politie. 'Ze werkt in de British Library en ze helpt me met mijn onderzoek. Of jullie me nu arresteren of niet, ik hoop dat jullie eerst naar haar verhaal willen luisteren.'

De mannen keken elkaar aan. Degene die tegenover me zat, maakte een aantekening in zijn notitieboek. Na een paar minuten keek hij op zijn horloge en trommelde hij met drie vingers op de tafel.

Het was een wanhoopspoging. Gaynor wist niet dat ik in de apotheek had ingebroken, en ook niet dat ik foto's van het register had genomen. Tijdens ons gezamenlijke onderzoek hadden we geen enkele aantekening gemaakt over zaken als opium, tabak of arsenicum. Ik hoopte maar dat de politiemannen haar het notitieboek niet zouden laten zien, maar ik moest het risico nemen. Ik wilde liever alles aan Gaynor opbiechten dan gearresteerd worden voor iets wat ik niet had gedaan.

Uiteindelijk vond een van de politiemannen Gaynor in de wachtkamer. Met een doodsbenauwde blik in haar ogen kwam ze het kamertje in, want ze dacht waarschijnlijk dat de politie was gearriveerd omdat er iets tragisch met James was gebeurd. Het was niet mijn bedoeling geweest om haar zo aan het schrikken te maken, maar we konden nu onmogelijk een gesprek onder vier ogen voeren.

'Hoi,' zei ze zodra ze me zag. 'Wat is er aan de hand? Gaat het goed met je? En met je man?'

'Komt u maar even bij ons zitten,' zei de man die de leiding had.

Hij gebaarde naar een extra stoel. Gaynor liet zich erop zakken en drukte haar tas dicht tegen haar zij. Haar blik viel op mijn notitieboek, maar het lag zo ver van haar af dat het me onwaarschijnlijk leek dat ze erin kon lezen.

'We wilden Ms Parcewell net mee naar het bureau nemen om haar verder te ondervragen,' legde de politieman uit, 'met betrekking tot een schadelijke stof die haar echtgenoot eerder vandaag heeft binnengekregen, en met betrekking tot een paar opmerkelijke aantekeningen in haar notitieboek, die mogelijk met het incident verband houden.'

Ik schudde mijn hoofd en putte moed uit het feit dat Gaynor vlak bij me zat. 'Nee, er is geen verband, zoals ik al zei.'

Gaynor stak haar arm naar me uit, alsof ze mijn hand wilde pakken. Ik wist niet of ze zichzelf of mij gerust wilde stellen.

De politieman leunde in Gaynors richting. Zijn warme, naar tabak ruikende adem dreef over de tafel heen. 'Ms Parcewell zei dat u ons misschien het een en ander kon uitleggen.' In een oogwenk veranderde Gaynors houding. Twee tellen geleden leek ze nog medelijden met me te hebben, maar nu verstrakten haar schouders defensief. 'Klopt het dat u in de British Library werkt?'

Gaynors blik flitste naar mij. 'Wat heeft dit met mijn werk te maken?'

Meteen voelde ik me vreselijk schuldig. Ik had Gaynor gevraagd naar het ziekenhuis te komen omdat ik hulp nodig had. Ik had gehoopt dat ze mij uit de brand kon helpen. Nu besefte ik hoe dwaas dat was geweest; ik had haar bij mijn problemen betrokken. Als Gaynor nu maar niet dacht dat ik haar onder valse voorwendselen hierheen had gelokt... Ze had helemaal niets verkeerds gedaan, en toch zat ze dankzij mij nu naast me in dit kamertje, waar ik door twee politiemensen werd ondervraagd.

Ik haalde diep adem. 'Ze geloven niet dat ik onderzoek heb gedaan naar de apothekeres. Daarom had ik verteld dat jij in de bibliotheek werkt.' Ik keek naar de man tegenover me. 'Ik ben twee keer in de bibliotheek geweest. Ik heb plattegronden bekeken, ik heb online gezocht...' Met opzet sprak ik in het enkelvoud, omdat ik Gaynor hierbuiten wilde houden. Ik wilde zoveel mogelijk afstand bewaren tussen mijn puinhoop en haar.

Ik zuchtte. Een klok aan de muur tikte weer een minuut weg – wéér een minuut waarin ik hier vastzat en verantwoording probeerde af te leggen, terwijl James voor zijn leven vocht. 'Deze heren schijnen te denken dat ik op de een of andere manier iets te maken heb met de ziekte van mijn man,' zei ik tegen Gaynor. 'Hij voelde zich vanochtend door een verkoudheid niet lekker, en ik stelde voor dat hij wat eucalyptusolie zou gebruiken. Die had hij op zijn borst moeten wrijven, op zijn huid, maar hij heeft het spul opgedronken. Helaas is het heel giftig.' Met een bedachtzame blik keek ik naar mijn notitieboek, waarvan ik wenste dat het in het niets zou oplossen. Om talloze redenen wenste ik dat ik de fiool nooit had gevonden en niets over de apothekeres had ontdekt.

Ik legde mijn handen voor me op de tafel, klaar om Gaynor naar de informatie te vragen die ik nodig had. 'Het ambulancepersoneel vond de aantekeningen van mijn onderzoek en belde de politie. Kun jij deze heren alsjeblieft bevestigen dat je in de bibliotheek werkt en dat ik daar twee keer ben geweest om onderzoek te doen naar de apothekeres? Dat dit niet een leugen is die ik ter plekke heb verzonnen?'

Heel even stelde Gaynors reactie me gerust. Aan haar gezicht zag ik dat het kwartje begon te vallen, en dat ze begreep dat dit een vreselijke samenloop van omstandigheden was. Terwijl we allemaal op haar antwoord wachtten, bleef de tl-balk boven ons flikkeren. Misschien zou ze me verdedigen zonder naar de aantekeningen te vragen – zonder überhaupt mijn notitieboek te lezen. Dan hoefde ik niet uit te leggen wat ik voor haar had verzwegen.

Ze haalde adem en deed haar mond open, maar voordat ze iets kon zeggen, legde de politieman tegenover me zijn hand op mijn notitieboek. Tot mijn ontzetting draaide hij het naar haar toe.

Ik had zin om over de tafel heen te duiken, het notitieboek opzij te gooien en hem te wurgen. Hij wist dat Gaynor op het punt stond me te verdedigen. Hij zag het net zo duidelijk als ik, en hij had zijn beste troef tot het laatst bewaard.

Er zat niets anders op dan het onvermijdelijke te accepteren. Ik keek aandachtig toe terwijl Gaynors ogen van links naar rechts over de bladzijden flitsten. Dat was het dan: eindelijk kwam de waarheid aan het licht. Namen van obscure vergiffen, overgeschreven uit het register van de apothekeres, willekeurige data en namen die in de kantlijnen waren gekrabbeld. Naar geen van deze dingen hadden Gaynor en ik in de bibliotheek gezocht, en dan was er natuurlijk nog de bezwarendste regel van allemaal: 'Benodigde hoeveelheden van niet-giftige stoffen om iemand te doden.'

Ik was ervan overtuigd dat dit het einde van onze vriendschap inluidde. Gaynor zou ontkennen dat ze me met deze details van mijn research had geholpen, want dat zou iederéén met een greintje gezond verstand doen. Haar verwarring zou mijn verhaal in de ogen van de politie alleen maar dubieuzer maken, en daardoor kon ik het verder wel vergeten. Roerloos zat ik op mijn stoel, wachtend tot het koude, harde metaal om mijn polsen werd geslagen.

Gaynor haalde diep en beverig adem en keek naar mij, alsof ze me met haar blik iets duidelijk probeerde te maken. Mijn ogen liepen vol tranen, en ik voelde me zo schuldig dat ik bijna wenste dat ze me geboeid zouden afvoeren. Ik wilde dat ellendige kamertje uit, weg van de teleurgestelde blikken van deze mannen en mijn nieuwe vriendin.

Gaynor stak haar hand in haar tas. 'Ja, ik kan al dit onderzoek bevestigen.' Ze pakte haar portemonnee en haalde er een pasje uit. Ze gaf het aan een van de mannen en zei: 'Dit is mijn personeelspas. Ik kan bevestigen dat Caroline de afgelopen dagen twee keer in de bibliotheek is geweest om onderzoek te doen naar de apothekeres. Als u camerabeelden nodig hebt voor uw onderzoek, kan ik die opvragen.'

Ik kon mijn oren niet geloven. Gaynor nam het voor me op, zelfs nu het tot haar moest zijn doorgedrongen dat ik iets voor haar had verzwegen. Ik kon alleen maar naar haar staren en voelde mijn lichaam krachteloos tegen de leuning van mijn stoel zakken. Ik kon haar echter nog steeds niets uitleggen of haar zelfs maar bedanken. Dat zou op zich al verdacht zijn.

De politieman aan de tafel streek met zijn duim over Gaynors personeelspasje, alsof hij de echtheid en de geldigheidsduur wilde controleren. Toen hij overtuigd was, gooide hij het pasje op het tafelblad, waar het nog een paar centimeter doorgleed. In zijn zak begon iets te zoemen, en hij haalde een mobiele telefoon tevoorschijn.

'Ja?' zei hij gespannen met het toestel aan zijn oor. Aan de andere kant van de lijn hoorde ik zacht een vrouwenstem. De blik van de politieman werd harder, en toen hij de verbinding verbrak, zette ik me schrap voor zijn nieuws. 'Mr Parcewell wil u graag zien,' zei hij, opstaand van zijn stoel. 'We brengen u naar zijn kamer.'

'D-Dus het komt weer goed met hem?' hakkelde ik.

Gaynor stak haar arm weer naar me uit en gaf me een kneepje in mijn hand.

'Dat durf ik nog niet te zeggen,' antwoordde de politieman, 'maar hij is in elk geval volledig bij bewustzijn.'

Gaynor bleef in het kamertje achter en de twee mannen namen me mee naar de gang. Een van hen hield zijn hand vlak bij mijn onderrug. Ik verstijfde en zei: 'Ik kan de kamer van James zelf wel vinden, hoor.'

De man grijnsde. 'Geen sprake van. Wij zijn nog niet klaar met u.'

Ik aarzelde. Nu was ik nog steeds bang dat me een arrestatie boven het hoofd hing. Wat had die verpleegkundige aan de telefoon gezegd? Wat het ook was, hij vond het nodig om me te vergezellen.

Lopend door de ziekenhuisgangen, waarin niets anders te horen was dan de stampende schoenen van de politiemannen, zag ik het somber in. We waren bijna bij de kamer van James, en ik wachtte angstig af wat hij wilde zeggen – tegen mij en tegen de politiemensen die me flankeerden.

Hoofdstuk 29

ELIZA

11 februari 1791

Al snel nadat we de steeg uit waren gerend, kreeg ik een branderig gevoel in mijn benen. Op mijn linkervoet ontstond een dikke blaar, die bij elke stap langs de binnenkant van mijn versleten schoen wreef. Ik hapte naar lucht en hield mijn ribbenkast vast, die pijn deed alsof ik met een scherpe ijspriem was gestoken. Alles in mijn lichaam smeekte me om stil te blijven staan.

De gerechtsdienaren liepen nog maar twintig passen achter ons, misschien zelfs minder. Hoe hadden ze ons gevonden? Waren ze me gevolgd vanaf het huis van Lady Clarence, ook al had ik een slingerende, ingewikkelde route genomen? Ze waren maar met hun tweeën; de derde man moest zijn achtergebleven, of misschien kon hij de anderen niet bijhouden. Ze renden achter ons aan alsof zij wolven waren en wij konijnen – hun avondeten.

Waar was de wolfswortel als je hem nodig had?

Maar we bleven hen voor. Wij droegen geen ijzeren ringen op ons uniform en hadden ook geen dikke buiken vol bier. En zelfs in haar verzwakte staat was Nella sneller dan de mannen. Terwijl ze ons achtervolgden, werd de afstand steeds groter: drie, vijf, zes passen.

Met de intuïtie van een opgejaagd beest wenkte ik Nella dat ze me moest volgen toen ik een scherpe bocht naar links maakte, een steegje in. We holden naar het uiteinde – de mannen waren nog niet om de hoek gekomen en zagen niet waar we naartoe waren gegaan – en kwamen uit op een voetgangerspad met kinderkopjes, dat naar een andere steeg leidde. Ik pakte Nella's hand en trok haar mee. Haar gezicht vertrok van pijn, maar ik deed net of ik het niet zag. In mijn doodsbange hart was geen plaats voor medelijden.

Ik wilde dolgraag kijken of de gerechtsdienaren de steeg in waren gekomen en ons op de hielen zaten, maar ik weerstond de drang. Doorlopen, doorlopen. Een stekend gevoel verspreidde zich over mijn sleutelbeen. Zonder vaart te minderen keek ik naar beneden, in de verwachting dat ik een bij of een ander insect zou zien. In plaats daarvan bleek een van de fiolen pijnlijk tegen mijn huid te drukken, alsof ik eraan herinnerd moest worden dat de minuten te langzaam verstreken en de tinctuur nog niet gebruikt kon worden.

In de verte, achter een koetshuis, zag ik een stal: donker, overdekt, met een paar hooistapels die een blok vormden dat twee keer zo groot was als ik. Ik rende er recht op af en spoorde Nella nog steeds aan me te volgen, maar haar grimas vertelde me dat ze echt pijn had. Haar gezicht, dat daarnet nog een kloppende, rode kleur had gehad, was bleek geworden.

We renden het koetshuis voorbij en glipten door een houten hek naar de stallen. In het middelste hok stond een paard, dat bij onze komst nerveus brieste alsof het gevaar rook. We bereikten het hok aan de linkerkant van het gebouw, half verborgen achter het koetshuis.

Daar zakten Nella en ik eindelijk op de grond, die grotendeels bedekt was met restjes los hooi. Het was alsof we weer in Swindon waren, in de stallen waar ik in slaap was gevallen in plaats van mijn werk te doen. Ik ontweek een plek vlak bij het midden waar een paardenhoop lag, maar Nella keek niet eens waar ze ging zitten.

'Gaat het?' vroeg ik, zelf ook wanhopig naar adem happend.

Ze knikte zwakjes.

Ik ging op mijn hurken zitten en zocht een opening in de wand om naar buiten te kunnen kijken. Ik vond een gaatje ter grootte van een penny, zo dicht bij de grond dat ik een stapeltje bevuild hooi opzij moest schoppen en op mijn buik moest gaan liggen. Tot mijn opluchting zag ik niets bijzonders buiten. De buurt werd niet doorzocht door gerechtsdienaren en er waren geen snuffelende honden op zoek naar de geuren van onbekenden. Er was niet eens een staljongen aan het werk.

Ik was echter niet zo naïef om te denken dat we veilig waren, dus ik bleef op de vochtige grond liggen en keek een paar minuten lang regelmatig of er buiten iets bewoog. Ik wisselde het turen af met diep inademen om weer tot rust te komen en kijken naar Nella, die doodstil zat en nog niets tegen me had gezegd sinds we de apotheek hadden verlaten.

Terwijl ik daar lag, kijkend naar haar kalmer wordende ademhaling en de manier waarop ze een weerbarstige krul uit haar gezicht veegde, dacht ik aan het moment dat tot deze situatie had geleid, de nacht waarin we na onze keverjacht in een andere stal hadden geslapen. In die nacht had Nella me heel veel verteld: haar liefde voor Frederick, de manier waarop hij haar had verraden en alles wat had geleid tot een leven als apothekeres die broers, echtgenoten, meesters en zoons vergiftigde.

Toen ik weer naar buiten keek, zag ik iets bewegen. Omdat ik maar een klein kijkgaatje had, probeerde ik de hoek van mijn smalle blikveld te veranderen, maar daar schoot ik weinig mee op. Met bonkend hart wachtte ik af.

'Het kan best zijn dat ze ons alsnog vinden, Eliza,' klonk een schor gefluister achter me. Mijn blik vertrok toen ik hoorde hoezeer Nella zich moest inspannen. 'Als dat gebeurt, moet je zeggen dat je me niet kent. Je moet zeggen dat je nooit in mijn apotheek bent geweest. Begrijp je? Dit is niet jouw probleem. Zeg maar dat ik jou heb bedreigd, dat ik je heb gedwongen deze stal binnen te gaan, en...'

'Sst.' Ik maande haar tot stilte. Lieve hemel, wat zag ze er zwak uit – het effect van de wierookhars nam snel af. En in de verte, bij het koetshuis, had zich een groepje mensen gevormd. Ik kon niet iedereen goed zien, maar een paar jongemannen praatten geanimeerd en gebaarden met hun handen. Ze wezen in de richting van de stal waarin wij nu met ingehouden adem afwachtten. Omdat ik op mijn buik lag, droegen mijn armen het merendeel van mijn gewicht. Ze begonnen te trillen, maar ik kon me niet laten zakken zonder mijn oog van het kijkgaatje af te wenden.

Als de mannen de stallen doorzochten, zouden ze ons binnen een paar tellen vinden. Ik keek naar de achterkant van het gebouw, waar de wanden ongeveer anderhalve meter hoog waren. In geval van nood zou het me wel lukken om eroverheen te klimmen en te ontsnappen. Ik wist niet of het Nella zou lukken, al had ze inmiddels wel weer wat kleur op haar wangen gekregen. Als ik wilde, kon ik nu ontsnappen en voorkomen dat ik samen met haar werd opgepakt. De situatie was echter mijn schuld, en ik moest mijn best doen om mijn fout te herstellen.

'Nella,' fluisterde ik, 'we moeten over de achterwand ontsnappen. Heb je daar genoeg kracht voor?' Ze gaf geen antwoord, maar begon overeind te krabbelen. 'Wacht,' zei ik. 'Laag blijven. Er staan mensen bij het koetshuis.'

Waarschijnlijk had ze me niet gehoord, want ze begon over de wand heen te klimmen. Voordat ik haar kon tegenhouden, hees ze zich eroverheen en liet ze zich aan de andere kant op de grond vallen. Daarna rende ze weg, zo goed en zo kwaad als het ging.

Achter ons hoorde ik een man schreeuwen. Ik werd ontzettend kwaad op Nella, die met haar roekeloosheid de aandacht van het groepje had getrokken. Ik keek niet eens meer om, maar klom moeiteloos over de wand heen en landde op twee voeten. Daarna rende ik achter Nella aan, die me al een paar meter voor was. Ze holde hinkend in zuidelijke richting, over een kort pad tussen twee huizen in. In de verte zag ik de koele, glinsterende, donkere Theems. Ze rende rechtstreeks naar de rivier.

In tegenstelling tot een paar minuten geleden, toen ik haar mee moest trekken, leek Nella nu een hernieuwde kracht te hebben gekregen, een soort oerangst, en nu moest ik achter haar aan. De rivier kwam steeds dichterbij. Toen ze Water Street in rende, kreeg ik de indruk dat ze naar de Blackfriars Bridge wilde.

'Nee!' gilde ik toen ze zich langs de beschaduwde rand van een gebouw haastte. 'Daar lopen we vol in het zicht!' Ik had niet genoeg lucht om mijn logica uit te leggen, maar omdat de mannen ons zo dicht op de hielen zaten, wist ik dat onze kans op ontsnapping het grootst was als we ons verscholen in schaduwen en stegen. Misschien konden we wel ergens naar binnen glippen door een deur die niet op slot was. Londen was groot genoeg om gevluchte misdadigers te helpen, zoals Nella na een leven vol geheimhouding heel goed wist. Opeens kreeg ik kramp in mijn zij. 'Nella,' zei ik, 'het is daar te open, alsof we op een podium staan.'

Ze deed of ze me niet hoorde en holde door naar de Blackfriars Bridge, waar het wemelde van de kinderen, gezinnen en stellen die hand in hand liepen. Had ze haar verstand verloren? De kans was groot dat een doortastende man de gerechtsdienaren achter ons aan zag rennen en hen te hulp schoot door ons met kracht te overmeesteren. Had Nella daar niet aan gedacht? Ze bleef maar rennen en keek niet meer om.

Waar wilde ze naartoe? Wat was ze van plan?

Vlak bij het midden van de brug trok een toren met een klok mijn aandacht. Ik kneep met mijn ogen en tuurde naar het puntje van de kleine wijzer. Het was tien over twee. Zeventig minuten! Er was genoeg tijd verstreken; de tinctuur was klaar.

Toen ik over mijn schouder keek, zag ik dat de mannen ons tot op de brug waren gevolgd. Ik stak mijn hand in het lijfje van mijn jurk en pakte de twee gladde fiolen van mijn borst. Ik had er twee klaargemaakt voor het geval er eentje uit mijn jurk viel, maar ik besefte dat die beslissing ook om een andere reden verstandig was geweest: Nella en ik bevonden ons beiden in een hopeloze situatie.

Omdat ik de eerste fiool heel voorzichtig uit mijn jurk wilde halen, zag ik niet dat Nella op het midden van de brug tot stilstand was gekomen. Haar borstkas zwoegde en haar handen lagen op de leuning. Ik remde af, want ik was bijna bij haar. Tientallen mensen in zwarte en grijze kleding liepen nietsvermoedend om ons heen.

Nog even, dan werden we gevangengenomen. Ik schatte dat de mannen nog vijftien tot twintig seconden nodig hadden om ons te bereiken.

Ik haalde de kurk uit de lichtblauwe fiool. 'Drink dit op,' smeekte ik, het flesje aan Nella gevend. 'Dit maakt alles goed.' Ik wenste dat de bezwering haar verstandige woorden zou ingeven, woorden waarmee ze de gerechtsdienaren kon bepraten of leugens kon vormen. Ik verlangde naar een krachtige magie, zoals de kracht die de longen van Tom Pepper weer had laten ademen toen hij een zuigeling was.

Nella's blik dwaalde naar het voorwerp in mijn hand. Ze keek niet verbaasd. Misschien vermoedde ze al dat ik geen warme kruidenthee had gemaakt toen ze naar de markt ging. Misschien wist ze al die tijd al dat de thee als dekmantel had gediend.

Haar schouders beefden hevig. 'We moeten nu afscheid nemen,' zei ze. 'Verdwijn in de menigte, Eliza. Meng je onder deze mensen alsof je bij hen hoort. Ren weg,' voegde ze er ademloos aan toe, 'en laat de mannen mij maar zoeken in de rivier.'

In de rivier?

Al die tijd had ik me afgevraagd waarom ze rechtstreeks naar de Theems was gelopen, maar nu vroeg ik me af waarom ik het niet eerder had doorzien. Ik begreep precies wat ze van plan was.

De mannen kwamen steeds dichterbij en baanden zich een weg door de menigte. Een van hen zou ons binnen een paar tellen bereiken. Ik zag de droge velletjes op zijn lippen en het felrode litteken op zijn linkerwang. Ik herkende hem meteen: het was een gerechtsdienaar die ik had gezien bij het huis van Lady Clarence.

Hij kwam dichterbij en staarde rechtstreeks naar mij. De wraakzuchtige blik in zijn ogen zei: het is afgelopen met je.

Hoofdstuk 30

CAROLINE

Huidige tijd, woensdag

Op het moment dat ik met de twee agenten bij de gesloten deur naar James' ziekenhuiskamer kwam, vertelde de dienstdoende verpleegkundige – die door de papieren bladerde die bij zijn deur waren opgehangen – dat zijn toestand inmiddels stabiel was. Ze maakten aanstalten om hem van de intensive care af te halen, maar James had erop gestaan dat hij mij eerst mocht spreken.

Langzaam duwde ik de deur open, onzeker over wat ik te zien zou krijgen. De agenten liepen achter me aan naar binnen. Ik ademde uit toen ik James met een paar kussens in zijn rug in het ziekenhuisbed zag liggen – vermoeid, maar met kleur op zijn wangen. Ik was verbaasd dat hij al zo was opgeknapt, maar mijn verbaasde blik was waarschijnlijk niets vergeleken met zijn verbijsterde blik toen hij de geüniformeerde mannen in mijn kielzog zag.

'Zijn er problemen?' Hij keek naar de dichtstbijzijnde agent.

'Ze denken dat ik jou heb vergiftigd,' zei ik voordat de agent antwoord kon geven. Ik liep naar de rand van het ziekenhuisbed en leunde er met mijn heup tegenaan. 'Zeker nu jij tegen de verpleging hebt gezegd dat we huwelijksproblemen hebben.' Mijn blik dwaalde over de infusen in zijn arm, waarvan de naalden met verband op hun plaats werden gehouden. 'Had je de waarschuwing op het etiket niet gezien? Waarom heb je die olie in vredesnaam opgedronken?'

Hij ademde langzaam uit. 'Ik heb het niet gezien. Mijn eigen schuld, denk ik.' Hij draaide zich naar de agenten. 'Hier kon Caroline niets aan doen. Het was allemaal een ongeluk.'

Mijn knieën knikten. Nu konden ze me toch niet meer arresteren? Een van de agenten tilde een wenkbrauw op en kreeg een verveelde blik in zijn ogen, alsof hij zijn veelbelovende aanwijzing in het niets zag oplossen.

'Is het daarmee afgedaan, of moet ik soms een verklaring tekenen?' vroeg James. De frustratie en de vermoeidheid stonden duidelijk op zijn gezicht te lezen.

De politieman die de leiding had, haalde een visitekaartje uit de zak van zijn overhemd. Met enig gevoel voor drama tikte hij ermee op de tafel bij de uitgang voordat hij naar de deur liep. 'Als er iets verandert, Mr Parcewell – of als u ons in vertrouwen iets wilt vertellen – kunt u het nummer op dat kaartje bellen.'

'Fijn om te weten,' zei James, zijn ogen ten hemel heffend.

De mannen verlieten de kamer, zonder zelfs maar verontschuldigend naar mij te kijken.

Nu de kwelling van het afgelopen uur voorbij was, liet ik me dankbaar op de rand van James' bed zakken. 'Bedankt,' mompelde ik, 'en goed getimed. Als je iets langer had gewacht, had ik je misschien gebeld vanuit de gevangenis.' Ik keek naar de monitoren naast hem, een knipperend scherm met kronkelende lijntjes en getallen die ik niet begreep. Maar zijn hartslag zag er stabiel uit en er knipperden geen alarmlichtjes. Ik vond het vervelend om het toe te geven, maar ik zette mijn trots opzij en besloot het toch te zeggen. 'Ik was bang dat ik je kwijt zou raken. Dat je dood zou gaan.'

Zijn mondhoeken krulden een stukje omhoog. 'We horen bij elkaar, Caroline.' Met een verwachtingsvolle blik gaf hij me een kneepje in mijn hand.

Er gingen seconden voorbij terwijl we elkaar aankeken en allebei onze adem inhielden. Het leek of onze hele toekomst afhing van mijn reactie – van de vraag of ik zijn opmerking zou onderstrepen.

'Ik heb behoefte aan wat frisse lucht,' zei ik uiteindelijk, mijn blik losscheurend van zijn gezicht. 'Ik ben zo terug.' Ik liet zijn hand voorzichtig uit de mijne glijden en liep de kamer uit.

Nadat ik uit de kamer van James was weggegaan, liep ik door de gang naar de lege wachtkamer. In de hoek die het verst van de deur verwijderd was, ging ik op een bank zitten. Er stonden verse bloemen op een tafel, met daarnaast een extra grote doos tissues. Die zou ik wel nodig hebben, want de tranen prikten als naalden achter mijn ogen.

Ik leunde achterover tegen een kussen, en zachtjes snikkend drukte ik een tissue tegen mijn ogen. Die moest niet alleen mijn tranen opvangen, maar ook alle andere dingen die uit me stroomden: opluchting dat James weer opknapte – al voelde ik me nog steeds verraden door zijn ontrouw – de onredelijke ondervraging door de politie en de wetenschap dat ik niet de volledige waarheid had verteld.

De waarheid.

Ik was natuurlijk niet helemaal onschuldig.

Was het echt nog maar gisteravond dat ik tot diep in Back Alley was doorgedrongen? Het leek wel een heel leven geleden. Hoe was James erin geslaagd zijn ontrouw maandenlang voor me verborgen te houden? Ik had mijn geheim nog maar een paar uur voor James, Gaynor en twee politiemannen verzwegen, en dat had me al vreselijk veel moeite gekost.

Waarom bewaarden we geheimen als we daar zo onder leden? Deden we het louter om onszelf te beschermen, of om anderen te behoeden? De apothekeres was al meer dan tweehonderd jaar dood. Er was geen enkele reden om haar in bescherming te nemen.

Als twee schuldbewuste kinderen in een speelkamer stonden ze naast elkaar: James' geheim en het mijne.

Terwijl de tranen de tissue bleven doorweken, besefte ik dat mijn verdriet dieper en genuanceerder was dan ik op het eerste gezicht had gedacht. Dit zat dieper dan de last van de apothekeres, dieper dan de ontrouw van

James. Dwars door deze puinhoop heen liep een ander, subtieler geheim dat James en ik jarenlang voor elkaar verborgen hadden gehouden: we waren gelukkig geweest, maar ontevreden met ons leven.

Ik begreep nu dat geluk en ontevredenheid naast elkaar konden bestaan. Ik was blij met de stabiliteit van een baan bij mijn familie, maar ontevreden over mijn werk, en ongelukkig door alle dingen die ik nooit had gedaan. Ik was blij met ons gezamenlijke verlangen om ooit kinderen te krijgen, maar het zat me dwars dat ik buiten ons gezinsleven nooit iets had bereikt. Hoe was het mogelijk dat ik nu pas begreep dat geluk en voldoening totaal verschillende dingen waren?

Er werd zachtjes in mijn schouder geknepen. Ik liet geschrokken mijn kleddernatte tissue zakken en keek omhoog. Gaynor. Ik was bijna vergeten dat we haar in haar eentje in het verhoorkamertje hadden achtergelaten. Ik vermande me net genoeg om zwakjes te glimlachen en een paar keer diep adem te halen.

Ze gaf me een bruin papieren zakje. 'Je moet iets eten,' fluisterde ze, naast me plaatsnemend. 'Neem in elk geval een hap van die koek. Die is heel lekker.' Ik keek in de zak en zag dat er een keurig ingepakt broodje kalkoen, een klein bakje caesarsalade en een chocoladekoek ter grootte van een bord in zaten.

Ik knikte dankbaar en dreigde weer in tranen uit te barsten. In een zee van vreemde gezichten bleek zij een echte vriendin te zijn.

Ik at alles tot de laatste kruimel op. Daarna dronk ik een half flesje water en snoot ik mijn neus met een schone tissue. Ondertussen zette ik me schrap. Het liefst had ik Gaynor alles op een andere plaats en een andere manier willen vertellen, maar dat kon nu eenmaal niet.

'Het spijt me vreselijk,' zei ik. 'Ik wilde je niet in mijn val meesleuren, maar toen je tijdens die ondervraging belde, dacht ik dat jij misschien de enige was die me kon helpen.'

Ze vouwde haar handen op haar schoot. 'Je hoeft je niet te verontschuldigen. Ik zou hetzelfde hebben gedaan.' Ze zoog wat lucht naar binnen en koos haar woorden met zorg. 'Waar was jouw man de afgelopen dagen? Je hebt het niet één keer over hem gehad.'

Ik keek naar de vloer. Mijn bezorgdheid om James' gezondheid maakte nu plaats voor schaamte over alles wat ik voor Gaynor had verzwegen. 'James en ik zijn tien jaar getrouwd. Deze reis naar Londen was voor onze trouwdag, maar vorige week ontdekte ik dat hij me ontrouw is geweest. Daarom ben ik in mijn eentje gekomen.' Ik sloot mijn ogen, pijnlijk van de emotionele vermoeidheid. 'Ik wilde het eigenlijk niet onder ogen zien, maar gisteren kwam James onaangekondigd hierheen.' Bij het zien van Gaynors verbaasde blik knikte ik. 'En zoals je weet, werd hij vandaag opeens ziek.'

'Geen wonder dat de politie achterdochtig was.' Ze aarzelde even en vervolgde: 'Waarschijnlijk had je je trouwdag heel anders willen vieren. Als ik iets voor je kan doen...' Ze maakte de zin niet af, want ze wist net zomin als ik wat ze moest zeggen. Tenslotte was de situatie niet opgelost. James was dan wel aan de beterende hand, maar onze relatie niet. In gedachten zag ik ons samen weer in Cincinnati, een poging wagend om de ingewikkelde knoop te ontwarren die hij in ons leven had gelegd. Het visioen was echter donker en onbevredigend, als een slechte ontknoping van een film die verder wel aardig was geweest.

Gaynor haalde mijn notitieboek uit haar tas. Toen ik met de politie de verhoorkamer uit was gelopen, had ik niet eens gemerkt dat het boek midden op de tafel was blijven liggen, vlak voor Gaynors neus. 'Ik heb er niet in gekeken,' zei ze. 'Ik wilde je graag de gelegenheid geven om eh... alles uit te leggen.' Haar gezicht vertrok, alsof ze de waarheid liever niet wilde horen – alsof haar onwetendheid ons beiden zou beschermen.

Dit was mijn laatste kans om zonder kleerscheuren te ontsnappen, mijn laatste kans om een restant van onze vriendschap te redden. Als ik een verhaal over mijn research verzon, kon ik vermijden dat ik mijn grootste vergrijp moest opbiechten: ik had op een waardevolle historische plek ingebroken. Wat zou ze doen als ik het haar vertelde? Misschien rende ze wel achter de twee agenten aan om mijn overtreding te rapporteren. Of misschien wilde ze niets meer met me te maken hebben en mocht ik nooit meer contact met haar opnemen.

Dit ging echter niet om de vraag wat Gaynor zou doen met de informatie. Dit was míjn last, en als ik de afgelopen dagen iets had geleerd, dan was het wel dat geheimen levens verwoestten. Ik moest mijn inbraak opbiechten – die nu een kleine misstap leek vergeleken met de moordaanklacht die ik bijna aan mijn broek had gehad – en de waarheid vertellen over de raadselachtige ontdekking die ik had gedaan.

Ik controleerde of de wachtkamer nog steeds leeg was en begon eindelijk te vertellen: 'Ik moet je iets laten zien.' Ik pakte mijn telefoon en zocht de foto's van het logboek van de vergeten apothekeres op. Terwijl Gaynor geïnteresseerd over mijn schouder meekeek, vertelde ik haar de waarheid.

Halverwege de middag liep ik terug naar James. Er was niet veel aan zijn situatie veranderd, maar hij was nu in diepe rust. Als hij wakker werd, moest ik hem een paar dingen vertellen.

Voordat ik me in de stoel bij het raam nestelde, liep ik naar de wc. Opeens verstijfde ik en keek ik met grote ogen naar mijn onderlichaam: ik voelde dat onmiskenbare lekkende gevoel tussen mijn benen. Ik drukte mijn dijen tegen elkaar, rende naar de koude badkamer van James' ziekenhuiskamer en ging op de wc zitten.

Goddank had ik eindelijk mijn antwoord: ik was niet zwanger. Ik was overduidelijk niet zwanger.

Er lag een flinke voorraad maandverband en tampons in de badkamer, en ik scheurde haastig de verpakking van een tampon. Toen ik klaar was en mijn handen had gewassen, keek ik in de spiegel naar mezelf. Ik drukte mijn vingers tegen het glas en raakte glimlachend mijn spiegelbeeld aan. Ik wist niet wat er met mijn huwelijk zou gebeuren, maar er was geen baby die de zaak alleen maar zou compliceren. Er was geen sprake van een onschuldig kind dat hulpeloos aan de zijlijn stond terwijl James en ik onszelf opnieuw uitvonden, als individuen en als stel.

Ik liep terug naar mijn stoel naast James en leunde met mijn hoofd tegen de muur. Zou ik in deze ongemakkelijke positie een dutje kunnen doen? Terwijl ik daar zo warm, verzadigd en rustig zat, schoot me iets te binnen: vanochtend, in de koffiebar, had Gaynor me twee artikelen gegeven over de apothekeres, maar ik had het tweede nog niet gelezen.

Ik fronste en haalde de artikelen uit mijn tas. Waarom had ik deze kopieën niet aan de agenten laten zien toen ze twijfelden of ik onderzoek deed? Eerlijk gezegd was ik ze door alle urgentere zaken compleet vergeten.

Ik vouwde de vellen papier open. Het eerste artikel, van 10 februari 1791, lag bovenop. Het was het artikel over de dood van Lord Clarence en de wasafdruk van het berenlogo. Omdat ik dat al had gelezen, legde ik het onderop en richtte ik me op het artikel van 12 februari 1791.

Mijn adem stokte toen ik de kop las. Nu begreep ik waarom Gaynor in de koffiebar had gezegd dat de dood van Lord Clarence 'het begin van het einde' voor de apothekeres was geweest.

De kop luidde: MOORDZUCHTIGE APOTHEKERES PLEEGT ZELFMOORD DOOR VAN BRUG TE SPRINGEN.

Het artikel begon in mijn handen te trillen, alsof ik zojuist de overlijdensadvertentie van een goede bekende had gelezen.

Hoofdstuk 31

NELLA

11 februari 1791

Eliza en ik stonden samen op de brug. De gerechtsdienaar was nog maar drie stappen van ons verwijderd. De dood was dichtbij – zo dichtbij dat ik de kou van zijn uitgestrekte armen kon voelen.

De laatste seconden voor mijn dood waren niet zoals ik ze me had voorgesteld. Er kwamen geen herinneringen naar boven aan mijn moeder, mijn gestorven kind of zelfs Frederick. Er was slechts één herinnering, een heel verse die zeer recentelijk pas was gevormd: de kleine Eliza en de eerste keer dat ze voor mijn deur had gestaan, gekleed in een versleten jas en een kap die nauwelijks die naam mocht hebben, maar met jonge, rozige wangen als die van een pasgeborene. Zij was een dekmantel in de puurste zin van het woord. De perfecte moordenares. In Londen hadden veel bedienden hun meesters vermoord, maar wie zou geloven dat een twaalfjarige bij het ontbijt een vergiftigd ei zou serveren?

Niemand. Zelfs ik niet.

En nu we zo samen op de brug stonden, gebeurde er weer iets wat ik niet kon geloven. Ik had net gezegd dat ze moest vluchten en ik maakte me klaar om te springen, maar het meisje stapte met haar dunne benen over de leuning van de Blackfriars Bridge. De zoom van haar rok klapperde in de bries die vanuit de Theems tegen haar aan waaide, en ze keek me met een kalme blik aan.

Was dit een list? Of bedrogen mijn ogen me? Werden ze misschien belaagd door de duivel in mijn binnenste, en werd dit waardevolle zintuig tijdens mijn laatste momenten verwoest? Ik leunde naar voren om haar beet te pakken, maar met een lichtvoetigheid waaraan ik niet kon tippen, schoof ze langs de leuning van me weg. Dat maakte me razend, want haar spelletje ontnam me kostbare seconden. Ergens moest ik de kracht vandaan halen om me over de metalen leuning te hijsen voordat de gerechtsdienaar me kon pakken.

Eliza hield met één hand de leuning vast en had in haar andere hand de kleine blauwe fiool die ze me net had aangeboden. Ze bracht hem naar haar lippen en dronk hem leeg alsof ze een uitgehongerde zuigeling was. Daarna gooide ze de fiool in het water onder haar.

'Dit zal me redden,' fluisterde ze. Als linten gleden haar vingers vervolgens een voor een van de leuning.

'Alles waarmee je het lichaam in contact brengt, verwijdert er iets uit, roept iets op of onderdrukt iets.'

Deze eenvoudige les over de kracht van de geneesmiddelen die Moeder Aarde ons schonk, leerde mijn moeder me toen ik nog klein was. Het waren de woorden van de grote filosoof Aulus, over wie weinig bekend was. Sommige mensen betwijfelden zelfs of hij werkelijk had bestaan, laat staan of zijn bewering klopte.

Zijn woorden overspoelden me toen ik Eliza's lichaam zag vallen. Ik had nog nooit ervaren hoe vreemd het perspectief was vanaf dit punt; het was gek om iemand letterlijk onder je vandaan te zien vallen. Haar haar wees naar boven, alsof ik het in een onzichtbare greep vasthield. Ze had haar armen voor haar borst gekruist, alsof ze iets in haar binnenste wilde beschermen. Ze keek recht voor zich uit, naar de rivier die zich voor haar uitstrekte.

Ik hield me vast aan de belofte van Aulus' woorden. Ik wist dat oliën, tincturen en drankjes bij contact met het lichaam konden zorgen voor de afdrijving – sterker nog: de afbraak en de vernietiging – van een vrucht in een baarmoeder. Die middelen konden het enige wegnemen wat iemand ooit had gewenst.

Ik wist ook dat ze pijn en haat en wraak naar boven konden brengen. Ze konden in ons kwaadaardigheid oproepen, wegrottende botten, gespleten gewrichten.

Maar bij contact met het lichaam konden ze ook iets onderdrukken. Wat dan? Konden ze de dood onderdrukken?

Tegen de tijd dat mijn bange, bonkende hart begreep wat er was gebeurd, was Eliza in het water verdwenen. Zij had de dood gekregen die ik voor mezelf had bedacht. Maar een dierlijk instinct spoorde me aan om mijn aandacht te richten op een urgentere crisis: naast me strekte de gerechtsdienaar zijn armen uit, alsof hij het vallende meisje óók wilde opvangen. Met haar sprong had ze namelijk schuld bekend, en hij moest ervan overtuigd zijn geweest dat niemand anders de politie kon vertellen wie het gif in de likeur had gedaan die Lord Clarence fataal was geworden.

En overal waar ik keek, zag ik beweging: een ontzet kijkende vrouw met een mand vol oesters, een man die een kleine kudde schapen in zuidelijke richting dreef, een paar kleine kinderen die als ratten rondrenden. Met ziekelijk nieuwsgierige blikken kwamen ze in hun donkere kleding allemaal dichterbij.

De gerechtsdienaar keek naar mij. 'Werkten jullie samen?' Hij wees naar het water.

Mijn nog altijd kloppende hart was zo verscheurd dat ik niets kon uitbrengen. Onder me kolkte de rivier, alsof hij boos was op het slachtoffer dat hij zojuist had geëist. Zij was niet de persoon die had moeten sterven. Ik was degene die had moeten springen. Mijn verlangen om te sterven was de reden dat we naar het hoogste punt van de brug waren gerend.

De man spuwde voor mijn voeten. 'Heb je je tong verloren?'

Omdat ik door mijn knieën zakte, drukte ik mijn gewicht tegen de leuning en pakte ik het ijzer beet.

De tweede gerechtsdienaar, die gespierder was dan de eerste, kwam inmiddels met rode wangen en een zwoegende borstkas aanlopen. 'Is ze gesprongen?' Hij keek ongelovig om zich heen voordat hij mij van top tot teen bekeek. 'Dit kan niet die tweede vrouw zijn, Putnam,' riep hij. 'Deze kan nauwelijks staan. De twee vrouwen die we zagen rennen, waren net zo gekleed als alle anderen op straat.' Zijn blik dwaalde over de menigte, waarschijnlijk zoekend naar een vrouw met een donkere mantel en een vitalere blik dan ik.

'Verdomme nog aan toe, Craw, ze is het wel!' schreeuwde Putnam terug, als een visser die op het punt stond een belangrijke vangst kwijt te raken. 'Ze kan prima staan. Ze is alleen geschokt door de dood van haar vriendin.'

Ik was inderdaad geschokt. En ik had het idee dat hij de vishaak zo diep mogelijk in mijn huid wilde drijven.

Craw kwam dichterbij. Hij boog zich naar zijn partner toe en ging zachter praten. 'Weet je zeker dat ze niet ergens om ons heen staat?' Hij gebaarde naar de toeschouwers. De groep mensen op straat, allemaal gekleed in net zulke donkere jassen als de mijne, werd steeds groter. Op het eerste gezicht was ik inderdaad niet van de groep te onderscheiden. 'Ben je zeker genoeg van je zaak om haar te laten ophangen? De gifmengster is dood.' Hij keek over de rand van de brug. 'Inmiddels begraven in het slib.'

Er gleed een weifelende blik over Putnams gezicht. Craw greep de twijfel aan alsof die een reddingsboei was. 'We hebben de rat uit haar hol gejaagd, en we hebben haar allebei zien springen. De zoektocht eindigt hier. Dit is genoeg om de kranten tevreden te stellen.'

'En die dode Lord Clarence dan?' schreeuwde Putnam met een rood gezicht. Hij keek naar mij. 'Weet jij iets over hem? Wie heeft het gif gekocht dat hem heeft gedood?'

Ik schudde mijn hoofd en stootte de woorden uit als braaksel. 'Ik weet niet wie dat is, en ik weet ook niks over gif dat hem zou hebben gedood.'

De mannen zwegen abrupt toen er enige beroering ontstond. Er kwam nog een man de brug op rennen, die ik herkende als de derde gerechtsdienaar uit de steeg. 'Er was daar helemaal niets te zien,' zei hij.

'Waar niet? Wat bedoel je?' wilde Putnam weten.

'Ik heb de deur opengebroken waardoor de vrouwen naar buiten kwamen. Binnen was niets te zien. Alleen een vat met rottend graan.'

Ondanks de hachelijke situatie zwol mijn hart op van trots. Het register en de talloze namen erin waren niet ontdekt. Al die vrouwen waren veilig.

Putnam gebaarde met zijn hand naar mij. 'Komt deze vrouw je bekend voor? Was zij een van de twee vrouwen die we zagen?'

De derde gerechtsdienaar aarzelde. 'Moeilijk te zeggen. De afstand was vrij groot.'

Putnam knikte, alsof hij het uiteindelijk met tegenzin toegaf. Craw klopte hem stijfjes op de rug. 'Je hebt geen bewijzen in je zaak tegen deze vrouw.'

Putnam spuwde voor mijn voeten. 'Ga uit mijn ogen, mens,' zei hij. De drie mannen keken nog een laatste keer over de leuning, knikten naar elkaar en wandelden over de brug weg.

Na hun vertrek keek ik ook over de rand. Wanhopig zocht ik naar de wervelende stof van een doorweekte jurk of de bleke roomkleur van een huid. Ik zag echter niets anders dan het modderige, onrustige zieden van de rivier.

Ze had het niet hoeven doen. Haar hartje moest hebben gedacht dat zij moest worden gestraft, omdat zij met haar fout de ellende over ons had uitgestort. Of misschien was er wel meer aan de hand, zoals haar angst voor geesten. Misschien was ze wel bang dat míjn ziel na mijn dood bij haar zou komen spoken en haar zou vervloeken omdat ze dit alles had veroorzaakt. Was ik maar begripvoller tegen haar geweest over de ziel van Mr Amwell! Had ik mijn toon maar wat getemperd. Ik had haar vertrouwen kunnen winnen en haar kunnen uitleggen wat wel en niet bestond. Ik wilde niets liever dan de tijd terugdraaien en haar weer naar me toe trekken. Strompelend zette ik een stap achteruit. Mijn knieën waren verzwakt door mijn verstikkende spijt.

Spijt en ongenoegen.

Het was de bedoeling geweest dat ík in de rivier zou belanden. Ik had willen sterven. Kon ik nog wel een dag leven met deze nieuwe, pijnlijke last erbij?

De mensen dromden niet meer nieuwsgierig om me heen, maar waren bijna allemaal weggelopen. En als ik de herinnering aan Eliza's val wegstopte, kon ik mezelf bijna wijsmaken dat er niets was veranderd. Ik was weer alleen, met het einde dat ik altijd voor ogen had gehad.

Ik kneep mijn ogen dicht en dacht aan alles wat ik had verloren. Daarna stapte ik weer naar de leuning en ik boog me over de hongerige, zwarte golven.

Hoofdstuk 32

CAROLINE

Huidige tijd, woensdag

Naast me haalde James nog steeds rustig en gelijkmatig adem. Met Gaynors kopie op mijn schoot zat ik in de stoel aan het hoofdeinde van zijn ziekenhuisbed. Toen ik het artikel had gelezen, kon ik alleen nog maar naar voren leunen en mijn hoofd in mijn handen leggen. Ik wist niet eens hoe ze heette – ik kende haar alleen als 'de apothekeres' – maar haar zelfgekozen dood raakte me. Haar zelfmoord zat me dwars als een langzaam opkomende hoofdpijn.

Natuurlijk wist ik vanaf mijn eerste ontdekking over haar al dat ze dood was – ze had immers tweehonderd jaar geleden geleefd. De schok zat hem in de manier waarop ze was gestorven.

Misschien kwam het doordat ik alles voor me kon zien nu ik bij de Theems was geweest, de rivier waar ze in was gesprongen. Of misschien deed het me zoveel omdat ik in haar geheime apotheek was geweest, de discrete plek vol donkere schaduwen waarin ze had geleefd, had geademd en haar drankjes had gebrouwen, hoe gevaarlijk die dan ook waren. Wellicht voelde ik daardoor op de een of andere manier een band met haar.

Met gesloten ogen stelde ik me de gebeurtenissen in het tweede artikel voor: de familieleden en vrienden van vorige slachtoffers – mensen die vóór Lord Clarence waren gestorven – meldden zich nadat ze het eerste artikel onder ogen hadden gekregen. Ze brachten hun eigen fiolen en potjes mee, die allemaal waren voorzien van hetzelfde logo: de kleine beer.

Bij de politie begrepen ze meteen dat ze jacht maakten op een seriemoordenares.

Laat op de avond werd de hulp van de kaartenmakers ingeroepen: alle Londense mogelijkheden voor 'B ley' werden bekeken, gekeurd en overwogen.

De drie politiemannen waren op 11 februari zo plotseling in Bear Alley verschenen dat een vrouw het op een lopen had gezet. Ze was pas tot stilstand gekomen toen ze op het hoogste punt van de Blackfriars Bridge stond.

In het artikel werd de naam Back Alley ook genoemd, zij het kort. Nadat de vrouw was gevlucht, bleef de derde en jongste politieman in de steeg achter om onderzoek te doen naar de ruimte waar de vrouw volgens hem uit was gekomen. Het was Back Alley 3, maar bij binnenkomst had hij niets anders gevonden dan een oude voorraadkelder, een houten vat met verrot graan en lege planken tegen de achterwand. Verder niets.

Ik wist zeker dat hij over het vertrek had gesproken waar ik gisteravond had gestaan: de kamer met de wegrottende planken achterin, die voor de apothekeres had gediend als dekmantel, haar façade, vergelijkbaar met het masker dat je tijdens een bal masqué voor je gezicht zou houden. Achter de voorraadkamer bevond zich de waarheid: de gifapotheek. En al verzekerde het twee eeuwen oude artikel de lezers ervan dat de politie zou blijven zoeken tot ze haar naam en werkplaats hadden ontdekt, de onberoerde ruimte die ik gisteren had gevonden, vertelde me dat ze daar nooit in waren geslaagd. De façade van de apothekeres had standgehouden.

Maar er was iets wat ik vreemd vond. Hoewel het artikel een groot deel van de pagina besloeg, schreef de auteur niets over het belangrijkste deel van het incident: de vrouw die was gesprongen. Nergens stond wat voor een vrouw ze was of hoe ze eruit had gezien. Zelfs haar haarkleur was niet terug te vinden; er stond alleen maar dat ze donkere, zware kleding had gedragen. Het artikel vermeldde ook niet of de vrouw nog iets had gezegd. Er stond enkel dat het hele incident nogal rommelig was geweest. Er waren toeschouwers samengedromd, en in de verwarring en de chaos waren de politiemannen de vrouw even kwijt geweest voordat ze over de leuning van de brug stapte.

Volgens het artikel stond het vast dat de vrouw medeplichtig was aan de dood van Lord Clarence, en de politie was ervan overtuigd dat dit het einde was van de reeks moorden die geassocieerd werd met de vrouw die ze de 'moordzuchtige apothekeres' noemden. De Theems was allesbehalve vriendelijk geweest die dag: snelstromend, ijskoud, vol brokken ijs. Nadat de vrouw was gesprongen, hield de politie het gebied een hele poos in de gaten. Ze kwam echter niet meer boven water. Ze werd niet meer gezien.

Volgens het artikel bleef haar identiteit onbekend.

Terwijl het in Londen schemerig werd en de avond bijna inviel, werd James in zijn ziekenhuisbed wakker. Hij draaide zich om en ging met zijn gezicht naar me toe liggen. Langzaam deed hij zijn ogen open. 'Hoi,' fluisterde hij met een glimlach om zijn lippen.

Mijn gesnik in de wachtkamer had louterender gewerkt dan ik besefte. Vanochtend was ik nog bang geweest dat ik James kon verliezen, en dat had me iets milder gemaakt. Ik was nog steeds verschrikkelijk boos op hem, maar op dat moment kon ik het in elk geval verdragen om in zijn buurt te zijn. Ik pakte zijn hand en vroeg me af of dit voorlopig de laatste keer was dat we hand in hand zaten. Misschien kwam dit in de toekomst wel nooit meer voor.

'Hoi,' fluisterde ik terug.

Ik legde wat kussens achter zijn rug, waardoor hij wat comfortabeler rechtop kon zitten, en gaf hem de maaltijdlijst van het ziekenhuis. Ik zei dat ik met alle plezier ergens in de stad een goede maaltijd voor hem wilde bestellen, maar de maaltijdlijst zag er helemaal niet slecht uit.

Nadat hij zijn keuze had doorgegeven, hoopte ik maar dat hij geen vragen meer zou stellen over de politie, of over de reden waarom ze dachten dat ik hem had vergiftigd. Als James wilde weten waarom ze me hadden ondervraagd, zou hij het notitieboek ook willen zien. Dat wilde ik voorlopig echter voor Gaynor en mij houden.

Nadat ik de foto's aan Gaynor had laten zien, stemde ze ermee in om niet bekend te maken wat ik haar had verteld. Ze besefte dat mijn leven door de situatie met James al chaotisch genoeg was, en omdat ze niet rechtstreeks betrokken was geweest bij de ontdekking van de apotheek, vond ze dat zij mij mijn volgende stappen niet kon voorschrijven. Gezien de grote historische waarde van mijn ontdekking vroeg ze me echter wel goed te overdenken wat ik met deze informatie wilde doen. Dat kon ik haar niet kwalijk nemen, want per slot van rekening werkte ze in de British Library.

De stand van zaken was dus dat Gaynor en ik als enigen van de volledige waarheid op de hoogte waren. Verder wist niemand waar de moordzuchtige apothekeres tweehonderd jaar geleden had gewerkt, en ook niet dat ze diep in een oude, verborgen kelder een schat aan informatie had achtergelaten. Wanneer de huidige crisis achter me lag, moest ik een paar moeilijke beslissingen nemen: wat ik zou onthullen, op welke manier en aan wie. Ik moest ook bedenken welke rol dit speelde in mijn eigen, onlangs herontdekte passie voor geschiedenis.

Tot mijn opluchting leek James de gebeurtenissen van een paar uur geleden helemaal niet te willen doornemen. 'Ik ben er klaar voor om terug naar Amerika te gaan,' zei hij, een slokje water nemend. Ondertussen was ik op de rand van het bed gaan zitten.

Ik trok mijn wenkbrauwen op. 'Je bent gisteravond pas aangekomen. De vlucht naar huis is pas over acht dagen.'

'Dit valt onder de reisverzekering,' legde hij uit. 'Een verblijf in het ziekenhuis is meer dan genoeg reden om de kosten van de terugreis vergoed te krijgen. Zodra ik hier weg mag, boek ik mijn vlucht om.' Hij speelde met de rand van het laken en keek vervolgens naar mij. 'Zal ik ook een ticket voor jou boeken?'

Ik zuchtte. 'Nee,' zei ik rustig. 'Ik neem de vlucht die we oorspronkelijk hadden geboekt.'

Even zag ik teleurstelling in zijn ogen opvlammen, maar hij herstelde zich snel. 'Dat snap ik. Ik begrijp dat je ruimte nodig hebt. Ik had hier niet moeten komen, dat besef ik nu ook.' Er kwam een medewerker van het ziekenhuis binnen, die een blad eten voor James neerzette. 'Het zijn tenslotte maar acht dagen,' voegde James eraan toe, hongerig toetastend.

Mijn ademhaling versnelde. Nu moet je het zeggen, dacht ik. Nu ik in kleermakerszit op zijn voeteneinde zat, met een hoek van zijn laken op mijn schoot, was het bijna alsof we weer in Ohio waren, in ons dagelijkse leven. We zouden ons normale leven echter nooit meer terugkrijgen.

'Ik neem ontslag op de boerderij,' zei ik.

James hield een stuk aardappel vlak voor zijn mond stil en legde de vork neer. 'Caroline, er speelt op dit moment heel veel. Weet je zeker dat je niet...'

Ik stond op van het bed en rechtte trots mijn schouders. Ik wilde niet weer ten prooi vallen aan al zijn redelijke argumenten.

'Laat me eens uitpraten,' zei ik zacht. Ik keek naar buiten en liet mijn blik over de Londense skyline dwalen. Een panorama van nieuw tegen een achtergrond van oud: trendy etalages reflecteerden de parelgrijze koepel van St. Paul's Cathedral, en rode toeristenbussen reden pruttelend langs historische monumenten. Als ik de afgelopen dagen iets had geleerd, dan was het wel dat het belangrijk was om nieuw licht te schijnen op oude waarheden die zich in de schaduwen ophielden. Deze reis naar Londen – met de vondst van de lichtblauwe fiool en de apothekeres – had ze allemaal aan het licht gebracht.

Ik draaide me van het raam terug naar James. 'Ik moet voor mezelf kiezen. Mezelf op de eerste plaats zetten.' Er viel een stilte, waarin ik mijn handen wrong. 'Het moet om mij draaien, niet om jouw carrière. Niet om onze baby, om stabiliteit of om wat iedereen om me heen van me wil.'

James verstijfde. 'Ik begrijp je niet.'

Ik keek naar mijn tas, waarin de twee artikelen over de apothekeres zaten. 'Tijdens ons huwelijk ben ik een deel van mezelf kwijtgeraakt. Tien jaar geleden had ik een heel andere toekomst voor ogen, en ik ben bang dat ik dat beeld helemaal heb laten varen.'

'Maar mensen veranderen, Caroline. Je bent in de afgelopen tien jaar volwassen geworden. Je hebt de juiste dingen prioriteit gegeven. Het is prima om te veranderen, en jij...'

'Het is prima om te veranderen,' onderbrak ik hem, 'maar het is geen goed idee om je te verbergen, een deel van jezelf weg te stoppen.' Ik vond het niet nodig om hem eraan te herinneren dat hij zelf ook een paar dingen had weggestopt. Op dat moment weigerde ik het echter over die andere vrouw te hebben. Het gesprek ging over míjn dromen, niet over de fouten van James.

'Oké, dus je wilt ontslag nemen en op een baby wachten.' James haalde beverig adem. 'Wat ga je nu doen?' Ik voelde dat hij het niet alleen over mijn baan had, maar ook over ons huwelijk. En al was zijn toon niet neerbuigend, ik proefde wel scepsis – net als tien jaar geleden, toen hij me vroeg hoe ik met mijn studie geschiedenis een baan dacht te vinden.

Ik bevond me op een kruispunt en durfde niet meer naar de weg achter me te kijken, die bezaaid lag met sleur, gezapigheid en de verwachtingen van andere mensen.

'Ik wil me niet meer verschuilen voor de waarheid dat mijn leven er niet zo uitziet als ik wil. En daarvoor...' Ik aarzelde, want ik wist dat ik mijn volgende woorden nooit meer zou kunnen terugnemen als ik ze eenmaal had uitgesproken. 'En daarvoor moet ik alleen zijn. Dan bedoel ik niet alleen de komende acht dagen in Londen, maar écht alleen, voorlopig. Ik wil een scheiding van tafel en bed aanvragen.'

Met een verslagen blik duwde James het blad langzaam van zich af.

Ik ging weer naast hem zitten en legde mijn hand op het witte katoenen laken, dat warm was van zijn lichaam. 'Ons huwelijk heeft te veel verhuld,' fluisterde ik. 'Jij hebt duidelijk heel wat uit te pluizen, en ik ook. Dat kunnen we niet samen. Dan zouden we weer op hetzelfde spoor terechtkomen en weer de fouten maken waardoor we in deze situatie zijn beland.'

James hield zijn handen voor zijn ogen en begon zijn hoofd te schudden. 'Ik geloof mijn oren niet,' zei hij tussen zijn vingers door. Aan de rug van zijn hand bungelde nog steeds een doorzichtig infuusslangetje.

Ik gebaarde naar de schemerige, steriele kamer. 'Ziekenhuis of niet, ik ben niet vergeten dat je een affaire hebt gehad, James.'

Omdat hij zijn hoofd nog altijd in zijn handen hield, kon ik zijn antwoord nauwelijks verstaan. 'Op mijn sterfbed,' mompelde hij, en een paar tellen later: 'Wat ik ook doe...' De rest van zijn zin kon ik niet horen.

Ik fronste. 'Wat bedoel je, "wat ik ook doe"?'

Eindelijk haalde hij zijn handen van zijn gezicht en hij keek uit het raam. 'Niets. Ik heb gewoon... tijd nodig. Dit is allemaal nogal wat.' Hij leek me echter niet aan te willen kijken, en een innerlijk stemmetje vertelde me rustig dat ik moest doorvragen. Ik voelde dat hij niet helemaal eerlijk tegen me was, alsof hij iets had gedaan wat niet het gewenste resultaat had gehad.

Ik dacht terug aan het flesje eucalyptusolie. Op het etiket had een waarschuwing gestaan dat het middel giftig was. Als een vlaag koude lucht die naar binnen waaide, kwam er opeens een vraag bij me op. Als ik het mis had, was het een heel onredelijke beschuldiging, maar toch dwong ik mezelf de woorden uit te spuwen.

'James, heb je die olie met opzet opgedronken?'

Die gedachte was nog niet eerder bij me opgekomen, maar nu vond ik het idee verbijsterend. Ik was door de politie ondervraagd en bang geweest dat mijn man zou sterven. Was dat allemaal gebeurd omdat hij bewust een giftige stof had ingenomen?

Hij draaide zijn hoofd naar me toe, en in zijn blik waren schuldgevoel en teleurstelling te lezen. Recentelijk had ik die blik nog gezien: zo had hij ook gekeken toen ik zijn telefoon met de belastende appjes had gevonden. 'Je weet niet wat je weggooit,' zei hij. 'Deze barsten kunnen we repareren, maar niet als je me wegduwt. Laat me weer dichterbij komen, Caroline.'

'Dat is geen antwoord op mijn vraag.'

Hij hief zo onverwachts zijn handen op dat hij me aan het schrikken maakte. 'Wat doet dat er nu nog toe? In jouw ogen kan ik toch niets meer goed doen. Wat is een fout meer of minder? Voeg hem maar toe aan de lijst.' Met zijn vinger tekende hij een vinkje. Een bekentenis die ik kon toevoegen aan zijn ontrouw en zijn ongenode komst naar Londen.

'Hoe durf je.' Mijn fluistertoon verraadde niets van de woede die door mijn bloed kolkte. Vervolgens stelde ik hem de vraag die ik in gedachten al dagen stelde: 'Waaróm?'

Ik wist het antwoord echter al. Dit was weer een list, een volgende tactiek. James was een berekenende, risicomijdende man. Als hij dat middel had doorgeslikt terwijl hij wist dat het gevaarlijk was, moest het zijn laatste wanhopige poging zijn geweest om mij voor zich terug te winnen. Waarom zou een ontrouwe echtgenoot zichzelf anders schade berokkenen? Misschien dacht hij wel dat mijn bezorgdheid om zijn gezondheid het zou winnen van mijn verdriet en teleurstelling, en dat ik hem sneller zou vergeven als ik medelijden met hem had.

Het was hem bijna gelukt, maar nu keek ik er anders naar. Want nu ik lichamelijk én emotioneel afstand van hem had genomen, zag ik zijn ware aard, die neigde naar bedrog en oneerlijkheid.

'Je wilde mijn medelijden opwekken,' zei ik zachtjes, weer opstaand van het bed.

'Het laatste wat ik wil, is jouw medelijden,' reageerde hij kil. 'Ik wil gewoon dat je de zaak nuchter bekijkt en begrijpt dat je hier ooit spijt van zult krijgen.'

'Hier krijg ik geen spijt van.' Mijn handen beefden, maar bij het vervolg van mijn betoog wond ik er geen doekjes om. 'Jij hebt de boel zo verdraaid dat ik verantwoordelijk lijk voor de dingen die zijn misgegaan. Het is mijn schuld dat je niet gelukkig bent, dat je een maîtresse hebt genomen en dat je met deze zogenaamde ziekte kampt.' Hij werd bleker naarmate mijn stem harder werd. 'Een paar dagen geleden dacht ik nog dat er uit deze reis niets goeds kon voortkomen, maar nu blijkt het tegendeel waar te zijn. Het is me nu duidelijker dan ooit dat ik niet de oorzaak ben van je misstappen en de ontevredenheid over je leven. In die dagen zonder jou ben ik meer over ons huwelijk te weten gekomen dan in de jaren dat we onder hetzelfde dak leefden.'

Het gesprek werd onderbroken door een klopje op de deur. Eigenlijk kwam dat wel goed uit, want ik was bang dat ik op de plakkerige, betegelde vloer in elkaar zou zakken als ik nog lang zou doorgaan.

Er kwam een jonge verpleegkundige binnen, die nietsvermoedend naar ons glimlachte. 'Alles is gereed om u naar uw nieuwe kamer over te brengen,' zei ze tegen James. 'Bent u bijna klaar om te gaan?'

James knikte stijfjes en zag er opeens verschrikkelijk moe uit. En nu mijn adrenalinegehalte afnam, was ik ook opeens doodmoe. Net als op de avond van mijn aankomst verlangde ik naar mijn pyjama, een afhaalmaaltijd en mijn schemerig verlichte, lege hotelkamer.

Terwijl de verpleegkundige James van de monitoren af haalde, namen hij en ik ongemakkelijk afscheid van elkaar. De verpleegkundige bevestigde dat hij de volgende dag ontslagen zou worden, en ik beloofde de volgende ochtend terug te komen. Daarna liep ik weg, zonder James iets over de apothekeres en haar werkkamer te vertellen, en ik deed de zware deur achter me dicht.

In mijn hotelkamer nestelde ik me op het midden van mijn bed. Terwijl ik daar met een afhaaldoosje pad thai op mijn schoot zat, kon ik wel huilen van opluchting. Geen mensen om me heen, geen politie, geen piepende ziekenhuisapparatuur… en geen James. Ik zette niet eens de tv aan. Tussen de happen noedels door liet ik mijn hoofd achteroverleunen en genoot ik met gesloten ogen van de stilte.

Van de koolhydraten kreeg ik weer wat energie, maar het was nog niet eens acht uur. Na het eten tilde ik mijn tas van de vloer en pakte ik mijn telefoon. Vervolgens haalde ik mijn notitieboek en de twee artikelen van Gaynor tevoorschijn. Ik spreidde ze uit op het bed en knipte het tweede lampje bij het bed aan, want daardoor had ik meer licht bij het herlezen van de artikelen en kon ik de foto's op mijn telefoon beter bestuderen.

Ik zocht de eerste foto's op, die van het interieur van de apotheek. Ze waren erg korrelig en overbelicht, en zelfs nadat ik het contrast en de helderheid wat had aangepast, kon ik weinig meer zien dan de voorgrond. Het leek erop dat de flitser alleen het ronddwarrelende stof scherp in beeld had gebracht. Dat was waarschijnlijk het nadeel als je grootse, eenmalige ervaringen met je telefoon probeerde te fotograferen. Ik kon me wel voor mijn hoofd slaan. Waarom had ik geen goede zaklamp meegenomen?

Ik swipete naar de volgende foto's, die van het register van de apothekeres. Dat waren er acht, foto's die ik haastig en heel willekeurig had genomen: een paar bladzijden voor in het boek, een paar in het midden en de rest achter in het boek. Dit waren de foto's die me in de problemen hadden gebracht. Ze waren zo scherp dat ik er aantekeningen van had kunnen maken, en door die notities was ik bijna in de cel beland.

De laatste foto was het schutblad van een ander boek op de plank. Ik kon maar één woord lezen: *farmacopee*. Ik typte het in het zoekvenster van mijn browser en kwam te weten dat het een apothekersboek was, een naslagwerk van medicijnen. Interessant, maar niet zo boeiend als het handgeschreven register van de apothekeres.

Ik ging terug naar de laatste foto uit het register. Toen ik inzoomde, viel me weer de bekende vorm van de notitie op, met de datum en degene aan wie het middel was verstrekt erbij. Ik las de aantekeningen aandachtig en besefte dat dit de laatste bladzijde van het register moest zijn. Deze notities waren gemaakt in de dagen of weken voor de dood van de apothekeres.

Mijn oog viel onmiddellijk op de naam Lord Clarence. Ik hapte naar adem en las de hele notitie:

Miss Berkwell. Minnares en nicht van Lord Clarence. Spaanse vlieg. 9 februari 1791. Meegegeven aan zijn vrouw, Lady Clarence.

Haastig dook ik naar voren om het artikel van 10 februari 1791 te pakken, de eerste kopie die Gaynor voor me had gemaakt. Met bonkend hart vergeleek ik de namen en de data in het register met het artikel over dezelfde gebeurtenis, de dood van Lord Clarence. En al was ik er al die tijd van uitgegaan dat ik de werkplek van de moordzuchtige apothekeres had gezien, nu had ik het bewijs. Deze foto uit het register in de apotheek toonde aan dat zij het gif had verstrekt dat hem had gedood.

Fronsend las ik de aantekening echter nog wat grondiger door. Miss Berkwell, de eerstgenoemde persoon, was degene die het gif had moeten innemen. Lord Clarence, die het uiteindelijk had binnengekregen, werd alleen maar genoemd in connectie met Miss Berkwell: ze was zijn nicht. En de laatste naam in de aantekening, die van de persoon die het gif had gekocht, was Lady Clarence. Zijn vrouw.

Ik herlas het einde van het eerste krantenartikel, waarin de naam van Miss Berkwell niet eens werd genoemd. Er stond alleen heel duidelijk dat Lord Clarence dood was, en dat de politie niet wist of zijn drankje was vergiftigd door zijn vrouw of door iemand anders. Het register van de apothekeres suggereerde echter dat hij helemaal niet had moeten sterven. Het beoogde slachtoffer was Miss Berkwell geweest.

Volgens alle informatie voor mijn neus was de verkeerde persoon gestorven. Waren Lady Clarence, de apothekeres en ik de enigen die dat ooit hadden geweten? Al had ik dan geen master geschiedenis afgerond, ik was apetrots op de enorme ontdekking die ik had gedaan.

En wat was het motief geweest? Dat bleek ook duidelijk uit de notitie: Miss Berkwell was niet alleen de nicht van Lord Clarence, maar ook zijn minnares. Geen wonder dat Lady Clarence haar had willen doden; Miss Berkwell was 'de andere vrouw'. Ik wist nog heel goed dat ik het liefst meteen wraak op 'de andere vrouw' had willen nemen toen ik ontdekte dat James me ontrouw was geweest. In dat opzicht kon ik Lady Clarence dus niets kwalijk nemen, maar ik vroeg me af hoe ze zich had gevoeld toen haar plan misliep en haar man per ongeluk overleed. Het was allemaal duidelijk anders gelopen dan de bedoeling was geweest.

Anders dan de bedoeling was geweest...

Het briefje uit het ziekenhuis. Daar stond toch ook zoiets in? Met trillende handen zocht ik het gedigitaliseerde briefje uit St. Thomas' Hospital op, gedateerd 22 oktober 1816. Ik herlas de regel die ik me herinnerde:

Alles liep echter heel anders dan de bedoeling was geweest.

Kon het zijn dat Lady Clarence dat briefje had geschreven? Ik sloeg mijn handen voor mijn mond. 'Onmogelijk,' fluisterde ik.

Maar de laatste zin van het briefje paste ook in het plaatje:

In mijn ogen ligt de verantwoordelijkheid bij mijn man en zijn dorst naar wat niet voor hem was bedoeld.

Was dit zowel een letterlijke als een figuurlijke aanwijzing? Wees ze op het feit dat Lord Clarence een giftig drankje had ingenomen dat voor Miss Berkwell was bestemd, én op zijn dorst naar een vrouw die niet zijn echtgenote was?

Ik aarzelde geen moment en stuurde Gaynor een appje. In de koffiebar had ze gezegd dat ze de sterfdatum van Lord Clarence in het kerkregister had gecheckt. Als ze dat ook met de sterfdatum van Lady Clarence deed, kon ze misschien wel bevestigen dat Lady Clarence dat briefje had geschreven. 'Ben ik weer!' appte ik naar Gaynor. 'Kun je nog een keer het kerkregister raadplegen? Zelfde achternaam, Clarence, maar dan een vrouw. Is er rond oktober 1816 iemand met die naam gestorven?'

Tot ik haar antwoord binnenkreeg, was het zinloos om hier nog langer over te malen. Ik nam een flinke slok water, ging in kleermakerszit zitten en vergrootte de foto van de laatste aantekening – de allerlaatste in het boek.

Bij voorbaat kreeg ik al kippenvel. Dit was de laatste notitie van de apothekeres voordat ze de politie was ontvlucht en naar haar dood was gesprongen.

Toen ik de notitie een keer doorlas, verscheen er een frons in mijn voorhoofd. Bij deze aantekening was het handschrift minder gelijkmatig dan bij de vorige, alsof de schrijfster had getrild. Zou ze ziek zijn geweest? Was ze verkleumd, of had ze haast gehad? Misschien – ik huiverde bij de gedachte – had iemand anders deze woorden wel geschreven.

De zware gordijnen van mijn hotelkamer waren open, en in een gebouw aan de andere kant van de straat knipte iemand een licht aan. Opeens voelde ik me bekeken, dus ik stond op om de gordijnen dicht te doen. Onder me krioelde het van de mensen: vrienden op weg naar de pub, mannen in pak die hadden overgewerkt en een jong stel dat achter een kinderwagen langzaam in de richting van de Theems liep.

Ik ging weer op het bed zitten. Het leek wel of er iets niet klopte, maar ik wist niet precies wat. Ik las de laatste notitie nog eens door en klikte met mijn tong tegen mijn tanden toen ik over de woorden nadacht. En toen zag ik het.

De notitie was gemaakt op 12 februari 1791.

Ik pakte het tweede artikel, waarin werd beschreven dat de apothekeres zelfmoord had gepleegd. Er stond dat de vrouw op 11 februari van de brug was gesprongen.

De telefoon viel uit mijn handen. Ik leunde achterover en voelde een vreemd gevoel over me neerdalen, alsof er zojuist een geest was binnengekomen die afwachtend naar me keek, even opgetogen als ik dat de waarheid boven water kwam: wie er ook op 11 februari van de brug was gesprongen, er was iemand springlevend teruggekomen naar de apotheek.

Hoofdstuk 33

NELLA

11 februari 1791

Voordat ik over de leuning stapte, dacht ik even na.

Alles wat ik ben kwijtgeraakt. Mijn leven vol ellende drukte nu op mijn schouders, als het gewicht van verse aarde die in een open graf was geschept. En toch: de lucht die ik inademde, de zachte bries in mijn nek, de roep van een hongerige watervogel in de verte, de zoute smaak op mijn tong – dat waren allemaal dingen die ik nog niet was kwijtgeraakt.

Ik zette een stap achteruit en deed mijn ogen open.

Alles wat ik was kwijtgeraakt, of alles wat ik nog had?

Eliza was in mijn plaats gesprongen. Een laatste geschenk aan mij; haar laatste ademtocht was een poging om de autoriteiten voor de gek te houden en de indruk te wekken dat zij de gifmengster was. Hoe kon ik haar geschenk in godsnaam weer in het water gooien, waar het zou zinken, net als zij?

Terwijl ik oostwaarts over de Theems uitkeek, dacht ik aan iemand anders: Mrs Amwell, de geliefde meesteres van Eliza. Zij zou over een paar dagen thuiskomen en ontdekken dat Eliza weg was. Spoorloos verdwenen. Voor de buitenwereld deed Mrs Amwell of ze om het verlies van haar man treurde, maar als ze ontdekte dat Eliza weg was, zou ze haar verdriet niet meer hoeven veinzen. Misschien werd ze wel de rest van haar leven achtervolgd door de gedachte dat het kind haar in de steek had gelaten.

Ik moest Mrs Amwell de waarheid vertellen. Ik moest haar laten weten dat Eliza dood was. En ik moest haar troosten op de enige manier die ik kende: met een tinctuur van *scutellaria*, oftewel glidkruid. Dat middel zou de scherpe steken in haar hart verzachten als ze hoorde dat de kleine Eliza geen brieven meer voor haar zou schrijven.

En daarom keerde ik de leuning van de brug de rug toe en onderdrukte ik de snik in mijn keel tot ik alleen was – tot ik me weer in mijn apotheek vol vergiffen bevond, waar ik nooit meer had willen komen.

Er waren tweeëntwintig uren verstreken sinds Eliza in de rivier was gesprongen – een nacht en een dag die ik had gebruikt om het glidkruid dat ik naar Mrs Amwell wilde brengen te bereiden en te bottelen – maar toch voelden mijn handen nog steeds de kille leegte op het moment dat ik tevergeefs naar haar reikte. Nog steeds hoorde ik de plons van haar lichaam, het zuigende geluid van het water dat haar opnam.

Nadat ik de brug achter me had gelaten en in Back Alley 3 was teruggekeerd, rook ik in de voorraadkamer nog een zweempje aanwezigheid van de gerechtsdienaar: de zweterige, ongewassen geur van een man die door het vertrek sloop, zoekend naar iets wat hij niet zou vinden. Hij had ook niet de nieuwe brief in het vat met parelgort gevonden. Die moest daar recentelijk zijn neergelegd, misschien toen ik naar de markt was en Eliza druk bezig was met haar tinctuur.

Ik hield die brief nu in mijn handen. Dit papier rook niet naar lavendel of rozen. Het handschrift was niet verfijnd of netjes. De vrouw verschafte me weinig details en maakte zich enkel kenbaar als huisvrouw, bedrogen door haar echtgenoot.

Het laatste verzoek verschilde nauwelijks van het eerste.

De bereiding zou niet moeilijk zijn. Sterker nog, een glazen fles met blauwzuur stond binnen handbereik; met minimale inspanning zou ik het middel binnen een minuut klaar kunnen hebben. En misschien zou dit laatste gif, dit allerlaatste middel, me eindelijk de rust geven die ik zocht sinds mijn kind door toedoen van Frederick uit mijn buik was gestoten.

Helen door wraak.

Dat bleek in de praktijk onmogelijk te zijn. Het was me nooit gelukt. Ik was alleen maar dieper beschadigd toen ik anderen kwaad ging doen. Ik pakte de brief en volgde met mijn vinger de lijnen van de woorden. Daarna stond ik op van mijn stoel. Mijn ademhaling schraapte toen ik voorovergebogen mijn ene zwakke been voor het andere zette en naar de haard liep, waarin een zwak vlammetje aan een enkel stukje hout knabbelde. Ik zag de brief onmiddellijk vlam vatten toen ik hem voorzichtig op het dansende lichtje legde.

Nee, ik zou niet aan het verzoek van deze vrouw voldoen.

De dood werd niet meer door deze apotheek verstrekt.

En daarmee kwam er een einde aan mijn winkel met vergif. Het vlammetje in de haard doofde sputterend, de laatste brief was vergaan tot as. Er hoefde geen balsem meer te sudderen, er hoefde geen tinctuur meer te worden omgeschud en er hoefden geen planten meer te worden opgegraven.

Ik leunde naar voren en begon te hoesten. Een propje bloed belandde vanuit mijn longen op mijn tong. Ik hoestte al bloed op sinds gistermiddag – sinds ik was gevlucht voor de gerechtsdienaren, sinds ik over de achterwand van de paardenstal was gevallen en mijn kleine vriendin naar haar dood had zien springen. Binnen een paar minuten had ik een jaar energie verspeeld; door hun achtervolging hadden de gerechtsdienaren me dichter bij mijn dood gebracht dan ik had beseft.

Ik spuwde het bloedpropje in de as en voelde niet eens de behoefte om een slok te nemen en het plakkerige restje van mijn tong te spoelen. Ik had geen honger of dorst en had al bijna een dag niet geplast. Het was me wel duidelijk dat dat geen goed voorteken was; als de keel niet meer bedelt en de blaas niet meer volloopt, is het bijna voorbij. Dat wist ik uit ervaring, want ik had het een keer zien gebeuren.

De dag dat mijn moeder stierf.

Ik wist dat ik mijn bezoek aan het huis van Mrs Amwell niet te lang meer moest uitstellen. Ik zou de brief en de tinctuur bij een bediende achterlaten.

Eliza had gezegd dat haar meesteres misschien wel een paar weken weg zou blijven, dus ik verwachtte niet dat Mrs Amwell zelf thuis zou zijn. Daarna zou ik naar de rivier gaan, waar ik in afwachting van mijn onvermijdelijke dood op de stille oever zou gaan zitten. Vermoedelijk hoefde ik niet lang te wachten.

Voordat ik de apotheek voorgoed verliet, moest ik echter nog één ding doen.

Ik pakte mijn veer, trok het geopende register naar me toe en begon zorgvuldig mijn laatste notitie te maken. Ook al had ik het drankje niet verstrekt en wist ik niet wat erin had gezeten, ik kon niet weggaan zonder te erkennen dat ze geleefd had en was gestorven:

Eliza Fanning, Londen. Ingr. onbekend. 12 februari 1791.

Mijn hand trilde vreselijk toen de punt van de veer over het papier kraste, en de woorden waren zo gevlekt dat ze wel het handschrift van een ander leken.

Sterker nog, het was alsof een onbekende geest niet wilde dat ik de woorden opschreef en de dood van de kleine Eliza vastlegde.

Hoofdstuk 34

CAROLINE

Huidige tijd, woensdag

Met mijn hand voor mijn mond herlas ik de laatste notitie.

Eliza Fanning, Londen. Ingr. onbekend. 12 februari 1791.

12 februari? Hoe kon dat nu? De apothekeres was op 11 februari van de brug gesprongen, en volgens het artikel dreven er overal brokken ijs in de rivier. Zelfs als je de val zou overleven, was het onwaarschijnlijk dat je het meer dan twee minuten in het ijskoude water zou uithouden.

Het was ook vreemd dat er slechts één naam was opgeschreven: Eliza Fanning. Er stond niet 'meegegeven aan' bij, en ook geen andere naam. Dat moest betekenen dat ze zelf naar de apotheek was gekomen. Zou ze hebben geweten dat ze de laatste klant was? En had ze een rol gespeeld bij de dood van de apothekeres?

Ik trok een deken over mijn benen. Eerlijk gezegd vond ik die laatste notitie een beetje griezelig. Misschien was het verschil gewoon een foutje en had de apothekeres de data door elkaar gehaald. Was deze afwijking misschien totaal onbelangrijk?

En het was ook vreemd dat ze 'Ingr. onbekend' had opgeschreven – ingrediënten onbekend. Dat leek me onmogelijk. Hoe kon de apothekeres nu iets hebben verstrekt waarover ze niets wist?

Misschien had de apothekeres die regel niet geschreven. Misschien had iemand anders de notitie gemaakt. Maar de apotheek was goed verstopt, en het leek niet aannemelijk dat iemand op de dag na de zelfmoord van de apothekeres naar binnen was gegaan om zo'n cryptische, laatste boodschap achter te laten. Het was logischer dat de apothekeres het zelf had gedaan.

Maar als zij de notitie had gemaakt, wie was er dan van de brug gesprongen?

De afgelopen minuten had ik meer nieuwe vragen dan antwoorden gekregen, en mijn nieuwsgierigheid ging over in frustratie. Er klopte niets meer van: het slachtoffer in het eerste artikel was een ander dan het slachtoffer uit de notitie over Lord Clarence; de laatste notitie was cryptisch opgeschreven, in een vreemd handschrift en met een verwijzing naar onbekende ingrediënten; en het allerbelangrijkst: de laatste notitie was gemaakt op de dag nadat de apothekeres zou zijn gestorven.

Ik spreidde vertwijfeld mijn handen. Hoeveel geheimen had de apothekeres in haar graf meegenomen?

Ik liep naar de minikoelkast en pakte de fles champagne die het hotelpersoneel erin had gezet. Het kwam niet eens bij me op om de gekoelde wijn in een glas te schenken. Toen ik de champagne had ontkurkt, zette ik de fles aan mijn lippen en nam ik een flinke slok.

Van de champagne knapte ik niet op. Ik werd er alleen maar vermoeider van, bijna duizelig zelfs. Voor vandaag was mijn nieuwsgierigheid naar de apothekeres wel een beetje verzadigd, en ik had niet veel zin om verder onderzoek te doen.

Morgen misschien.

Ik besloot alle vragen over mijn ontdekkingen van vandaag op te schrijven. Morgen zou ik er verder naar kijken, of anders na het vertrek van James. Ik pakte een pen en mijn notitieboek en sloeg een lege bladzijde open. Er waren wel tien vragen bij me opgekomen over wat ik had gelezen. Ik wilde ze allemaal onder elkaar zetten.

Maar toen ik me met de pen in mijn hand afvroeg wat ik het eerst zou opschrijven, besefte ik dat ik één mysterie heel graag wilde oplossen. Het was de knagendste, dringendste vraag van allemaal. Ik had het gevoel dat het antwoord ook een paar andere vragen zou wegnemen, zoals het mysterie waarom de notitie op 12 februari was gemaakt.

Ik drukte de punt van mijn pen op het papier en schreef: 'Wie is Eliza Fanning?'

Nadat James de volgende ochtend uit het ziekenhuis was ontslagen, zaten we aan het tafeltje bij de deur van de hotelkamer. Ik klemde mijn handen om een kop slappe thee, en James hield zijn telefoon in zijn hand om op de website van de luchtvaartmaatschappij een vlucht naar huis te zoeken. Het kamermeisje was nog niet geweest, dus er stond een halflege fles champagne bij de koffiepot. Mijn hoofdpijn was het gevolg van de helft die opgedronken was.

Hij haalde zijn portemonnee uit zijn zak. 'Ik heb er eentje gevonden die om vier uur vanaf Gatwick vertrekt,' zei hij. 'Dan heb ik nog genoeg tijd om in te pakken en de metro te nemen. Ik moet tegen enen weg.'

De vaas met lichtblauwe hortensia's stond tussen ons in. De meeste bloemen waren verlept en hingen nu over de rand van het glas. Ik schoof de vaas opzij en bekeek hem aandachtig. 'Denk je dat het wel gaat? Ben je niet duizelig of zo?'

Hij legde zijn portemonnee neer. 'Ik heb nergens last van. Ik wil alleen maar naar huis.'

Even later stond hij bij het raam. Zijn ingepakte koffer stond naast hem, alsof we de film hadden teruggespoeld en hij nog maar net was gearriveerd. Ik bleef aan de tafel zitten, waar ik halfslachtig de foto's van het apothekersregister had bekeken, me bewust van het feit dat het afscheid naderde. Als ik James de waarheid over mijn activiteiten van de laatste dagen wilde vertellen, moest ik het vlug doen.

'Volgens mij ben ik klaar,' zei James, op zijn spijkerbroek tikkend om zeker te weten dat zijn paspoort op de goede plaats zat. Tussen ons in stond het onopgemaakte bed waarin ik de afgelopen nachten in mijn eentje had geslapen. Het vormde nu een barrière tussen ons, een donzige witte herinnering aan alles wat we tijdens deze reis eigenlijk hadden moeten delen. Nog maar een paar dagen geleden had ik vurig gehoopt dat onze baby in dit bed zou worden verwekt. Nu kon ik me niet meer voorstellen dat ik ooit nog naar bed zou gaan met de man bij het raam.

Vooraf had ik me deze reis ter ere van onze trouwdag heel anders voorgesteld, maar ik had het idee dat deze afschuwelijke gebeurtenissen een noodzakelijke les waren geweest. Want stel dat ik de ontrouw van James niet had ontdekt. Stel dat ik zwanger was geworden en dat de waarheid pas ná de geboorte van de baby boven water was gekomen. Of stel dat we geleidelijk aan een hekel hadden gekregen aan onze banen, de sleur en elkaar, en dat het gevolg een rampzalig einde van ons huwelijk en een verscheuring van ons gezinnetje was geweest, dat dan misschien wel uit drie personen had bestaan. Dit ging immers niet alleen over James. Ik was net zo ontevreden geweest met ons leven als hij, en ik had die gevoelens diep weggestopt. Wat was er gebeurd als ík er als eerste niet meer tegen had gekund? Als ik als eerste een onomkeerbare fout had gemaakt?

Ik keek hoe laat het was: vijf voor een. 'Wacht,' zei ik. Ik legde mijn telefoon neer en kwam van mijn stoel. James hield fronsend het hengsel van zijn koffer vast. Ik boog me over mijn koffer en schoof de sneakers opzij die ik tijdens het rivierjutten had gedragen. Ik pakte iets wat onder mijn andere spullen verstopt had gelegen, een voorwerp dat zo klein was dat het makkelijk op mijn handpalm paste.

Ik vouwde mijn vingers om het koele, harde voorwerp: het antieke doosje voor de visitekaartjes van James. Het was het cadeau dat ik hem voor onze tiende trouwdag had willen geven. Sinds die rampzalige middag in onze inloopkast had ik het doosje ver weggestopt.

Ik liep naar hem toe. 'Dit is geen teken van vergiffenis, of zelfs maar een stap in die richting,' zei ik zachtjes. 'Maar het is voor jou, en het is nu nog passender dan ik had kunnen dromen toen ik het voor je kocht.' Ik gaf hem het doosje, dat hij met bevende hand aannam. 'Het is gemaakt van tin,' legde ik uit. 'Het traditionele materiaal dat bij een tiende trouwdag hoort omdat het staat voor kracht en...' Ik haalde diep adem en wenste dat ik in de toekomst kon kijken. Hoe zouden onze levens er over vijf of tien jaar uitzien? ‘Kracht en stevigheid, zelfs bij aanzienlijke schade. Ik had het gekocht om de duurzaamheid van onze relatie te symboliseren, maar dat is nu niet belangrijk meer. Wat belangrijk is, is de kracht om zonder de ander verder te gaan. Er wacht ons beiden een zware taak.’

James omhelsde me stevig, en we bleven zo lang staan dat ik dacht dat het allang na enen moest zijn. Toen hij me uiteindelijk losliet, beefde zijn stem. ‘Tot gauw,’ fluisterde hij, met mijn cadeau nog altijd in zijn hand geklemd.

‘Tot gauw,’ zei ik. Tot mijn verbazing was er in mijn woorden ook een trilling te bespeuren. Ik liep met hem naar de deur, en nadat we een laatste keer naar elkaar hadden gekeken, ging hij weg en deed hij de deur achter zich dicht.

Nu was ik weer alleen, maar het gevoel van vrijheid was zo indringend en echt dat ik een paar tellen roerloos en enigszins overweldigd bleef staan. Ik staarde naar de vloer, angstig wachtend op de onvermijdelijke golf van eenzaamheid die over me heen zou slaan. Ik wachtte op het moment dat James op een holletje terug zou komen, vragend om een tweede kans. Ik wachtte tot mijn telefoon zou gaan met slecht nieuws van het ziekenhuis of de politie – nóg meer slecht nieuws.

Ik wachtte ook op een steek van spijt, want ik had James niets verteld over de apothekeres. Ik had niet gezegd dat ik in een verborgen kelder onder een souterrain had ingebroken. En ik had ook niets gezegd over Gaynor of Vrijgezel Alf of de seriemoordenares wier geheimen ik nog steeds bewaarde.

Al die dingen had ik voor hem verzwegen.

Ik bleef lange tijd voor de deur staan, wachtend tot ik werd overvallen door schuldgevoelens en spijt. Die gevoelens bleven echter uit. Er etterde niets, er hoefden geen rekeningen te worden vereffend.

Toen ik me omdraaide, pingde mijn telefoon: een appje van Gaynor. ‘Sorry dat ik zo laat reageer! Kerkregister vermeldt dat er op 23 oktober 1816 ene Lady Bea Clarence in St. Thomas’ Hospital overleed aan oedeem. Geen nakomelingen.’

Ik staarde verbluft naar mijn telefoon en liet me op het bed zakken. Het briefje uit het ziekenhuis was dus echt een sterfbedbekentenis geweest, geschreven door de weduwe van Lord Clarence, vijfentwintig jaar na zijn dood. Misschien werd ze wel geplaagd door schuldgevoelens.

Ik belde Gaynor om haar te vertellen wat ik had ontdekt.

Nadat ik Gaynor had bijgepraat over Miss Berkwell, de maîtresse – wier naam ik niet kende uit de artikelen die Gaynor voor me had gekopieerd, maar uit de notitie in het register van de apothekeres – was ze een poosje stil.

Er was maar één ding dat ik haar niet had verteld, en dat was dat er in het register een aantekening stond die een dag na de veronderstelde dood van de apothekeres was gemaakt: de notitie over Eliza Fanning.

Die hield ik voor mezelf.

'Dit is echt verbazingwekkend,' zei Gaynor uiteindelijk. Terwijl ik overdacht hoe ongelooflijk dit allemaal was, en hoe spectaculair, zag ik Gaynor in gedachten bewonderend haar hoofd schudden over alles wat ik had opgelost. 'En dat allemaal dankzij een kleine fiool in de rivier. Ongelooflijk dat je al die puzzelstukjes bij elkaar hebt gevonden. Uitstekend detectivewerk, Caroline. Volgens mij zou je zo aan de slag kunnen bij de recherche.'

Ik bedankte haar, maar herinnerde haar eraan dat ik de afgelopen dagen meer met de politie te maken had gehad dan me lief was.

'Als je niet bij de recherche wilt, kun je misschien onderzoek komen doen in de bibliotheek,' zei ze. Ik was ervan overtuigd dat ze een grapje maakte, maar ze raakte wel een gevoelige snaar. 'Ik heb gezien dat je het vuur in je hebt,' voegde ze eraan toe.

O, kon ik maar in Londen blijven! In plaats daarvan had ik nog maar een paar dagen voordat ik terug naar Ohio moest. 'Kon dat maar,' zei ik, 'maar ik heb thuis nog een heleboel problemen op te lossen, te beginnen met mijn huwelijkscrisis.'

Gaynor haalde adem. 'We zijn nog maar kort bevriend, dus ik zal je geen advies geven over je huwelijk. Al zou ik dat wel heel makkelijk doen als we samen cocktails gingen drinken.' Ze grinnikte. 'Maar één ding weet ik wel:

het is belangrijk om je dromen te volgen. Geloof me, als je een verandering wilt, ben jij de enige die je tegenhoudt. Wat zou je graag willen doen?'

Daar hoefde ik geen seconde over na te denken; de woorden rolden automatisch uit mijn mond. 'In het verleden duiken – in de levens van échte mensen. Hun geheimen, hun ervaringen. Ik moet je bekennen dat ik me na mijn bachelor bijna had aangemeld voor een master geschiedenis in Cambridge...'

'Cambridge?' Gaynor hapte naar adem. 'De universiteit die hier een uur vandaan ligt?'

'Die, ja.'

'Je had je bijna aangemeld. Waarom heb je het niet gedaan?' Haar toon was vriendelijk, nieuwsgierig.

Knarsetandend dwong ik mezelf de woorden uit te spreken. 'Omdat ik ging trouwen, en mijn man had een baan in Ohio.'

Gaynor klakte met haar tong. 'Tja, misschien zie jij het zelf niet, maar ik zie het wél: je hebt talent, je bent intelligent, je bent capabel. En je hebt een nieuwe vriendin in Londen.' Ze zweeg even. In gedachten zag ik haar een vastberaden blik opzetten en haar armen over elkaar slaan. 'Je bent uitermate geschikt om meer te doen. En ik denk dat je dat zelf ook weet.'

Hoofdstuk 35

NELLA

12 februari 1791

Toen ik het huis van Mrs Amwell naderde, werd mijn zicht verwrongen en draaierig, felgekleurd als kinderspeelgoed, de stad wankel om me heen. Ik stopte een bebloede doek in de zak van mijn rok en keek naar de passerende gezichten – sommige erg bezorgd over het gedroogde bloed op mijn lippen, andere wazig, vaag en nietsziend, alsof ik niet eens bestond. Ik vroeg me af of ik een geestenrijk had betreden. Bestond er zoiets als een halfleven, een tussenwereld waarin de doden en de levenden door elkaar heen liepen?

In een andere zak van mijn rok zat het pakje: de glidkruidtinctuur en een korte brief waarin ik Mrs Amwell uitlegde dat Eliza niet meer terugkwam – niet omdat ze niets om haar meesteres gaf, maar omdat ze een onzelfzuchtige, dappere heldendaad had verricht. Ik gaf Mrs Amwell ook adviezen over de juiste dosis van het glidkruid, net zoals ik haar lang geleden had geadviseerd toen ze iets tegen haar trillende handen kwam halen. Ik had wel meer willen schrijven – o, wat had ik veel kunnen schrijven! Daar had ik echter geen tijd voor, wat wel bleek uit het veegje bloed op de hoek van de brief. Ik had niet eens tijd gehad om het glidkruid, mijn laatste geneesmiddel, in mijn register op te nemen.

Het geschakeerde, bloedrode bakstenen huis met de twee bovenverdiepingen doemde op. Schuiframen met elk twaalf ruitjes – of misschien wel zestien; in deze allerlaatste minuten wist ik helemaal niets meer zeker. Het was allemaal zo wazig. Ik dwong mijn voeten door te lopen. Ik hoefde alleen maar te zorgen dat ik bij het trapje aan de voorkant kwam, bij de zwarte deur, en dat ik het pakje neerlegde.

Ik keek omhoog naar het puntdak, dat onder de wolken scheef hing en bol stond. Er kwam geen rook uit de schoorsteen. Mrs Amwell was niet thuis, zoals ik al had gedacht. Dat was een enorme opluchting, want ik had niet de kracht om met haar te praten. Ik zou het pakje neerleggen en weggaan. Wegkruipen, in zuidelijke richting, naar de dichtstbijzijnde trap naar de rivier – als het me lukte om die te bereiken.

Er holde een klein meisje voorbij, lachend, bijna verstrikt rakend in mijn rokken. Ze draaide één, twee keer om me heen – een spelletje met mijn zintuigen dat me deed denken aan het kind dat uit mijn buik was gegleden. Ze rende even vlug weg als ze was verschenen. Terwijl mijn zicht vertroebeld werd door tranen, leek haar gezicht weg te smelten, onduidelijk en schimmig, een geest. Ik begon mezelf een dwaas te vinden dat ik had getwijfeld aan Eliza's bewering dat er geesten om haar heen leefden. Misschien had ik het wel mis gehad toen ik zei dat die zielen slechts restanten van herinneringen waren, creaties van een levendige fantasie. Ze leken allemaal zo levendig, zo tastbaar.

Het pakje. Ik moet het pakje neerleggen.

Een laatste blik naar boven, naar de dakkapel, waar de bedienden zich waarschijnlijk bevonden. Ik hoopte dat een van hen zou zien dat ik het in papier gewikkelde pakje in het portaal legde, nog maar een paar stappen van me vandaan, en dat hij of zij het zou pakken en veilig zou bewaren tot Mrs Amwell thuiskwam.

En ja, er was een bediende die me zag! Ik zag haar glashelder achter het raam, met haar dikke, zwarte haar en opgeheven kin...

Op de stoep bleef ik abrupt stilstaan. Mijn vingers lieten het pakje los, dat met een zachte plof op de grond viel. Het was geen bediende achter het raam. Het was een geestverschijning. Mijn kleine Eliza.

Ik kon me niet verroeren. Ik kon niet ademhalen.

Maar toen een flits, een beweging, de schaduw verdween van het raam. Ik viel op mijn knieën en voelde weer de drang om te hoesten. De kleuren van Londen veranderden in zwart, alles werd zwart. Mijn laatste ademtocht, nog maar een paar seconden te leven...

En toen, in mijn laatste coherente moment, kwam de kleur om me heen terug: de kleine Eliza met de heldere, jeugdige ogen die ik zo goed kende, zweefde uit het huis in mijn richting. Een glimp van roze glas. Ik fronste en probeerde mijn blik scherp te stellen. In haar hand had ze een kleine fiool, die qua vorm en afmeting erg leek op het flesje dat ze me op de brug had aangeboden. Die fiool was echter blauw geweest, deze was zeeschelproze. Tijdens het rennen trok ze de kurk eruit.

Ik reikte naar haar heldere schaduw. Het was allemaal zo vreemd en onverwacht: haar rozige wangen, de nieuwsgierige grijns, alsof ze helemaal geen geest was.

Alles aan haar zag er levensecht uit.

Alles, precies zoals ik me haar herinnerde van de seconden voor haar dood.

Hoofdstuk 36

CAROLINE

Huidige tijd, vrijdag

De volgende ochtend ging ik voor de derde keer naar de British Library. Ik liep de vertrouwde route: langs de receptie, de trap op naar de derde verdieping.

De kaartenzaal voelde inmiddels al net zo vertrouwd en plezierig voor me als de metrostations. Ik zag Gaynor bij een van de boekenrekken in het midden van de zaal, bezig om een stapeltje boeken bij haar voeten te sorteren.

'Psst,' fluisterde ik, haar van achteren besluipend.

Ze schrok en draaide zich om. 'Hoi! Je wordt hier steeds weer naartoe getrokken, hè?'

Ik grinnikte. 'Ik heb een nieuwtje.'

'Alweer?' Ze ging zachter praten en zei: 'Zeg alsjeblieft niet dat je weer ergens hebt ingebroken.' Toen ze zag dat ik bleef glimlachen, haalde ze opgelucht adem. 'Goddank. Wat wilde je me vertellen? Nog meer nieuws over de apothekeres?' Ze pakte een boek van de vloer en zette het op zijn plaats op een van de planken.

'Het is nieuws over mij.'

Ze hield haar hand stil, waardoor een boek in de lucht bleef hangen. Ze keek naar me en zei: 'Vertel eens.'

Ik haalde diep adem, nog steeds beduusd dat ik de stap werkelijk had gezet. Ik had de stap gezet. Na alle ongehoorde dingen die ik deze week in Londen had gedaan, verbaasde deze stap me nog het meest. 'Ik heb me gisteravond aangemeld voor een master in Cambridge.'

Binnen een tel schoot Gaynor vol. De lampen boven ons hoofd weerspiegelden in het vocht van haar tranen. Ze zette het boek neer en legde haar handen op mijn schouders. 'Caroline, ik ben apetrots op je.'

Met een brok in mijn keel kuchte ik. Ik had Rose daarnet gebeld om haar het nieuws ook te vertellen. Ze was in vreugdetranen uitgebarsten en had gezegd dat ik de dapperste vrouw was die ze kende.

Dapper. Het was een woord waarmee ik mezelf in Ohio niet zou hebben omschreven, maar nu besefte ik dat ze gelijk had. Het wás dapper – zelfs een beetje gestoord – maar het was wel wat ik diep in mijn hart wilde. En al was mijn leven momenteel totaal anders dan dat van Rose, haar steun herinnerde me eraan dat het helemaal niet erg was als vriendinnen verschillende paden insloegen.

Ik keek naar Gaynor, eveneens dankbaar voor de onwaarschijnlijke vriendschap die ik met háár had gesloten. Mijn gedachten gingen terug naar mijn eerste keer in deze zaal: doorweekt van de regen, stuurloos en verdrietig had ik de mij volkomen onbekende Gaynor benaderd, met niet meer dan een glazen fiool in mijn zak. Een glazen fiool en een vraag. Nu ik weer voor haar stond, leek ik al bijna niet meer op die persoon. Ik was nog steeds verdrietig, dat wel, maar ik had veel over mezelf ontdekt, genoeg om me een heel andere kant op te sturen. Een richting die ik voor mijn gevoel al veel eerder had moeten kiezen.

'Het wordt geen master geschiedenis, maar Engels,' legde ik uit. 'Achttiende-eeuwse teksten en werken uit de romantiek. Oude geschriften, literatuur en onderzoeksmethoden.' Ik dacht dat een master Engels mijn interesses in geschiedenis, literatuur en onderzoek met elkaar zou combineren. 'Ik sluit de opleiding af met een scriptie,' voegde ik eraan toe, al trilde mijn stem bij het woord 'scriptie'. Gaynor trok haar wenkbrauwen op toen ik het haar uitlegde: 'Over de vergeten apothekeres – haar werkplek, haar register, de obscure ingrediënten die ze gebruikte. Ik hoop onderzoek naar haar en haar werk te doen. Een wetenschappelijke manier om mijn ontdekkingen te delen en te zorgen dat ze niet verloren gaan.'

'Lieve help, je klinkt nu al als een echte academica.' Ze grinnikte en voegde eraan toe: 'Ik vind het echt geweldig. En dan ben je hier niet zo ver vandaan! We moeten een paar gezamenlijke weekendjes weg plannen. Misschien een tripje naar Parijs, met de trein?'

Mijn maag kriebelde opgewonden bij de gedachte. 'Uiteraard. De opleiding start aan het begin van het nieuwe jaar, dus we hebben meer dan genoeg tijd om een paar ideeën te plannen.'

Ik popelde om aan de slag te gaan, maar het was waarschijnlijk goed dat ik nog een halfjaar de tijd had. Er wachtten me nog een aantal moeilijke gesprekken – om te beginnen met James en mijn ouders – en ik moest mijn opvolger op kantoor inwerken. Verder moest ik een studentenkamer in Cambridge vinden en het papierwerk afronden voor de scheiding van tafel en bed. Gisteravond was ik daar online al aan begonnen.

Alsof Gaynor mijn gedachten kon lezen, wrong ze haar handen en vroeg ze aarzelend: 'Ik weet dat het me niet aangaat, maar weet je man het al?'

'Hij weet dat we een poosje uit elkaar moeten, maar hij weet nog niet dat ik van plan ben om hier terug te komen terwijl we ons leven weer op orde proberen te krijgen. Ik bel hem vanavond om te zeggen dat ik me heb aangemeld.'

Ik was ook van plan om mijn ouders te bellen en eindelijk te vertellen wat James had gedaan. Een paar dagen geleden had ik het nieuws nog voor hen verborgen willen houden, maar nu besefte ik hoe onredelijk dat was. Gaynor en Rose hadden me eraan herinnerd hoe belangrijk het was om me te omringen met mensen die mij en mijn wensen steunden en aanmoedigden. Die bemoediging had ik al veel te lang gemist, en ik wilde haar graag terug.

Gaynor ging verder met boeken terugzetten en keek ondertussen naar mij. 'Hoelang duurt die master?' vroeg ze.

'Negen maanden.'

Negen maanden, net zo lang als de zwangerschap waarnaar ik zo had verlangd. Ik glimlachte, want de ironie ontging me niet. In mijn nabije toekomst kwam weliswaar geen kind voor, maar iets anders – een hervonden droom – had die plaats ingenomen.

Na mijn bezoekje aan Gaynor liep ik naar de tweede verdieping. Ik hoopte dat ze niet zou zien dat ik naar de leeszaal van Geesteswetenschappen liep. Eerlijk gezegd wilde ik haar op dit moment ontlopen. Bij deze taak wilde ik alleen zijn, weg van alle nieuwsgierige blikken, ook al waren die nog zo goedbedoeld.

Ik liep naar een van de openbare computers achter in de zaal. Het was nog maar een paar dagen geleden dat Gaynor en ik een verdieping hoger achter een soortgelijke computer hadden gezeten, en ik was de basiskennis van het zoeken in de database nog niet vergeten. Ik opende de hoofdpagina van de British Library en klikte op 'zoeken in de hoofdcatalogus'. Daarna ging ik naar de gedigitaliseerde krantenartikelen, waartussen Gaynor en ik gezamenlijk tevergeefs naar de moordzuchtige apothekeres hadden gezocht.

De dag strekte zich zonder plannen voor me uit, en ik verwachtte hier een hele poos bezig te zijn. Ik ging comfortabel zitten, trok een been onder me en opende mijn notitieboek. Wie is Eliza Fanning?

Dat was de vraag, de enige vraag, die ik twee avonden geleden had opgeschreven.

In het zoekvenster van het British Newspaper Archive typte ik twee woorden: Eliza Fanning. Daarna drukte ik op Enter.

Meteen kreeg ik een handvol zoekresultaten in beeld. Ik las ze vluchtig door, maar slechts één verwijzing – het resultaat dat bovenaan stond – leek met mijn verhaal te kloppen. Ik opende het artikel, en omdat het was gedigitaliseerd, zag ik meteen de hele tekst.

Het artikel had in de zomer van 1802 in een krant gestaan die *The Brighton Press* heette. Ik opende nog een tabblad in de browser om Brighton te zoeken, en ontdekte dat het een badplaats aan de Engelse zuidkust was, een paar uur ten zuiden van Londen.

De kop luidde ELIZA PEPPER, NÉE FANNING, ENIGE ERFGENAME VAN MAGIEBOEKHANDEL ECHTGENOOT.

Ik las dat de tweeëntwintigjarige Eliza Pepper, geboren in Swindon maar sinds 1791 woonachtig aan de rand van Brighton, de hele nalatenschap van haar echtgenoot Tom Pepper had geërfd, waaronder zijn enorm succesvolle boekhandel aan de noordkant van de stad. De boekhandel verkocht een breed assortiment boeken over magie en occulte zaken, en van het hele continent kwamen klanten regelmatig langs om middelen en geneeswijzen tegen de ongewoonste kwalen te vinden.

Volgens het artikel kon Mr Tom Pepper helaas geen tegengif tegen zijn eigen kwalen toveren. Hij was recentelijk ziek geworden, vermoedelijk een borstvliesontsteking. Zijn vrouw, Eliza, was de enige die voor hem had gezorgd tot hij aan zijn voortijdige einde kwam. Maar als eerbetoon aan het leven en het succes van Mr Pepper werd er in de boekhandel een gedenkdienst georganiseerd. Honderden mensen waren langsgekomen om hem de laatste eer te bewijzen.

Na de bijeenkomst vroeg een groepje verslaggevers Mrs Pepper naar haar plannen voor de boekhandel. Ze verzekerde de mannen dat de winkel open zou blijven.

'Tom en ik dankten ons leven allebei aan de magische kunsten,' vertelde ze, voordat ze uitlegde dat haar eigen magische mengsel lang geleden haar leven had gered. Dat was in Londen geweest. 'Ik was toen nog maar een kind. Het was mijn eerste tinctuur, maar ik riskeerde mijn leven voor een dierbare vriendin, een vrouw die me tot op de dag van vandaag aanmoedigt en raad geeft.' Mrs Pepper voegde eraan toe: 'Misschien kwam het door mijn jeugdige leeftijd, maar ik voelde totaal geen angst toen ik de dood in de ogen keek. Wat zeg ik, de kleine blauwe fiool met magie leek te branden op mijn huid, en nadat ik de tinctuur had doorgeslikt, bleek de hitte erin zo krachtig te zijn dat de ijskoude diepten een welkome verfrissing waren.'

Volgens het artikel wilden de verslaggevers meer weten over dat laatste stuk. 'Wat bedoelt u met "ijskoude diepten", Mrs Pepper?' vroeg een van de mannen. Eliza bedankte hen echter voor hun tijd en zei gedecideerd dat ze haar binnen nodig hadden.

Vervolgens stak ze haar armen uit en nam ze haar twee jonge kinderen bij de hand: een tweeling van vier, een jongen en een meisje. Met de kinderen verdween ze in de boekhandel van haar overleden echtgenoot, de Blackfriars Shoppe of Magick Books & Baubles: de Blackfriars handel in magieboeken en snuisterijen.

Ik verliet de British Library nog geen uur na mijn aankomst. De middagzon stond warm en fel aan de hemel. Bij een straatverkoper kocht ik een flesje water, waarmee ik op een bankje in de schaduw van een iep ging zitten om te bedenken hoe ik de rest van de dag zou doorbrengen. Ik was van plan geweest om de hele middag in de bibliotheek te blijven, maar ik had al heel snel gevonden wat ik zocht.

Inmiddels begreep ik dat de apothekeres niet degene was die van de brug was gesprongen. Dat was haar jonge vriendin geweest, Eliza Fanning. Dat verklaarde waarom de apothekeres op 12 februari nog een aantekening in het register had kunnen maken. Ze was niet dood geweest, in tegenstelling tot wat de politie dacht. Maar Eliza was ook niet dood. Ze had haar val overleefd, of dat nu een kwestie van geluk was of dat haar tinctuur er iets mee te maken had.

Het artikel over Eliza verklaarde echter nog niet alles. Ik wist bijvoorbeeld nog niet waarom de ingrediënten van de tinctuur de apothekeres niet bekend waren, en of de politie ooit achter het bestaan van Eliza was gekomen. Het artikel vermeldde niet of de apothekeres in de werkzaamheid van magie geloofde, zoals Eliza, of wat de aard van haar relatie met het meisje was.

Ik wist ook nog steeds niet hoe de apothekeres heette.

De betrokkenheid van de kleine Eliza had ook iets ontroerends. Haar rol in het leven en bij de dood van de apothekeres was in raadselen gehuld. Ze had de kranten enkel verteld dat ze haar leven 'riskeerde voor een dierbare vriendin', iemand die haar nog elke dag 'raad gaf'. Betekende dat dat de apothekeres nog tien jaar had geleefd en Londen had verlaten om zich bij Eliza in Brighton te voegen? Of verwees Eliza naar iets anders – de geest van de apothekeres misschien?

Ik zou het nooit weten.

Misschien zou ik meer over deze ontbrekende details te weten komen als ik aan mijn onderzoek begon en met een goede zaklamp en een team van historici of andere academici naar de apotheek terugging. Er was ongetwijfeld nog een schat aan nieuwe antwoorden in dat kamertje te vinden, maar de antwoorden op dit soort vragen – vooral die over de subtiele, mysterieuze interacties tussen twee vrouwen – waren waarschijnlijk niet te vinden in oude kranten of documenten. De geschiedenis registreert de ingewikkelde relaties tussen vrouwen niet; het is nooit de bedoeling dat ze worden onthuld.

Zittend onder de iep, met het zachte gekwetter van leeuweriken boven mijn hoofd, dacht ik na over het feit dat ik na mijn ontdekking over Eliza niet naar boven was gelopen om Gaynor over haar te vertellen. Ik had haar niet laten weten wie er op 11 februari 1791 werkelijk van de brug was gesprongen, en ook niet dat het meisje de sprong had overleefd. Voor zover Gaynor wist, had de apothekeres zelfmoord gepleegd door van de brug te springen.

Het was niet zo dat het me nodig leek om mijn ontdekking voor Gaynor verborgen te houden, maar op de een of andere manier wilde ik Eliza's verhaal afschermen. En ook al wilde ik de apotheek en al het werk van de apothekeres verder verkennen, ik was van plan om Eliza voor mezelf te houden – een geheim voor mij alleen.

Als ik de waarheid vertelde – dat Eliza in plaats van de apothekeres van de brug was gesprongen – was de kans groot dat mijn scriptie op de voorpagina van wetenschappelijke bladen zou belanden, maar ik was niet op zoek naar roem. Eliza was nog maar een kind geweest, maar net als ik had ze zich op een keerpunt in haar leven bevonden. En net als ik had ze de lichtblauwe fiool in haar vingers geklemd en boven de ijskoude, allesbehalve uitnodigende diepte gehangen... en toen was ze gesprongen.

Op dat bankje bij de bibliotheek haalde ik mijn notitieboek uit mijn tas. In het boek bladerde ik langs de aantekeningen over de apothekeres terug naar de eerste bladzijde. Ik herlas het originele, geplande reisschema met James. Mijn handschrift was een paar weken geleden heel speels geweest, met grote lussen en halen en onderbroken door piepkleine hartjes. Nog maar een paar dagen geleden had dit reisschema me misselijk gemaakt en had ik geen zin gehad om bezienswaardigheden te bekijken die James en ik samen hadden willen zien. Nu werd ik benieuwd naar alle plekken die al zo lang op mijn verlanglijstje stonden: de Tower of London, het Victoria and Albert Museum, Westminster Abbey. De gedachte om die plekken in mijn eentje te bezoeken stond me niet meer zo tegen als een paar dagen geleden. Ik had zin om op verkenning te gaan, en daarnaast was ik ervan overtuigd dat Gaynor me met alle plezier op een paar uitjes zou vergezellen.

Maar een museumbezoek kon tot morgen wachten. Vandaag moest ik nog iets anders doen.

Met de metro reisde ik van de bibliotheek naar station Blackfriars. Toen ik uitstapte, liep ik in oostelijke richting naar de Millennium Bridge. Terwijl ik over het smalle pad op de rivieroever slenterde, golfde het water aan mijn rechterhand kalm door zijn uitgesleten bedding.

Ik bleef de kniehoge stenen muur een hele poos volgen, tot ik op een gegeven moment de betonnen treden naar de rivier zag. Het was de trap waarover ik een paar dagen geleden was afgedaald, net voordat het rivierjutten begon. Ik liep de trap weer af en wandelde voorzichtig over de gladde, ronde steentjes langs de rivier. Net als de eerste keer werd ik getroffen door de stilte, en ik was dankbaar dat er verder geen mensen over de stenen liepen – geen toeristen, geen kinderen, geen rondleidingen.

Ik maakte mijn tas open en pakte de lichtblauwe fiool, waarin, zo wist ik nu, Eliza's magische tinctuur had gezeten. Die had haar gered, en op een bepaalde, vreemde manier had hij mij ook gered. Volgens het register van de apothekeres waren de ingrediënten van het drankje tweehonderd jaar geleden onbekend geweest. Aanvankelijk had het me tegengestaan dat ik niet wist wat erin zat, maar nu zag ik de mogelijkheden. De prikkelende spanning. Het was duidelijk dat dat voor Eliza ook zo was geweest.

Voor ons beiden markeerde de fiool het eind van de ene zoektocht en het begin van een andere. Het flesje vertegenwoordigde een kruispunt, het loslaten van geheimen en pijn ten gunste van het omarmen van de waarheid – het omarmen van de magie. De magie, met haar betoverende, onweerstaanbare aantrekkingskracht, als een sprookje.

De fiool zag er precies zo uit als toen ik hem had gevonden, al was hij nu wel wat schoner en zaten mijn vingerafdrukken erop. Met mijn duimnagel tekende ik het beertje na, en ik dacht aan alles wat het flesje me had geleerd: de moeilijkste waarheden liggen nooit aan de oppervlakte. Je moet ze opdreggen, tegen het licht houden en afspoelen.

In mijn ooghoek zag ik iets bewegen. Een flink eind stroomopwaarts wandelden een paar vrouwen in mijn richting. Vermoedelijk waren ze via een andere trap naar de rivierbedding gekomen. Ik lette niet op hen en bereidde me voor op mijn laatste taak.

Ik klemde de fiool tegen mijn borst. Eliza moest hetzelfde hebben gedaan toen ze op de Blackfriars Bridge stond, hier niet ver vandaan. Ik hief de fiool boven mijn hoofd en gooide hem uit alle macht zo ver mogelijk van me af. Met mijn ogen volgde ik het flesje. Het beschreef een boog, vloog over het water en belandde met een zachte plons in de diepte van de Theems. Een enkele kring bewoog zich naar buiten voordat een golfje het opslokte.

Eliza's fiool. Mijn fiool. Onze fiool. De waarheid erachter bleef het enige geheim dat ik niet wilde delen.

Ik herinnerde me de woorden van Vrijgezel Alf tijdens het rivierjutten: een vondst bij de rivier wordt door het lot bepaald. Destijds had ik dat niet geloofd, maar nu wist ik dat het vinden van het blauwe fiooltje wel degelijk mijn lot was geweest – een heel belangrijke wending in mijn leven.

Terwijl ik over de betonnen traptreden naar boven liep, weg van de rivierbedding, keek ik nog een keer stroomopwaarts in de richting van de twee vrouwen. Dit stuk rivier was lang en recht, en ze hadden nu dichter bij me moeten zijn. Fronsend keek ik om me heen. Ik moest glimlachen om mijn eigen wilde fantasie.

Mijn ogen moesten me voor de gek hebben gehouden, want de twee vrouwen waren nergens te bekennen.

NELLA CLAVINGERS GIFAPOTHEEK

Fragment uit de masterscriptie van Caroline Parcewell,
afstudeerrichting achttiende eeuw en romantiek,
University of Cambridge

Aantekeningen en diverse geneesmiddelen,
aangetroffen in de logboeken in Bear Alley
Farringdon, Londen
EC4A 4HH, Verenigd Koninkrijk

DRANK VAN DOLLEKERVEL

Voor een man met een uitzonderlijke intelligentie en taalbeheersing. Deze kwaliteiten blijven aanwezig tot het laatste moment, wat nuttig kan zijn wanneer men een bekentenis of ooggetuigenverslag van hem nodig heeft.

Fatale dosis: zes grote bladeren, al kunnen er voor een heel forse man acht bladeren nodig zijn. De eerste symptomen zijn duizeligheid en verkleumdheid. Aanbevolen bereidingswijze is een aftreksel of drank, op dezelfde manier als bij doornappel. Onttrek sap aan verse bladeren, geplet en uitgelekt.

OPERMENT [KONINGSGEEL] ARSENICUM

Omdat dit middel de structuur heeft van bloem of fijne suiker, is het geschikt voor een zeer gulzige heer die van zoete citroen- of bananenpuddingen houdt.

Een zeer wonderlijk mineraal. Nota bene: lost heel goed op in heet water. Dampen ruiken naar knoflook, dus serveer niet warm. Wordt gebruikt om veel schadelijke levende wezens in en om het huis te doden, zowel in dierlijke als in menselijke gedaante. Dodelijke dosis is drie korrels.

SPAANSE VLIEG [BLAARTREKKENDE OLIEKEVER]

Wanneer voorafgaand aan de uitschakeling opwinding wordt gewenst, zoals in een bordeel of de slaapkamer.

Deze insecten kunnen bij koel weer op laaggelegen velden in de buurt van wortelgewassen gevonden worden. Bij voorkeur verzamelen onder een nieuwe of jonge maan. Knijp vóór het verzamelen een mannelijke kever fijn om zeker te weten dat het om de blaartrekkende soort gaat, in plaats van om de onschadelijke soort die erop lijkt. De kever zal een melkachtige vloeistof uitscheiden die op de huid brandt. Bereiding: roosteren en in een brede schaal fijnmalen tot fijn poeder. Toedienen in donkere, dikke vloeistof – wijn, honing, siroop.

ZWARTE KERSTROOS, HELLEBORUS

Voor de heer die perioden van waanzin of hallucinaties kent, mogelijk veroorzaakt door te veel drank of laudanumdruppels. Hij zal denken dat de symptomen van een helleborusvergiftiging worden veroorzaakt door zijn innerlijke demonen.

Zaden, sap, wortels – allemaal giftig. Zoek zwarte bloemen en wortels om verwarring met andere soorten uit het geslacht nieskruid te voorkomen. Eerste symptomen zijn duizeligheid, gevoelloosheid, dorst en gevoel van verstikking.

WOLFSWORTEL, OF MONNIKSKAP

Voor de godvruchtigsten, die tijdens hun laatste momenten de toorn van God met lichamelijk geweld zouden kunnen veinzen. Wolfswortel werkt op de zenuwen van de ledematen en maakt ze rustig, waardoor zulke theatrale reacties onmogelijk worden.

Groeivorm: bloeiende plant lijkt op monnikskap, erg makkelijk te kweken, grond moet goede afwatering hebben. Oogsten als knolletje onder aan de plant een centimeter dik is. Gebruik handschoenen. Droog het geplukte knolletje drie dagen. Snijd knolvezels met twee scherpe messen fijn en dien toe in scherpe mosterdsauzen, zoals mierikswortelsaus. Zeer geschikt indien dinergangen individueel worden geserveerd (vermijd buffetten).

NUX VOMICA, BRAAKNOOT

Het allerbetrouwbaarste middel, even snelwerkend als onomkeerbaar. Geschikt voor toediening aan alle mannen, ongeacht hun leeftijd, omvang of intellect.

Voor de extractie van het werkende middel: maal de bruine boon – die ook bekend is onder de naam kraanoog – zeer fijn. Kan in zeer lage doseringen worden gebruikt om koorts, pest en hysterie te behandelen. Let op, erg bitter! Produceert bij smoren een gelige kleur. Slachtoffer ervaart hevige dorst als eerste symptoom. Bij voorkeur toedienen door korrels aan eidooier toe te voegen.

DUIVELSKRUID, OF DOORNAPPEL

Wegens onmiddellijk optredend delier is zelfs de slimste samenzweerder hiermee te overrompelen. Ideaal voor advocaten en executeurs-testamentair.

Nota bene: eivormige zaden worden niet onschadelijk door drogen of verwarmen. Doornappel leidt tot ernstigere delieren dan andere soorten nachtschade. Dieren, verstandiger dan mensen, laten de plant links liggen door zijn smaak en onaangename geur. Plant is te vinden in ongerepte gebieden.

BEGRAAFPLAATSTAXUS

Van taxusbomen wordt gezegd dat ze belust zijn op lijken; een ideaal middel om de dood te versnellen van een reeds zieke of oudere heer.

Giftige bestanddelen zitten in zaden, naalden en schors (naalden hebben de minste voorkeur, erg vezelig). Wordt vaak gevonden op middeleeuwse dorpsbegraafplaatsen – bomen van wel vierhonderd tot zeshonderd jaar oud. Zoek jongere bomen voor de meest gewenste zaden. Bereiding: pil van schors of zetpil. Bij voorkeur niet toedienen aan begrafenisondernemers of mensen die begraafplaatsen onderhouden. Zij kennen de geur van de groenblijvende struik en kunnen een poging tot toediening verijdelen.

PHALLUS [STINKZWAM]

Dood treedt mogelijk pas in na vijf dagen (of nog langer). Kan het best worden toegediend indien een testament of laatste wilsbeschikking moet worden aangepast in het bijzijn van getuigen of familieleden die tijd nodig hebben om bij het ziekbed van het slachtoffer te komen.

De dodelijkste paddenstoel. Verschijnt in de tweede helft van het jaar aan de voet van bepaalde bomen. Koken maakt de paddenstoel niet onschadelijk. Betrouwbaar gif, maar moeilijk te verkrijgen. Een misleidend middel, omdat slachtoffer zal denken dat hij aan de beterende hand is. Wanneer dat verschijnsel optreedt, is de dood nabij.

Historische noot

Dood door vergiftiging kenmerkt zich door intimiteit: doorgaans bestaat er een bepaald vertrouwen tussen het slachtoffer en de dader. Zo'n hechte band leent zich voor misbruik, wat wel blijkt uit het feit dat in de achttiende en negentiende eeuw de meeste aangeklaagde gifmoordenaars in Engeland moeders, echtgenotes en vrouwelijke bedienden waren. Ze waren tussen de twintig en de negenentwintig jaar oud en hun motieven liepen zeer uiteen: grieven jegens werkgevers, financieel gewin, het verlangen om van hinderlijke echtgenoten of minnaars af te komen, of het onvermogen om een kind te onderhouden.

Pas halverwege de negentiende eeuw ontwikkelden toxicologen betrouwbare methoden om gif in menselijk weefsel op te sporen. Daarom heb ik dit boek in het laat-achttiende-eeuwse Londen gesitueerd, want vijftig jaar later zouden Nella's gemaskeerde middelen al makkelijk tijdens een autopsie kunnen worden opgespoord.

In alle sociale klassen van het achttiende-eeuwse Londen stierven er mensen door toedoen van vergif, maar het is onmogelijk vast te stellen hoeveel slachtoffers er waren. Forensische toxicologie bestond nog niet, en sterfgevallen door gif vormen vaak nauwelijks meer dan een voetnoot in de achttiende-eeuwse sterftestatistieken, of ze nu het gevolg waren van ongelukken of van moord. Het feit dat er nog geen opsporingsmethoden bestonden, heeft daar zeker aan bijgedragen. Als je bedenkt hoe makkelijk die middelen konden worden gemaskeerd en toegediend, denk ik dat het aantal sterfgevallen door gif aanzienlijk hoger lag dan de getallen in de statistieken doen vermoeden.

Uit data die tussen 1750 en 1914 zijn verzameld, blijkt dat de gifsoorten die in strafzaken het vaakst werden genoemd arsenicum, opium en nux vomica waren. Sterfgevallen door plantaardige alkaloïden zoals aconitine – ook wel bekend als monnikskap – en organische vergiffen van dierlijke oorsprong, zoals het lustopwekkende cantharidine dat uit bepaalde keversoorten verkregen werd, waren niet ongewoon.

Sommige van deze vergiffen, zoals rattengif, waren vrij verkrijgbaar. Andere niet, en hun herkomst – de apotheken waar de vergiffen konden zijn gekocht – is niet goed vastgelegd.

Recepten

TOM PEPPERS WARME KRUIDENTHEE

Om de keel te verzachten, of als versterkertje na een lange dag.

1,4 drachme (1 tl) honing uit de buurt,
onbewerkt en rechtstreeks uit de bijenkast
16 drachmen (28 ml) whisky of bourbon
250 ml heet water
3 takjes verse tijm

Roer de honing en whisky in een mok door elkaar. Voeg heet water en tijm toe. Laat vijf minuten trekken. Met kleine slokjes warm opdrinken.

BLACKFRIARS BALSEM TEGEN BULTEN EN ZWELLINGEN

Ter verzachting van een rode, jeukende huid na insectenbeten.

1 drachme (0,75 tl) wonderolie
1 drachme (0,75 tl) amandelolie
10 druppels theeboomolie
5 druppels lavendelolie

Doe de vier soorten olie in een glazen flesje (met roller) van 2,7 drachmen (10 ml). Vul tot bovenaan met water en doe de dop erop. Goed schudden voor gebruik. Aanbrengen op jeukende, geïrriteerde huid.

BOTERKOEKJES MET ROZEMARIJN

Traditioneel zandgebak. Zout en zoet tegelijk, en in geen enkel opzicht sinister.

1 takje verse rozemarijn
350 gr gezouten boter
150 gr kristalsuiker
620 gr bloem

Haal de naaldjes van het takje rozemarijn en hak ze heel fijn (gebruik ongeveer 2 tl, of naar smaak).

Roer de boter zacht en vermeng goed met de suiker. Voeg de rozemarijn en de bloem toe en meng goed tot een stevig deeg. Bekleed twee bakplaten met bakpapier. Maak van het deeg balletjes van zo'n 4 cm doorsnee. Leg de balletjes op de bakplaat en druk ze voorzichtig plat tot ze net iets meer dan 1 cm dik zijn. Zet ze minstens een uur in de koelkast.

Verwarm de oven voor op 190 °C. Bak de koekjes 10-12 minuten, tot de randen aan de onderkant goudbruin zijn. Bak niet te lang. Laat minstens 10 minuten afkoelen. Goed voor 40 koekjes.

Dankwoord

U zou dit boek niet in uw handen hebben zonder de fantastische steun van mijn literair agent, Stefanie Lieberman. Zij neemt nooit een blad voor de mond, doet geen valse beloften en weet toch achter de schermen magie te bedrijven. Mijn dank gaat ook uit naar haar geweldige team, Adam Hobbins en Molly Steinblatt.

Dank aan mijn redacteur bij Park Row Books, Natalie Hallak. In deze machtige bedrijfstak herinnert zij me eraan dat het in de uitgeverij in wezen draait om goede mensen die van goede boeken houden. Ik ben haar heel dankbaar voor haar warmte, optimisme en visie. Dank aan het team bij Park Row Books en Harlequin/HarperCollins: Erika Imranyi, Reka Rubin en Christine Tsai. Ook bureauredacteur Chris Wolfgang wil ik graag vermelden.

Fiona Davis en Heather Webb, die me op belangrijke momenten in mijn schrijverscarrière onbevooroordeelde adviezen van onschatbare waarden hebben gegeven: heel hartelijk bedankt. Echt, er bestaan geen aardigere mensen dan schrijvers. Jullie inspireren me beiden om ook anderen tot hulp te zijn.

Dank aan Anna Bennett, Lauren Conrad, Susan Stokes-Chapman en Kristin Durfee voor hun feedback op de eerste versies. En aan Brook Allen, voor haar vriendschap en bereidheid om altijd te luisteren.

Dank aan mijn zus, Kellie, en mijn schoonmoeder, Jackie, voor hun eindeloze steun en liefde. Aan Pat en Melissa Teakell, voor hun schrijversblok-blok en hun nooit aflatende bemoedigingen.

Dank aan Catherine Smith en Lauren Novatkoski, wier steun me in staat stelde om mijn baan te combineren met mijn dagdroom.

Aan mijn vriendin voor het leven, de enige vrouw die niet zou verblikken of verblozen bij het zien van mijn zoekgeschiedenis op internet: Aimee Westerhaus, dank dat je samen met mij door het leven stuntelde. Dank ook aan vier mooie vrouwen, mijn vriendinnen en eerste lezers in Florida: Rachel LaFreniere, Shannon Santana, Laurel Uballez en Roxy Miller.

Voor lezers die geïnteresseerd zijn in het schrijven van historische fictie: u weet dat u op de juiste weg bent als u uw researchmateriaal niet meer kunt wegleggen. Katherine Watson, auteur van *Poisoned Lives*, en Linda Stratmann, auteur van *The Secret Poisoner*: dank dat jullie me bleven fascineren toen ik research deed voor dit boek en de eerste versie schreef.

Dank aan de vele rivierjutters die lang geleden mijn eerste hoofdstuk lazen en me smeekten door te gaan, onder wie Marnie Devereux, Camilla Szymanowska, Christine Webb, Wendy Lewis, Alison Beckham en Amanda Callaghan. En dank aan Gaynor Hackworth, die zó enthousiast was dat ik de naam van een personage heb aangepast en naar haar heb vernoemd! En 'Florrie' Evans, die ik in de zomer van 2019 tijdens het rivierjutten langs de Theems heb ontmoet: dank dat je me hebt geleerd hoe ik echt Delfts aardewerk kan herkennen. Volg haar op Instagram: @flo_finds.

Mijn echtgenoot, Marc: ik denk aan de vele uren dat je geduldig in een andere kamer wachtte terwijl ik achter mijn toetsenbord aan een droom werkte. Jij hebt het hele proces indringender meebeleefd dan wie dan ook. Dank dat je altijd in me gelooft; er zou geen lol aan zijn zonder jou.

Ten slotte: dit boek begint en eindigt met een opdracht aan mijn ouders.

Mam: sommige soorten vreugde en enthousiasme kunnen enkel worden geboden door een ouder, en ik zal je altijd dankbaar blijven dat je tijdens deze achtbaanrit naast me zat. Ik waardeer onze hechte band nu meer dan ooit. En papa, je bent in 2015 gestorven, maar talloze onderdelen van mijn werk – de vasthoudendheid, de koppigheid, de liefde voor taal – zijn geschenken die jij aan me hebt doorgegeven. Ik zal ze altijd koesteren. Ik dank jullie beiden.